中国在行动

援非抗击埃博拉疫情纪实

本书编写组　编

世界知识出版社
学习出版社

图书在版编目（CIP）数据

中国在行动：援非抗击埃博拉疫情纪实 /《中国在行动：援非抗击埃博拉疫情纪实》编写组编著. —北京：世界知识出版社：学习出版社，2015.5

ISBN 978-7-5012-4903-9

Ⅰ. ① 中… Ⅱ. ①中… Ⅲ. ① 纪实文学—中国—当代 Ⅳ. ①I25

中国版本图书馆CIP数据核字（2015）第078839号

责任编辑	范景锋
责任出版	王勇刚
责任校对	陈可望
封面设计	张松胜
内文排版	肖士凯　张远航
图片摄影	黄显斌　洪建国　张远军　姜恒　等
书　　名	**中国在行动：援非抗击埃博拉疫情纪实** China on Action: A Documentary of Aiding Africa's Fight Against Ebola
编　　者	本书编写组
出版发行	世界知识出版社　学习出版社
发行电话	010-65265923（世界知识出版社）　010-66063020（学习出版社）
地址邮编	世界知识出版社　北京市东城区干面胡同51号（100010） 学 习 出 版 社　北京市崇外大街11号新成文化大厦B座11层（100062）
网　　址	www.ishizhi.cn；www.xuexiph.cn
经　　销	新华书店
印　　刷	北京艺堂印刷有限公司
开本印张	700×1000毫米　1/16　26.5印张　8插页
字　　数	500千字
版次印次	2015年11月第一版　2015年11月第一次印刷
标准书号	ISBN 978-7-5012-4903-9
定　　价	48.00元（含DVD一张）

2014 年 9 月 16 日下午，国家卫生计生委主任李斌在首都机场为赴塞拉利昂的中国疾病预防控制中心（CDC）移动实验室检测队授旗。卫计委宣传司 供稿

2014 年 11 月 23 日，中国援塞移动实验室检测队队员完成检测工作后走出移动实验室。中国疾病预防控制中心 供稿

2014 年 7 月 20 日，首都医科大学附属北京安贞医院副院长孔晴宇与几内亚当地医务工作者工作在一起。卫计委宣传司 供稿

2014 年 11 月 28 日，地坛医院蒋荣猛医生在为塞拉利昂学员讲解如何穿戴防护服。卫计委宣传司 供稿

2015 年 1 月 5 日，中国疾病预防控制中心副主任，第一批中国公共卫生师资培训队队长梁晓峰与塞国官员在工作现场。卫计委宣传司 供稿

2014 年 8 月 12 日，中国援助塞拉利昂抗击埃博拉疫情紧急人道主义医疗物资正式交接仪式在塞总统府举行。赵彦博大使向塞总统科罗马正式递交我援塞抗疫物资移交证书。林晓蔚 摄

2014 年 8 月 12 日，我国第一批援利抗疫物资交接仪式在利港务局举行，张越大使和利总统约翰逊-瑟利夫（左一）在视察我援助物资。中国驻利比亚使馆 供稿

2014 年 8 月 12 日，中国驻几内亚大使卞建强拜会孔戴总统，向其面交中国国家主席习近平就西非埃博拉疫情致其的慰问信。中国驻几内亚使馆 供稿

祖国，再见！2014年9月16日，首都机场，我军援塞医疗队队员挥别祖国和亲人。
黄显斌 摄

2014 年 11 月 15 日，中国人民解放军援利医疗队大部队抵达利比里亚首都蒙罗维亚，开赴抗疫第一线。张远军 摄

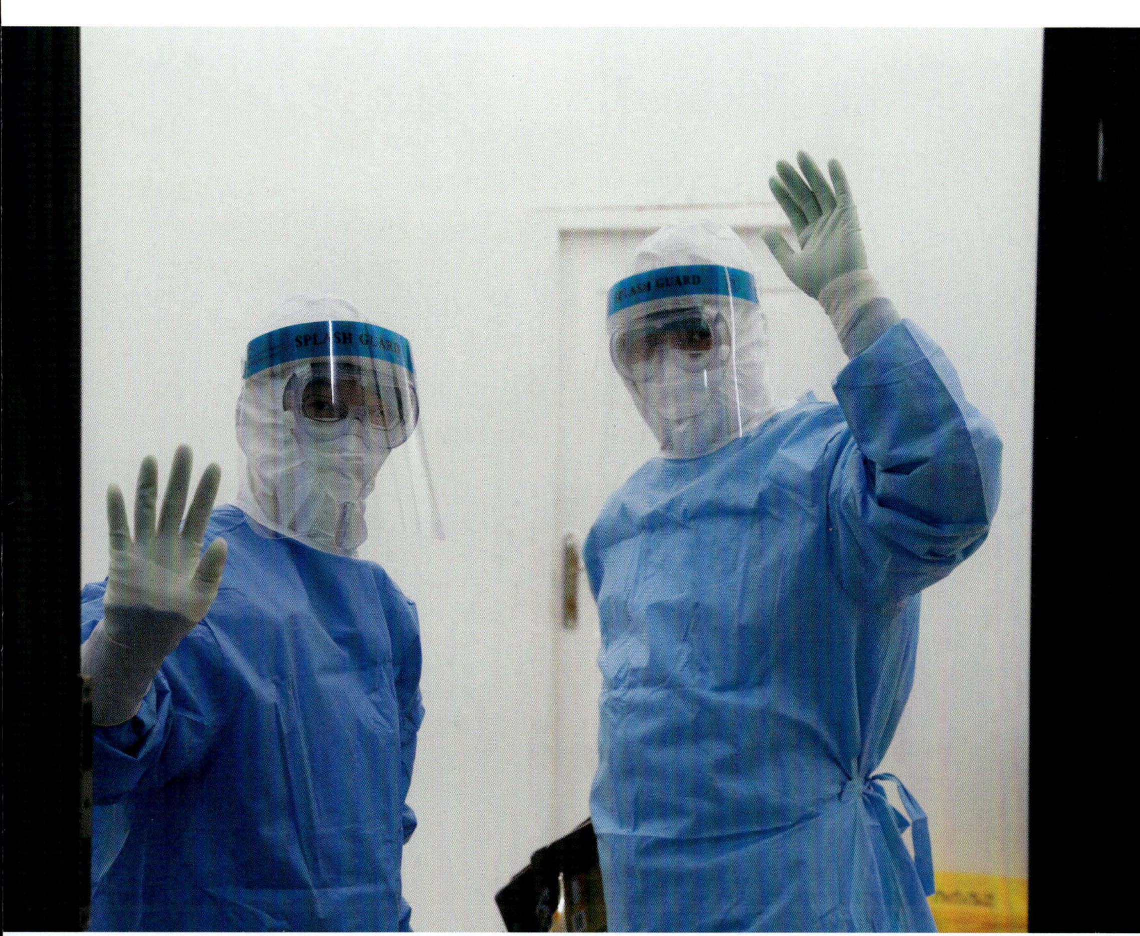

放心吧，战友！2014 年 10 月 15 日，中国人民解放军援塞医疗队员进入病区前，隔着缓冲区的玻璃门框与门外队友挥手。黄显斌 摄

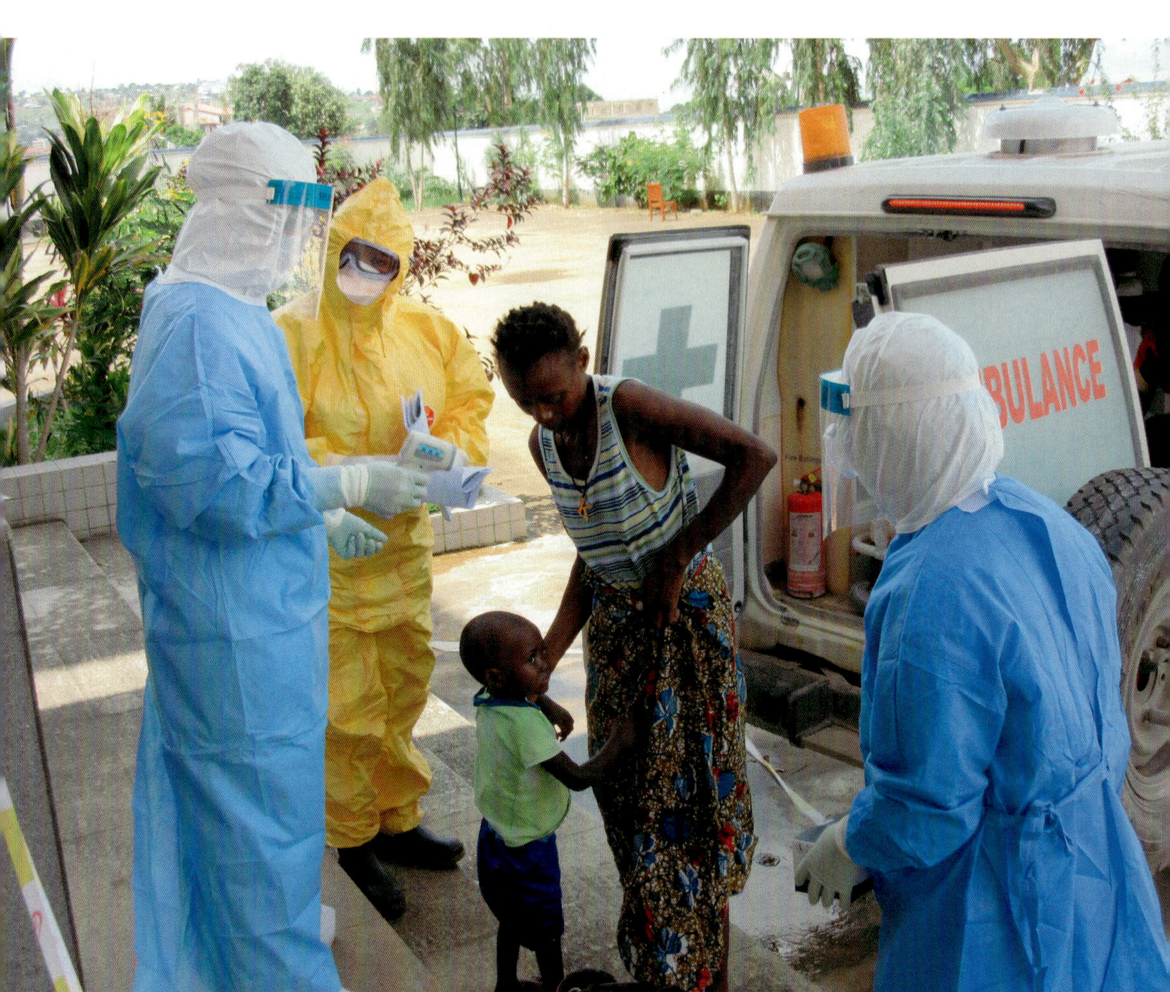

2014年10月11日，中国人民解放军援塞医疗队收治埃博拉疑似病人。黄显斌 摄

2015 年 1 月 12 日，中国人民解放军援利医疗队为三名确诊患者（从左至右金、罗伯特、布拉玛）举办康复出院仪式。姜恒 摄

2015 年 3 月 11 日，塞拉利昂首都弗里敦，中塞医务人员与 19 名埃博拉康复患者合影。洪建国 摄

序

2013年底以来，西非爆发了前所未有的埃博拉疫情，给非洲人民带来了巨大的灾难。这种疾病死亡率高达90%，目前仍无任何经证实有效的专用药物。在疫情最为严重的西非三国，利比里亚近1.1万人染病，4800人死亡；塞拉利昂8697人染病，3586人死亡；几内亚已有3500余人染病，死亡率超过60%。这是埃博拉疫情自1976年首次为世人耳闻以来，规模最大、致命性最强、传播面积最广的一次爆发。成为现代社会“最严重的公共卫生安全危机”，不仅威胁着疫区国家人民的生命和健康安全，且已威胁到国际和平与稳定，引发国际社会的高度关注。

在这场全球战役中，中国同非洲疫区人民感同身受并一直坚定地走在援助的最前列。习近平主席、李克强总理等中国党和国家领导人多次就做好国内疫情防控和援助非洲国家抗击埃博拉工作作出重要批示。根据中央指示，刘延东副总理亲自主持并成立了“国务院应对埃博拉出血热联防联控工作机制”，卫生计生委、外交部、商务部等中央职能部门和全国各地区各司其职，通力协作，有效防控埃博拉疫情输入中国。在抗击本次埃博拉疫情的战斗中，中国交出了援非卫生人员零感染、驻非中资机构人员零感染、国内零输入病例的完美答卷。

在2014年4月疫情爆发的初期，中国政府就向几内亚、利比里亚、塞拉利昂和几内亚比绍4国提供400万人民币的援助物资。8月7日，我向西非国家提供3000万人民币的第二批紧急人道主义物资援助，并首次以包机形式在最短时间内完成运送交付任务。9月18日，习近平主席在出访印度期间宣布向疫区国家及其周边高危国家提供第三批，包括现汇、粮食、物资和援建生物安全实验室和留观中心等多种形式在内的，价值2亿人民币的援助，并向世界卫生组织和非盟各提供200万美元的现汇援助。10月24日，习近平主席在会见来访的坦桑尼亚总统基奎特时宣布启动第四批紧急援助，再向利比里亚、塞拉利昂、几内亚3国和有关国际组织提供总价值5亿元人民币的急需物资和现汇援助，派出更多中国防疫专家和医护人员，并为利比里亚援建和运营一个治疗中心。截至2015年10月，中国已累计向疫区及周边共13个国家提供了4轮总价值超过7.5亿人民币（约1.2亿美元）的援助。

更值得称道的是，除了援助物资和资金，还有更为宝贵和更为急需的人力资源——中国援非医疗队和中国的防疫和公共卫生专家也来到了战斗的第一线。面对来势汹汹的疫情，他们没有抽身逃离，而是选择了坚守，与非洲人民携手相助，共渡难关。截至发稿时，中国此次援非行动，共派遣了1200多名医护人员。向塞拉利昂运送了移动生物安全实验室，援建并投入运行了固定生物安全实验室。在利比里亚援建了100张床位的治疗中心。向几内亚、塞拉利昂、利比里亚和周边国家等国派遣了30余批公共卫生、临床医疗和实验室检测专家组，与当地中国援非医疗队一起参加埃博拉防控。累计完成公共卫生培训12471人次。中国军地医务人员团结一心，培训队、监测队、医疗队形成合力，援助引领和带动了国际援非抗疫行动，受到非洲国家和国际社会一致高度赞誉。

1963年中国第一次向阿尔及利亚派出援外医疗队以来，中国共向66个国家和地区派遣过医疗队员2.4万人次，累计诊治患者约2.7亿人次，为受援国培训了大批医务人员，留下了一支“不走的中国医疗队”。2013年3月，习近平总书记访问刚果（布）期间，首次提炼总结出“不畏艰苦，甘于奉献，救死扶伤，大爱无疆”的援外医疗队精神，激励着中国卫生工作者在非洲克服条件艰苦、国情不同等困难，一切从非洲人民健康出发，以拼搏的精神、精湛的技术在最短的时间内开展了卓有成效的工作，也进一步加深了与非洲人民的传统友谊。

中国政府提供的四批援助金额不是最多的，但在中国应对全球公共卫生安全危机史上却是持续时间最长、援助力度最大，主要有五大特点：

第一是新。2014年8月初，习主席就向疫区3国元首发去慰问电，并派包机向疫区国家运达急需物资，这在中国援非史上均属首次。中方向塞拉利昂运送检测移动实验室，在利比里亚建设、运营治疗中心，向海外派遣成建制的传染性卫生防疫力量和军事医护人员，在中国援外史上也是首次。

第二是快。中方急人所急，特事特办，租用包机在对外宣布第二批援助决定后一周之内将援助物资送达疫区3国。习主席10月24日宣布启动第四批援助后，26日和29日中方先后租用三架包机将援建利比里亚治疗中心所需建材和设备运抵利比里亚。

第三是实。中国对非援助历来重信守诺，言出必行，注重实效，所援助的防疫物资、现汇、粮食、移动实验室、治疗中心以及防疫专家和医护人员等都是疫区国家最需要的。

第四是全。习近平主席分别向疫区3国元首致电慰问，李克强总理与联合国秘书长潘基文通电话，充分体现了中方最高领导人对疫区国家和联合国的政治和道义支持。中方援助不仅面向疫区3国，而且向3国毗邻的马里、塞内加尔、多哥、贝宁、加纳、科特迪瓦、尼日利亚、刚果（金）、刚果（布）等国提供了防疫物资援助。同时还覆盖联合国、世卫组织和非盟等国际和地区组织，不仅有抗疫物资、粮食、现汇等硬援助，也提供了专家和医护人员等软援助。

第五是开放。中方对与联合国、美国、法国等国际社会开展合作抗击疫情持积极、开放态度。中美在利比里亚的三方合作已有很好的成果。就在中国三架包机抵利时，美在利机场空军部队出动大型叉车协助卸货。中法两国外长10月19日发表了关于抗击疫情合作的联合新闻稿。

中国援助西非国家抗击埃博拉疫情创造了多个“第一”：疫情加剧蔓延后，中国政府率先行动，采用包机在一周内紧急将物资送达疫区，这是疫区收到的第一批援助物资；租用包机援助非洲，这在中非关系史上也是第一次；中国还第一次向海外成建制派出数百名有抗击传染病经验的军事医护人员和传染病防控领域的顶级专家，到疫区与受援国人民和国际社会同行并肩战斗。

2014年8月10日，国家主席习近平分别致电几内亚总统阿尔法·孔戴、塞拉利昂总统欧内斯特·巴伊·科罗马、利比里亚总统埃伦·约翰逊－瑟利夫，对三国近期爆发埃博拉疫情造成重大人员和经济损失表示慰问，并赞赏三国政府全力以赴抗击疫情所做的努力。习近平表示，中非是患难与共、风雨同舟的好兄弟、好朋友、好伙伴。中国政府和人民不会忘记，每当中国人民遇到困难时，非洲人民都及时伸出援手，给予支持和帮助。值此艰难时刻，中国政府和人民同三国政府和人民站在一起，愿向三国紧急援助一批传染病防治物资，支持三国抗击疫情。习近平强调，面对埃博拉疫情，中方呼吁国际社会积极行动起来，向疫区国家紧急提供援助，携手支援疫区人民共渡难关，战胜疫情，早日恢复正常生产和生活秩序。

岁寒知松柏，患难见真情。正如王毅外长2014年9月25日在联合国埃博拉疫情防控高级别会议上所言：“疫病无情，人间有爱，中国人民同非洲人民始终在一起”。天灾人祸面前，没有人是一座孤岛，可以自全，人类就是一个共同体，帮助他人也是在帮助自己。中国在这场抗击战役中，用实际行动彰显了自己的国际道义，也诠释了中非患难与共、风雨同舟的传统友谊。

西非国家距离中国十分遥远，但半个世纪以来，中非始终是风雨同舟、患难与共、相互理解、相互支持、彼此信赖的好兄弟、好朋友、好伙伴。中国政府和人民不会忘记，是非洲兄弟帮助我们恢复联合国安理会常任理事国席位。中国政府和人民也不会忘记，每当中国遭遇重大自然灾害和困难时，非洲兄弟总是第一时间在政治上、道义上和经济上给予中方宝贵支持。现在兄弟家里遇到困难，我们帮助他们是义不容辞的责任和义务。这是中非真诚友好、患难与共的本质特征。中非双方不仅在顺境时走得很近，而且在困难时也相互理解、相互支持，这正是习近平主席提出的“真、实、亲、诚”对非政策理念的真实写照。中国政府不仅是这么说的，也是这么做的。

义重于利，义先于利。疫病袭来，不少国家采取关闭边境、取消航班、撤出常驻人员等措施。而中国在危急时刻与非洲国家守望相助，再次用自己的实际行动验证了中国对非交往的“真、实、亲、诚”理念和正确义利观。

抗疫斗争期间，中国人民解放军防疫部队与地方卫生防疫人员、中国驻西非各使领馆工作人员、中国常驻西非维和人员始终战斗在一线，没有退缩。致命性病毒防疫一线是看不到硝烟的战场，他们任务很重，可以说，他们的工作完成得非常出色，截至本书结稿，中国公民在疫区3国没有出现埃博拉感染病例。

不仅如此，我国政府还鼓励中资企业在确保自身安全的前提下，继续在疫区3国开展生产，用实际行动支持当地政府和人民抗击埃博拉疫情。因为，非洲人民战胜埃博拉疫情首先需要的是信心。如果大家都撤走了，航班都停止了，飞机都进不了，疫区人民将与世隔绝，他们抗疫的信心也会丧失。撤侨、停航对疫区国家而言都是极大的损失。中国政府积极鼓励公民、企业、维和人员和医疗队留在疫区、与疫区人民共同战斗，这本身就是对疫区国家最大的政治和道义支持。同时，我国政府也鼓励他们发展生产，弥补埃博拉疫情对疫区经济社会造成的冲击。当然，我国政府也通过使馆、医疗队向中国公民提供了必要指导，并派遣专家对他们进行心理和防疫知识辅导。中方人员通过自己行动，凭借自身专长，竭力帮助疫区国家政府和人民抗击埃博拉疫情。

中国人民曾经遭遇过非典、禽流感等公共卫生安全之害，对西非疫区人民的遭遇感同身受。作为非洲的好兄弟、好朋友、好伙伴，我们义不容辞，当急人所急，施以援手。对于中国的援非举措，国内有些人不太理解："广州登革热还在肆虐，我们为啥大老远跑去帮非洲？"

这种说法乍听起来似乎无可厚非，实则有失偏颇。疫情无国界，在本轮凶猛的埃博拉"恐怖袭击"中，任何国家都难以独善其身，美国、西班牙出现输入性病例即是明证。埃博拉是世界面临的共同挑战，各国联手抗埃将疫情控制在源头，不仅是在帮助非洲，更是在帮助自己，中国也不例外。

非洲是一块古老而年轻、广袤而富饶的大陆，进入新世纪以来年均经济增长率超过5%仅次于亚洲，经济总量达2万亿美元，被誉为"正在加速奔跑的雄狮"。我们与"雄狮"的关系非常密切。据统计，中国已连续第五年成为非洲最大贸易伙伴国，在非企业有2000多家，各类人员达100万，每年超过100万人次赴非旅游，非洲已成为中国第二大工程承包市场和重要投资目的地，双方人员往来密集，用"休戚与共"形容双方关系最为恰当。一旦一方被恶性传染病毒击中，另一方立即会暴露为潜在袭击目标。如果我们坐视非洲深陷埃博拉泥潭而袖手旁观，那么最终受损的将不仅仅是中非关系，我们自己恐怕也难免成为病毒的"俘虏"。

近几年来，认为中国仍是发展中国家、帮助非洲属"打肿脸充胖子"的声音不绝于耳。但实际上，中非之间的帮助从来都是相互的，并非中国单方面的给予。当年我们重返联合国受阻的时候，是非洲兄弟把我们"抬"了进去。每当居心叵测国家在涉华核心利益和重大关切问题上制造麻烦的时候，是非洲兄弟始终跟我们站在一起。2008年汶川地震时，是自身并不富裕的非洲兄弟慷慨捐助的6400多万元人民币令我们感动不已。应该说，我们能取得今天这样的发展成就，除自身努力外，很重要的一点是在国际上有一大批靠得住的非洲朋友。我们越是发展，中非友谊就越珍贵，越值得我们像珍惜自己的眼睛一样去精心呵护。

在日常生活中，自私的人没有真正的朋友，帮助别人与自己的钱包是否殷实并无必然联系。这一道理在国际关系中同样适用。此次我们帮助非洲抗击埃博拉，是在积极履行国际责任，"为别人点一盏灯，照亮别人，也照亮自己"。今后，当世界上其他地方发生严重人道主义灾难时，我们绝不能背过身去，而应以实际行动让"中国道义"熠熠闪光。

"仁爱"思想是中国儒家传统文化的核心。中国人民无论是在过去经济物资极度匮乏的年代，还是在逐步走向复兴的现在，都一直坚持着自己民族的传统文化精神，与世界各国交往，不分国界，不计个人得失，从不“落井下石”，尤喜“雪中送炭”。2013年3月30日，习近平主席携夫人彭丽媛来到中国援助刚果建设的医院“中刚友好医院”，习主席高度赞扬不畏艰苦、甘于奉献、救死扶伤、大爱无疆的中国医疗队精神，并勉励青年人做好中非友好事业的接班人。在这次非洲埃博拉疫情肆虐之际，习主席再次宣布援助西非国家正是践行“大爱无疆”的精神。

在应对这场前所未有的挑战面前，中国率先施与援手，再次用自己的实际行动践行了“真、实、亲、诚”的对非合作理念，迅速响应联合国、世卫组织和非盟的呼吁，积极参与开展国际合作，展现出一个负责任大国的担当。中国的率先行动和急人所急的援助也在国际上发挥了引领和示范作用，带动和加大了国际社会对疫情的关注与投入，得到了非洲国家政府和人民的衷心感谢和高度赞扬，以及国际社会的一致肯定与好评。

塞拉利昂总统科罗马表示，“感谢中国政府和人民在塞拉利昂遭遇危难时刻能提供应对埃博拉疫情的紧急援助，这极大地增强了塞拉利昂应对疫情的决心和信心。中国人民是真正的朋友。中国对西非国家抗击埃博拉疫情的支援值得赞赏，援助毫无疑问将进一步巩固两国之间的友好关系。”利比里亚总统约翰逊－瑟利夫表示，“感激中国政府和人民为抗击埃博拉所给予的无私和重要援助。埃博拉疫情给利社会经济发展进程带来重大负面影响，中国及时提供了多批援助，是世界上第一个派出专机向利运送援助物资的国家，引领了国际社会援助行动，为利抗击埃博拉疫情作出重要贡献。”几内亚国际合作部长萨诺表示“患难见真情，这次援助体现了中国是几内亚真正的朋友和兄弟，值得几内亚人民世代铭记。”

联合国秘书长潘基文感谢中国及时向非洲国家抗击埃博拉提供支持和帮助表示，“中国为非洲国家提供了巨大支持，发挥了重要作用，为世界树立了榜样。”世界卫生组织总干事陈冯富珍表示，“面对疫情肆虐，中国没有退却，中国医疗队员依然坚守在那里，这显示出中国对支持应对疫情国际努力的坚定承诺，并为其他国家作出了表率。”

此外，一些学者和媒体也积极评价中国援非行动。德国学者2014年8月11日对《环球时报》表示，中国最高领导人的慰问以及中国专家和医疗队不顾危险挺进或者坚守在疫区不撤回，是向非洲和世界表明，作为新崛起的大国，中国会承担国际责任。中国不仅关注非洲的贸易，也关注非洲的公共卫生，是非洲真正的朋友。英国《金融时报》2014年10月10日报道称，中国正不断加大对西非国家抗疫援助，这既是出于维护本国在非经济利益、人员安全和中非友谊的考量，也表明中国参与国际人道主义事业的表现日益成熟。

埃博拉是全世界人民的公敌，我们倾力支持非洲抗击埃博拉符合包括中国人民在内的全世界人民的共同利益。事实证明，我们率先行动，紧急驰援，始终同疫区人民战斗在最前列，不仅充分体现出中非兄弟般的真挚情谊，有效增强了中非人民之间的情感联系纽带，而且全面展示了中国的大国责任与担当，培育和增强了中国人的大国情怀。

本书收录了医疗队员、新闻记者、驻外使馆、维和部队和警察的真实记录和生动回忆，将为这次抗击埃博拉历程留下珍贵的史料，并将激励后来者以此为起点，将中国的卫生事业和援外事业不断推上新的高度。

编　者

二〇一五年十一月

目录

第一章
中国人民解放军援非医疗队抗埃纪实

2014年11月15日，中国人民解放军援利医疗队大部队抵达利比里亚首都蒙罗维亚，开赴抗疫第一线。

第一节
中国人民解放军援塞医疗队抗埃纪实

2014年9月16日，由解放军第302医院奉命抽组的中国人民解放军援塞医疗队，奔赴西非塞拉利昂抗击埃博拉疫情。两个月来，面对陌生的地域环境、艰苦的自然条件和险恶的疫情形势，医疗队全体队员牢记重托，精诚团结，勇于担当，迎难而上，不惧艰险，连续奋战，以精湛的技术、高尚的医德、过硬的作风、热忱的服务、严明的纪律和无私的奉献，圆满完成了救治患者、防控疫情的任务，深化了中塞传统友谊，以实际行动向世界传递了中国负责任大国风范，展现了我军威武之师、文明之师、胜利之师的光辉形象，受到国际社会和塞国政府的高度赞誉。

埃博拉，本是一条美丽而静谧的河流。而如今，它却演化为一种“超级病毒”的代名词。

2014年5月，这种凶残的病毒悄无声息地潜入西非塞拉利昂。所到之处，一条又一条鲜活的生命惨遭吞噬，一个又一个无辜的家庭支离破碎！

不知道病毒来源，没有防治疫苗药物。一时间，埃博拉病例数呈“指数式”增长，塞拉利昂迅速成为西非疫情的中心，牵动全球关注。

疫病无国界，患难见真情。2014年9月12日，一个搏击塞拉利昂埃博拉疫情的征战令，由总后勤部下达给了解放军第302医院党委的手中。

征战疆场凭忠勇，克顽必胜靠铁军！

作为医疗战线上的一支“特种部队”，第302医院长年累月与“病毒”、“细菌”打交道。历史战绩证明：这是一支搏击在没有硝烟战场上的无往不胜的铁军。

2003年3月5日，北京市首批输入性“非典”患者入住第302医院，该院打响首都抗击“非典”第一枪。面对完全陌生的恶敌，医护人员以勇敢和责任为支撑，以健康与生命为代价，与“非典”疫魔展开了惊心动魄的殊死战斗，最终取得辉煌的胜利。

2009年，“甲流”病毒肆虐中国。第302医院作为军队“甲流”收治、医学观察定点单位和北京市指定的“甲流”筛查、确诊单位，先后收治“甲流”病人458例，治愈率100%，实现了“工作人员零感染、来院病人零漏诊、确诊病人零死亡、疑似病人早诊断”的工作目标。

往昔荣耀映征战行色，今日使命激勇士情怀。

面对如山的使命和责任，院党委坚决贯彻军委和总部的决策指示，多次进行专题研究部署。姬军生院长、邢振湖政委要求全院同志把抗击埃博拉疫情作为重大政治任务，机关四部和各基层科室上下联动、全力保障，仅用三天时间就完成了人员抽组、方案制订、物资筹措、防护培训等各项准备工作。

9月16日，国家卫生计生委和总后卫生部，在首都国际机场举行隆重的欢送仪式，用催征的战鼓和奋进的号角激励官兵光荣远行。全体队员肩负着祖国和人

2014年9月16日，由第302医院独立抽组的我军首批31名援塞医疗队队员光荣出征。

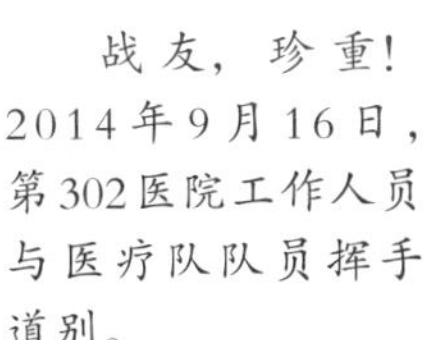

战友，珍重！2014年9月16日，第302医院工作人员与医疗队队员挥手道别。

2014年9月15日，总后卫生部任国荃部长主持接见仪式。

2014年9月16日，首都机场，国家卫生计生委李斌主任在欢送仪式上讲话。

当地时间2014年9月17日凌晨2时，医疗队顺利抵达塞拉利昂首都弗里敦隆吉国际机场，图为队员们走下飞机集结。

2014年9月17日下午，我驻塞大使馆在弗里敦隆吉国际机场举行医疗队抵达后的首场新闻发布会。

2014年9月17日，医疗队队员赶赴中塞友好医院，图为沿途看到的首都弗里敦民众。

民的重托，与送行的领导、战友和亲人挥手告别，搭乘专机奔赴万里之遥的塞拉利昂。

这是我国首次整建制抽组卫勤力量派往西非执行国际紧急人道主义救援任务。

过18个小时辗转飞行，5个小时地面颠簸，医疗队于当地时间17日上午顺利抵达塞国首都弗里敦。

在前往驻地的路途中，看到民众惊恐无助的眼神，不时呼啸而过的救护车辆，大街小巷张贴的埃博拉宣传海报……这一切，无不昭告着塞拉利昂正在历经一场空前劫难，曾迎战过“非典”的这支队伍对当地人民的遭遇感同身受……

首日就是首战！队员们顾不上休整，当即赶往位于弗里敦市郊的中塞友好医院实地察看，熟悉环境，并将医院的10间病房腾空改作临时库房。在没有机械化卸载工具的情况下，全体队员顶着高温、冒着暴雨，手抬肩扛，连续奋战，对运抵的47类、近50吨医疗和后勤物资设备进行了卸载搬运，整理入库。

疫情就是敌情，时间就是生命！为了尽快展开收治工作，医疗队争分夺秒、加紧备战。他们借鉴防控“非典”、“甲流”等重大疫情处置的成功经验，按照传染病医院“三区两线”的设置要求，在中资企业的大力协助下，仅用一周的时间，就将中塞友好医院由综合性医院改建为满足烈性传染病收治要求的专科医院，划分了清洁区、潜在污染区和污染区，为患者和医护人员开辟了专用通道，设定了进出路线。

塞拉利昂总统科罗马不仅惊叹于“中国速度”，更是表达了对中国这位“真正朋友”的感谢。中塞友好医院埃博拉留观中心启用当天，科罗马总统说：“今天是中塞友谊史上重要的一天，中塞友好医院留观中心的建成再次见证了中塞友谊。中国践行承诺积极支持塞拉利昂经济建设，在如今面对疫情的危急时刻，中国又伸出援助之手，提供物资、人员和现金，和塞拉利昂站在一起共同抗击埃博拉。”

然而，塞拉利昂所拥有的医疗条件之差，让队员们感到震惊：这里的医护人员传染病防治知识和业务技能严重缺乏，很多护士仅仅参加过一些简单培训，甚至连防护口罩都不会戴，如果这样进入病房，将会对中塞双方工作人员造成极大的感染风险。

授人以“鱼”解燃眉之急，授人以“渔”助长久之益。

队员们不得不从“零”开始对塞方工作人员进行培训。医疗队的心愿是，不仅要救当地人民于危难之时，还要为他们将来的卫生健康提供永久的保障，留下一支“带不走的传染病防治队伍”。

于是，一场传染病防护知识和技能培训的序幕由此拉开。队员们采取“示范教学、分批分组训练、录制视频、情景模拟”等方式，对47名护理人员和40名保

2014年9月17日，塞拉利昂弗里敦隆吉国际机场，大雨将至，由于机场没有现代化装卸设备，又无防雨工具，医疗队的物资面临雨水浸泡危险，机场人工装载物资现场，工作任务骤然紧张。

2014年9月17日21时，医疗队驻地，全体队员一起上阵卸载搬运物资。

2014年9月18日，中塞友好医院，大批物资源源不断地从机场运来，队员们冒着瓢泼大雨，卸载物资。

2014年9月18日，中塞友好医院，医疗专家担任起临时搬运工。

2014年9月20日，在紧张卸载搬运物资的同时，中塞友好医院的改造工作同步展开。

2014年9月20日，物资的清理入库工作仍在持续，队员们的体力和耐力经受住了考验。

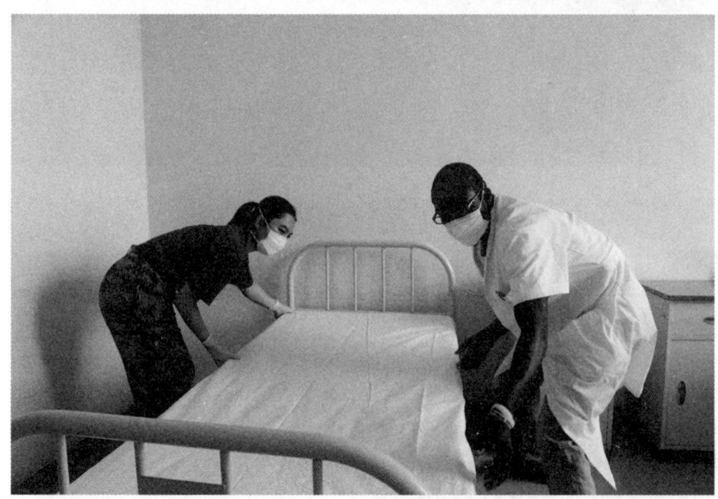

护士们对病房进行消毒；中塞医护人员联手整理病床。

标定工作人员进出路线图；张贴自制的防护用品穿脱流程。

2014年9月20日至26日，经过七天的紧张施工，中塞友好医院埃博拉留观中心建成。9月26日，塞国政府在中塞友好医院举行埃博拉留观中心落成典礼仪式。

2014年9月26日，塞拉利昂总统科罗马参观留观中心接诊大厅。

2014年9月26日，塞拉利昂总统科罗马参观埃博拉留观中心病房。

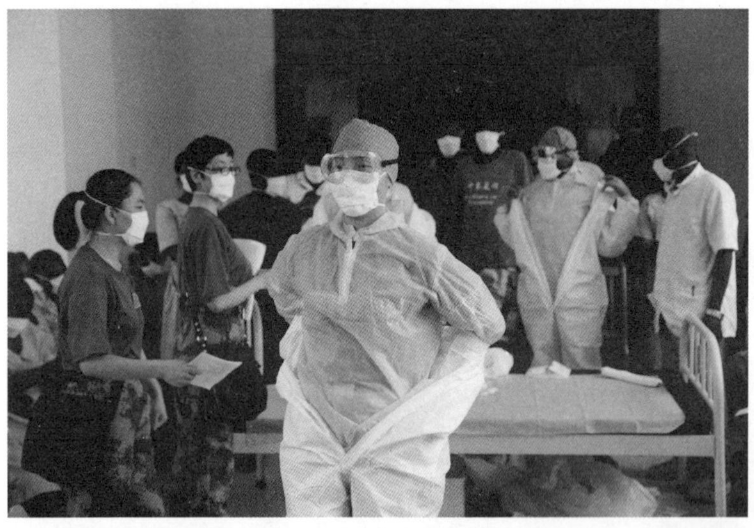

2014年9月22日至9月29日，医疗队队员对塞方工作人员进行传染病防护知识和技能培训。

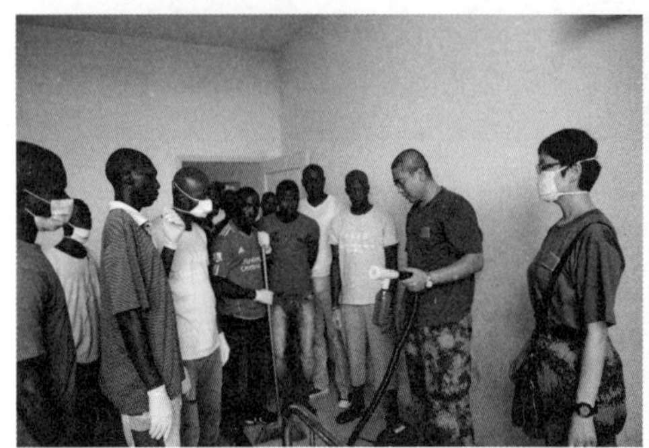

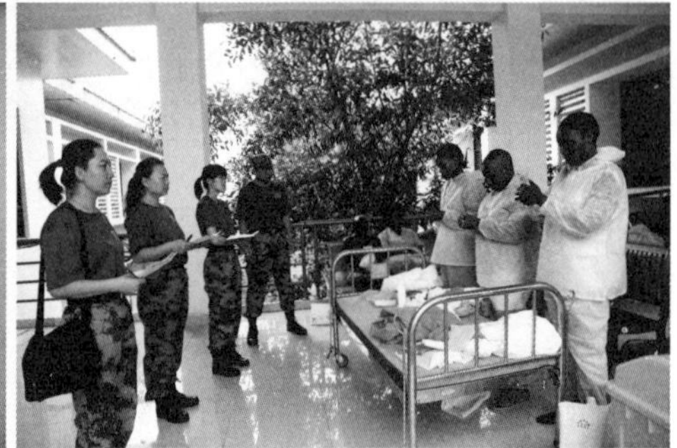

手卫生考核；情景模拟考核。

保洁员消毒培训；保洁员焚烧医疗垃圾培训。

洁人员进行手把手、面对面的传授。

队员们冒着35℃以上的高温，身着11件防护用品，强化36道穿脱流程的训练。一遍不行两遍，两遍不行三遍，一套动作每天重复数十次，最终87名工作人员经过严格培训，逐一考核合格后持证上岗。

超负荷的工作强度，并未阻挡住队员们忙碌的脚步。他们还按照传染病诊治规范，根据埃博拉疫情特点，围绕接诊流程、病案书写、药品供应、消毒隔离、突发情况处置等方面集思广益，加班加点，起草制定出68类、243条规章制度和工作流程。设计了专用表格式英文病历、查房记录及医嘱单等病案文档，制定了合理的隔离和治疗方案，避免患者间交叉感染，减轻患者症状，降低病死率，形成了一整套完善的埃博拉出血热收治流程和方案。同时把200余份埃博拉疫情防控知识、手卫生、病人住院管理规定等，制作成宣传画和温馨提示，张贴在病房和病区醒目位置，使患者掌握必要的防护知识，增强自我保护意识。

10月1日，中塞友好医院埃博拉留观中心正式开诊。

面对鲜红的党旗，全体队员发出铿锵豪迈的誓言，神圣的使命感和责任感在大家胸中油然升腾。

狙击疫情的攻坚战斗即将打响，“全副武装”的医护人员严阵以待。

当救护车拉着刺耳的警笛声，将首批七名埃博拉疑似病人转运到留观中心时，医护小组犹如听到战斗的号角，义无反顾地奔向自己的岗位。

防控组对转运患者车辆进行严格彻底的消毒；护理组逐一为患者分发口罩、测量体温；医生组仔细问诊，采集病史，制定治疗方案；护士将病人领进病房，交代入院须知，发放药品进行对症和支持治疗，同时为患者佩戴上新型无线体温计，实现对他们不间断的体温监护。

首战告捷！接下来的日日夜夜，医护人员临危不惧，凭着顽强的毅力和耐力，如不停的钟摆忙碌在各个岗位。有患者感动地说：“我得了这种病是非常不幸的，可是能够遇到你们这么好的中国医生护士，又是幸运的！”

埃博拉，是一种高传染性、高致死率的烈性传染病，不仅严重威胁着当地人民的健康和生命安全，医护人员也成为被感染的高风险人群。与恐怖神秘的埃博拉病毒短兵相接，随时可能被感染而倒在病毒的侵袭之下。

疫魔埃博拉的魔力全在感染上，斩断魔爪的利剑就是防控能力。

防感染，就是保生命；防控力，就是战斗力。自从打响“抗埃”第一枪，队领导就给全队下了一道“死命令”：确保中塞双方医护人员“零感染”、住院患者“零交叉感染”，这是医疗队工作的底线！

然而，随着疫情的不断蔓延，患者数量的不断增多，特别是部分国家不断曝

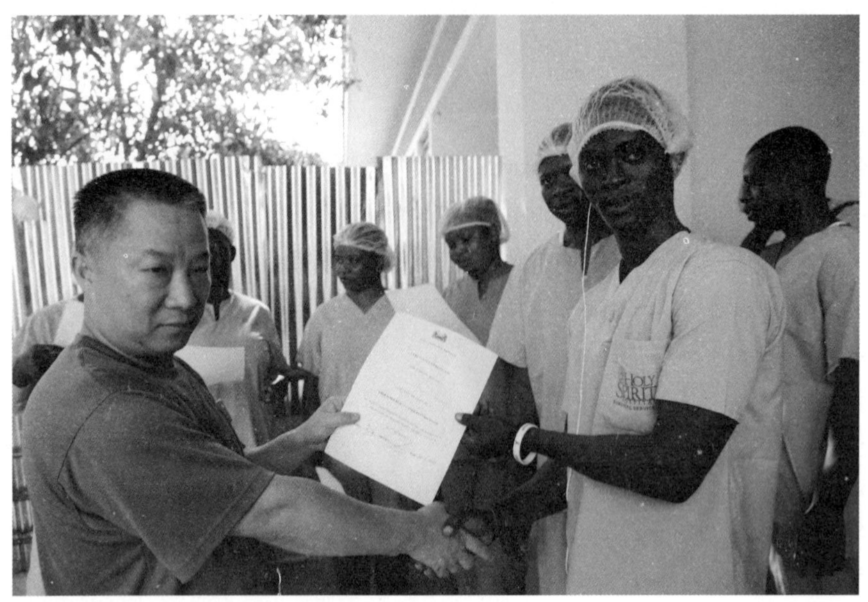

2014年11月12日，李进队长为塞方工作人员颁发培训合格证书。

2014年9月24日，医疗队员在张贴宣传画。

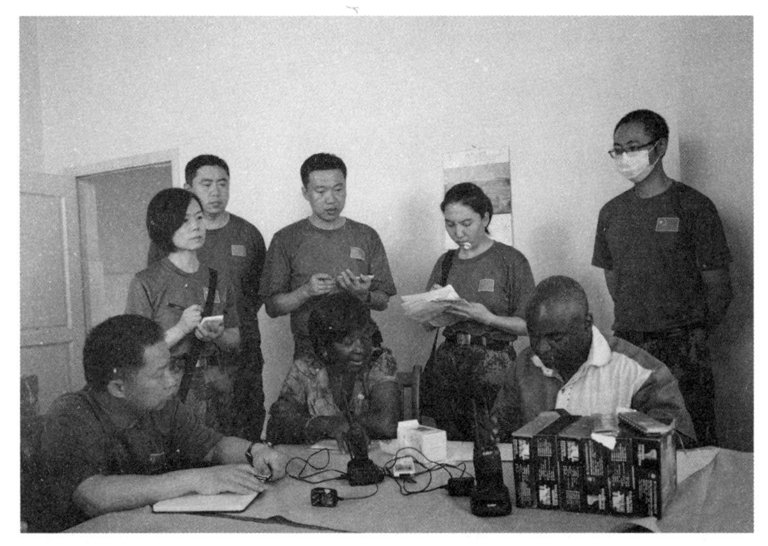

2014年9月27日，李进队长带领医护人员与中塞友好医院卡努院长、艾丽丝护士长进行沟通交流。

2014年9月23日，整饬一新的中塞友好医院大门口的“中国红”。

2014年9月30日，医疗队举行升国旗、唱国歌仪式。

2014年9月29日，医疗队举行誓师仪式和战前动员活动，图为李进队长带领队员们誓师签名。

使命牢记心间。2014年9月29日，医疗队全体队员誓师合影。

2014年9月29日，医疗队党支部举行党日活动，组织全体党员重温入党誓词。

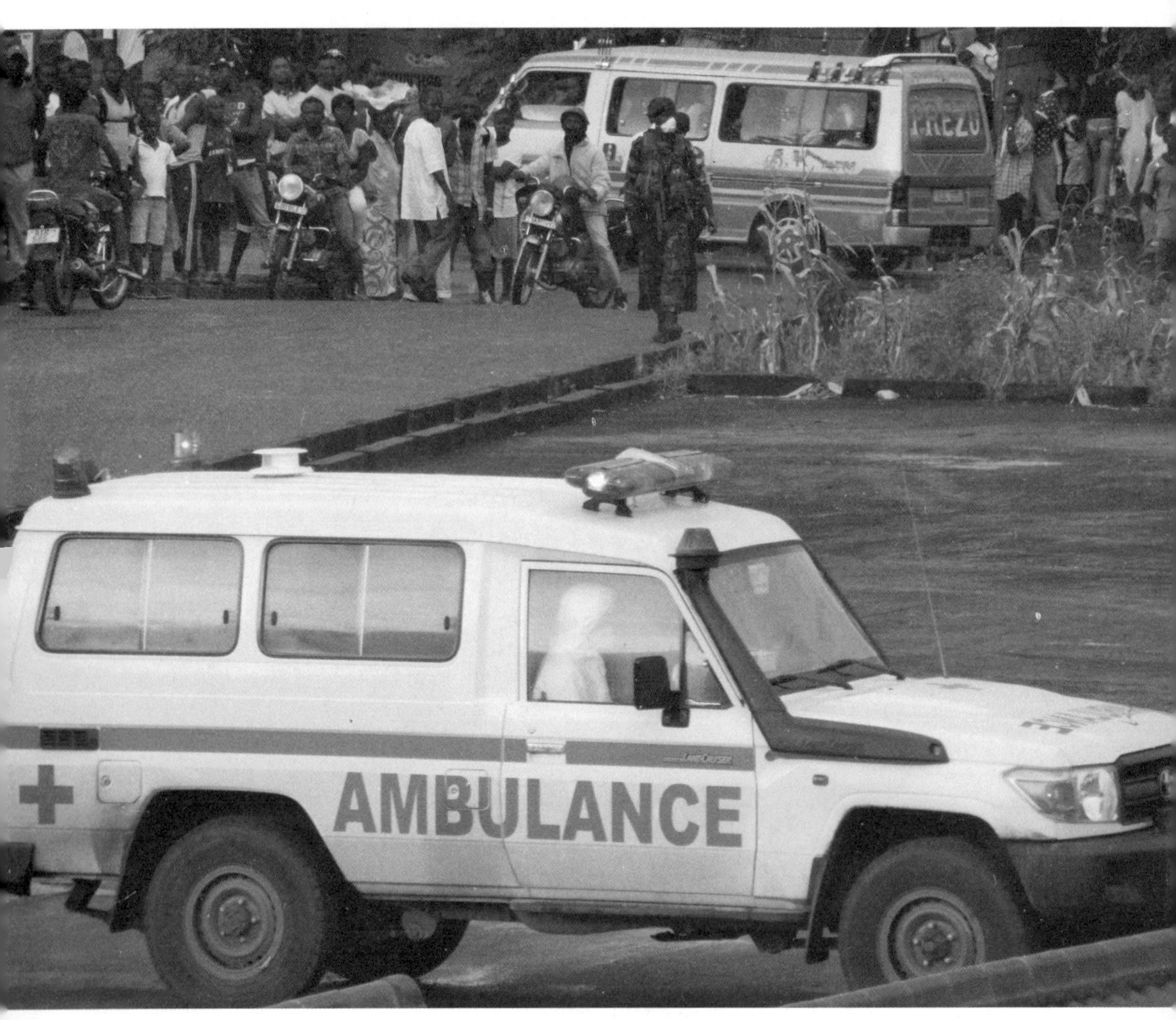

2014年10月1日，医疗队迎来首批埃博拉疑似病人。图为首辆转运车辆抵达医院门口。

2014年10月1日，医护人员全副武装接诊埃博拉疑似病人现场。

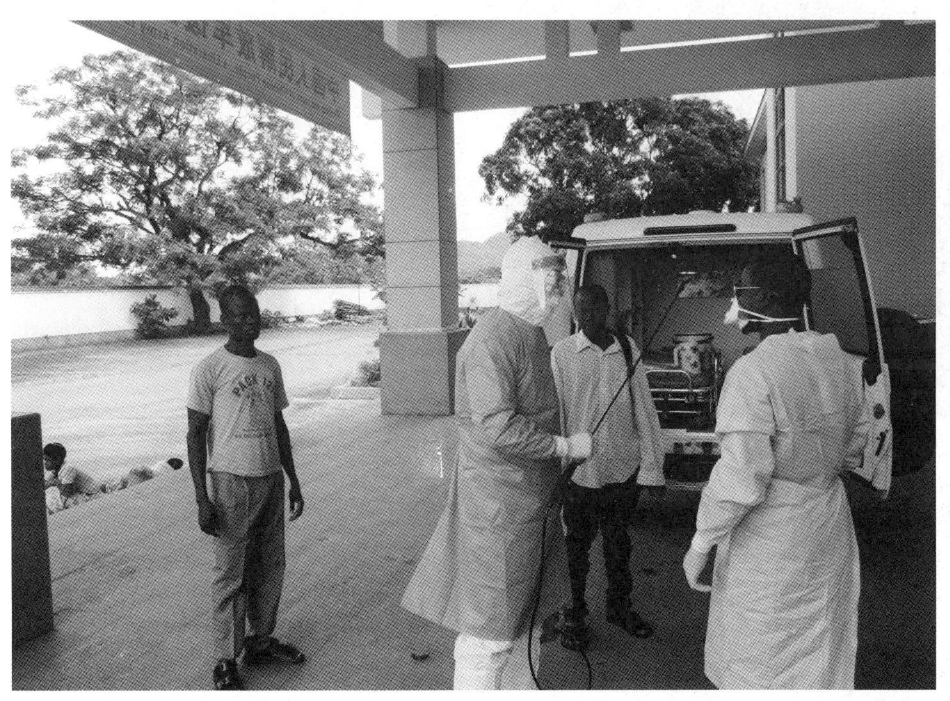

2014年10月1日，医疗队防控组队员对转运病人的救护车司机进行消毒。

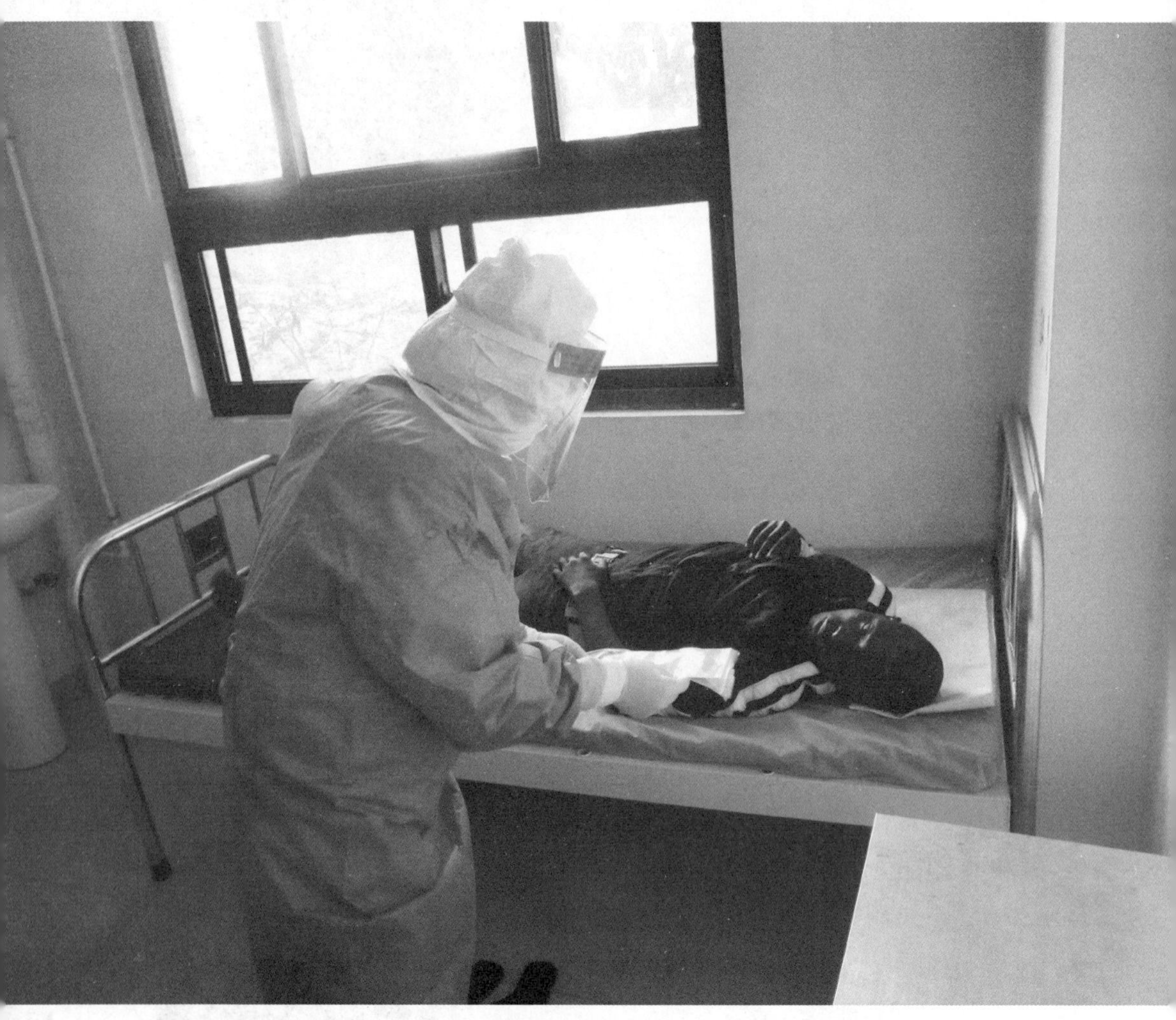

2014年10月1日，首位病人入院时尚可以自行行走，但一到病房明显体力不支，图为护理人员为其分发药品。

2014年10月1日，护理人员在为病人交代注意事项。

2014年10月1日，医护人员通过远程体温连续监测平台监测患者体温。

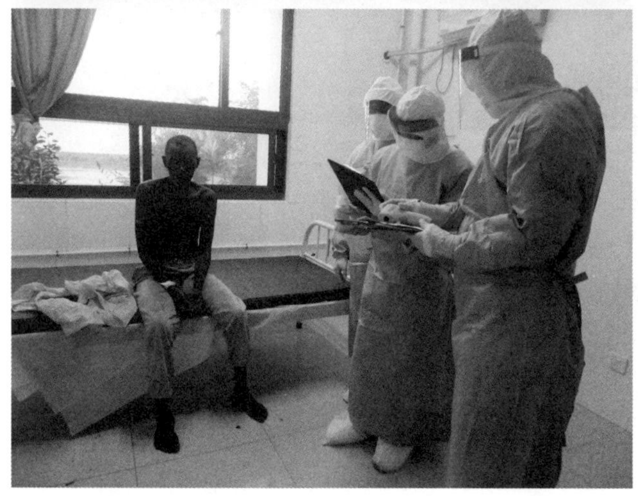

2014年10月9日，医护人员在查房。

2014年10月26日，医护人员在查房并对患者进行心理疏导。

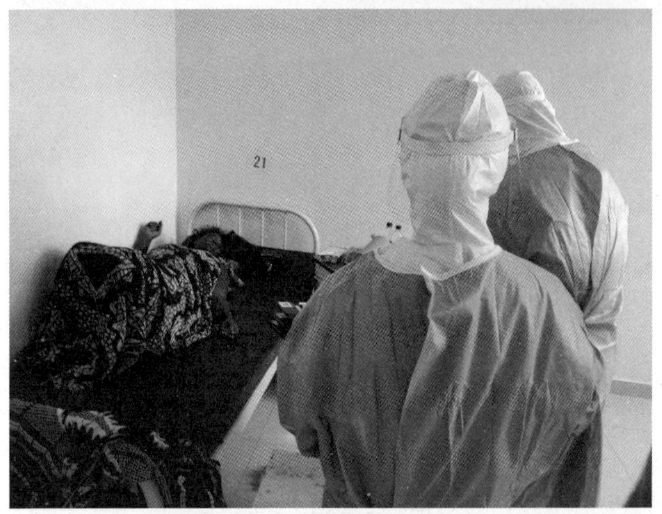

2014年11月11日，医护人员在查房。

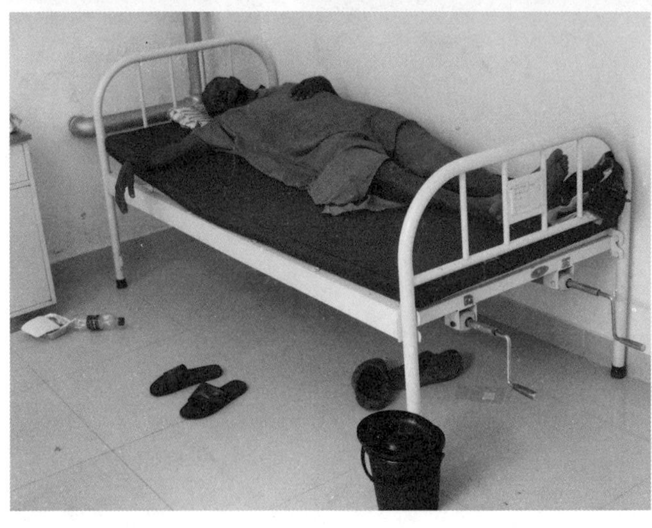

2014年11月11日，医护人员在查房。图为卧床休息的埃博拉病人。

2014年10月1日，工作人员在认真消毒当天的接诊台。

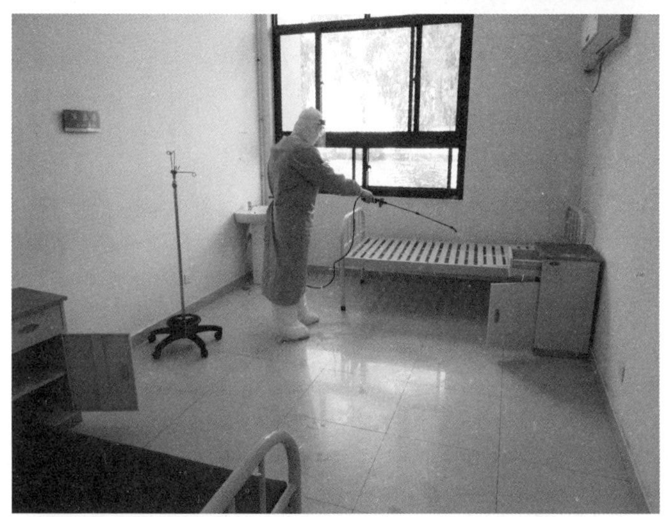

2014年10月11日，医疗队员在消毒病房。

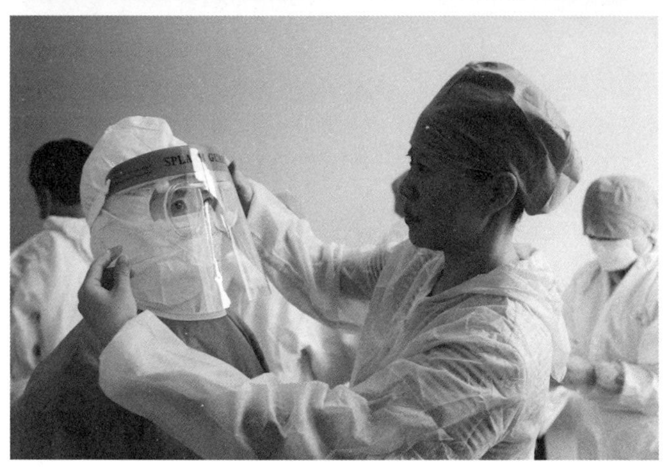

检查队友防护用品穿戴是否合格。严格的感控消毒程序，是实现中塞双方医护人员“零感染”的坚强保障。

2014年11月11日，与穿相反，防护用品脱的过程也相当繁复，从病区出来，脱衣之前，首先要进行全身的喷淋消毒。

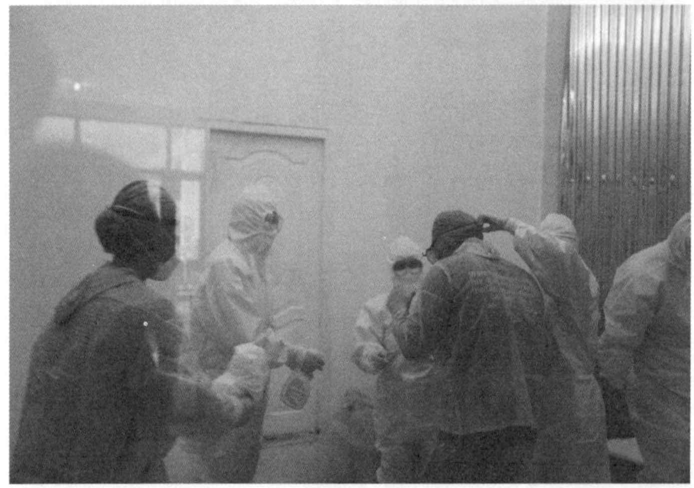

2014年10月26日，防护用品脱的过程要按照缓冲一区、缓冲二区的分区要求，逐项分步完成，图为缓冲二区。

2014年11月11日，医护人员用过的防护用品要全部回收，并认真收集消毒，图为医疗队员在缓冲间消毒防护垃圾。

出有医护人员感染埃博拉病毒死亡的消息，防控组护士长王新华感到肩头的压力和沉甸甸的责任。

每天，王新华总会准时来到她的“哨位”，检查监督双方医护人员的防护流程是否符合标准、消毒隔离措施是否到位。然后，穿上密不透气的防护服，进入病区和工作人员缓冲区喷洒消毒液，消毒和清洗复用防护用品。对于有着20多年传染病防护经验的王新华来说，大家看到的是她那近乎严苛的责任心和不知疲倦的工作状态，却不知她在忍受着手术后的腰痛和对做了心脏大手术，正躺在医院重症监护室里老母亲的深深思念。

每次进出病房，医护人员都当作第一次来对待，严格工作流程和着装规定，每一件防护用品穿脱动作、每一个防护注意事项，都做到一丝不苟、滴水不漏。每次进出病房，至少两人同行，以便互相检查和监督。由于采取了科学的防控措施，执行了规范的操作流程，最终实现了中塞双方医护人员“零感染”。

两个月的时间里，医疗队党支部充分发挥战斗堡垒作用，定期召开支委会，坚持每日业务工作例会，利用多种手段搞好思想发动，鼓舞士气、激励斗志，使全体队员始终保持高昂的精神状态和顽强的战斗作风，保证了各项工作的高效运行。

在医院改造的工地，在搬运物资的现场，在烟熏火燎的厨房，在颠簸崎岖的公路，后勤组队员任劳任怨，默默无闻，甘当“幕后英雄”，用优质的服务为全体队员提供了坚强的后勤保障，为抗击埃博拉疫情立下了汗马功劳。

从抵达疫区的那天起，医疗队每一名队员早已将个人生死安危置之度外。他们只有一个信念：战胜疫魔，捍卫光荣！

厚厚的口罩遮挡着他们通畅的呼吸，却挡不住他们对患者真切的情意和悉心的护理；厚重的隔离衣阻止了他们轻快的步伐，但阻止不了他们对病人细心的筛查和精心的治疗。

医疗队在全力做好收治工作的同时，秉持“以我为主，开放兼容”的理念，积极参加塞国政府组织的各种联席会议，注重加强与世界卫生组织、国际红十字会、无国界医生组织，以及英国、古巴医疗队的沟通与交流，实现信息共享、经验互鉴。编印的《埃博拉出血热简报》，为收治工作提供了技术指导和信息支持。

责任与使命激励搏击力量，心血和汗水浇开胜利之花。

自2014年10月1日至11月14日，医疗队共收治留观患者274人，确诊埃博拉患者145例，排除疑似患者79例。在塞拉利昂所有埃博拉留观中心中，医疗队保持了“日均收治病人最多、住院病人最多”的记录。尽管开诊最晚，病人收容总数仍然位居塞国第二。

2014年11月1日，医疗队员光荣火线入党，图为在党旗下宣誓。

2014年10月17日，医疗队组织队员与国内的家人进行视频通话。

医疗队坚持每日召开业务工作例会，总结工作，部署任务。

2014年11月5日，医疗队队员在驻地与第302医院领导进行视频通话。

2014年10月11日，医疗队队员在驻地与即将出征的我军援利医疗队队员进行视频通话。

卡拉OK；制作战地板报。

合唱院歌；打扑克。

医疗组队员张悦生日；医疗保障组队员房吉祥生日。

医疗组队员张洁利生日；指挥组队员黄显斌生日。

2014年9月29日，无国界医生组织驻塞拉利昂负责人Ewald带队来到中塞友好医院参观交流。

2014年9月29日，无国界医生组织驻塞拉利昂工作人员学习借鉴我军医疗队自制防护用品穿脱流程图。

2014年10月6日，医疗队领导前往弗里敦疫情指挥中心协调患者转运事宜。

2014年10月10日，医疗队领导带队前往英国负责运营的埃博拉留观中心参观交流。

2014年10月15日，古巴医疗队来到中塞友好医院参观交流。

2014年10月27日，医疗队队员参加我驻塞大使馆赵彦博大使组织召开的新闻发布会。

2014年10月18日，医疗队内科专家为中资企业员工义诊。

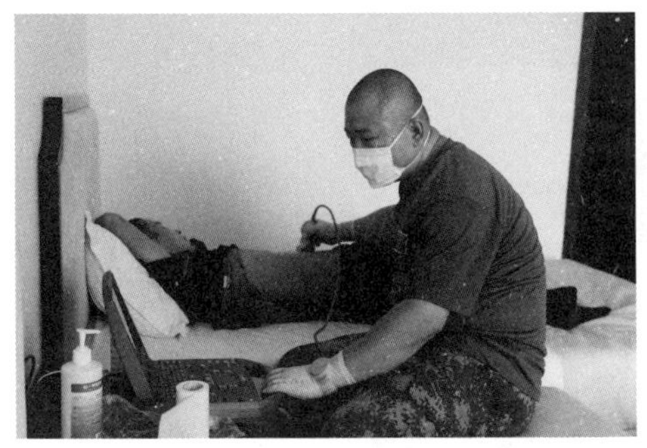

2014年10月18日，医疗队专家为中资企业员工进行超声检查。

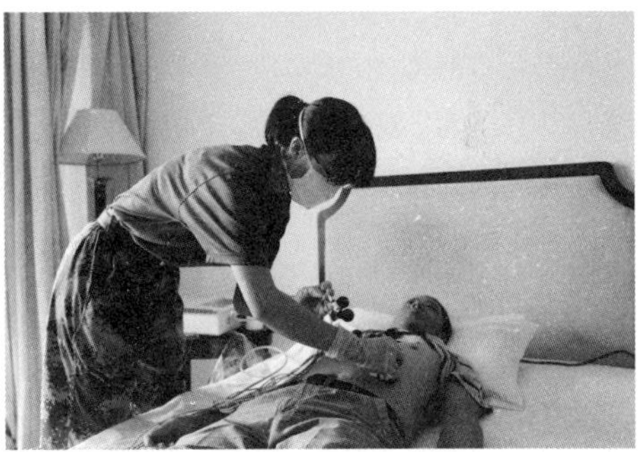

2014年10月18日，医疗队专家为中资企业员工进行心电图检查。

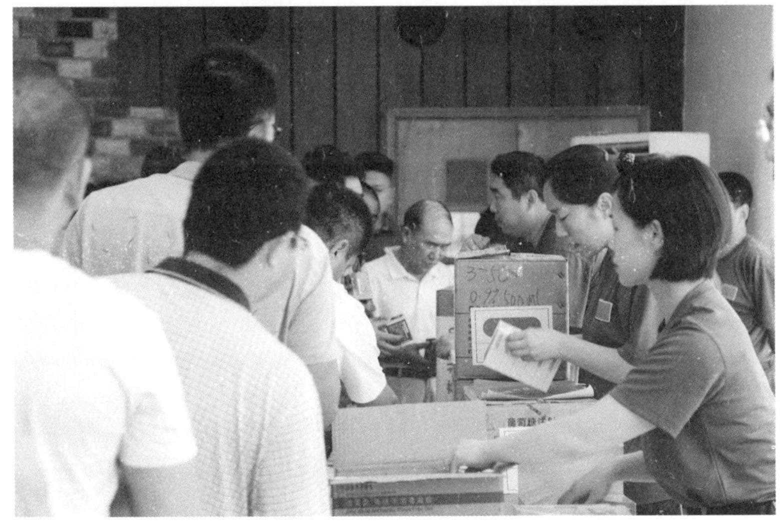

2014年10月18日，医疗队专家为中资企业员工发放药品。

2014年10月18日，医疗队专家为中资企业员工赠送科普书籍。

2014年10月21日，医疗队深入我国驻塞偏远地区中资企业——湖南建工集团援塞水电站项目部所在地送医送药。

2014年10月21日，医疗队深入我国驻塞偏远地区中资企业——中国中铁七局海外公司塞国市政项目施工现场送医送药。

2014年10月23日，医疗队教导员孙捷（左）向当地华人商会负责人赠送药品。

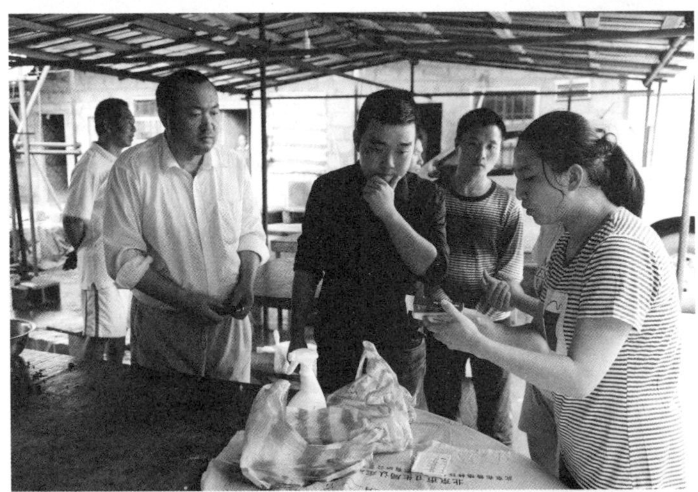

2014年10月26日，医疗队深入我国驻塞偏远地区中资企业诊治病人。

2014年11月12日，医疗队队长李进（左）向我驻塞大使馆赵彦博大使赠送纪念品。

当地时间2014年11月15日，医疗队圆满完成埃博拉疫情防控任务启程回国。

祖国，我们回来了！2014年11月16日，医疗队全体队员平安抵达首都国际机场。

2014年11月16日，医疗队队员抵达位于京郊的医学观察地点，向欢迎的人群挥手致意。

11月16日，第302医院首批医疗队全体队员以顽强的毅力、精湛的技术、高尚的医德、过硬的作风和严明的纪律，圆满地完成了埃博拉疫情防控任务，为祖国和军队赢得了荣誉，为中塞友谊画上了浓墨重彩的一笔。

善战何须硝烟里，无声沙场亦英雄！

31名白衣战士，横跨亚欧非三大洲，往返行程两万多公里，经过60个日夜的战斗洗礼，第302医院的这支防疫尖兵将刀锋砥砺得更加锋利，将意志锻造得更加坚强，当祖国和人民召唤的时候，他们随时挺身而出、勇往直前。

医疗队为人类健康事业做出的贡献，历史不会忘记！医疗队在此次国际救援行动中积累的宝贵经验，必将载入我军卫勤建设发展的史册！

2014年12月10日，医疗队队员结束医学观察回到北京第302医院。

2014年12月10日，北京第302医院领导欢迎队员们回到医院并合影。

侧记一：抗埃最前线的11朵金花

2014年9月16日，出征前，11朵“金花”与送行的院领导合影。

来自解放军第302医院的首支援塞医疗队里的11名女队员，在国际救援行动中负责护理、防控和翻译工作。作为我军最早挺进西非疫区、离致命病毒最近的“娘子军”，她们犹如11朵“铿锵玫瑰”，绽放在没有硝烟但却险象环生的特殊战场。

首日即首战

经过 18 小时空中飞行，医疗队于 2014 年 9 月 17 日凌晨 2 时抵达塞拉利昂首都弗里敦的隆吉国际机场。办理完通关手续后，队员们星夜兼程，经过 5 小时的路途颠簸，于当天上午 8 时 20 分入住弗里敦市郊驻地。

“首日即是首战开始。”医疗组护士长吴丹的语气中透着几分坚定。当天上午，队员们顾不上休整，克服时差、疲惫、高温和暴雨等不适因素，迅速投入到各项准备工作中。

在没有机械化卸载工具的情况下，全体女队员变成了“女汉子”，与男队员连续奋战三昼夜，硬是靠手抬肩扛，对随货机运抵的 47 类，近 50 吨医疗和后勤物资设备进行了卸载、清点、搬运、整理和入库。医疗组护士孙娟的手蹭破了皮，张悦的腿抽起了筋，张洁利的脚磨起了泡，但没一个人叫苦叫累。她们心里十分清楚，战幕还未揭开，真正的考验还在后面。

物资归整刚刚告一段落，摆在这些亲历过抗击“非典”、防控“甲流”的女队员面前的还有三块“硬骨头”：对中塞友好医院进行结构性改造，对塞方工作人员进行防护培训，起草制定各项规章制度、工作流程和护理方案。

受领任务后，11 名女队员迅即投身到三场“攻坚战”中。防控组护士长王新华、秦玉玲对医院原有结构进行详细了解和勘察，按照传染病病区“三区两线”的设置要求，提出改造建议。经过夜以继日的施工，一个星期后，就将这所综合性医院改建成具备收治烈性传染病埃博拉的专科医院。

医疗组护士长吴丹、刘丽英带领组里的吴尧、李因茵、张洁利、陈素红等四名队员与指挥组翻译王姝组成“强大阵容”，开始对塞方工作人员进行防护培训。然而，培训一开始就遇到“拦路虎”。塞方的 47 名护士和 40 名保洁人员缺乏传染病防治知识和业务技能基础，更甭提重大传染病疫情防治经验了。36 道穿脱流程刚演示两三道，每个人就都皱起了眉头。

于是，女队员们身着密不透气的防护服，每天冒着 35℃以上的高温天气，一丝不苟地训练着上述科目。一遍不行两遍，两遍不行三遍，一套动作每天重复数十次，直到对方领会为止。

连日的劳累，吴丹的嗓子一度哑得说不出话来，有时连饭都吃不下，但她没有落过一节课；刘丽英的体力严重透支，感到心慌、气短和头晕，队领导催促她

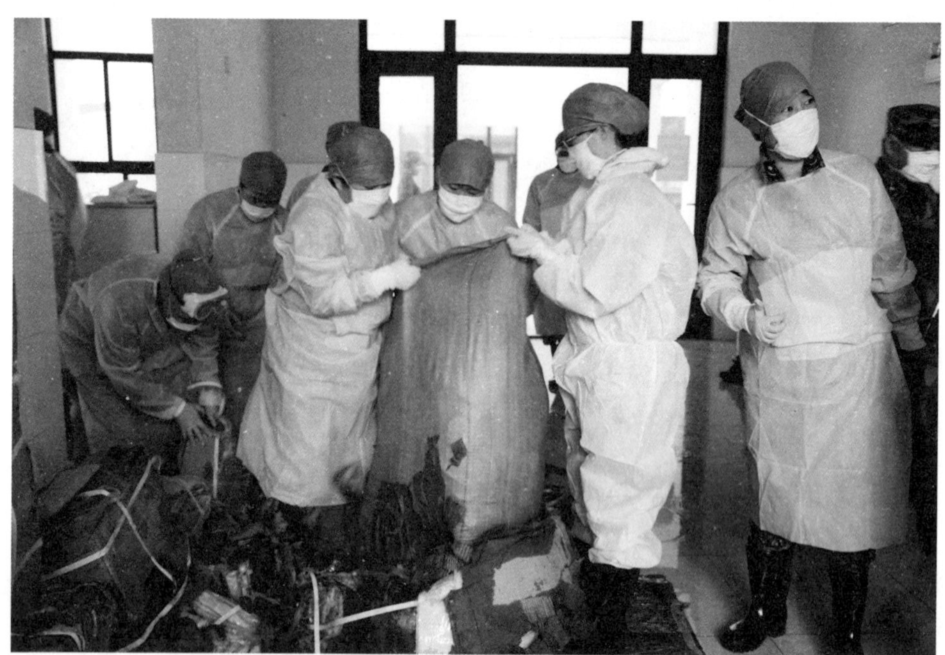

2014年9月18日，女队员们冒雨搬运整理物资。

2014年9月20日，女队员在整理码放物资。

多休息，她却说：“在关键时刻退下，我有种临阵逃脱的感觉，特别是现在培训任务这么重、时间这么紧的情况下，我不能当‘逃兵’。”

翻译王姝虽说不用穿防护服，但她一点也不轻松，队员们每讲解一个动作，她都用精准流利的英语进行解说，有时还帮塞方工作人员纠正动作，尽管腿脚麻木、口干舌燥，但她都一声不吭，一直咬牙坚持着。

最终，87 名塞方工作人员全部顺利通过考核，为塞方留下一支“带不走的传染病防护队伍”。

无惧生死

10 月 1 日，中塞友好医院埃博拉留观中心正式开诊，医疗组护士孙娟、刘丽英第一批进入了一线，当天就收治入院七名埃博拉疑似病人。防控组的王新华、秦玉玲也随同进入一线负责消毒保障。

当两辆救护车拉着刺耳的警笛呼啸而来时，她们义无反顾地奔向属于自己的战场，为病人配戴口罩、测量体温、安排床位、发放药品、消毒救护车辆……工作有条不紊，动作干净利落，看不出一丝一毫的紧张与恐惧。

开诊后的第七天下午，塞方埃博拉疫情指挥中心突然打来电话：有 12 名疑似病人将于一小时后转运到留观中心，请做好收治准备！一次性接诊这么多的患者，李因茵、张悦等三名值班医护人员的压力可想而知。

接诊工作从下午 5 点开始。经过一番“全副武装”，陈素红第一个冲进病房，令人揪心的一幕赫然出现在她眼前：两名重症患者一入院，就瘫倒在病床上，血液、呕吐物和排泄物喷溅了一地，散发出一股恶臭，医护人员虽全力救护，但仍因病情太重不治身亡。

一拨人抓紧清理消毒现场，另一拨人则争分夺秒地收治其他患者，等把患者全部安顿好时，医护人员密不透气的防护服里已被汗水浸透，双腿也像灌了铅似的。当大家走出病房回到缓冲区时，才发现在一线竟然已工作了两个多小时。

护士们在随医生查房时，有时会被患者的血液、呕吐物喷溅到身上，可她们从来没有抱怨，也从来没有退缩过。“和恐怖神秘的埃博拉病毒短兵相接，害怕吗？”“既然敢来，就容不得我们害怕，也没什么好怕的！”面对询问，短发精干的李因茵显得底气十足。这种底气源自哪里？防控组队员用实际行动给出了答案：防感染，就是保生命；防控力，就是战斗力。

自从打响抗击埃博拉疫情的第一枪，队领导就给全队下了一道“死令”，确保中塞双方医护人员“零感染”、留观患者“零交叉感染”，这是医疗队工作的底线。

“防控工作，看起来没有在病房里救治患者那样艰难和危险，但防控工作的无形战场，同样需要奉献、拼搏和牺牲精神。”王新华说。

为了实现“双零”目标，防控组队员每天背负几十斤重的消杀器具，进入病区喷洒消毒液。对工作人员缓冲间内的垃圾进行清理，对复用防护用品进行消毒和清洗。同时，指导塞方保洁人员对患者呕吐物、排泄物、垃圾和尸体进行消毒。高浓度的消毒液，即使隔着护目镜和防护面屏，也会呛得她们直流眼泪。

然而，随着疫情的不断蔓延，患者数量的不断增多，特别是不断曝出有医护人员感染埃博拉病毒死亡的消息，防控组队员心中不免感到一种无形的压力。“病房就是战场，一个没有硝烟，但随时可能有人倒下并为之献身的战场，必须严防死守，绝不能掉以轻心！”秦玉玲在日记里这样写道。

爱超越国界

疫魔无情，人间有爱。这种爱，跨越了地域，忽略了肤色。

10月的一天，一位母亲带着一个女孩步履蹒跚地来到医院留观中心分诊大厅。女孩名叫尤雅娜，时年九岁，因母亲有明确的接触史，并有埃博拉的相关症状，被救护车转运到留观中心，她是随车来照顾身体虚弱的妈妈。

不幸的是，次日早晨尤雅娜的母亲便去世了。想到幼小年龄就要面对失去妈妈的残酷现实，同样身为九岁孩子母亲的值班护士陈素红的心都要碎了。

尸体运走后，尤雅娜做出的举动出乎所有人的预料，她从病房外面找来一把扫帚，将病房走廊、接诊大厅和自己与母亲住的病房打扫得干干净净，还帮着其他患者端饭递水……看着她瘦小的身躯却迸发出惊人的力量，值班医护人员禁不住感慨：对我们，都是一种心灵的洗礼。

令人庆幸的是，尤雅娜的抽血结果是阴性，在得知这一消息后，大家都高兴地跳了起来。为了让孩子早日出院，避免在医院出现交叉感染，女队员们几经周折也未能联系上女孩的父亲，无奈之下，只好将她送进一所孤儿院。出院之前，护士吴尧带她到淋浴间进行了彻底清洁，换上了干净的新衣服，还给她送了一些食品，希望孩子能换个环境，早日走出失去妈妈的“阴霾”。

在这次抗击埃博拉疫情的战斗中，女队员们把对亲人的思念化作了对患者的倍加关怀之情。对父母、对爱人、对儿女所能做的，仅仅是电话里的一声简短的问候和埋藏在心底的深深歉意。

10月17日上午，防控组护士长王新华照常穿着厚重的防护服出现在缓冲区，补充防护物资，测试消毒液浓度，消毒房间，清理垃圾……平时，这些常规工作对她来说根本不是问题，可今天，她比以往任何时候都完成得更加艰难。

就在赶往医院的路上，王新华接到爱人打来的电话，告诉她年过七旬的母亲因心脏病加重住院做了大手术，现正躺在医院重症监护室里还没苏醒。“手术前一天，老人家再三叮嘱我不要告诉你，怕你分心，影响工作……”还没等爱人把话说完，王新华心里一阵酸楚，泪水夺眶而出。她真想立刻飞到母亲的身边，然而，使命在肩，孝心难尽……

指挥组翻译王姝每天的工作日程表排得满满当当，到塞国刚一个多星期，家里来电话说正上初二的女儿在学校运动会上骨折住院了。“亏欠女儿的以后再弥补，只要在这里一天，就要干好一天。”王姝把对孩子的内疚化为工作的动力，白天，负责医疗队对外协调、沟通和交流以及培训塞方工作人员的现场翻译，与塞国埃博拉疫情指挥中心联系病人接转。晚上，与值班医生核对病人收治数据，向国家卫计委报送当天收治送检信息，向塞国卫生部填报医疗队每日病例情况。她还主动搜集整理疫情相关信息，每天编印一期《埃博拉出血热信息简报》，准时准点送到每位队员的手中，为大家及时掌握疫情动态和研究进展、做好临床收治工作提供了有力保障。

工作中，遇到的最大挑战是什么？医疗组护士长吴丹坦言：“最大的挑战不是繁忙的工作，而是与患者沟通，减轻他们心中的孤独和恐惧。我们不但要治他们的‘身病’，还要治他们的‘心病’。”患者一旦被转运到留观中心就基本上与外界隔绝，他们在心理上和精神上都承受着巨大压力，有的拒绝服药，有的情绪低落，有的性格暴躁甚至朝医护人员发脾气。遇到这种情况，护士们会设身处地站在患者的角度，耐心地为他们解答，鼓励他们树立信心，战胜病魔。

讲不完的故事，写不完的情。就这样，60多个日日夜夜，11名女队员与19名男队员团结一心，并肩作战。她们因疫情的磨砺而更加坚强，因艰险的考验而更加成熟。

侧记二：共用一盆水洗手，就有可能染病

医疗队治疗组组长、第302医院感染性疾病诊疗与研究中心副主任秦恩强说：“埃博拉出血热在疫情级别上比‘非典’还要高，它的致死率高达50%–90%，也是人类迄今为止发现的致死率最高的病毒之一。这对我们此次任务提出了更高要求，必须谨慎做好各种准备工作。”

“想要消灭敌人，必须首先保全自己！”医疗队队长李进讲，“救治埃博拉患者，搞好个人防护很关键，否则就可能丧命。有统计，被感染者的1毫升血液中含有1万至100万个埃博拉病毒，哪怕是咳嗽喷出的一点唾液都有可能是致命的。上一次疫情流行中，七位患者就是由于参加葬礼时共用同一盆水洗手而染病的。”

10月1日，战斗真的打响了。我军援塞医疗队在中塞友好医院埃博拉留观中心接诊了两批从弗里敦不同地区转运来的七名埃博拉留观患者，他们与埃博拉病毒“零距离”接触，有的患者病情很重，出现高热、呕吐、血便症状，稍有不慎，就有可能被感染。这不禁让人发问，如何才能确保医护人员自身零感染？如何确保留观患者之间零交叉感染？

中塞友好医院严格按防控传染病要求，设置了“三区两带两线”。“三区”即清洁区、潜在污染区（半污染区）、污染区，“两带”指清洁区与半污染区之间、半污染区与污染区之间分别设立缓冲带，“两线”为清洁线路和污染线路。

由于塞方工作人员缺乏传染病防治的相关知识与业务技能，特别是缺乏重大传染病疫情的防治经验，他们对塞方47名医护人员和40名保洁人员进行了穿脱防护用品、工作流程、消毒隔离和病区保洁等方面的专业培训，逐一考核合格后方能持证上岗。

根据埃博拉疫情的特点，医疗队围绕接诊流程、感染控制、消毒隔离、垃圾管理、

突发情况处置等各个方面，制定出68类243条诊疗制度和防护措施，以确保“零感染”。

每天，医护人员和留观病人各走各的通道。上班时，医护人员先到清洁区更换衣物、穿戴整齐防护用品后，经过潜在污染区（半污染区），方可进入病房（污染区）。下班时，必须严格按流程在不同的缓冲区脱去相应的防护用品，最后沐浴更衣后，方能进入清洁区。这种“三区两带两线”的设置可以有效防止医护人员感染。

能对患者进行远程实时监测

2014年10月11日上午8时20分许，笔者跟随“全副武装”的医护人员来到门诊大楼。大楼周围设置了警戒线，严密封锁进出道路，防止有人擅闯“禁区”。

设在门诊大厅正中位置的接诊台由两张办公桌拼接而成，台面上摆满了各种英文病历和表格，一对洁白的屏风静静矗立在接诊台两侧，对病历柜、空调扇等物品进行了恰到好处的遮挡，为接诊环境增添了几分温馨与雅致。

8时47分，一辆救护车呼啸而来。“转运留观患者的救护车马上进院！”治疗组组长牟劲松的对讲机传来门卫的报告。他告诉笔者，所有患者都是当地埃博拉疫情指挥中心根据各留观中心的收治情况，统一实施调配的，并由专门救护车集中进行转运。

车刚停稳，司机便从驾驶室跳下，打开后车门，五名患者依次下车，其中一人晃晃悠悠走了几步，便因体力不支，躺倒在门诊大厅前的台阶上。

“赶快接诊！”牟劲松当机立断。医护小组立即按照接诊流程展开工作，防控组对转运患者车辆进行消毒，护理组为患者分发口罩、测量体温，同时引导患者来到门诊大厅的接诊台前。

“姓名、年龄、有无接触史……”问诊时，患者隔着接诊台坐在医生对面的沙发椅上，中间保持着两米的安全距离。20多项病人信息，医生边问边记，每位患者平均接诊时间为10-15分钟。

详细记录下患者信息，采集完病史后，护士将他们一一领进病房，遵照医嘱从药房领取药物后，又一一送到患者床前。与此同时，他们还为每位患者戴上新型无线体温计，患者体温被连续发射到服务器，医护人员可以借此进行远程实时监测，通过热型曲线比对，实现对留观患者不间断的体温监护。

2014年10月11日，救护车将埃博拉疑似病人转运到中塞友好医院。

2014年10月11日，医疗队护士对埃博拉疑似病人测量体温。

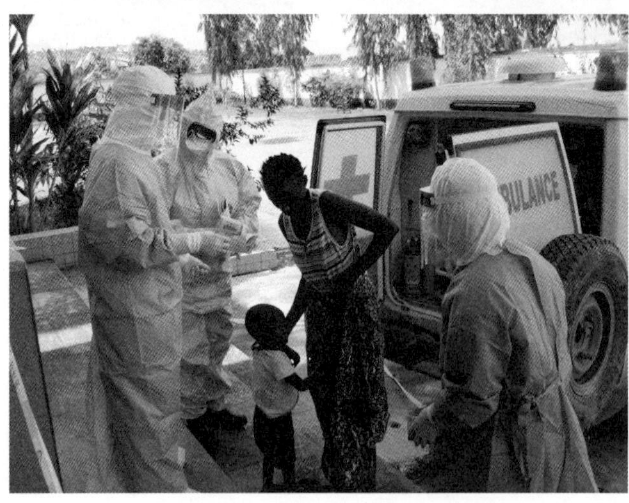

2014年10月11日，又一辆转运埃博拉疑似病人的车辆抵达中塞友好医院。

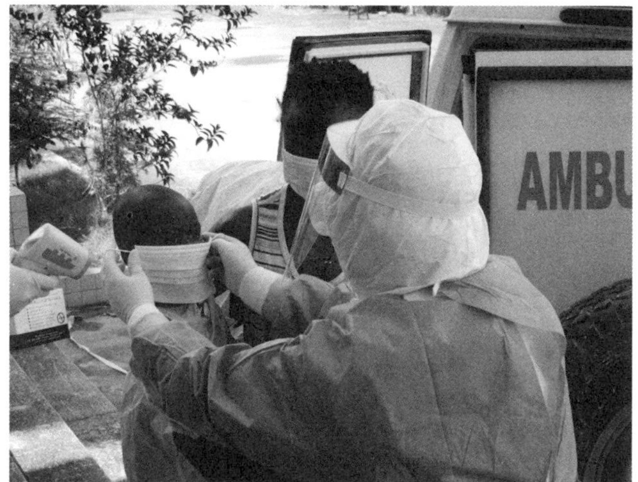

2014年10月11日，医疗队护士为埃博拉疑似病人发放佩戴口罩。

2014年10月11日，医疗队护士将埃博拉疑似病人引导到接诊大厅。

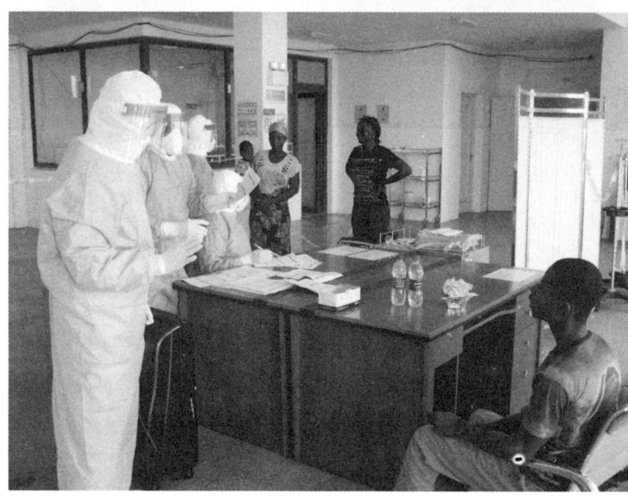

2014年10月11日，医护人员接诊埃博拉疑似病人。

穿着密不透气的防护服，医护人员在30多摄氏度的炎热天气中，持续一个半小时接诊，其间不能喝水，不能上厕所。稍微动几下，身体就立马被汗水浇透，衣服、头发紧紧贴在身上、脸上，这对医护人员体力消耗很大。笔者看到，当大家回到缓冲区域时，都浑身大汗淋漓，口罩、衣服全部湿透，连防水雨靴中也能倒出汗水。每次脱下厚厚的防护服，都深深体会到自由呼吸竟是如此酣畅……

为防交叉感染，用心很深

留观中心内，先期展开的床位有40张，分设疑似和确诊两个病区。安装的远程监控设备，不但实现工作人员缓冲区、接诊台、药房以及确诊患者病房等重点部位全覆盖，而且还可将污染区的病历资料传输到清洁区，确保病历资料的清洁与完整。

被转运来的留观病人，由于没经过实验室检测，无法判断哪些是疑似患者，哪些是确诊患者，接诊医生就根据病情轻重和埃博拉相关症状等进行综合评估，一律安排住进单间隔离病房。“这样做的目的就是想控制传染源，切断传播途径，有效预防交叉污染。”医疗保障组组长郭桐生告诉笔者。

据了解，医疗队每天安排护士为留观患者统一抽血，进行埃博拉病毒核酸检测，化验结果若是阳性即被确诊，若间隔三天，两次化验结果均为阴性，则被排除。

“防止交叉感染遇到的最大困难是什么？”笔者问。

“很多患者对埃博拉病毒几乎一无所知，医护人员一旦离开，他们就会走出病房，有的甚至相互串门，使防控工作面临着很大挑战。”防控组护士长王新华说，“单间隔离仅仅是防控交叉感染的一个方面，想要真正实现留观患者‘零交叉感染’，必须做深做细患者的教育管理工作。”为此，医疗队采取一系列举措。

笔者看到，医疗队把埃博拉疫情的防控知识制作成卡通宣传画和温馨提示，张贴在病房的醒目位置，使患者增强自我保护意识，避免扎堆儿造成传染扩散。每间病房都配备了洗手液和消毒剂。保洁人员及时回收处理医疗废弃物，每天对病房和卫生间进行消毒。污染的医疗垃圾和阳性患者使用过的一次性物品，也及时焚烧和掩埋。

对检测结果呈阳性的患者，留观中心会协调埃博拉疫情指挥中心，转运到专门的治疗中心。对两次检测结果为阴性者，则转运到社区医疗机构进行24小时留观。死亡患者尸体由专人先进行消毒，然后装入运尸袋，并联系塞方专门运尸队

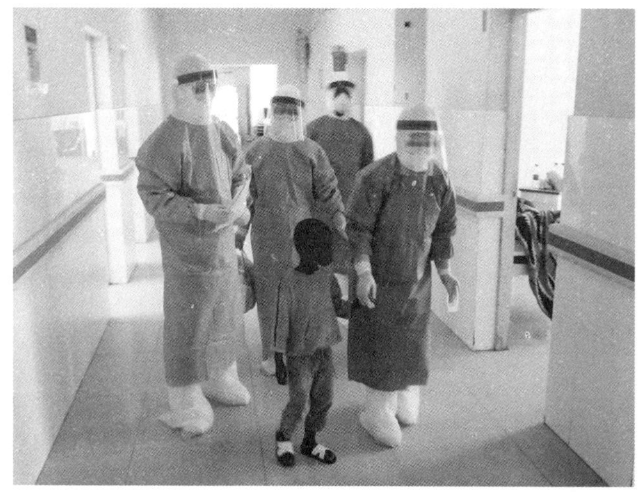

2014年10月11日，医护人员引导埃博拉疑似病人进入病房。

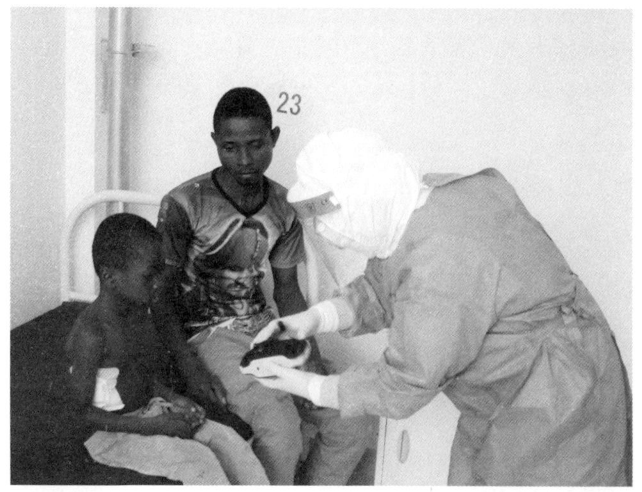

2014年10月11日，护士给埃博拉疑似病人赠送玩具，缓解孩子紧张情绪。

2014年10月11日，为防交叉感染，医疗队队员耐心规劝病人回本人病房休息。

前来运走、掩埋。

此外，医疗队还为每名患者免费提供餐饮和一次性杯子、卫生纸等日常用品，并配发一台收音机。患者出院时，先洗澡，再全身消毒。为防止交叉感染，患者入院时所穿衣裤均不允许带出医院，院方为他们免费提供新的衣裤。

11件防护用品，36道穿脱流程

笔者细数了一下，医护人员的防护用品共有11件，除了防护服、医用防护口罩、护目镜，还有隔离衣、手套、防水雨靴等，穿有13道流程，脱则多达23道流程，每脱一件防护用品都要用消毒液对手进行一次消毒，并严格规定了包括从上到下穿戴、口罩先戴后摘、穿脱不颠倒、行走不反向、脱防护服忌抖动等10条原则。

“防护用品精细的穿脱流程及严格的区域管理，是避免交叉感染、保护医护人员零感染的关键所在。”防控组组长贾红军说。在他的指导下，笔者足足花了20分钟时间才将防护用品穿戴好。经过一番严严实实的“包裹”，不到10分钟，笔者身体已开始微微冒汗，憋得有点喘不过气来。

“就算做足了防护功课，也不能掉以轻心。”护士孙娟告诉笔者。为确保万无一失，医护人员每次进出病房至少两人同行，以便互相检查和监督。笔者发现，“钻进”防护服后，大家根本辨认不清对方是谁，只能透过防护面屏和护目镜四目对视。

侧记三 奋战在“抗埃”一线的后勤尖兵

在我军首批援塞医疗队抗击埃博拉疫情的战场上，活跃着一支由军需、医工、水电、炊事和驾驶等专业人员组成的后勤保障尖兵。自9月17日抵塞以来，在医院改造的工地、搬运物资的现场、烟熏火燎的厨房和颠簸崎岖的公路上，后勤组七名队员任劳任怨，甘当“幕后英雄”，用他们的真心，他们的体贴，他们的关爱，他们优质的服务，为医疗队全体队员提供了有力的后勤保障，为抗击埃博拉疫情立下了汗马功劳。

2014年9月26日，后勤组队员在塞拉利昂弗里敦隆吉国际机场清点搬运物资。

搬运物资　艰苦奋战

兵马未动，粮草先行。出国前，医疗队抽组单位第302医院紧急筹措了食品、生活用品、警勤保卫器材、水电器材和车辆配件等五大类、30余吨的后勤物资，从出发前的整理、登记、打包和装车，到运抵后的卸载、搬运、清点和入库，都奋战着他们的身影。

尤其是医疗队刚抵塞时正逢塞拉利昂雨季，为确保物资设备的安全，后勤组组长刁锴既当指挥员又当战斗员，两次主动请缨，带领队员负责从机场至医院200多公里路程的物资押运。物资设备运抵医院后，他们顾不上休整，与其他队员一道将中塞友好医院的十间病房腾空临时改作库房。由于过度劳累，刁锴的胃病老毛病复发，疼痛难忍，但他依旧坚持着，吃上几片止痛药，又加入到战斗的行列。在他的带领下，后勤组队员顶着高温，冒着大雨，手抬肩扛，争分夺秒地卸物资、搬箱组、扛器材，经过三天三夜的连续奋战，终于将全部物资设备进行了卸载、清点和入库。

智能“抗埃”　方便快捷

后勤组的工作繁杂而忙碌，队员们基本上24小时处于待命状态，哪里需要就往哪里冲锋。一天下来，每个人都累得腰酸腿软、汗流浃背。可是他们咬牙坚持着，默默承受着……

物资归整刚告一段落，对中塞友好医院进行结构性改造的工作又摆在医疗队的面前。后勤组主要负责与医疗组和防控组对医院结构进行勘察了解，并按照传染病病区的设置流程提出专业性改造建议。经过夜以继日的施工，仅用一个星期就将这所综合性医院改建成具备收治烈性传染病埃博拉的专科医院。

由于埃博拉是一种高传染性、高致死率的烈性传染病，医护人员每天频繁接触病人，存在很大的感染风险。为确保中塞双方医护人员“零感染”，住院患者“零交叉感染”，队领导给后勤组下达了安装视频监控系统和体温连续远程监测预警平台的任务，以便对工作人员诊疗工作和患者活动情况进行实时监督提醒，方便患者测量体温。

受领任务后，队员高磊克服时间紧、任务重、要求高的困难，根据医院病区

队员利用视频监控系统察看病区诊疗秩序。

中塞友好医院，医疗队自供发电设备。

中塞友好医院的饮水保障车。

布局实际情况，加班加点工作，仅用两天时间，布视频线和电源线3000多米，使用线卡2000多个，穿孔打眼60多个。虽然汗水湿透衣背，气喘吁吁，两腿发酸，但他没有叫苦叫累。视频监控系统安装完成后，不但对医院大门、工作人员缓冲区、接诊台、护士站、药房、病区走廊以及确诊患者病房等重点部位实现了全方位立体监控，发现问题第一时间予以纠正和处理，而且还可将污染区的病历资料通过专用摄像头拍摄传输到清洁区，并能在值班室随时调取整理，确保了病历资料的清洁和完整。

体温连续远程监测预警平台通过无线方式，对留观患者进行24小时不间断的连续测温。只要将新型无线体温计粘贴在留观患者的腋下，每隔两分钟，实时体温即可远程传输至监测及预警系统。通过曲线比对，实现对留观患者的监护，不仅大大减少医护人员与留观患者接触造成交叉感染的风险，也为尽早发现和治疗疑似病例争取了宝贵时间。“这两套系统真是为我们省了不少事，有了它们，医护人员感染和患者交叉感染的隐患得到极大的降低，我们心里也踏实多了！”医疗组组长牟劲松说。

菜品丰富　营养均衡

饮食保障虽然在出国前做了认真准备，但抵塞后还是遇到诸多难题，当地物资极为匮乏，日常副食采购非常困难。针对这些问题，后勤组不等不靠，立足现有条件，克服重重困难，创造性地开展自我保障，想方设法调剂饭菜花样，精益求精提高伙食质量。

每天，熊峰、单勇等四名队员起早贪黑，挥汗如雨，既要保证医疗队员的正常开餐，又要肩负起对值班医护人员的配餐、送餐的任务。担子之重，不言自明。在执行任务期间因表现突出火线入党的队员黄云奎感慨万分：“尽管伴随这些时间的是恶劣的生活条件和不可预知的困难，但是军人的使命就是这样，只有此时此刻才体现出军人的价值，才不愧于身上的这身军装。”

为提高饭菜质量和配餐营养，他们制定了每周食谱，从原料的采购、菜品的准备、饭菜的加工到盒饭的配送，采取轮流值班的方式，保证定时定点开饭和配送。“不仅要保障队员吃饱，还要吃好，这样，他们才能有充沛的体力投入一线。”为此，他们定期征集队员的意见和建议，先后五次修订食谱，达到每餐荤素搭配、摄入均衡的标准，确保医护人员饭菜营养的丰富和合理。“饭菜很好吃，我都打

忙碌的后勤厨房：馒头出锅；炒热菜；做冷盘。

准备送餐；值班医护人员享用后勤组配送的午餐。

算减肥了。”防控组组长贾红军风趣地说。

医护人员为救治患者，经常不能按时下班。每当遇到这种情况，配送饭菜的队员就会主动留下，直到医护人员从病区出来，吃上用微波炉加热的饭菜，他们才放心地离开。感控组护士长王新华心怀感激地说：“当看到他们满头大汗地抬着饭菜为我们前来送餐时，我们感动了。每次见到我们的第一句话就是‘英雄们，你们辛苦了！’而且还经常提醒我们注意安全，我们感动了。当每天吃着可口的饭菜时，我们联想到的是后勤队员在为我们奔波忙碌的身影，我们又一次深深地感动了！”——这样的评价是对后勤组全体队员的最好奖赏与慰藉。

手握方向盘　安全记心中

在此次抗击埃博拉疫情的斗争中，司机也是最辛苦的工作之一，主要负责工作人员上下班、采购物资、为值班队员配送饭菜，外出参加各种会议和学习交流等车辆服务保障。

喷绘有“五星红旗”和“中国人民解放军援塞医疗队”字样的中巴车辆，每天往返于医院和驻地，穿梭于大街和小巷，犹如一道流动的风景线。车辆所到之处，沿途民众都会对着车身竖起大拇指，投来赞许的目光，不断有人欢呼鼓掌，嘴里不停地喊道：“CHINA，GOOD！”“他们的目光和掌声是给医疗队的，更是给中国人民的，我们绝对不能掉链子。”谈起自己的工作，憨厚淳朴的山东小伙邹庆伟掩饰不住内心的自豪，同时也深感责任重大！

由于医院和驻地相距20多公里，司机陈植每天驱车来回往返好几次，两个月来都没有好好休息过，但没有流露出一丝的抱怨。看着他这么辛苦，医疗组的女队员们心疼地说：“小陈，我们能代劳的，就交给我们吧，别累坏了身体，你的衣服就交给我们来洗吧。”陈植朴素的话语让人动容：“你们抛弃个人安危，每天战斗在一线是英雄，我做一名好司机，完成使命就是我最大的荣誉。与你们相比，我这点辛苦算不了啥！”

塞拉利昂的天气就像小孩的脸，说变就变，时而骄阳似火，时而狂风大作，时而暴雨如注，无论天气怎么变化，两名司机都风雨无阻，从来没有半句怨言。每天闲时，他们严格做好车辆的保养、清洁和消毒，并严格遵守当地的交通规则，确保安全、文明、干净和卫生。两个月来，累计出车600余台次，安全行驶一万多公里，为埃博拉疫情防控工作顺利开展提供了有力保障。

2014年11月7日，医疗队后勤组司机在工作中。

2014年11月7日，医疗队队员完成当天工作任务，乘车从中塞友好医院返回驻地。

有一种力量叫作坚持，有一种付出叫奉献，有一种感动叫温暖。后勤组队员没有豪言壮语，有的只是无声的默默行动，有的只是义无反顾的奉献，他们以“主动服务，心系一线，队员的满意就是我们追求的目标”的精神，奋战在抗击埃博拉疫情的另一个战场……

侧记四　中国医生与西非国家共同抗击埃博拉

2014年11月15日，战友之谊。中塞医护人员合影留念。

中国疾病预防控制中心移动实验室检测队9月17日抵达塞拉利昂后迅即投入工作，帮助塞拉利昂抗击埃博拉疫情。截至10月16日，中国实验室共接检埃博拉病毒样本505例，其中276例经检测为阳性样本，检测量占塞首都弗里敦所在的西区检测样本总数一半左右，接近塞全国检测总量的四分之一。塞拉利昂—中国友好医院留观中心共收治88名埃博拉留观患者，其中38例经检测为阳性，数十人经检测为阴性出院。

疫情继续在几内亚、利比里亚、塞拉利昂3国恶化

世界卫生组织2014年10月15日发布的报告指出，截至12日，几内亚、利比里亚、塞拉利昂、尼日利亚、塞内加尔、美国、西班牙七国累计报告8997人确诊或疑似感染埃博拉病毒，其中4493人死亡。几内亚、利比里亚、塞拉利昂三国疫情在继续蔓延且情况不断恶化，新增病例大部分集中在三国首都所在区域。世卫组织的报告称，西非三国共报告有8973例确诊或疑似病例，其中4484例死亡。

世卫组织的报告显示，6日至12日，几内亚首都科纳克里新增病例数量略有下降，但周边区域新增病例数量上升，几内亚靠近科特迪瓦和几内亚比绍的省份都新报告有感染病例。

利比里亚存在明显的数据收集问题，之前利比里亚报告的感染者数量高于几内亚与塞拉利昂两国的总和，但现在塞拉利昂的感染病例数量已越来越接近利比里亚。根据统计，截至12日，塞拉利昂共有3252例确诊或疑似病例，其中1183例死亡。塞拉利昂6日至12日间新增425例确诊病例，仅首都弗里敦就新增172例，塞拉利昂最后21天新增病例数量占到其感染者总数的41%。

言出必行，中国以行动支持塞拉利昂等国抗击疫情

“中国检测队抵达塞拉利昂整整一个月时间，我们得到塞方很大的支持。现在塞拉利昂等国的疫情仍很严重，但全体工作人员热情高涨，对帮助塞拉利昂遏制疫情蔓延充满信心。”中国疾病预防控制中心移动实验室检测队前方工作组副组长、中国科学院院士高福17日告诉笔者，“在留观患者无法及时转运到治疗中心的情况下，我们的留观中心也在对患者进行适当的治疗。中国检测队实验室埃博拉病毒样本检测量接近塞拉利昂全国检测总量的四分之一。”高福指出，塞拉利昂当地媒体和民众均表示，中国言出必行，以行动支持塞拉利昂等国抗击疫情。

“目前现有的实验室、留观中心和治疗中心在数量上仍然不足，塞拉利昂在样本检测、接收留观患者等方面还有很大需求，需要各方更大的支持。中国检测队正在研究下一步怎样更好开展工作。”

“中国是最早向塞方提供帮助的国家，中国的医疗队、检测队和无私援助都发挥着重要作用。”塞拉利昂大学福拉湾学院专家普拉特表示，中国给予非洲很

大的支持。

“我们了解中国朋友，看重中国的经验与技术，中国人勤奋、努力，他们身上的宝贵品质值得我们学习。中塞两国在医疗研究、医学教育等方面尤其需要加强合作。”“突如其来的疫情让我们意识到，我们在公共卫生领域面临很多挑战，有许多需要做的事情。”普拉特表示，“每个人都希望疫情快些结束，希望疫情不再发生，但重要的是我们自己要有处理危机的能力。我们应该有更多学生去中国学习，学到本领后为祖国效力。”

中国实验室公布的检测结果无一差错，准确率达 100%

中国检测队共由 59 名成员组成，29 名中国疾病预防控制中心专家负责移动实验室的具体运作，来自解放军第 302 医院的 30 名医务人员则组成解放军援塞拉利昂医疗队，在塞拉利昂—中国友好医院负责留观中心的具体运作。

塞拉利昂—中国友好医院距离弗里敦约 20 公里。正式检测前，中国检测队通过“盲样”检测首次和国际同行进行平行验证，通过世界卫生组织网络实验室的考核，合格率达到 100%，此次使用的埃博拉检测试剂盒和移动生物安全三级实验室均由中国自主研制。

中国检测队由指挥组、检测组、技术保障组和后勤组组成，每天工作 12 个小时。塞拉利昂卫生部门报告称，中国实验室公布的检测结果无一差错，准确率达 100%。经过一段时间的实践、优化、提高，中国检测队实验室检测样本量由原先的每天二十几例，逐步增加到 10 月份的每天 40 例左右。

现在塞拉利昂—中国友好医院留观中心是区域内最大、条件最好的留观中心。“援塞拉利昂医疗队在国外代表着中国，一方有难八方支援，中国和塞拉利昂等国携手抗击疫情，一定会成功。”李进队长如此表示。

侧记五　中医药给非洲埃博拉患者新希望

非洲人民没有接触过中药，加上中药汤剂的味道特别，医疗队开始认为他们可能不会接受中药。经过几次给药后，有些患者主动问医生要中药喝。他们说："中国人非常好，中药吃后感觉身体有劲，胃口也好多了！"

在救援活动中，医疗队尝试使用中医药治疗埃博拉，效果良好，受到塞拉利昂当地患者的欢迎。结合塞拉利昂当地气候潮湿炎热、黑人体质强、不喝热水等特点，针对埃博拉病毒病高热、全身炎症反应综合征、脓毒血症等主要症状，医疗队采取清热凉血、益气解毒的中医治法，辨证论治，合理组方，将配制的3000服中药汤剂送到患者手中。

每当医生去病房查房，一到发放中药时间，患者就主动排队领取中药并按时服用。有一天，塞方医院院长卡努告诉我们的医生："能不能多给我一些中药，我的一个朋友感染埃博拉需要治疗。我在中国留过学，我相信中药！"

中国援塞医疗队第二批医疗队专家组成员、中西医结合副主任医师科杜宁说："虽然我们对中药抗击埃博拉作用不能下结论，但塞拉利昂患者很乐意接受中医药治疗，中医药为塞拉利昂人们抗击埃博拉带来了新的希望和信心。"

解放军第302医院院长姬军生介绍，首批援塞抗埃医疗队由临床、护理、检验、药学及后勤保障人员31人组成，在新突发传染病的诊、治、防等方面具有丰富经验。在此次援塞抗埃医疗行动中，中医药防治埃博拉病毒病是重头戏之一。目前中医药抗埃后援组——解放军第302医院中西医结合中心暨全军中医药研究所，在总后勤部卫生部、国家中医药管理局、北京市中医管理局等单位及专家的指导和支持下，根据前线实时反馈的病证信息和防治信息，进一步探寻证候变化规律，不断优化治疗方案，以期为西非人民战胜埃博拉病毒病提供有效的治疗武器。

自此次埃博拉疫情爆发以来，截至 2014 年 11 月 21 日，共在八个国家有 15351 人感染报告，5459 人死亡。其中，塞拉利昂是大规模爆发埃博拉疫情的三个国家之一，共报告 6190 感染病例，1267 死亡病例。埃博拉出血热的死亡率可以高达 90%，但全世界至今暂无可靠的疫苗和特效药物。

2014年9月25日，中国驻塞拉利昂大使赵彦博（前右一）在医疗队队长李进陪同下，查看中成药储备。

侧记六 中国军人的温暖与坚守

有一种拼争，人类一直参与其中，此消彼长，从未停歇。人类与病毒之间的拼争正是这样一场拼争。埃博拉，若非与致命病毒关联，它本该是流淌在西非大地上一条浪漫美丽河流的名字。2014 年 2 月，新一轮埃博拉疫情出现在几内亚，并在短短数月内席卷了塞拉利昂、利比里亚等国家。本轮埃博拉病毒凶猛如虎，已感染人数达 1.6 万多人，死亡人数近 6000 人，八个国家有本土或输入型感染病例。不论是感染病例数量、死亡人数，还是受影响地区范围，此次疫情都达到了该病毒被发现以来的最大规模。肆虐的病毒不仅给西非多国上空笼罩上一层阴霾，也牵动了全世界的心弦。病毒不分国界，是全人类的共同威胁，中国有担当，中国军人责无旁贷！2014 年 9 月 16 日，由解放军第 302 医院抽组的我军首支出征国外抗击埃博拉疫情的医疗队一行 31 人，乘专机从北京启程飞赴塞拉利昂。10 月 1 日，位于塞拉利昂首都弗里敦市郊的中塞友好医院埃博拉留观中心正式启用。当日，我军援塞医疗队接诊两批共七名埃博拉留观患者。10 月 26 日 16 时 18 分，我军援助利比里亚抗击埃博拉出血热疫情首批物资空运至该国首都蒙罗维亚。11 月 14 日，来自第三军医大学和沈阳军区赴利比里亚运营我援建 100 张床位诊疗中心的 163 名医护人员，来自解放军第 302 医院和中国疾病预防控制中心赴塞拉利昂的 73 名医护人员、移动实验室检测队员等，再次出征。11 月 25 日，由中国军队援建利比里亚的埃博拉诊疗中心正式启用。截至发稿时，整整 83 天，命运与共，守望相助，中国军人战病毒于国门之外，助病患于万里之遥。这里没有硝烟却可能随时倒下，这里没有抗洪抢险的惊涛骇浪、抗震救灾的天崩地裂，却有与死神较量的惊心动魄。

83 天里，“敌人”远不止埃博拉病毒，还有闷热潮湿、缺水少电、蚊虫蛇蝎……

在困难面前没有一个人退缩，高调向“敌人”宣战；83天里，在高温高湿环境下的病区，护目镜、口罩、防护面屏、内外手套、防护服、靴子、靴套等11件防护用品穿戴共有36道程序，队员们穿了脱、脱了穿，稍有大意，病毒就可能乘虚而入；83天里，他们夜以继日熟悉业务流程、掌握相关技能、适应工作环境，调整心态，他们以笑脸相互鼓励、支持，也在用笑脸告诉当地民众，为了那一双双期盼的眼睛，他们准备好了；83天里，伴随30多摄氏度的高温蒸烤，一名名白衣天使化身“女汉子”，十个人挤在一间屋子，少了居家的舒适，多了汗湿衣衫的异味，她们却乐观地说，有汗味，才是正宗“女汉子”……

中国军人行动迅速、技术精湛、无私奉献，把空间拉近，让时差“归零”，给正与病毒艰难斗争的当地民众送去了爱的温暖、生的希望。在公，他们是中国军人，是白衣天使，执行天职、履行使命，义无反顾；在私，他们是丈夫、母亲、孩子……远离家人，奔赴远方，冒着感染概率最高的风险，奋战在第一线。

在一次次出征现场，“妈妈，你一定要早点回来！”有孩子哭红眼睛的依依不舍；“亲爱的，照顾好自己，我和孩子在家等你。”有怀孕妻子的深情期盼；“孩子，你是好样的，早日回家！”有头发花白母亲的殷殷嘱托……

12月3日，笔者电话连线中国人民解放军援助利比里亚医疗队医疗组组长吴昊，他说：“这次疫情是史无前例的，我们面对的是一个需要长期斗争的难缠敌手，我们除了胜利，别无选择！同时，国家和组织给予我们无微不至的关心和支持，我们会全力以赴地保护好自己，让所有队员平安回家。”写到这里，我忽然更深地理解了他们：中国军队的医务人员是在用生命践行军人的誓言。在抗击病毒、挑战死亡的战斗中，远方的战友请接受我们内心由衷的敬佩，请牢记我们关切的注目——珍重，珍重，珍重！

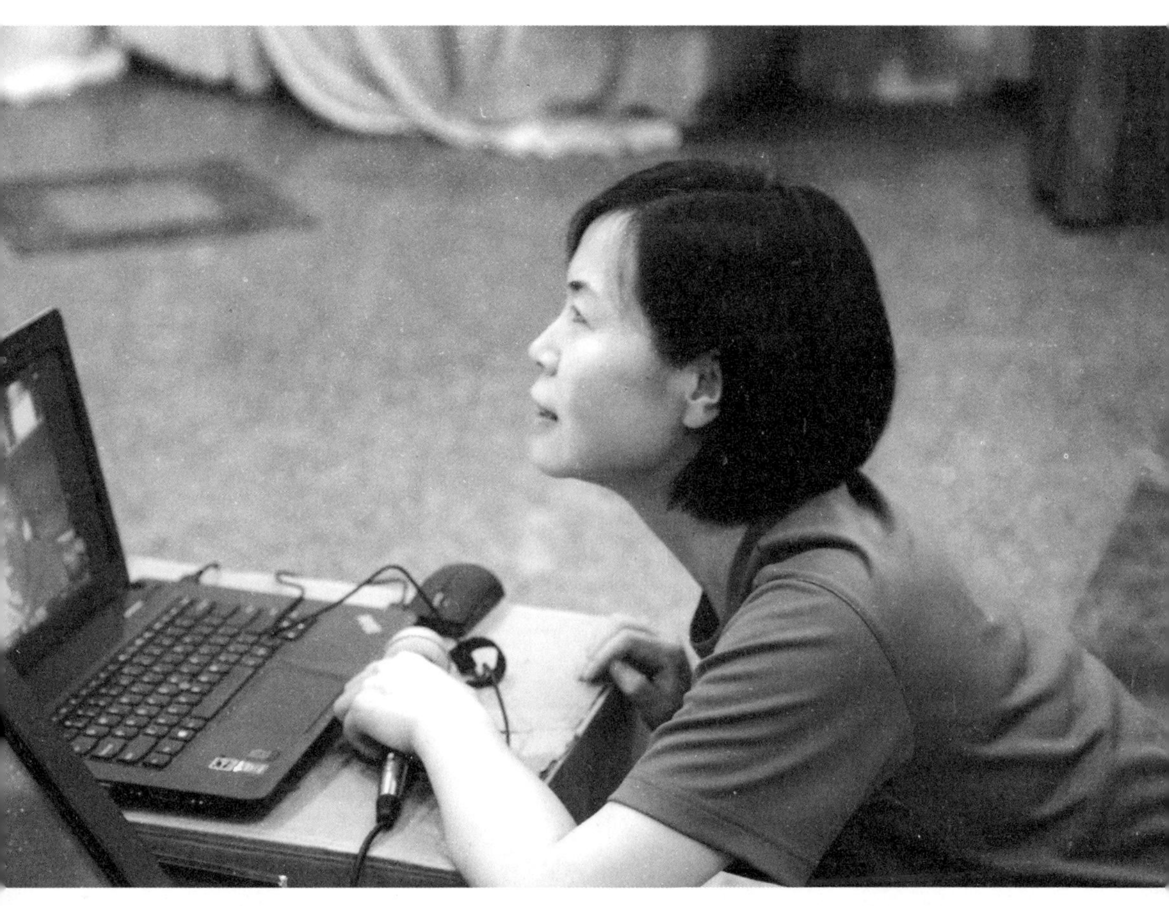

医疗队安排队员与家属进行视频通话，介绍当前情况，以缓解家属的思念和担忧。这是10月17日，中国人民解放军援塞医疗队防控组护士长王新华同家属进行视频通话。

续一　埃博拉孤儿和她的中国妈妈

2015年1月22日，由解放军第302医院医护人员组成的中国人民解放军第二批援塞医疗队队员回到北京，开始为期21天的医学隔离观察。在为医疗队进行的欢迎仪式结束后，坐在自己房间的床上，援塞医疗队护理组组长黄顺的心情久久不能平静，她很想念自己的儿子乐乐，她已经与孩子分开两个多月，这也是他们分开最长的一次。黄顺打开手机想翻看儿子的照片，但发现最先映入眼帘的是一个大眼睛黑人女孩的照片，黄顺笑了，她说这是自己的非洲女儿“雅尤玛”。

作为解放军第二批援塞医疗队先遣队员，2014年11月11日，黄顺第一次进入隔离区查房就注意到了雅尤玛的眼神。那是一双惨遭病毒袭击后痛苦、恐慌的眼神，那是一双痛失亲人后忧愁、迷茫的眼神。身为一个母亲，黄顺深深被雅尤玛的眼神刺痛。

“不能放弃，哪怕仅有一丝希望！”担任过解放军第302医院非典病区护士长的黄顺，深知精心科学护理、及时处置险情对于传染性病人来说有多么重要。

定点测量体温、按时喂药、及时补充水分、实时掌握病情变化……黄顺带领她的护理团队，轮流护理雅尤玛。作为母亲，黄顺有着丰富的育儿经验，每次给雅尤玛喂水时，细心的她总会用手腕先试好水温。平时，手腕试水温是非常简单的事情，但隔着三层厚厚的防护手套却很容易判断失误。为了掌握好这个分寸，她在办公区域先调好水的温度，穿戴上防护用品后，再反复去感觉那个温度。

也许是医护人员的精心护理和特殊关爱给了雅尤玛战胜病魔的信心和力量，奇迹终于出现了。先是雅尤玛主动向护士要吃的，接着她的体温恢复正常，腹泻和呕吐症状也逐渐得到缓解……

11月底，她抽血指标显示阴性，雅尤玛奇迹般康复出院了。

2015年1月初，在弗里敦郊区，黄顺和战友们来到某国际组织设立的一个孤

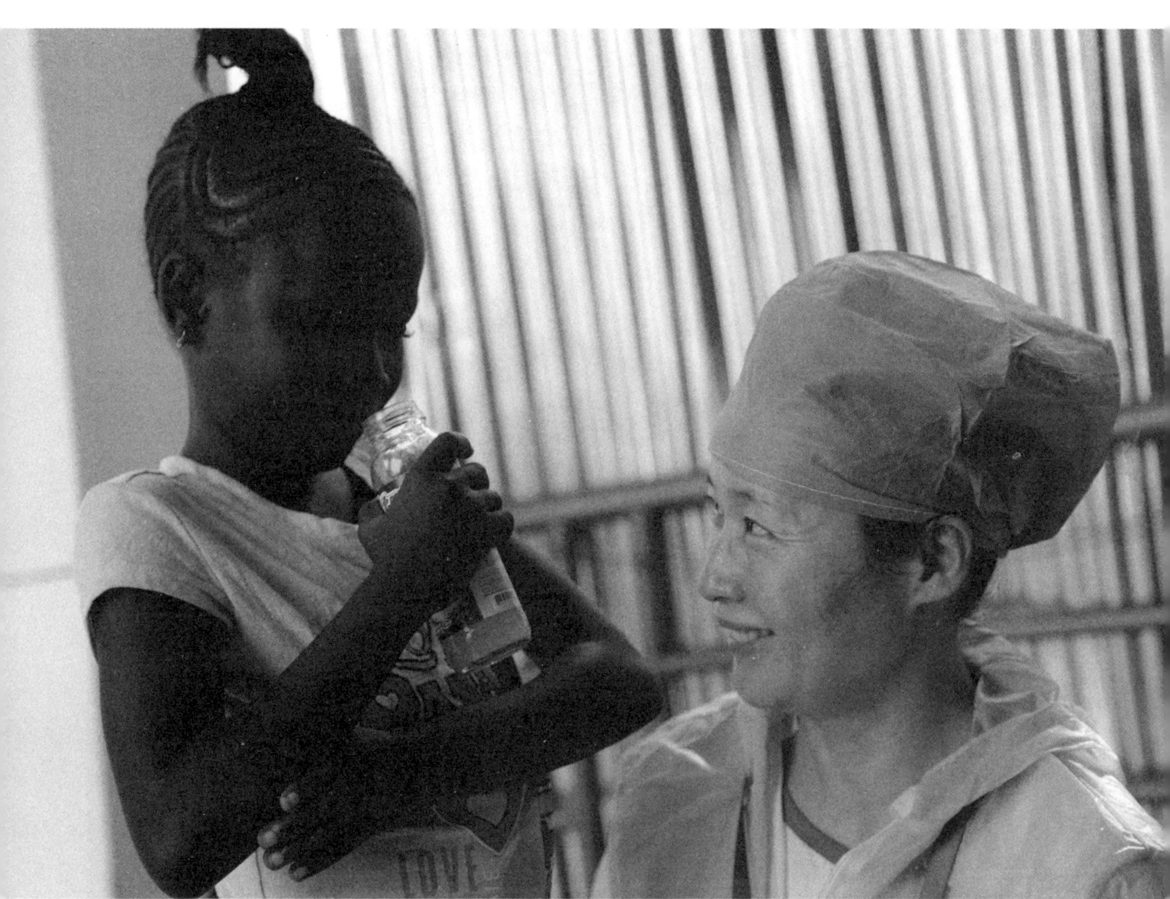

黄顺与雅尤玛。

雅尤玛和医疗队员快乐玩耍。

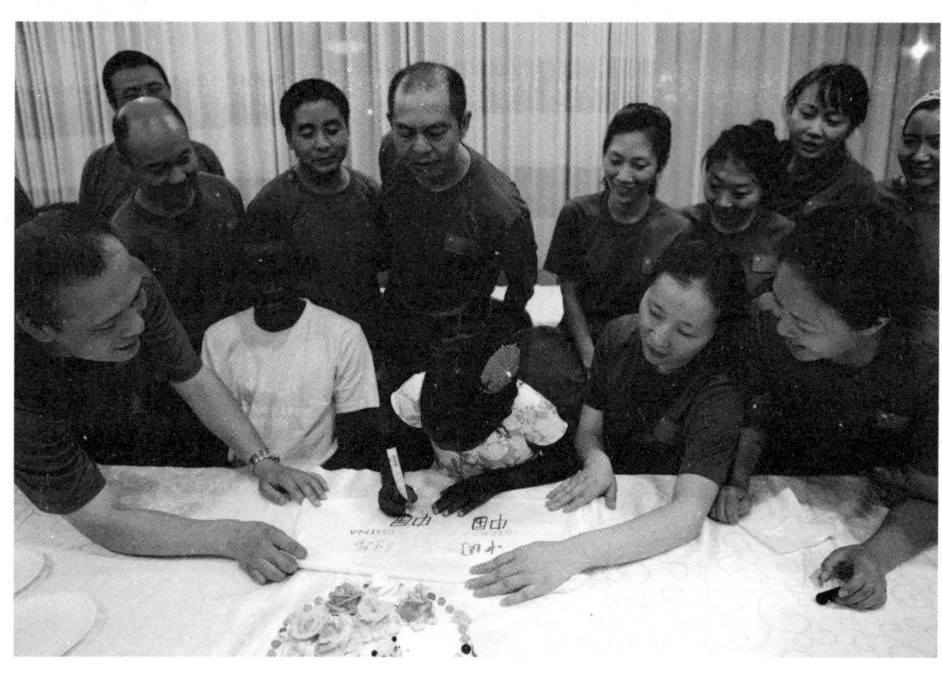

雅尤玛亲笔写下“中国”二字。

儿救助中心，看望埃博拉孤儿。医疗队给孩子们带来了一批零食，在孩子的欢声笑语中黄顺似乎在寻找着什么……

雅尤玛去了哪里，她现在过得怎么样？这些是黄顺最关心的事。

但此刻救助中心的负责人默罕默德却告诉她，雅尤玛在12月底就离开了。在救助中心的照片墙上，黄顺看到了雅尤玛的照片，照片中雅尤玛长高了也长胖了，她带着夸张的蛤蟆镜，右手叉腰摆出大人般潇洒的姿势，看起来很开心。默罕默德说，这里的孩子大都是失去父母的孤儿，但中心还是会努力帮他们找到遗亲和愿意收留他们的人。工作人员帮雅尤玛找到了她的远方舅舅加瓦拉，他专门从塞国东部城市凯拉洪赶来将雅尤玛接了过去。

凯拉洪距离弗里敦近300公里。黄顺很想去看望孩子，但医院的工作让她分身无术，她委托院方询问雅尤玛的近况和联系方式，并翻拍了雅尤玛的照片存在手机里，她把这份思念暂时放在了心底。

“真想念我的女儿雅尤玛，我真希望能找到雅尤玛，也许那时候她已经成为一个漂亮大姑娘，她一定会很健康快乐地成长的！”黄顺说。

离开孤儿救助中心后，黄顺重新投入留观诊疗中心的工作。给塞方护士培训的这一天，门口突然来了个小女孩。

“雅尤玛！”黄顺一眼认出这个漂亮的小女孩，她欣喜地紧紧抱住孩子，久久不愿松手。

“没想到，真的很意外！培训的时候他们叫我，说雅尤玛来了。我以为我产生了幻觉，一看真是她！”黄顺边说眼中边闪着泪花。

原来经过多方沟通，孤儿院联系上了加瓦拉。当得知医疗队十分惦记雅尤玛，他专程带着雅尤玛赶来医院。“雅尤玛到凯拉洪后，她一直想回来这里，听说中国医疗队想见她，她很开心，非常感谢中方医疗队，是他们给了雅尤玛第二次生命。”加瓦拉说。

虽然雅尤玛能说的英语不多，但她能清楚地说出“黄妈妈”。黄顺赶紧带着雅尤玛去见更多挂念她的人。聪明的雅尤玛通过声音和眼睛，辨认出了曾经多次照顾过她的中塞医护人员。如今的雅尤玛活泼爱笑爱模仿，和患病时期简直判若两人。看着她，医疗队的每个人都乐开了花。医疗队队员们希望把最多的爱带给这个从病魔手中逃脱的孩子，给她买了新衣服、好吃的和玩具，并为她举行了募捐活动，还特意买来蛋糕，庆祝雅尤玛战胜病魔，重获新生。几天的相处，雅尤玛已经和医疗队队员们亲密得像家人一样。在队员们的指导下，聪明的雅尤玛学会了简单的汉语，甚至能在T恤衫上用中文写下“中国”两个字。

临别前，雅尤玛紧拉着黄顺的手不放，和医疗队队员们依依惜别。黄顺说在中国，永远都有雅尤玛的另一个家。即使援塞任务结束后，她和医疗队的队员们还会继续关注雅尤玛的成长，希望她能有一个幸福的未来，成为中塞友谊的见证者。

医疗队员与雅尤玛在驻地合影留念。

续二　　鏖战西非185昼夜

20日在弗里敦机场，第二批、三批援塞医疗队员相遇，队员们用碰肘礼打招呼。

2015年3月21日，首都北京，春风和煦。

正午时分，一架空客A320客机缓缓降落在首都国际机场。舱门开启，中国人民解放军第三批援塞医疗队队长段惠娟率先走下舷梯，一个庄严的军礼，辉映着凯旋的自豪——至此，由解放军第302医院奉命独立抽组的我军三批医疗队115名医护人员，在塞拉利昂相继成建制执行抗击埃博拉任务后，全部返回祖国。

阳光下，段惠娟的眼角溢出了泪花："能够像白求恩一样不远万里救死扶伤，这是我和战友最为珍贵的人生经历！"与段惠娟一样，21名同机抵达的援塞医疗队员，人人难抑心中的自豪与激动。

征战埃博拉疫区185昼夜，我军援塞医疗队不辱使命、不负重托，把忠诚编织进八一军旗的经纬，在国际舞台展示了中国"疫控铁军"的风采。

让世界刮目的中国标准：与同行比拼，充满自信展示实力。

塞拉利昂疫区汇聚来自英国、美国、南非、加拿大等国家和组织的多支医疗救援力量，自然也成为各国医疗实力展示的舞台。

为赢得这场"国际大考"，我军援塞医疗队深入了解塞国疫情特点，围绕接诊流程、病案书写、药品供应、感染控制、垃圾管理、突发情况处置等方面，组织起草了《穿脱防护用品流程》《患者管理制度》《护理操作规程》等68类243条埃博拉收治规章制度，研究制定了一整套符合当地实际的疫情防控规范流程。

"我们面对的是世界上神秘而凶残的一种病毒。看似平静的病房，却有着绝地厮杀……"一位医疗队员在日记中这样描述。对在院患者，安装视频监控和广播系统，对病区走廊、病房等重点部位实施监控，反复播放患者住院规定，完善腕带管理，进行健康宣教，制作粘贴宣传画，架设隔离带，实现疑似和确诊患者的物理隔离及患者入院后的单向流动。

在病区工作，要穿戴护目镜、口罩、防护面屏、内外手套、防护服、靴子、靴套等11件防护用品，执行36道程序。医护人员每天有时进入病区多达五次，有的单次工作时间长达两个半小时，累计工作最长12000余分钟。我军援塞医疗队规定：中塞医护人员每一次进出病房，都要当作"第一次"对待，严格遵守工作流程和着装规定，每次进出病房，至少两人同行，以便互相检查和监督；每一件防护用品穿脱动作、每一个防护注意事项，都必须做到一丝不苟、滴水不漏。通过采取一系列措施，最终保持了医务人员自身"零感染"和住院患者"零交叉感染"两项记录。

在塞拉利昂埃博拉疫区工作的185个昼夜，以中国速度推行中国标准的事例

2015年3月7日，塞拉利昂最年长的埃博拉康复者——80岁老奶奶穆苏出院。

2015年3月11日，塞拉利昂首都弗里敦，埃博拉康复患者在中国人民解放军援塞医疗队队旗上签字留念。

不胜枚举……

我军援塞医疗队提出的“留观患者出现症状三天及以上、核酸检测一次阴性即可出院”的建议方案，被塞国卫生部采纳并写入塞国留观中心管理标准操作程序当中。

我军援塞医疗队提出的在留观中心标准操作规程中“脱防护服比穿防护服更关键”、“由外及内分层分区脱防护服”的理念，得到塞国卫生部负责人和其他国际组织的肯定。医疗队员们还协助塞国卫生部制定了《塞拉利昂留观中心标准程序》、《塞拉利昂救护车与运输标准程序》、《塞拉利昂埃博拉医疗机构及职能》等规范性文件。

为将留观中心职能拓展为留观诊疗中心，第二批援塞医疗队队长陈昊阳组织医护人员集智攻关，仅用30个小时就撰写出长达137页的留观诊疗中心标准操作程序，并一次性获得塞方批准通过，确保了埃博拉留观诊疗中心及时挂牌。

我军第三批援塞医疗队增设专家督导组，由全军传染病专业委员会主任委员、全军传染病研究所所长王福生和军队处置突发公共卫生事件专家组成员赵敏领衔，两位专家自抵达疫区的第一天起，一边实地参观、考察和调研，一边科学指导疫情防控工作，提出了许多有见地的意见和建议。

2015年2月16日，在塞国卫生部指挥中心的评比中，我军医疗队负责运行的留观诊疗中心，在患者24小时确诊率、阴性病人当日出院率等项目上名列第一。这次评比共有英国、澳大利亚、古巴、韩国等援助的22个留观诊疗中心参加。

中塞友好医院院长卡努动情地说：“中国医疗队来塞拉利昂开展工作以来，我们对他们的能力无可挑剔！”

“我非常高兴能与中国医疗队并肩工作，中国军医的高标准让我钦佩！”世界卫生组织驻塞拉利昂外国医疗援助协调组组长维拉曼斯林感叹。

让世界称赞的中国精神：与危险相伴，撒播爱心奉献真情。

第302医院院长姬军生介绍：“面对陌生的地域环境和艰苦的生活条件，特别是随时被感染的风险，全体队员把自己当成国家的‘代表队’、军队的‘冲锋队’和完成任务的‘战斗队’，直面生死，忘我工作，始终坚持零距离观察、治疗和护理。”

数字是枯燥的，但最具说服力。

配制药品套餐1200余份，调剂药品124批次，发放各类耗材69780件，配制消毒液35.7吨……一组组数据，无声记录着我军援塞医疗队奋战疫区的敬业精神。

在疫区工作期间，我军援塞医疗队共收治埃博拉疑似患者773例，确诊285例，埃博拉患者治愈率51.23%。这一数据在世界各国驻塞留观诊疗中心中名列前茅。

第302医院政委叶宏志说："埃博拉是目前全世界病死率最高的烈性传染病，援塞医疗队员经受住了生与死的考验，没有一人退缩，个个都是好样的！"

疫魔无情，人间有爱。我军医疗队始终以拯救塞国民众生命为最高责任和首要任务，第一时间安排抽血检测，第一时间实施对症治疗，第一时间安排阴性检出者出院，不仅为埃博拉患者送去了生的希望，还传递了爱的温暖……

对入院患者，实现了"零障碍、零待诊、零漏诊、零感染"的"四零"服务承诺。对出院患者，提供了"一次彻底的洗消、一套换洗衣物、一次健康宣教、一个联系电话、一次出院随访"的"五个一"服务内容。特别是对生活不能自理的患者实施喂水、喂饭，竭尽所能；对危重患者及时制定针对性治疗方案，全力抢救；对高龄、儿童、孕妇、残疾人等特殊患者，精心照料。

36岁患者艾玛的婆婆、丈夫、儿子、女儿相继死于埃博拉，入院后一度拒绝接受治疗。护士张洁利和孙娟用英语耐心开导她。当得知艾玛信奉伊斯兰教，便主动找来礼拜用品，让她在病房做礼拜。"加油，你是最棒的！""我们和你在一起！"每次查房时，医护人员总会捎上用英文写的祝福卡片，一下子拉近了与艾玛的距离。当艾玛的情绪趋于平稳时，她的病情突然出现反复，上吐下泻。医护人员始终不抛弃不放弃。艾玛康复出院时眼含泪花地说："能遇到中国军医我是幸运的，感谢中国医疗队！"

11个月大的婴儿拉萨纳和他妈妈被送到留观治疗中心时，母亲被确诊为埃博拉患者，孩子并未感染。三天后，拉萨纳的妈妈不幸去世。初为人母的医疗队护士长刘冰，每天像妈妈一样照顾呵护孩子，想办法买到奶瓶奶粉，给孩子增加营养；时常模仿小动物的声音和样子，逗孩子开心，她们仿佛就是一对母子。

一次，留观诊疗中心同时收治12名疑似患者，其中两人一入院就瘫倒在病床上，血液和呕吐物、排泄物喷溅一地，恶臭扑鼻。当班医护人员一边争分夺秒处置病情，一边快速清理消毒，避免病毒扩散引发交叉感染。两个多小时连续超负荷工作，医护人员密不透气的防护服里早已汗水如注，快速的体力消耗，让人几近虚脱。

2015年3月19日，我军第三批援塞医疗队即将启程回国，曾得到医疗队救治的19名埃博拉康复者，自发从四面八方赶到中塞友好医院，与中国恩人道别。

埃博拉康复者赛杜在感谢信中写道："我代表埃博拉康复者，感谢上帝为我们创造了在这里相聚的美好时刻。中国医疗队的专家拯救了我们的同胞，我们从心底感谢你们……”

大医大德点燃生命之火，大仁大爱守望至善至美。

我军援塞医疗队全体队员以实际行动彰显了“不畏艰苦、甘于奉献、救死扶伤、大爱无疆”的援外医疗队精神，向世界展示了中国国家和军队的良好形象，赢得了世界卫生组织、塞拉利昂政府和民众的高度赞誉。塞拉利昂副总统苏马纳说：“中国医疗队员的工作效率很高，有助于更快地切断埃博拉疫情的传播链，他们饱满的工作热情给我留下了很深的印象。”

历史永远铭记我军115名白衣战士征战塞拉利昂的185个昼夜，他们是身经百战的英雄群体，他们无愧为守护生命的苍生大医！

302医院第三批援塞医疗队出征前合影

后记一

探　路[1]

中国人民解放军援塞首批医疗队队长　第302医院李进

各位领导，同志们：

我汇报的题目是《探路》。之所以确定这个题目，是源于我的心路历程和医疗队不平凡的救援行动。作为首支专门收治埃博拉的医疗队，在没有任何经验可

① 本文选自2015年7-8月全国卫生计生系统先进典型巡回报告团讲稿。

供借鉴、出发前三天才接到命令的情况下，就远赴塞拉利昂与埃博拉作战，感觉就是去黑夜里悬崖边上探路，随时都有可能掉进万丈深渊。临行前两天，我深深地感受到了队员家属、同事领导、上级首长对医疗队安危的担心。在医院为我们举行的壮行晚宴上，我当着医院领导、全体队员和家属的面表态："我们一定不辱使命，把任务完成好，为祖国增光，为军旗添彩！我一定会把所有队员平安健康地带回来，如果有一个队员有个三长两短，我也不回来了，就留在非洲守着他！"今天，我能站在这里，证明我们守住了诺言，完成了任务，实现了打胜仗、零感染。解放军援塞医疗队在联防联控机制的统一领导下，通过接力"抗埃"，成功探出了一条安全之路、自信之路和胜利之路。

首先，汇报安全之路。

这次援塞抗"埃"行动，关键在于安全，只有针对危险薄弱的环节拿出可靠的措施，安全才有保障，为此：

我们改造了中塞医院。中塞医院是由我国政府援建的当地一所最好的综合性医院。去年8月份，一位埃博拉患者死在这所医院，吓跑了所有的医生、护士，医院关门停业。我们到达的第二天，就按照传染病消毒隔离、医院感染控制的要求，对医院结构布局提出调整改造意见，一边指导中资企业夜以继日施工，一边制作、张贴各种标识，划分区域，安装数据传输、广播、监控等系统，仅用7天时间就将其改建为满足烈性传染病收治要求的埃博拉留观诊疗中心，展示了"中国速度"，得到了塞拉里昂科罗马总统的高度评价。

二是培训了塞方人员。对塞拉利昂物质条件的匮乏，医疗队早有思想准备，但塞拉利昂的医疗条件之差，医务人员业务技能之欠缺，完全超出了我们的预料：他们连口罩都不会戴，手都不会洗，如果这样进入病房，势必对中塞双方工作人员造成极大的感染风险，我们不得不从"零"开始对他们进行培训。队员们身穿11件防护用品，遵循36道穿脱流程，每天冒着35℃以上的高温，采取示范教学、情景模拟、录制视频等多种方式，对塞方人员进行集中培训，一套动作每天重复数十次，直到对方掌握为止。正式收治病人后，每周又组织一到两次复训，最终使87名塞方人员完全胜任本职工作，为塞拉利昂留下了一支"带不走的传染病医疗队"。

三是把握了重点环节。虽然塞拉利昂的疫情特别严重，但国民的防护意识却非常淡漠，街上依然人头攒动，好像病毒从未肆虐过这个国家。埃博拉作为烈性传染病，感染率和死亡率很高，在塞拉利昂感染死亡的100多名医务人员中，99%都是直接与病人和尸体接触的工作人员，我们队员每天早中晚至少进入病房3次，直接接触病人、尸体，可以说直接与死神打交道；当地埃博拉患者是我们见过的最难管的病人，他们依从性差，喜欢扎堆、随地躺卧，单间检疫、消毒隔离等措施得不到严格执行。其次，塞方工作人员没有实行集中管理，有可能接触到埃博拉患者，是引起感染的又一大隐患。此外，由于转运车辆和司机有限，还时常罢工，导致患者不能及时转入转出，尸体不能及时运走，最糟糕的一次是5具尸体在病房搁了4天半才被拉走，这些都大大增加了医护人员的感染风险。针对这些高危环节，医疗队在中塞双方人员管理、医疗环节管理等方面制定一系列针对性措施，并严格落实，在保持日均收治病人最多、日均住院病人最多的情况下，实现了“零感染”，为此，塞国卫生部专门邀请我方作经验交流。

下面，汇报自信之路。这次“援非抗埃”，不仅仅是履行国际义务的医疗援助，也包含著疫情政治、医疗外交重大意义。在塞拉利昂汇集着许多国家和国际组织的医疗救援队伍，各种力量竞相展示，疫区成为博弈的战场。

我们医疗队一到达塞拉里昂就引起了国际社会的高度关注，在我们改造医院还没有正式收治病人前就不断有国际组织来院参观询问，刚开始，个别在塞的国际组织对中国医疗队存有偏见，对我们的流程和防护措施提出了质疑。面对这些压力，我们秉持“以我为主、开放兼容”的原则，通过讨论、交流、参观和对比，发现欧美发达国家的流程措施、诊治方案并不象他们说的那样完美。

因此，我们坚定走自己的路，敢于在塞国卫生部组织的相关国际会议上“发声”，提出我们的依据，展示我们的救治水平和防护能力。同时，积极与各个国家医疗队、国际组织开展交流。后来，无论是美国CDC驻塞代表、古巴医生，还是世卫组织驻塞代表、英国医疗队，通过来院实地参观工作流程、分享留观诊疗经验，都给我们给予了高度评价，赢得了这场“国际大考”。我们提出留观患者出现症状3天及以上、核酸检测一次阴性即可出院的建议方案，被塞国卫生部采纳并写入塞国留观中心管理标准操作程序当中；我们提出的“脱防护服比穿防护服更关键”、“由外及内分层分区脱防护服”的理念，得到塞国卫生部负责人和其他国际组织的肯定。我们还参与制定了《塞拉利昂留观中心标准程序、救护车与运输标准程序、埃博拉医疗机构及职能》等规范性文件。

最后，汇报胜利之路。如果把此次援塞“抗埃”比作一场战役，那么中国人民解放军援塞医疗队是中国政府派出的一支与埃博拉正面作战的主力部队。尽管身处陌生的地域环境，面临艰苦的生活条件，特别是随时被感染的风险，尽管有队员的母亲突发心脏病、有战士的爱人流产、有医生的孩子骨折，很多年迈的父母、亲朋好友得知自己亲人在疫区后打来关切的越洋电话，但是，作为军人心中只有使命没有悲情，作为军医眼里只有病人没有儿女情长，全体官兵坚决贯彻党中央、国务院、中央军委、习主席和总部首长的决策部署，始终牢记“打胜仗，零感染”，深知肩负的重任，把自己当成国家的“代表队”、军队的“冲锋队”和扑灭疫情的“战斗队”，直面生死，忘我工作。

组织起草了68类、243条有关埃博拉防治规章制度、流程规范，配制药品套餐1200余份，调剂药品124批次，发放各类耗材69780件，配制使用消毒液35.7吨，是3家开展埃博拉患者生化检查医院之一，收治疑似患者773例，确诊病人285例，收治病人总数在塞拉利昂留观诊疗中心中名列前茅，收治的埃博拉病人占中国所有援非医疗队收治的埃博拉病人总数的90%以上，是仅有的两家医务人员零感染的医院之一。一组组数据，无声记录着我军援塞医疗队奋战疫区的敬业精神、骄人战绩。

疫魔无情，人间有爱。在疫区工作期间，我军医疗队始终视塞国民众如自己的同胞弟兄，第一时间安排诊断治疗。对入院患者，做到了“零障碍、零待诊、零漏诊、零交叉感染”；为出院患者，提供了“一次彻底的洗消、一套换洗衣物、一次健康宣教、一个联系电话、一次出院随访”的“五个一”服务。特别是对重危患者不言放弃，全力抢救，只要有一线希望，就尽百分之百的努力，在塞奋战的185个日日夜夜涌现了许许多多感人肺腑的故事。

3月19日，我军最后一批援塞医疗队启程回国，曾得到医疗队救治的数十名埃博拉康复患者，自发地从四面八方赶到中塞医院，与给予自己第二次生命的中国恩人道别。康复患者赛杜动情地说：“我代表埃博拉康复者，感谢上帝为我们创造了在这里相聚的时刻。中国医疗队的专家拯救了我们的同胞，我们从心底感谢你们！”

在塞期间，我们时时刻刻都能感受到祖国人民对我们的牵挂关注，几乎天天都有来自军地各级领导对我们的关心、指导，正是因为有强大的祖国作为我们的坚强后盾，有强有力的后方指导使我们始终坚持正确的工作方向，保持高昂的斗志和旺盛的士气，才使这次援塞抗埃行动实现了“打胜仗，零感染”，彰显了“不畏艰苦、甘于奉献、救死扶伤、大爱无疆”的援外医疗队精神，展示了中国国家和军队的良好形象，赢得了塞拉利昂政府和民众的高度赞誉。

第二节
中国人民解放军援利医疗队抗埃纪实

（第三军医大学医疗队）

中国人民解放军援利医疗队凯旋归国！

2015年1月16日，冬日破晓前的寒气，在平坦而无遮拦的重庆江北机场格外浓郁。欢迎的人群——中国人民解放军总后勤部卫生部机关领导、第三军医大学领导及战友们，已提前一个小时来到机场。媒体的“长枪短炮”，也纷纷就位——为了捕捉能载入“历史”的镜头。

5点10分，经过34小时的长途飞行，承载着首批援利（利比里亚）医疗队第一组82名队员的专机缓缓降落、滑行，欢迎人群的目光跟随飞机从远及近地移动，迸发热切的期盼。

近了近了，这架中国东方航空的大飞机闪烁着耀眼的光芒，机身“飞燕”图标清晰可见。“飞燕”以昂首的姿态翱翔天空，这种可爱的生灵给天下带来春意、吉祥和幸福。此时此刻、此情此景，似乎含着巧妙的隐喻。

飞机停定，云梯架起。等候已久的战友在舱门外约30米远的地方，拉开红色的横幅——“热烈欢迎中国人民解放军援利医疗队凯旋”。

近10名身穿两层连体防护衣、上面再反穿一层隔离衣的机场检验检疫局工作人员戴着消毒装备登上了飞机。他们每个人都戴着两层手套，脸上是N95口罩及防护面罩。身着这套一级防护配备的工作人员需要对机上所有人测温，并对客舱消毒。如果有人超过37.3℃，就是异常体温，需要特殊观察。飞机前方的空地上，一位全副武装的检疫人员站在一块洒满消毒液的白色方块前，检疫人员下机后，

2014年11月13日誓师大会上，队员在队旗上纷纷签名。

2015年1月22日凌晨，医疗队员凯旋回国（重庆江北国际机场）。

必须在白色方块上按程序脱掉所有防护设备后才能离开。机上货物则在消毒半小时后才能进行卸货。

大家都在默默地等待。一位电视新闻记者甚至已经开始筹划如何隔着两米开外的“规定安全距离”，向快速通过的队员用“喊”的方式问话。“不要害羞，一定要抢镜头，这条新闻是可能获大奖的！”这位汉子有些激动地对身边的女孩说。貌似“实习生”的女孩怯怯点头，拿起话筒开始轻声演练。随着远处又一架飞机起航，涡流带起一阵冷风，直向欢迎的人群。有人略耸耸肩，又恢复了军人挺拔的站姿。

5点50分，背着大型背包、身着荒漠迷彩，第一个医疗队员露出舱门，挥手间，镁光灯闪烁，此起彼伏。一个个熟悉的身影依次走下云梯。

“欢迎回国！”

“你们辛苦了！”

满满都是贴心的问候。

“我们很好，你们放心！”

“我们回来了，回来真好！”

踏上祖国的土地，带着一身风尘和疲劳的队员们，透过厚厚的口罩向领导和战友招呼致意。随后，他们登上四辆大巴车，前往指定地点进行为期21天的医学观察。此后，他们才能与家人团聚。

1月22日凌晨，同样的期盼，同样的场景，同样的热切，完成与第二批援利医疗队工作交接的第二组82名队员，也终于凯旋回国。没有鲜花，没有掌声，没有盛大的仪式，有的，是人们对军人血性的发自内心的崇敬。

60多天，这些远征的勇士终于回归自己的祖国。

60多天，命运与共，守望相助，中国军医战病毒于国门之外，助病患于万里之遥。那里没有抗洪抢险的惊涛骇浪、抗震救灾的天崩地裂，却有与死神较量的惊心动魄。

60多天，“敌人”远不止埃博拉病毒，还有闷热潮湿、缺水少电、蚊虫蛇蝎……在困难面前没有一个人退缩，高调向“敌人”宣战。他们以笑脸相互鼓励、支持，也在用笑脸告诉当地民众，为了那一双双期盼的眼睛，他们时刻准备冲锋陷阵。

60多天，世界见证了中国速度、中国军人。仅仅一个月就建成并投入使用的中国援利埃博拉诊疗中心，由中方独立运营和管理。累计接诊患者112人，收治患者65人，其中确诊患者5人，3例埃博拉患者经过精心治疗康复出院，是我军援利医疗队乃至我国援非“抗埃”医疗队中治愈出院的首批确诊埃博拉患者。在做好收治工作的同时，为利方培训军人、警察、地方医护人员和社区卫生骨干1520人，超额完成了国家赋予的培训任务，留下了一支“带不走的医疗队”。

（一）

由于所从事的是临床管理工作，张恩全平时总是十分关注国内国际的各种医疗新闻。从2014年2月开始，他发现，有关西非“埃博拉”疫情的报道，开始愈来愈频繁地见诸报端、电视和网络，与之相关的，是发热、剧痛、出血、休克、死亡。他还注意到，随着疫情报道的跟进，大量医务工作者感染、死亡的消息也陆续曝出。

埃博拉疫情的突然爆发和流行，会不会像2003年抗击SARS那样，成为对人类生活影响极大、国际社会普遍关注的事件？看着这些新闻，张恩全曾经想过这个问题。但此时他绝不会想到，八个月后，自己将背负国家使命，成为抗埃队伍中的一员，甚至是一位沟通着总后卫生部、援利医疗队、中国驻利大使馆和学校本部等四方的“信息联络员”。

“埃博拉”，若非与致命病毒关联，本该是流淌在西非大地上一条浪漫美丽河流的名字。

2014年2月，新一轮埃博拉疫情出现在几内亚，并在短短数月内席卷了塞拉利昂、利比里亚等国家。作为一种十分罕见的病毒，埃博拉病毒，生物安全等级为四级（艾滋病为三级，SARS为三级，级数越大防护越严格），感染人数达1.6万人，死亡近6000人，8个国家有本土或输入型感染病例。不论是感染病例数量、死亡人数，还是受影响地区范围，甚至医务工作者的感染死亡人数，疫情都达到了该病毒被发现38年以来的最大规模。利比里亚更是一度成为疫情最严重国家。

肆虐的病毒不仅给西非多国上空笼罩上一层阴霾，也牵动了全世界的心弦。病毒不分国界，是全人类的共同威胁；中国有担当，中国军人更是责无旁贷！

作为第三军医大学的临床管理处副处长，张恩全曾第一时间接到来自总部的四纸通知：2014年8月13日，总后勤部卫生部通知要求，第三军医大学抽调一名医生和一名护士参加国家层面的援利医疗队，当晚学校即上报了西南医院感染病科主任毛青教授和护士长游建平；9月中旬，第二轮通知到来，全军计划抽组31人的援利医疗队，其中第三军医大学西南医院16人，负责指挥组和保障组；9月

2014年11月26日，中国ETU竣工。从动工兴建至全面完工，中国ETU建设历时整一个月，这样的速度在西非堪称“奇迹”。

底，第三轮通知接踵而至，全军计划抽组100人的援利医疗队，第三军医大学抽组人数须占到半数以上；10月2日，正式通知到了，军委总部决定抽组160人的援利医疗队，从第三军医大学成建制抽组110人。不到三个月，四纸通知，数次抽组人员数量的变化，体现了国家战略部署的一次次因势调整。

这是新中国成立以来我国卫生领域规模最大的一次援外行动。经习主席亲自签署，解放军总后勤部迅速抽组以第三军医大学为主体，加上沈阳军区部分医务人员的第一批援利医疗队，时刻准备赴利抗击埃博拉出血热疫情，积极履行大国责任，深化中非传统友谊。

战鼓骤然响起。

对于军务参谋王举来说，2014年的10月3日本应是个放松的国庆假日。对于平时常常因为工作忙得“不着家”的军人而言，此时正是宝贵的“亲子时间”。王举享受着这样的幸福，听着两岁的小女儿的呢喃童语，握着女儿肉乎乎的小手，与孩子一起在阳台上感受秋日的美丽。突然，电话响了，是处长打来的。王举迅速接起。

“学校要组队去西非执行任务，有30名战士要参加，需要一名干部带队管理。你愿意去吗？”

“听从组织安排。”

“要不你先征求一下家里的意见？”

“家里没问题，我去！”

“那好，你准备一下，下午回学校开会吧。”

对处长提出的每个问题，王举都没有一点迟疑，马上作答，挂掉电话，甚至还有些兴奋。

当兵，本来就是为了“打仗”，本来就是为了关键时刻“被需要”。和平年代，这样的机会太少；而遇上这样的机会，一个真正从心底把自己当“战士”的人，感觉是怎样的荣幸呵！

小女儿依然在玩着手里的玩具。妻子坐在客厅沙发上看着电视，无独有偶，播报的正是西非疫情。王举小心翼翼地坐在妻子旁边，轻声地用最委婉的措辞，跟妻子说了这件事，包括自己的决定。妻子一下子扭过头：“王大举，这么大件事儿，你就一个人定了？”接着半晌没说话，直到新闻全部播报结束，她才说：“好好地去，好好地回！”

10月3日，所有首批援利医疗队队员同王举一样——那个本应寻常的假日，注定不会寻常。在国家和军队召唤“点到”之时，每一个“到”都回答得干脆响亮。

这支最终抽组为164人的医疗队，以传染病专家和护士为主，涵盖儿科、眼科、呼吸科、消化科等各科室，其中近百人参加过抗击非典（SARS）、抗震救灾、跨国联合军演、维和等重大非战争卫勤任务。

着防护服实施静脉穿刺、骨髓穿刺、气管切开及静脉置管；体能训练，大雨中坚持3公里跑；英语培训与考核，团体心理辅导，外事纪律，涉外礼仪……援利医疗队在第三军医大学全军卫勤综合训练基地开展封闭式强化训练，夜以继日熟悉业务流程、掌握相关技能、适应工作环境，调整心态，为赴利比里亚抗击埃博拉疫情做足“功课”。

2014年11月13日，援利医疗队举行誓师大会。总后卫生部任国荃部长为医疗队授旗，第三军医大学校长罗长坤、政委高占虎和医疗队员代表作了表态发言。164名医疗队员，在队长、第三军医大学副校长王云贵带领下，在铺开的旗帜上依次庄严地签下了自己的名字。

2014年11月14日上午，伴随着队歌《大爱天下》铿锵的节奏，中国人民解放军首批援利医疗队从第三军医大学出发。每个队员都身着荒漠迷彩服，背着近30公斤重的全副装备。送行现场，学校党委常委来了、领导来了、战友来了、教职员工来了，亲人也来了。

“妈妈，你一定要早点回来！”

“照顾好自己，我和孩子在家等你。”

“老公，不要担心。孩子一出生，我马上把照片发给你。”

“孩子，你是好样的，早日回家！”

“听着，你一定要给我回来哈！”

谆谆的嘱托，回响在队员耳旁。分离的泪水，悄悄地挂在了队员脸上。他们别过脸，轻轻抹去了。队员们登车离去，送行的人群还一直不舍地挥手。直到人们纷纷散去，一位老父亲还站在原地，任风吹动他的一头银发。

中国人民解放军援利医疗队冒着感染概率最高的风险，奔赴异国的第一线，用生命践行军人的誓言。

（二）

时间回溯到2014年10月25日。医疗队先遣队员刘丁头顶烈日，站在利比里亚首都蒙罗维亚的SKD体育场，一时竟有些不知所措。

他来得匆匆，与夏杰、李同、何兆华、李桂祥等四名先遣队员一道，无鲜花、无掌声、无送别，甚至来不及恐惧和掉泪，就先走一步，来到这个陌生的、疫病横行的西非国度，汇入15人组成的总后勤部先遣指挥组。

2014年10月26日，先遣队员搬运物资。

2014年11月16日，后勤组同志在安装净水设备和储水罐。

2014年11月15日，利比里亚外长恩加富安在SKD体育场为中国援利医疗队举行了隆重的欢迎仪式。中国驻利比里亚大使张越及使馆工作人员、中国援利埃博拉诊疗中心建设指挥组和负责施工的中国维和部队和中资企业人员、驻地附近的华侨华人出席欢迎仪式。

“打头阵”可能遭遇到的困难，在刘丁踏上异国征程的一路上，已经“过电影”似地放了好几遍。但现实甚至比“幻想剧情”更加纷繁复杂。

最初的感觉是亲切。中国十几年前援建的SKD体育场一眼看去就是“中国风格”，甚至与重庆的“大田湾”体育场有几分相似。历经多年战乱和萧条，这个曾举办过“非洲杯”足球赛的体育场，目前荒草丛生，遮雨棚甚至锈得快要掉下来。“乡味”的亲切很快被深入骨髓的不安取代了。在这样的场地安营扎寨，在这附近修建ETU（埃博拉诊疗中心）？水如何解决，电怎么办？空运的五批约400吨的建设物资已经到达，又当如何？刘丁有些畏难了。看看几位队友，神情同样凝重。有人点燃一支烟，独自踱步走到远处。

第二天，开工了。指挥组雇用了数十名黑人，一起搬运物资。刘丁和队友们戴上口罩、手套，加入搬运队伍。看着眼前的“黑人兄弟”，几个队员心里直发毛：这些人会不会携带甚至感染埃博拉病毒，今天晚上会不会有人发烧？其实队员们十分明白，在强大的埃博拉病毒面前，只要有一点暴露皮肤，就存在极大的感染可能，口罩手套最多只能换个“心理安慰”。在一大群乌压压的黑皮肤当中，几个队员的口罩手套十分显眼。

很快，中国驻利比里亚大使张越来了，在一线亲自指挥；总后勤部卫生部医疗局副局长、援利医疗队副队长张疆，与黑人们一块甩开膀子，“扑哧扑哧”地干活。刘丁注意到，两位领导居然没有口罩手套之类的“防护措施”，神态自然地与“黑人兄弟”谈笑风生。刘丁觉得心里有什么东西“嗵”地一声放下了。再开工的时候，几位先遣队员不约而同地脱下了口罩手套，甚至换上了短袖。

几天后，工兵团和建设公司陆续到来，整个工地热火朝天。在当地中资公司的帮助下，水、电、排污、下水等问题陆续解决。

就这样，位于蒙罗维亚SKD体育场外西北侧，完全按照传染病医院特点、WHO标准进行设计施工的中国ETU，开始一点一点初具雏形。

11月12日，ETU的主体工程封顶了。五星红旗在屋顶迎风飘扬。来到利比里亚半个多月，曾遭遇无数意想不到的困难，此刻，却是先遣队员夏杰第一次落泪：在这里看到国旗，有从未感受过的激动！

11月15日，中国人民解放军首批援利医疗队的“大队伍”来到了这片“驻地”。医疗队的住处在SKD体育场看台下。把一个已废弃多年的脏乱之地改为队员宿舍，是这支160多人的医疗队“下车伊始”必须完成的第一项工作。清除垃圾，去除杂草，对环境消杀灭。旧包装箱和废弃板材在白衣天使的巧手下“变废为宝”，成了一张张餐桌、办公桌。队员们甩开膀子，热火朝天，挥汗如雨。医疗队中近半数是女队员，最小的不乏90后，最大的已年过半百，个个成了“女汉子”。

2014年11月15日，大部队甫一抵达体育场，便全体动手开始清理驻地，多年的闲置，该体育场已是四处垃圾。

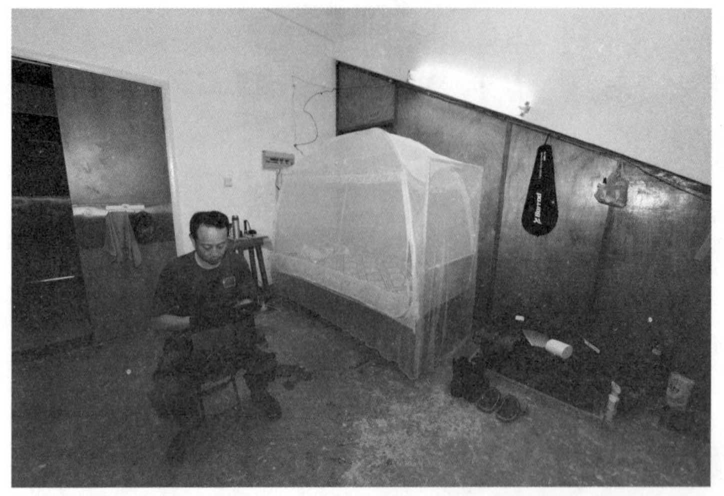

2014年11月16日，中国援利医疗队驻地内景。小马扎、行军床，以及包装箱和废弃板材做成的餐桌，一切只能因陋就简。

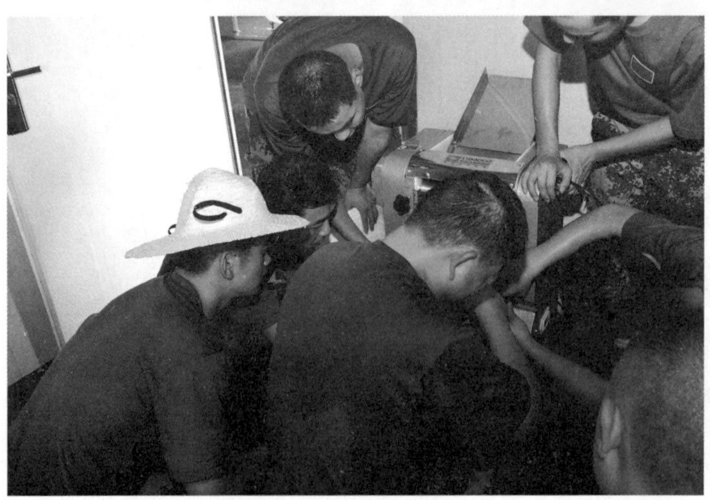

2014年11月16日，炊事班安装面条机（天真热，炊事班长邓道陆的短袖都湿透了。）防疫队在消毒。

中国诊疗中心（ETU）外景。

确诊感染者留观区（红色）。

传染病专用分区病房，黄色潜在污染区处置室。

几天的辛劳，换来了暂可栖身之所。伴随30多摄氏度的高温蒸烤，六七个人挤在一间屋子，少了居家的舒适，多了汗湿衣衫的异味，队员们却十分乐观。一篇篇“战地日记”开始出炉。

ETU建设慢慢接近尾声。

整个工程建筑面积约5700平方米，包括门诊接诊区、病房治疗区和辅助用房区三个部分，各区域之间具有严格的安全隔离措施。病床数约100张。在病房治疗区中，收治“疑似”和“可能”患者的“留观区”，每个病房两个床位；收治“确诊”病人的“治疗区”，每个病房四个床位。床与床之间保持四五米的距离，每个病人则保有20多平方米的救治面积。

中心内的地板以绿色、黄色、红色三种颜色，依次分为清洁区、潜在污染区和污染区。每个病区流程都是一个闭合的大循环，三个病区就有三个大循环；每个病区“U”型外走廊底端，有开放的通道相连。开放通道左侧设有病人入院口，与分诊中心相连；右侧设有出院口。此外，病区清洁物品与污染物，分走两个不同的通道，互不交叉。

埃博拉出血热属于烈性传染病，为生物安全防范等级中最高的四级。与传染源保持多一点距离就多一分安全，少一次接触就少一分风险。在诊疗中心设计建设过程中，信息化建设也纳入其中，建立了医疗管理信息系统、文件共享传输系统、视频监控系统和呼叫对讲系统等。诊疗中心每个病房和重点部位都安装了视频监控摄像头、呼叫器，各病区设立了中央控制室，通过闭路电视可清晰地看到各病房和重点部位情况，实现了对埃博拉病人状况24小时的动态监测和医患之间沟通交流的实时性，是对医护人员每天三次查房的重要补充，确保了对埃博拉病人治疗、护理和关怀的及时性、完整性。

与此同时，通过视频监控和对讲系统，可以对医护人员进入病区的安全防护情况进行严格监测和指导。医疗管理信息系统、文件共享传输系统运用于埃博拉诊疗中心，最大程度方便了电子病历的传递、使用和存档，避免纸质医疗文书在污染区与清洁区的传递，有效降低了交叉感染的风险。

队员们分批进入，熟悉结构环境，协同改进完善；铺设信息光缆，安装监控摄像头；讨论制定诊疗中心管理制度、埃博拉病人收治流程等。队员们每天休息都在凌晨以后，夜以继日。

眼看ETU启动的日子一天天临近，医疗队护理部主任宋彩萍却格外着急。那段时间，她最怕听见的是两个字——“桌子”。

宋彩萍管理着医疗队68名护士。病房标识、护士班次、人员定位、职责分工等已经一一有序推进，可物资短缺这样的难处，却始终摆在那里——大部分的医

2014年11月25日，国家卫计委崔丽副主任在诊疗中心启用仪式上致辞。

2014年11月25日，中国人民解放军总后卫生部任国荃部长在诊疗中心启用仪式上致辞。

2014年11月25日，利比里亚总统约翰逊-瑟利夫女士在诊疗中心启用仪式上致辞。

疗物资还在海上运输中。病房里除了病床还得有床头桌，最初只有50个小桌子。现买，当地市场上的桌子实在太贵。最后，宋彩萍带领队员们“就地取材”，把四处收集到的外包装箱木板都钉成了小桌子，又通过四处协调求援，解决不足的部分。在以后的近两个月里，每天都有新的问题出现，每天都需要解难题——这是宋彩萍和护士们最大的感悟。

而身为医疗队后勤助理的李同，那些天，眼睛都盯在了小小的门锁和钥匙上。原来，按照病区通道单循环的设计要求，为了防止病人进入清洁区造成交叉感染，所有从“清洁区”通向“污染区”的房门，一经关上，就不能再反向推开。身着防护服的医疗队员工作结束，要从“污染区”返回“清洁区”，必须持有各区间的钥匙。问题就出现了：钥匙被污染，就不能再带回清洁区，必须留在“污染区”。可是，要怎样做，才能既方便医疗队员取用，又防止病人误拿发生安全事故？

一道门锁，一把钥匙，本来物件不大，却直接关系到ETU的安全底线；一道门锁，一把钥匙，本来应该不难，特殊的要求却考倒了大家。不管吃饭睡觉，这事儿都在李同脑子里连轴转——直到他们看见一个队员的密码箱，问题才终于迎刃而解。李同和护理部的人一起，在每道门边的墙上，都钉一个小箱子，外面装上从队员们行李箱上取下的密码锁。这样，每道门使用过的钥匙就可以存留在墙上的这个小箱子里。

11月25日，埃博拉诊疗中心建成投入使用，病房的布置工作展开。一张张病床，一个个柜子，队员不分男女，一起喊着号子抬进病房，自主组装；心电监护仪等各种医疗设备，一件件摆放到位；按照传染病医院“三区两带两线”和埃博拉病人收治防护要求，各种标识标示清晰，防护用品摆放就绪。随后，一轮接一轮的实地模拟救治演练展开。

中国速度。从10月26日到11月25日，短短的一个月，中国ETU，利比里亚最大的、硬件设施最完备的援建医院拔地而起，钢架结构的板房建筑，甚至可以“永久使用”。医院建设流程、感染控制、污水污物排放等技术指标，曾被利比里亚抗击埃博拉指挥中心及各国际机构代表一致称赞。

在中心启动仪式上，利比里亚总统约翰逊-瑟利夫女士动情地说：“中国是帮助利比里亚抗击埃博拉疫情的第一个援助国，中国埃博拉诊疗中心不仅建设上高质量，而且提供的服务高质量，真诚感谢中国政府给予的切实有效的帮助，在这场抗埃战斗中给国际社会树立了良好的榜样。”

（三）

首批援利医疗队从首都机场登机去往利比里亚时，中共中央政治局委员、国务院副总理刘延东，中央军委委员、总后勤部部长赵克石，总后勤部政委刘源，国家卫生计生委主任李斌，中宣部、外交部、财政部、商务部等有关部门领导，以及利比里亚、塞拉利昂、几内亚等国驻华使节都前来送行。“打胜仗、零感染”是中共中央和军委总部对这支队伍的殷切期盼，也是硬性要求。

“这次疫情是史无前例的，我们面对的是一个需要长期斗争的难缠敌手，我们除了胜利，别无选择！同时，国家和组织给予我们无微不至的关心和支持，我们会全力以赴地保护好自己，让所有队员平安回家。”这是医疗队的回应。

毛青，医疗队首席专家，51岁的贵州硬汉。2014年8月第一次抽组时，第三军医大学报送的两人名单中就有他。

毛青和医疗组组长吴昊是最先到利比里亚“踩点”的人。在医院担任感染科主任的毛青，亲身感受到“埃博拉”——这种致命病毒在这次爆发中的“强大威力”，亲眼目睹大批同行在与病毒的搏斗中，被击中打倒。回来后，他就带领专家组马不停蹄地做诊疗方案，制定诊疗规划，实施专业培训，为“打胜仗、零感染”抢得先机。在援利医疗队里，所有医疗行为也都需要这位首席专家“最后拍板”。

这是医疗队集体科学的谋划——中国ETU共设立分诊、留观、治疗、医技保障和卫生防疫等运行科室5个，设立诊疗专家组、防护督导组、教学培训组、心理服务组等专项管理小组4个，制定核心医护制度28项，诊疗操作规范27项，各类应急预案11个。其中创立了医护卫混编、梯次进入病房等工作模式。对接利比里亚国家埃博拉指挥体系，完善接诊转诊、病例上报、流调追踪、感控审核、尸体处理、抽血送检等外部程序6个，畅通了医疗收治的内外部工作机制，各项工作有效有序。

这是医疗队集体智慧的结晶——借鉴小汤山医院抗击SARS的防控经验，研究分析国际上医务人员感染埃博拉的实例教训，同时参考塞拉利昂留观中心的防护措施，建立了一整套适合中国板房式结构诊疗中心的防护措施。包括PPE（防护服）穿脱流程、分区隔离收治制度、分区分级防护标准、有创操作防护制度、消毒液配置及监测制度、防护督查制度等9项防护制度，手卫生、地面消毒等13项技术规范，工作人员感染暴露处置等3项感染处置预案。尤其是改良设计了独特的27步PPE穿脱流程，自制了连接帽和靴套，调整了穿脱顺序，增加了防雾剂喷洒，有效地改进了防护效果。建立的防护专项督导制度，做到了全程、全时、全要素的督查与管理，发现并纠错800余次，有效发挥了前哨尖兵的作用。

2014年12月30日，首批援利医疗队员举行升旗仪式。

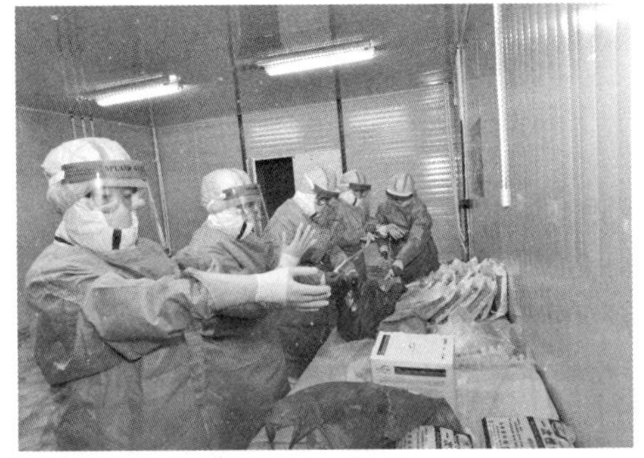

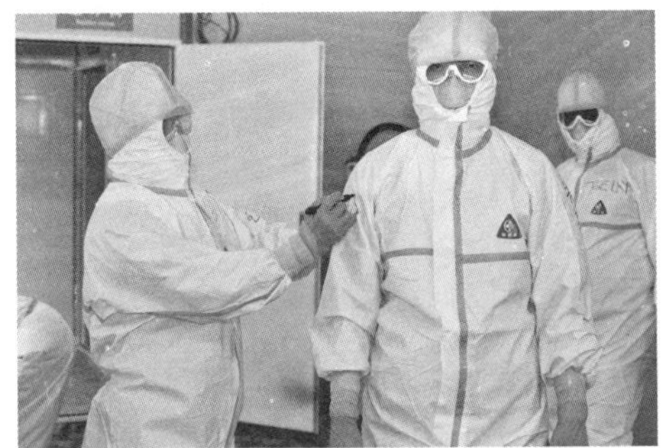

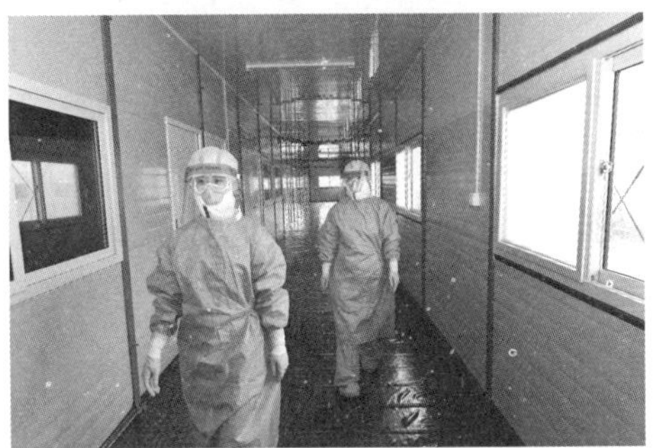

穿脱都需要二三十分钟，环环相扣，不能大意。严密的防护是实现中国ETU医护人员零感染的制胜法宝。

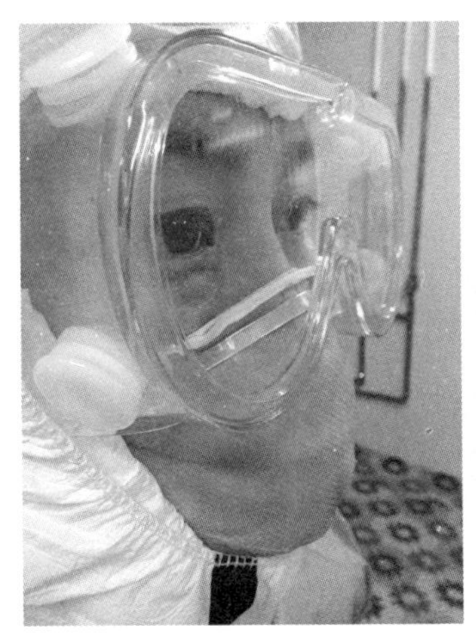

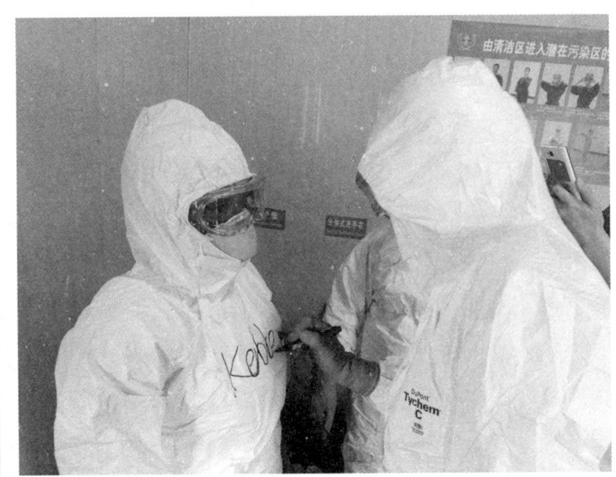

穿戴整齐之后，大家靠颜色和临时标记相互辨认。

在ETU全面运营前，医疗队在合理分工164名队员的基础上，还先后雇用了80名利方工作人员，均接受了强化专业培训并通过考核上岗，实现了与我方医疗队员混合排班、无缝协作。同时，根据不同任务阶段需要，及时进行多次人员调配，包括扩增卫生防疫科，打散治疗二区混编入其他科，将治疗病区与留观病区混合排班，消毒保洁员统筹调用等，把有限的人力用到了最关键的地方，提升了整体运行效率。

战斗很快打响。进入病区，需要穿戴护目镜、口罩、防护面屏、内外手套、防护服、靴子、靴套等11件防护用品。整套PPE，“穿”需要20多分钟，“脱”则至少30分钟，队员们穿了脱、脱了穿，稍有大意，病毒就可能乘虚而入；没有现成的医疗经验，没有被实践证明切实管用的药物，在“高毒”条件下，除了对病人进行血液检测，确定埃博拉病毒是阴性，或者是阳性，其他任何“检验”都是不被允许的，医疗队员都要像“老中医”那样，“实践出真知”、“摸着石头过河”；高温高湿环境下，队员的汗水、能量迅速流失，体力透支使抵抗力下降，却不存在任何迅速补充消耗、有效提高免疫力的灵药……

面对种种艰难，首席专家毛青提出了八个字“坚定、严谨、团结、务实”——“坚定，我们身后有祖国的支持，我们是军人，要坚定‘敢打必胜’的信心，面对挑战敢于‘亮剑’；严谨，我们一定要做到每个细节、每个步骤都按规定程序办；团结，在任何时候都注重发挥集体的力量；务实，实事求是地做事。”这八个字，后来被贴在了SKD体育场的墙上，是提醒，也是激励。

队员们永远不能忘记那些日日夜夜。

12月5日，中国埃博拉诊疗中心开业接诊第一例病人。一名年轻男子，身体虚弱，高烧39.6℃，有头痛、恶心、呕吐、腹泻等症状，有埃博拉接触史，高度怀疑感染了埃博拉，收入留观病区观察治疗。

诊疗中心信息中控室兼医护人员办公室，成了“前线”指挥所。医疗队队长王云贵现场坐镇指挥，指挥组成员及大多数医疗队员，都来到了指挥室。为抗击埃博拉，他们早已摩拳擦掌。接诊、分诊，收治入院、查房处置，一气呵成。战前严格反复的训练，关键时发挥了作用。一例，两例，病人接踵而至。中国埃博拉诊疗中心一经启动，就夜以继日运转不停。

所幸，这些“疑似”“可能”病人最终被确诊为“阴性”，予以排除。

12月23日，诊疗中心确诊了第一例“埃博拉”患者，这是一名23岁的女性。随即，中国埃博拉治疗病区启用，确诊埃博拉病人由留观转入治疗病区。

虽然都是临床经验丰富，参加过各种公共卫生应急救援行动的医护人员，首次正面遭遇目前世界最恐怖的疫魔，队员们难免有些紧张。医疗队连夜召开专家

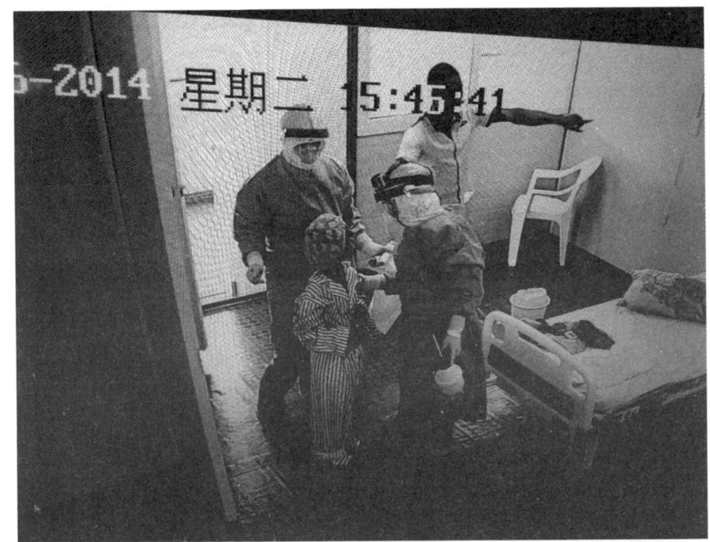

12月5日，第一次与疑似埃博拉病人的亲密接触。图为留观年轻男子。

2014年12月5日，王云贵队长（左三）在病区医护人员办公室现场指挥。

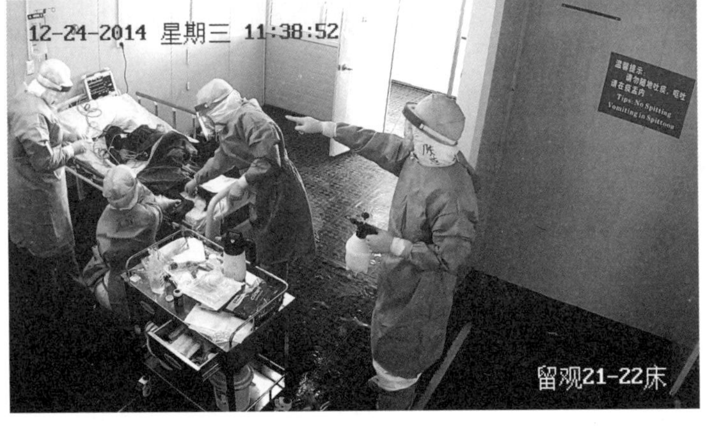

2014年12月24日，援利医疗队员正在对首例确诊女性埃博拉患者进行对症治疗。

组会议，分析讨论病人病情，研究制定针对确诊埃博拉病人的治疗方案。队长王云贵坚定地说："能用的措施都用上。只要有百分之一的希望，就付出百分之百的努力。"

没有任何辅助检查，队员无法确知患者症状与其体内器官损坏程度之间的关联。于是，大家充分发挥群体智慧，你摸手、我摸脚、他摸头，凭借经验，然后凑在一起商量。

第一例确诊患者病情发展非常迅速：入院的当天下午体温38度多，生活自理，行走自如；第二天上午，即发生了剧烈的腹泻和频繁的呕吐，下午高烧至39℃，卧床不起，随即进入休克状态，意识不清。医疗队员紧急抢救，静脉补液、抗生素、抗休克药，维持血压、维持电解质平衡，采取一切能采取的措施，但依然没有控制住恶化的病情。第三天，这个年轻的女子去世了。援利医疗队第一次亲眼见识了"埃博拉"之烈。

来不及悲伤和遗憾，诊疗中心又全力投入到一对确诊母子的救治当中。入院时，母亲高热、腹痛难忍，却紧紧抱着还在吃奶的五个月大的婴儿。母亲痛苦地呻吟，双手比画着，用含混的土语告诉医疗队员：救救我的孩子！

身为儿科医生的医疗队员陈盛深知，对儿童来说，"埃博拉"的死亡率特别高，一般能达到80%以上。五个月的婴儿高热、腹泻，危情毕现。那些天，陈盛医生和战友们就"蹲守"在病房里，用尽全部心血去救这个小宝宝。

队员们买来婴儿配方奶粉、奶瓶等婴儿用品，让小宝宝改吃母乳为奶粉。宝宝是那样的幼小虚弱，医疗队员喂奶、喂药都是用自制的10毫升注射器，慢慢地往宝宝嘴里推，一点一点地喂进去。后来，宝宝病情恶化，需吸氧治疗。然而，利比里亚不比国内，氧是极度奢侈的。哪儿来的氧源？王云贵队长再次作出决断：找！医疗组组长吴昊和副组长张宏雁，与蒙罗维亚相关机构逐个联系，找了整整一个晚上，终于在第二天早上，让小宝宝用上了氧气。吸氧、补液，全力一搏。由于孩子呕吐得十分厉害，医疗队员又果断地给孩子下了胃管，以此实现营养支持。有创治疗带来的更大风险，队员们已全然不顾。

五个月的婴儿，在连续高热39度的情况下，生命维持了10天。其中医疗队员的艰辛付出，没到过治疗病区、疫区工作的人，绝对想象不到其中的难度和风险。

全套的防护服，穿上工作两小时就是极限了。紧紧包裹身体的防护服里，汗水从头流到脚，以致浸满整个鞋底；防护口罩两个小时就会失效，在高温高湿的环境下，湿透的口罩透气性大大下降，就像一层湿纸巾紧贴口鼻，让医疗队员处于一种严重缺氧的状态，头脑"短路"、眩晕，甚至出现窒息；含氯消毒剂浓度高、消毒效果好，可喷洒在身上，却对人体黏膜损伤很大，许多队员一闻到浓烈的刺激气味就开始咳嗽，一位队员甚至由此诱发了急性哮喘。很长的一段时间，队员们结膜充血，晚上一躺下，营房里传出的都是此起彼伏的剧烈的咳嗽声。有的队员甚至咯血。

即使如此，医疗队员中也没有一个人退缩。

按医疗队的制度，一天三次查房，每一名队员每天只能进病区一次，但队员们却屡屡“犯规”。在最紧张最繁忙的那几天，几乎时时刻刻都有人进入病区，平均一个队员每天要进去两三次。穿防护服不能超过两个小时，可是连毛青都曾带头“违反”，他和几位医生、护士长在病房里一待就是三个小时。

10天里，儿科医生陈盛每天早上“交班”就像走上了战场。“交班”时就要计划好，走进病房带哪些东西，做哪些事，否则，在病房待久了就会缺氧，头脑一片空白。从病房出来，就已耗尽全部体力，灌下一瓶矿泉水，勉强挪动着冲完澡，就全身瘫软如泥、不能动弹了。有一天晚上，他和护士们半夜12点开始给孩子补液，到次日早上八点，期间一共进去三次，每次两个小时，连续三次穿脱防护服。

婴儿最终因脱水休克不治，陈盛医生难过得一天没有吃饭。

抗击埃博拉的战斗，是拉锯的、持续的。但死亡，又总是难以避免。队员们一直努力着，如一位医者言：“有时去治愈，常常去帮助，总是去安慰。”

从这两个死亡病例中，医疗队也学到了很多东西，积累了不少经验。最重要的是，大家对这个疾病的认识提高了，比如它发生发展的规律。以静脉输液为例，什么时候该输液，就很关键。在病人高热持续不退，腹泻、呕吐频繁的时候就需要接受输液了，而不能等到虚脱、有明显器官功能损害时再输——这样的话很可能就晚了。

小婴儿走的那天，医疗队员们最担心的是那位母亲。这个不幸的女人眼睁睁地看着自己的丈夫、儿子一一病逝，精神已濒于崩溃。她不吃不喝，高热和疼痛让她在床上不断翻滚；她一次次拔下手上输液的针头，一心求死。而不论何时，队员们只要在监视屏上看到这位母亲的异样，就会毫不迟疑地穿上防护服，快步冲进病房。曾经一个晚上，医疗队员连续数次进入病房，重新为她连接输液针，折腾了整整一夜。为了帮助这位母亲走出困境，医疗队请来当地的心理辅导师，通过电话对她进行心理辅导，连续不断地安抚，加上治疗的相应调整，这位母亲精神开始恢复，能够自主地吃东西。持续高热半个多月后，病情终于趋向好转。

与这对母子几乎同时入院的，还有一位被确诊的七岁小男孩。小男孩的父亲在送进ETU的第二天去世，虽然病因不明，但医疗队高度怀疑他是“埃博拉”患者。队员们绕开男孩，把父亲的尸体抬出病房，又带着这个孩子转入其他房间。可当孩子看到那对母子时，却执意坚持要和他们住在一起。看着孩子满含泪水的

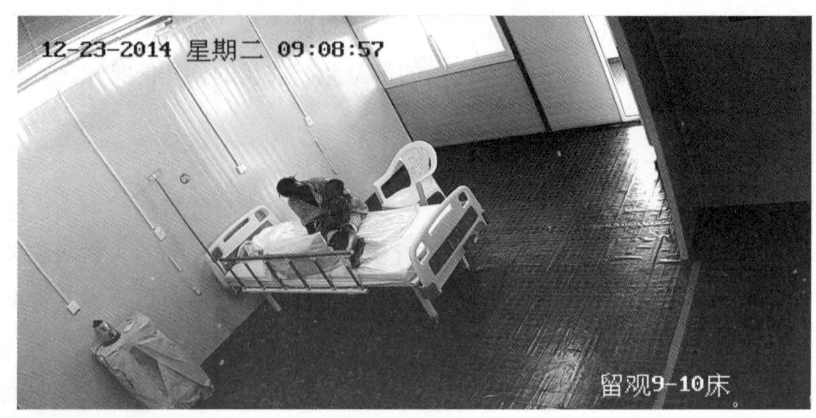

2014年12月23日，21岁的母亲和五个月大的女儿均为确诊埃博拉患者，这是母女最后的拥抱。

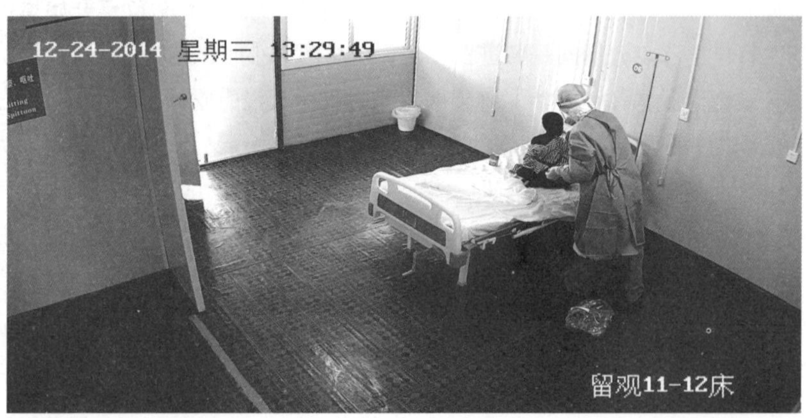

2014年12月24日，医疗队员正在给七岁男孩埃博拉确诊患者喂水。

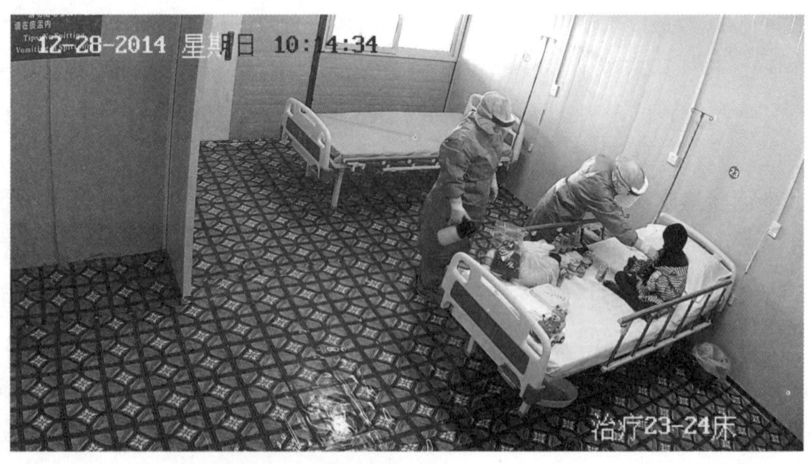

医务人员在污染病房给埃博拉确诊患者小罗伯特查体问诊。

眼睛，那一刻，队员们读懂了孩子心中的那份孤独和不安，他们深刻地感受到一种心疼。

在这个七岁男孩将近20天的治疗中，医疗队员的心和孩子的病情紧紧系在一起。

每当看见男孩体温控制住了、稳定了，队员们就会觉得希望在眼前，仔细观察，讨论调整治疗方案。有几天，男孩的体温从40℃开始慢慢下降，到了38.5℃的时候，队员们却突然发现一个现象：小孩的心率很快，跟体温不平衡了。原来，人的体温每升高一度，脉搏心率大概会增加15到20次。男孩体温逐渐下降，但脉搏却上去了。队员们开始担心：孩子的心脏是不是出了问题？难道病毒开始侵犯心脏了，心肌炎？大家特别紧张，可穿上防护服没法带听诊器，队员们就通过摸脉络、测血氧饱和度、测血压等方式监控心跳，密切观察细节，直到排除心脏问题。

"huhu，huhu！"多日食欲不振的男孩终于想要吃东西了。什么是"huhu"，难道"huhu"就是"糊糊"？有些奇怪呀，非洲人也和中国人一样，要吃"糊糊"？

于是，队员们纷纷拿出自己从国内带来的"珍藏"，各种可以兑成"糊糊"的东西：雀巢奶粉、黑芝麻糊、藕粉……一碗精心调好的芝麻糊糊端到男孩手中，男孩用鼻尖嗅嗅，摇摇头，又继续叫"huhu，huhu……"困惑不解的队员问过利国护工后，才知道此"huhu"绝非彼"糊糊"，两者只是发音相似。"huhu"是当地一种用植物淀粉做成的流质食物，散发着特殊的气味。几经辗转，队员们终于买到了一碗正宗的"huhu"，这次孩子大口吃了起来，队员们也笑了。

医疗队员像对待亲人一般，照顾着这些异国患者。担心利国卫生机构为病人配置的饭菜太过坚硬油腻，精心准备了营养搭配均衡、符合当地人口味的"病号餐"，以及能够维持电解质均衡的果汁，每天送进病房；买来漂亮的假发和衣服送给女病人；给孩子送上玩具、水果，通过视频呼叫系统，找他聊天，逗他开心。

还有一位确诊患者是利国的乒乓球冠军金。金曾是利比里亚国家乒乓球队的一员，代表利比里亚参加了多次世界级大赛。金确诊时连续高烧，伴有腹泻、呕吐等症状，意识模糊，"处于休克状态的她，血管壁塌陷，注射静脉补液的针都扎不进去。"医疗队长王云贵、副队长张疆紧急磋商救治方案，组织抢救。虽然意识不清，金却从入院开始，一直向医疗队员表达"我想活"的强烈意愿。较高的文化素养，使她对"埃博拉"有着极大的恐惧和心理压力。队员们一边针对金的胃肠道反应积极治疗，一边请来牧师从精神层面鼓励她、安慰她。这位冠军对医生的信任，令队员们印象深刻，"金说得一口流利的英语，哪里不舒服，她会主动告诉我们，向我们寻求帮助。"

2015年1月12日，出院仪式。三名确诊患者（从左至右金、罗伯特、布拉玛）康复出院时与医护人员合影留念。

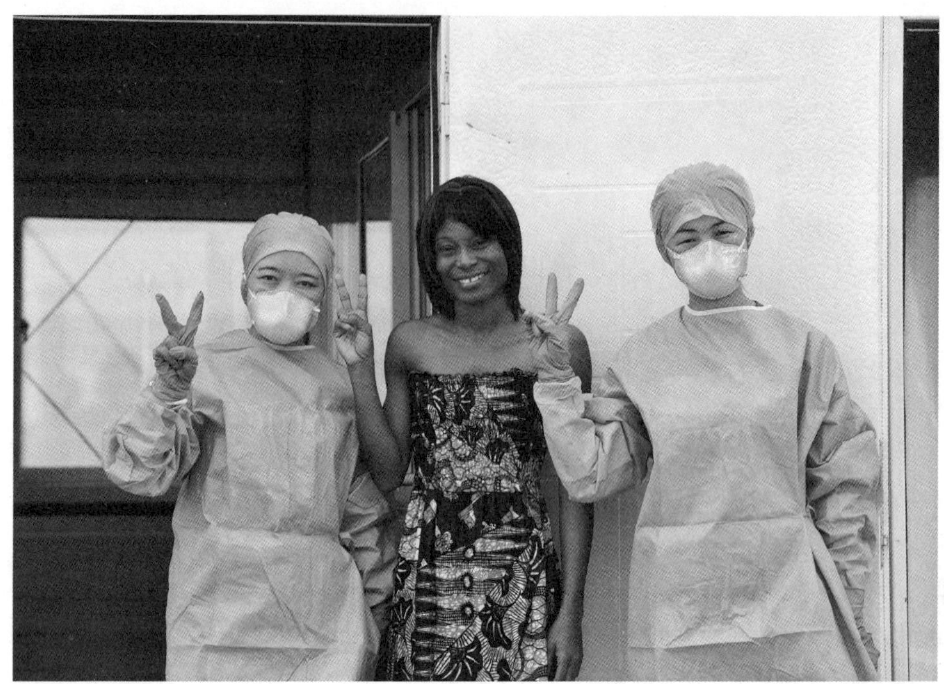

2015年1月12日，出院仪式上的乒乓冠军金。

2015年1月12日，共同种下非洲橄榄树，愿健康常驻，友谊长存。

2015年1月12日，出院仪式上的七岁男孩罗伯特。

2015年1月12日，兴奋不已的群众。

1月上旬，治疗中的三名确诊埃博拉病人血液检测呈阴性。11日，再次检测，仍为阴性。按照WHO的标准，确定治愈。那一刻，整个诊疗中心沸腾了，为病人祝福，也为胜利欢呼！

“向德栋、戴超、陈盛、程赛宇、李静、陈红……”2015年1月，接受媒体记者电话采访时，一提起医疗队员的“拼命”，“硬汉”毛青就会喉头哽咽。“我佩服他们，我为自己身为这个集体的一员而骄傲！”

勇气，血性。截至2015年1月11日，全世界感染“埃博拉”病毒的医务人员有843人，死亡500人。仅在首批援利医疗队到来后的40天时间里，全世界感染该病毒的医务人员就有200多人。在危险性远远大于当年SARS的烈性疫病面前，恐惧之心人人皆有。或许，常人眼里这些军医“了不起”，但这些军医却认为“我们只是尽到了我们的责任”。走进病区，战斗打响，再无其他。

医疗队队长王云贵，每天早晚都要参加病例讨论，一有空就要到病区探望，时刻牵挂着病区病人治疗情况。医疗组组长吴昊、护理组组长宋彩萍、首席专家毛青、总护士长游建平，每天在病区现场办公，从早上7点到晚上10点钟，有时工作直至第二天凌晨，平均每天病区工作时间超过14个小时。

医疗队一位名叫向德栋的病区主任说：“看见病人在监控画面上痛苦地翻滚、呼吸困难，我不去救，心里怎么也过不去。除非我看不见这一切，只要我看见了，就一定义无反顾。”朴实的话语，讲透了所有医疗队员“救死扶伤”的单纯心态。

为了给重病人输液，三批队员先后进入病房忙碌了一个晚上。病人处于休克状态，血管壁塌陷，针扎不进去。第一批队员在护士长王丽慧的带领下进去，她们穿着三层防护服，戴四层手套，行动迟缓，操作十分困难。先握住病人的右手，消毒，找血管，穿刺，没有回血；再试，仍不见回血。然后，在指挥室指挥员的提醒下，绕到病床另一侧，拉起病人的左手，隔着厚厚的护目镜，费力地观察、辨别，重复上面的动作，同样没有成功……特殊的环境、特殊的装备，哪怕是平时最简单、最熟悉、最细小的动作，也要重复多次。时间一点点流逝，队员们身上的汗水肆意流淌，口罩被汗水打湿后紧贴着脸，呼吸困难，几近虚脱，最终因严重超过规定时间，队员自身面临危险，被指挥员强令撤出病房。第二批队员进去，同样的步骤，同样的操作，尝试了更多部位，右手手背，左手手背，肘弯的静脉血管，左脚踝，右脚踝，都没有成功。接着，第三批队员进入病房，继续行静脉穿刺，最终才建立起了静脉通道。而此时已是翌日清晨。

埃博拉病患的呕吐物、腹泻物、排泄物有着极高的感染风险。医疗护理，病人大声咳嗽、呕吐，距离队员脸部、手肘不到20厘米；病人频繁腹泻，尿不湿和床单半天就要更换一次；给小孩换尿不湿简单，可一个成年人体重至少100多斤，医疗队员照样帮他翻身、更换。

病人凌晨3点要喝水，虽然还有两个小时就有护工进入病区，可医疗队值班护士长陈红依然花上将近半个小时，换上整套防护服，就为了及时给病人带进一瓶水。

病人多数来自当地底层，讲着一口“土话”。为了及时与病人交流，知悉他们的种种感受，护士姑娘们的巧手，做出了一张张英语小卡片。

队员每天穿梭在病房，病区高浓度的含氯消毒液，刺鼻呛眼。每进一次病房，就是一次煎熬，一次对身体极限的考验。每进一次病房，就增加一次感染埃博拉的风险。

疲劳不可避免，队员回到宿舍，倒头便睡，饭也没力气吃。睡梦中，也总是闪现一幕幕紧张工作的画面。

在利比里亚，NECC（利比里亚埃博拉指挥中心）、WHO（世界卫生组织）、UNMEER（联合国应对埃博拉特派团）、世界银行、红十字会、“无国界医生”等国际组织林立，美国、非盟、欧盟、德国、古巴等国的ETU并存，合作、竞争、对抗，无数审视、质疑的眼睛盯着中国人民解放军首批援利医疗队。

利比里亚当地，“把病患关进诊疗中心隔离、等死”谣言广泛流传，最初发病的黑人宁愿藏在家里，也不肯到诊疗中心。

中国医疗队员的医者天职与仁心大爱，让世界见证了中国——这个发展中的大国，粉碎了一切荒谬的谣言——“China is good，thanks China！”黑人兄弟竖起了大拇指。也正是这样的医者天职与仁心大爱，使得中国诊疗中心在院病人量为利国ETU前三，确诊患者治愈率达60%，远高于国际平均水平，非埃博拉患者治愈好转率达到73.4%，实现了“打胜仗、零感染”的目标。

（四）

与过去历次非战争军事行动不同，这是我军首次成建制走出国门遂行重大卫勤保障行动，直接关乎国家利益、军队形象。利比里亚，因为“埃博拉”的大爆发，世界的目光聚焦到这里。

援利医疗队在军委总部的正确领导和第三军医大学党委的宏观指导下，建立了临时党委领导下的战时管理决策机制，突出集中、高效、科学，有效应对了错综复杂的局势，为圆满完成任务起到了关键的领航作用。

医疗队始终强化党委核心领导作用，确保了政令统一、行动一致。党委决策制度，明确要求重大经费支出、重大人事调整等大事必须由党委会决策。机关工

2014年11月28日，王云贵队长率队与中德ETU官员相互考察后，德国ETU领导赠送蛋糕和食盐表达友谊。

作例会制度，无论早晚，每天必开，统筹各方面信息，集中进行决策分析和论证。督导科室早交班制度，党委委员、机关四部领导每天分头参加科室早交班会，传达部署有关决策指示要求，确保决策的执行力。

医疗队党委果敢担当，把握战机。疫区如战场，形势复杂多变，战机稍纵即逝。面对ETU开业所遇的重重阻碍，临时党委果敢做出“自行收治”的决定，12月5日收治了第一例疑似病人，倒逼有关方面加快了ETU开业审批。面对海运物资迟迟未到、大量医疗物资告急的现实困难，临时党委不等不靠，迅速决定向多个国际组织同步申领筹措，主动协调、多方补充，得到国际组织的大力支持，保障了医疗工作的持续开展。面对利国关停多家ETU，拟批量转运40余名病人的需

2014年12月5日，美国驻利大使来我诊疗中心参观交流后，王云贵队长给她赠送第三军医大学校牌表达友谊。

要，临时党委决定主动接收、积极配合，深得利国政府、人民好评。

医疗队党委在关键环节决策的过程中，始终坚持民主集中制原则，注重征求队员意见建议，充分发挥集体创造性，有效提高了决策的科学性、可行性。

医疗队党委高效开展战时政治工作。在医疗队政委李大元、政工组长贺绍宏和政治部主任刘俊的带领下，他们分层次思想动员，狠抓关键环节，跟进具体困难。谈心交心、思想发动是最经常的形式；“国内集训”、“临战状态”、“常态救治”、“胜利在望”四个重点时期，他们都及时展开正确引导；组织队员学习小汤山医院抗非典经验，了解利比里亚的历史、风俗，熟悉埃博拉疾病知识和疫情状况。他们主动为队员解决“后顾之忧”，喜事共享、悲伤分担。谁家的老人生病了、谁的爱人就要生孩子了、谁即将参加职称评审，医疗队党委和支部都“了然于心”，并想方设法解决“跨越国界的难题”。“队员只管去战斗，剩下的事儿不要操心！”

“他是一位‘外交家’、‘实干家’和‘教育家’。”这是李大元政委对队长王云贵的评价。听起来有些“夸张”，但却并非“言过其实”。

医疗队外事办主任陈丕曾参与和见证了利国外交部长欢迎仪式、中国ETU启动仪式、中国政府代表团来利访问等医疗队所有重大外事活动，出色完成了各项翻译任务。他永远记得，初来乍到，险象环生，是王云贵队长以开放、自信的姿态，带领着大家积极配合各级国际组织业务审查，热情接受各国组织参观交流，主动汇报展示中国ETU工作进展，深度参与国际标准制定讨论，让中国援利医疗队快速融入国际救援体系，赢得各方好评。医疗队专家组也永远记得，利国埃博拉防控指挥中心例会上，中国ETU的卓越工作，曾赢得经久不息的掌声。在利国疫情趋降趋稳、多家ETU竞争博弈之时，在王云贵队长的沉着指挥下，中国ETU后发制人，赢得了主动。

面对海运滞后造成的物资供应保障困难，医疗组副组长张宏雁、院务部副部长罗洋等人，曾跟随王云贵队长，主动出击，找到在利中资企业，通过协调沟通、诚信交友、医疗保障等方式，很快建立了强大的支持团队，为医疗队物资保障提供了极大的帮助。每日生活所需的豆蛋鱼肉，低价保障供应；缺乏的药品消毒剂，协助筹措甚至赠送；部分缺乏的生活物资，无偿支持；物资装卸运输，免费帮助。

“在医疗队开展的培训中，作为公共卫生领域的专家，王云贵队长多次亲自站上讲台，为利国军队医护人员授课。他的课非常精彩。”负责培训任务的护理部副主任刘蕾说。

抗埃任务的艰巨，也注定了援利医疗队是一个有着统一坚强领导的，由不同岗位和分工构成，一二线相互交融的战斗集体，成体系地围绕着诊疗中心运行，谁都不可或缺。

他们，为医疗队构筑了坚固的“防疫”力量。

利比里亚历史上流行的病种包括疟疾、伤寒、登革热和艾滋病。曾有机构在一支维和部队做流行病学调查，向官兵提问：“感染过疟疾的请举手。”“哗！”所有的官兵都举起了手。又问：“两次感染过疟疾的请举手。”“哗！”又是一大片。再问：“三次以上反复感染的请举手。”举手的超过二分之一。

医疗队居住在废弃的体育场，条件非常简陋，杂草丛生；多雨的气候和体育场内的半开放下水道，使生活区成为一个蚊虫极易滋生的环境，防蚊防疟的压力非常大。“热带病学”专家王英和队友，每天穿着不透气的防护服，背负沉重的喷雾器，在营区进行蚊虫消杀灭，不放过每一个死角。他们创造性地利用“灯诱法”监测生活区、医疗区的蚊虫密度，对捕获蚊虫进行分类，确认是否携带“疟原虫”，及时调整杀虫剂的使用种类和频次。“喂，防蚊专家，帮我看看这个蚊子传播疟疾不？”经常有队员拍死蚊子后，找王英鉴定鉴定。在利比里亚的60多天，王英和队友累计配置杀虫剂200公斤，投掷杀虫烟雾弹500余枚，消杀面积超过40万平方米，累计检测水样30余份/次，检测食物样本20余份/次，有效保障了医疗队的生活安全，无一人感染疟疾等传染病。

张竹君是一位80后医学博士。他与其他两名防疫队员和十余名当地聘用人员组成的医疗废物处理小组，承担医疗垃圾收集处理、遗体搬运等工作。每天，进入病区收集医疗垃圾，然后焚烧。这些医疗垃圾极具传染性，每个步骤都必须小心谨慎：喷洒消毒、密封检查，喷洒消毒、转运，再喷洒消毒、焚烧。收集转运上百袋医疗垃圾，大约40分钟，焚烧完需要三个多小时。身着密不透风的防护服、雾蒙蒙的护目镜，浓烟、令人作呕的异味，900多度的炉温1米开外就能让防护面屏变形，辛苦自不必说。

还有一些队员，在原单位是护士长。在抗埃一线，负责清洗防护靴。这些雨靴是病区医护人员重复使用的，属重度污染物。她们在消毒清洗靴子时，需穿上防水、防腐蚀的黄色化学防护服，因此被队员们亲切地叫作“小黄鸭”。

唐棠、肖利就是其中的两位。她们率领八名护理姐妹，组成了洗消小组。她们每天早上来到工作区，穿上防护服，俨如外星人——黄色的化学防护服、N95口罩、护目镜、面屏、橡胶手套、防水围裙，身体被包裹得严严实实。上百双靴子堆积在一起，一只一只地刷洗，然后浸没在消毒液里。一个小时后，捞出用清水漂洗两次，再拿到室外烈日下晾晒。重复的动作，不停地清洗。唐棠说，感觉时间都停止了下来，听不清周围的一切，只听见自己急促的心跳和呼吸，汗水顺着脸颊流到脖子，一直往下淌，直到流进鞋子里。洗完一批靴子，大约需要三个多小时。一层一层脱掉防护服，身上的衣服都湿透了，能拧出水来，脸颊也被口罩和护目镜压出了深深的印痕和密密麻麻的花纹。因为体力消耗过大，瘫坐在椅子上，根本不想说话。稍微缓过劲儿来，就尽快补充水分。每当这时，她们感觉能自由地呼吸，是多么愉快的事啊。

他们，默默无闻，却维系着“打胜仗、零感染”的关键环节。

他们每天进入病房，采取血液标本，送检。血液是最可怕的传染源，他们必须十分小心。

他们每天对进入病房和需要严格防护的队员进行督查，从穿脱防护服程序到每一个操作细节，都不放过，严如包公。

他们，铸牢官兵心理盾牌，提升“看不见”的战斗力。

在中国援利医疗队驻地SKD体育场，心理专家杨国愉教授带领心理组队员，给医疗队员开展了主题为“情绪调节与压力管理”的团体心理训练。训练从“成长五步曲”开始，让队员们体验在特殊环境下可能遇到的挫折、压力与成长。紧接着，训练进入“情绪困扰和压力”的环节，通过讨论、互动等形式，让队员们对自身存在的情绪困扰、压力来源和应对方式进行深入思考和交流。之后，“伴你走过人生路”的活动，让队员们体验到战友和团队在情绪调节和压力管理中的重要作用。最后，音乐放松训练让队员们的身心得到深度放松。整个训练持续1.5小时，环环紧扣、气氛融洽，大家在实践活动中体验挫折，在交流互动中认识压力，在互助讨论中建立信任，在欢声笑语中提升期许，在放松练习中松弛身心。

60多天里，心理组编印《心理健康手册》900余册、制作心理扑克牌1000余副，举办心理健康讲座6场、开展团队心理训练10批次、个别重点心理咨询30余人次、心理测评12批次。

他们，白天做饭、出车，晚上站岗，负责医疗队的安全警戒。这些后勤战士都是多面手。

“明天可以做个水煮肉片”，“炒土豆的时候放点醋吧。”……晚上八点过后，晚饭结束了，炊事班却还没下班，他们在一起开会讨论菜品还可以做出什么新花样，哪些菜做得还不够好，该如何改进等等。由于当地食材有限，最常见的就是土豆、白菜、洋葱，肉类只有腊肉、猪肉罐头等，炊事班只能换着花样做。医疗队员大部分都是重庆人，喜欢吃辣，炊事班就从重庆“扛”了一百斤干辣椒来，到了以后自制油辣子，让队员们解馋。有些队员是回民，他们就开小灶煎个鸡蛋；有些队员不能吃辣，他们每次都准备一两个清淡的菜。

他们，是医疗队的“喉舌”，向世界传递中国军医的声音。

从“解放军援利抗埃医疗队抵达利比里亚入驻SKD体育场”到“中国速度”，

火腿再加工：忙碌的后厨。

2014年11月27日，张远军在拍摄采访钱德慧与妻子视频连线，撰写新闻稿件。

从“中心确诊第一例埃博拉患者”到“三名确诊患者康复出院”，从“爸爸妈妈加油，等着你们平安回家”到“医疗队队员钱德慧与正在分娩的妻子视频连线”，透过各种媒体，援利医疗队和中国军医的消息，公众第一时间了解；中国军人敢打必胜的战斗精神和艰苦奋斗的创业精神，世界第一时间知晓。

自解放军首批援利医疗队组建以来，医疗队的两位政治部副主任——张远军、姜恒，就以“战地记者”的姿态，终日扛着“长枪短炮”奔波在队伍的各个角落。抵达利比里亚后，两人更是成为传递“中国声音”的重要“喉舌”。与国内相差8小时时差，每天天不亮，他们就开始奔波于驻地与诊疗中心，捕捉记录医疗队一项项重要工作、一个个历史性的画面。深夜，队员们入睡，他们却在忙碌地整理医疗队最新动态，以便及时传回国内。

在那些紧急救治五名确诊患者的日子，张远军看着疲惫不堪的医疗队员，心中萌生了一个想法：要与战友并肩战斗，到一线、到病房采下最珍贵的镜头！一次、两次、三次、四次，张远军的请战都被医疗队领导驳回，“不行，这不安全，也不符合规定！”张远军却“不服气”：他们是军人，我也是军人；他们都能安全地出入污染区，我也一定能！男儿的血性一经激发，便不可收拾。这位曾在2008年汶川抗震救灾中，一个星期仅靠几盒牛奶和矿泉水充饥，为了乘上直升机到成都传送画面，甚至穿上手术服化装成医生的倔强的“战地记者”，最终说动了首席专家毛青，在队友帮助下一点一点地穿上PPE，跟着医疗队员走进病房，拍下了“埃博拉”救治的第一手资料。在现场，他终于切身感受到队员们所形容的那种“难受”：汗水从头直刷刷地流到脚，气味刺鼻，呼吸困难，嗓子又疼又痒，大脑不时出现“空白”。那天，他举着摄像机，在污染区摄像、采访了将近两个小时。

付出终有回报。2015年1月15日晚，中央电视台《新闻联播》在“行进中国·精彩故事”栏目中，用3分35秒时长播出《抗击埃博拉病毒22天，三名患者病愈》报道后，总政宣传部专门撰写《军事新闻阅评》并向全军推荐学习，称赞该报道“真切感人”，“令人过目不忘”。总政治部殷方龙副主任在上面批示：“报道很好，真切感人，为树立军队好形象增添了正能量。可考虑在适当的时候进行一次较大规模的宣传。”1月28日晚，中央电视台《新闻联播》头条新闻破例用3分55秒时长播出《抗埃手记：十个昼夜的生死相伴》，儿科医生陈盛的深情讲述，让中国人民、让世界为军医跨越国界的大爱动容！

这就是中国援利医疗队——在这个特殊的战斗集体中，每一个战斗岗位都不轻松，每一个战斗岗位都充满危险，每一个战斗岗位都不可缺少，每一个队员都是勇士！

2014年12月30日，中共中央总书记、国家主席、中央军委主席习近平给在西

2014年12月30日，中国驻利大使张越、医疗队队长王云贵带领全体队员传达学习习主席慰问信。

非抗击埃博拉出血热疫情的全体医疗队员发来了慰问信，对抗埃医疗队取得的成绩给予了充分肯定。

（五）

“大爱天下。沐浴东方的朝霞，我们迎着晨曦出发，美丽的阿非利加，有我们无尽的牵挂。飞越万里的海峡，我们踏着晚霞到达。遥远的利比里亚，有我们勇敢的回答。我们是中国军医，哪里需要就奔向哪儿，守护生命真情播撒，我们是中国军医。砥砺天剑谱写神话，大爱无疆情满天下。”

这是中国援利医疗队队歌《大爱天下》的歌词。“爱”是队歌的关键词，“传播大爱”是医疗队在利征战60多天的最好诠释。

三位确诊患者出院那天，医疗队为他们举行了欢送仪式，送上了服装、乒乓球拍等礼物，以及队员们发自内心的最诚挚的祝福。为表示回谢，三名从衣着到精神都焕然一新的康复患者，拿起铁锹，在诊疗中心门前，种下了三棵象征着健康、生命和友谊的橄榄树。

2015年1月12日，共同种下非洲橄榄树，愿健康常驻，友谊长存。

“埃博拉肆虐，人民饱受痛苦。别人因埃博拉走了，中国因埃博拉来了。让我们共同努力，一定能消灭埃博拉。”歌声响起。一块唱歌的，除了三位康复的确诊患者和全体医疗队员，更有诊疗中心招聘的数十名当地工作人员。

许多当地工雇员曾有在其他ETU工作的经历，刚来到中国诊疗中心时，曾冷冷地用旁观者的态度，审视着医疗队员的一言一行。

“言必行，行必果。”医疗队严格遵守承诺，安排雇员接受专业培训和考核，积极与利国政府协调，落实了雇员们的酬劳待遇。

80名当地工作人员，包括1名协调员、17名护士、2名抽血员、1名社工、59名消毒保洁员，全部实现了与中方医疗队员“混合排班、无缝协作”——没有中方、利方的区别对待，没有区别性的分工，雇员们与医疗队员完全融合在一起。在诊疗中心，共用一个通道，共同救治病患。

中国医疗队对利国同胞的态度，是这些当地雇员们关注的重点。诊疗中心刚开始运行，一天，一位高热、腹痛的疑似病人被送进留观区。按照规定，每一例患者都要经过首席专家和病区医生的讨论，才能制定诊疗方案。看见病人迟迟没有治疗措施，一位雇员激动地冲上前来，对医疗队员吼道：“你们为什么还不给他输液？还不赶快救他！”类似的误解，发生过几次。但是，随着被送来的疑似、可能患者的不断增多，一直到确诊埃博拉患者，医疗队员不顾自身安危，频繁出

患难与共的友谊，图为进入“红区”前中方与利方医务人员一起祷告。

入污染区，竭尽全力抢救病人，为病人送去可口的饭菜，甚至拿出自己珍藏的“体己”，打扮女病人，逗孩子笑……这一切，雇员们看在眼里，记在心上。

曾经，当地雇员口音很重的“利比里亚式”英语，使他们和中国医疗队员的沟通面临一些困难。为了更好地交流，门诊部护士袁小丽把第二天工作中要说的话，用英语记到笔记本上，反复练习。在实现“顺畅”交谈后，袁小丽又寻思着如何让氛围更加轻松、活泼，便尝试教这些利比里亚同事一个汉语词——“漂亮”。

没想到效果极佳。自此，当地雇员每次看到女队员都说“漂亮”，队员们笑得合不拢嘴。后来袁小丽告诉他们，“漂亮”还有另外一层意思，“大家工作很出色，我就会竖起大拇指，大声说——漂亮！”随后几天，袁小丽还教会了他们用中文说“早上好”“下午好”“谢谢”“不用谢”“你吃了吗”……大家学得很努力，会的中文词越来越多，其中一名“佼佼者”还和医疗队员录制了一首中利合唱版的《自由飞翔》。

愉快交流的过程中，医疗队员和利方雇员相处越来越融洽，工作配合越来越默契：隔窗问诊，相互只要一个简单手势，就能立即做好相应操作；当地员工脱下厚厚的防护服、挥汗如雨时，医疗队员会立刻把水递到他们手上；当地员工忙得来不及吃早餐，医疗队员会悄悄把饼干放在他们的桌上；当地护工用自己微薄的收入，买来手链和民族服装送给中国“漂亮姐姐”；大家的对讲机统一贴上了可爱的笑脸标识，远远看到晃动的笑脸，就知道对方需要帮助，马上开始连线；每一次交流结束，每一次工作结束，他们都会笑着对医疗队员说：“谢谢你！”……当地员工不仅学会了一些汉语词汇，他们还坚持把每个词语用中英文一笔一画记在笔记本上，向医疗队员表达想要了解中国、到中国走走看看、到中国工作的愿望。

12月16日，诊疗中心“汉语学校”正式开班了。学习地点：诊疗中心门诊部，学习时间：每天早晨7：30—8：00，教员：袁小丽，学员：全体当地雇员，第一堂课学习的内容：“我爱你中国！”

2014年12月25日，圣诞节。一大早，医疗队队长王云贵和政委李大元就率领机关各组领导和有关人员，来到诊疗中心，为当地雇员和住院病人送上了节日问候和礼物。

一个个中国结，象征着友谊、吉祥；一袋袋苹果，象征着平安、幸福。“礼轻情义重”，利方工作人员拿到这份惊喜，都十分开心，乐得手舞足蹈。

大爱，让医疗队员与黑人兄弟姐妹的心，紧紧贴在了一起。

大爱，具有强大的感召力，重庆外建、山西外建、东方国际……利比里亚的中资机构、华人华侨，在诊疗中心最艰难的时候，与中国援利医疗队牵手并行。

2015年1月1日，医疗队员与利方医护人员共庆元旦。

2014年12月25日，护理组组长宋彩萍给当地聘用人员送上圣诞礼物。

2014年12月25日，入乡随俗，医疗队员与当地雇员共庆圣诞，李大元政委给当地雇员送上圣诞礼物。

当地的华人，常常自发为医疗队送来新鲜的蔬菜。

中国援利医疗队不畏艰苦，以高超的医疗技术挽救了许多利比里亚百姓的生命，有效控制了埃博拉病毒的传播，受到利政府和人民的高度评价。利比里亚卫生部部长助理恩耶斯瓦表示，中国医生勇敢、充满智慧。中国诊疗中心在短短的时间内不但收治多名埃博拉患者，而且已有埃博拉确诊患者康复出院，约翰逊-瑟利夫总统委托他对诊疗中心医护人员的辛勤付出表示真挚感谢，利比里亚人民对中国诊疗中心充满敬意。

由于长期的动荡和内战，利比里亚公共卫生系统十分薄弱，医生数量非常有限。埃博拉疫情爆发后，该国公共卫生系统被彻底摧毁，医务人员纷纷逃离岗位。而当地民众由于缺乏对埃博拉病毒的正确认识，导致疫情爆发初期感染病例迅速上升，病毒“像野火一样蔓延，吞噬着途经之处的一切”。感染源防控工作面临严重挑战，公共卫生系统亦亟须重建。

在医疗救治的同时，公共卫生培训有序展开。

在驻利大使馆的协调下，医疗队积极对接利国政府，组织卫生人员培训，为重建当地卫生体系打下基础。

医疗队组织利国军队医护人员培训，提高该国军队防病抗病能力。

医疗队为利国警察及周围社区民众开展培训，传授防疫知识，为提高全民公卫意识和能力创造良好社会环境。

医疗队培训维和分队官兵，为提升我军海外战斗力提供支持。

医疗队为中资企业培训中利员工，关注国人健康、传递祖国关怀。

培训中，结合利国公共卫生建设现状和抗埃防疫需求，医疗队拟定了多模块组合式的培训方案。共设计埃博拉防控知识、隔离患者与安全丧葬、疟疾的防控常识、室内外消毒技术、心理卫生等12个授课模块，采取了理论授课、视频演示、技能训练、情景模拟、实地参观等5种教学方式，编印埃博拉知识防控、疟疾等常见传染病防治等培训手册3册、宣传光盘1套、教学视频1部。根据培训对象不同，组合搭配不同培训模块和教学方式，增添不同培训特色。培训中，强化全程感染防控，避免感染与交叉感染。

“在组织的授课效果测评和跟踪随访中，参评比例为90%，满意率达95.8%。”刘蕾副主任介绍道。

利方参训人员纷纷表示，中国诊疗中心与众不同，培训内容科学、讲授精彩、组织正规。利国首席医疗执行官亲自带着第二个批次的医务人员前来培训；SKD社区的居民分成两个批次走进了公共卫生课堂……利国民众对中国政府为抗击埃博拉疫情付出的努力赞不绝口。

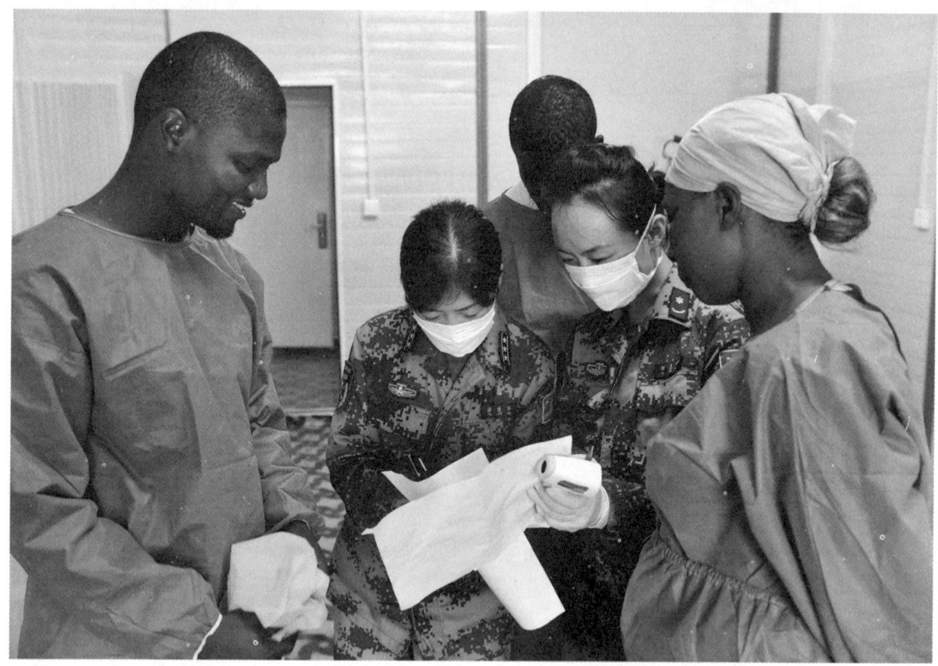

2014年12月3日，医疗队员对当地雇员进行岗前培训，现场公布考试成绩。

2014年12月22日，社区居民积极来听课，课后领取防疫宣传材料。

2015年1月8日，医疗队员培训中资机构员工。

60多天，医疗队先后组织培训20批次1520人，超额圆满完成国家卫计委下达的500人次的培训任务，扩大发挥了援助综合效应，为利国重建公卫体系做出了积极贡献。

“抗击埃博拉，我们离不开中国医疗队，重建卫生体系也离不开中国的帮助，利比里亚人民愿与中国人民世代友好。”恩耶斯瓦说。

60多天转瞬即逝，离别的时候越来越近。

利比里亚阳光灼热的正午时分，在蒙罗维亚中国援利埃博拉诊疗中心疯长着欢笑和掌声，也疯长着泪水。这些中国医疗队员有太多的不舍和牵挂——“失去父亲的小男孩变得像男子汉一样坚强了吗？”“没有父母佑护的小女孩过得还好吗？”“那个年轻的母亲从困境中走出来了吗？”……60多个难忘的昼夜，中国医疗队员用汗水和真诚构筑的大爱，超越国界和种族，凝聚成中利两国人民兄弟姐妹般的亲情。

11年前就曾到达非洲执行维和任务的骆宁、王亚平、龙晓宏，已是第二次来到这片熟悉的土地，对这片土地上生活的人民有着更深的情感。她们把象征吉祥平安幸福如意的火红“中国结”送给并肩战斗过的非洲姐妹，祝福她们“好运，珍重！”。

同样来自沈阳军区总医院的52岁的陈红，是首批援利医疗队里年龄最大的女队员。作别非洲，这位曾参加抗击SARS的老兵，难以控制自己的情感，离别前夜，坚持要值最后一个夜班。

与中国军人一样，接受过医疗队培训的利方护士阿比咖惜别这些她们称为“中国来的天使”，更是有太多的不舍。她饱含热泪地说：“谢谢你们，谢谢中国！”

离别的时刻终于到来。当中国白衣勇士背着行囊走出驻地SKD体育场时，利方工作人员纷纷掉泪。利方护工Christopher用汉语叫着自己熟悉的队员名字，一字一句，让大家眼眶都红了。

中午15:00，驶往机场的大巴发动。有人三步并作两步紧追上来，轻轻敲击车窗，与队员道别；而送别的人群中，一个高高的非洲青年，双手托起刚刚写好的纸牌，密密麻麻的英文深深印刻在每个队员的心中——利比里亚人民会感激中国人，这份友谊会永远留在我们心中，我们爱你们，我们会想念你们……

77年前，伟大的国际和平主义战士、加拿大共产党员白求恩不远万里，来到中国。带着战地医疗队辗转多个战场，冒着枪林弹雨，在极端艰难的环境中抢救了成千上万的伤病员，培养了大批的革命医疗战士，为中国人民的解放事业做出了重大贡献，赢得了根据地干部、战士和老乡的尊敬和爱戴。今天，传承着“白

2015年1月20日，临别前依依不舍，队员红了眼眶；利方工作人员依依不舍地挥手告别。

求恩精神”的中国军医，在这次对外医疗援助中，在这个特殊的战场上，行动迅速、技术精湛、无私奉献，把空间拉近，让时差“归零”，给正与病毒艰难斗争的利比里亚民众送去了爱的温暖、生的希望，让世界看到了中国——一个大国的形象，一个大国的崛起。

在接受国内媒体采访时，第三军医大学政委高占虎动情地说：“援利医疗队以不怕牺牲无私奉献的国际人道主义精神，不远万里，代表祖国向利比里亚人民伸出了援助之手，赢得了利比里亚政府和人民的信赖和赞誉，他们是中国的白求恩，是中国军人的骄傲，他们为祖国赢得了荣誉，向党和人民交出了一份满意的答卷。在这里，我们向他们致以最诚挚的敬意和问候。”

2015年1月20日，告别生活两个月的体育场。

侧记一 不畏生死战疫魔

60多天里，我军首批援利抗埃医疗队队员们在利比里亚这块曾经饱受战乱的土地上，建设完善和独立运营管理100张床位的ETU（埃博拉诊疗中心），与埃博拉捉对厮杀，创造了一个个奇迹……

首次对决埃博拉，治愈率60%；住院病人总治愈率达83%，远高于WHO同一时期公布的40%—43%；医疗队员与聘用当地人员同时实现埃博拉零感染、疟疾等传染病零感染……

条件恶劣，环境特殊，埃博拉病毒更是凶险。但是，执行任务的整个期间，所有医护人员都严格按照平时训练的标准，执行科学的流程、严格的规范，做到"打胜仗、零感染"完全可以实现。

自己动手，打造一流医疗环境

2015年1月20日，我军首批援利抗埃医疗队胜利完成使命，坚守最后的82名队员从利比里亚首都蒙罗维亚启程归国。

返程前，队员们纷纷来到当地SKD体育场旁那片天蓝色的板房——中国埃博拉诊疗中心前，久久驻足眺望，留影纪念。

那一刻，我军首批援利抗埃医疗队队长、第三军医大学副校长王云贵看着这个被当地人评价为"目前所有治疗中心中条件最好的ETU"，回忆起刚刚过去的这60多个日日夜夜，心中满是感慨。

还记得出征仪式上，王云贵坚定地说："为了非洲人民的健康，我们准备好了！"

2014年11月15日，这支医疗队抵达利比里亚。欢迎仪式上，王云贵说："援利医疗队的主要任务是管理和运营埃博拉治疗中心，全力救治埃博拉患者，对利医务人员开展技术培训，传授中国急性传染病防控经验，提高利比里亚埃博拉疫情防控的整体技术水平和能力……中国医疗队愿同利比里亚朋友一道，积极开展疫情防治，为保障利人民健康和生命做出贡献。”

尽管早有思想准备，但亟待安顿下来的医疗队员们还是不免对眼前的景象感到心凉。医疗队住处——由中国上世纪80年代援建的SKD体育场破损严重，已荒废很长时间，场内杂草丛生，垃圾遍地，室内破败不堪。

闷热潮湿、蚊虫疟疾、蛇蝎蜥蜴、缺水少电……在这里，“敌人”远不止埃博拉病毒，每个环节都可能带来非战斗减员。

与死神较量，就要全力以赴！稍作休整，王云贵便对医疗队员做了简单的动员。一场见证中国速度的赛跑旋即展开！

紧接着，王云贵率医疗队医务组组长吴昊等人，参加了利比里亚埃博拉指挥中心（NECC）联席会议，就埃博拉疫情防控相关工作进行了协商，并迅速建立起中国人民解放军援利医疗队与NECC的联络机制。

冒酷暑，顶烈日。那些日子里，除王云贵队长外，医疗队政委、西南医院副政委李大元，首席专家、西南医院感染科主任毛青，医务组组长……所有人都忙碌在现场。

为防止蚊虫叮咬传播疟疾等传染病，确保队员健康安全，医疗队自力更生，积极对营区环境实施整治，对室内外环境消毒。清除垃圾，去除杂草，对环境消杀灭；用旧包装箱和废弃板材搭设餐桌、办公桌，队员们甩开膀子，热火朝天，挥汗如雨……平时斯文儒雅的白衣天使，变成了“木匠”、“搬运工”，而占据医疗队半壁江山的女队员们也一个个化身为“女汉子”。

几天的辛劳，换来了暂可栖身之所。但任务才刚刚开始。

由中国援建的埃博拉诊疗中心房屋主体建筑接近尾声。队员分批进入，熟悉结构环境，协同改进完善；铺设信息光缆，安装监控摄像头；讨论制定诊疗中心管理制度、埃博拉病人收治流程等。

一张张病床，一个个柜子，队员不分男女，一起喊着号子抬进病房，自己组装；心电监护仪等各种医疗设备，一件件摆放到位；按照传染病医院“三区两带两线”和埃博拉病人收治防护要求，各种标识标示清晰，防护用品摆放就序。

10余天里，队员们每天休息都在凌晨以后，有时候甚至通宵达旦。队员们的肤色也逐渐向非洲朋友靠近，脸消瘦了不少，体重减轻最多的达10余斤。饭量却

2014年11月23日，援利医疗队政委李大元与战友一起搬运病床进病区。

2014年11月23日，援利医疗队的“女汉子”在搬运储物柜进病区。

2014年11月23日，援利医疗队首席专家毛青搬运物资进病区。

出奇地增加了，食堂饭菜逐日加量，但总是被队员们一扫而光。有人不解，是气候、水土原因导致饭量增加？其实队员们心里清楚，每天体能消耗大，能吃是自然的了。

看着漂亮的病房落成，完备的设施到位，大家收治病人的心情变得急切起来。

11月25日，中国援利埃博拉出血热诊疗中心正式交付使用。

记者了解到，这个诊疗中心占地面积两万多平方米，建筑面积5800平方米，包括主病房区和门诊、培训中心、库房、医护人员休息区等辅助建筑，共19栋板房，配备100张床位。该中心按照传染病防治医院的高标准建设，在世界卫生组织规定标准的基础上，增加了电子监控、对讲、电子病历等信息系统，病区设置上在清洁区与污染区之间增加了缓冲区，防护更加严密，是利目前所有治疗中心中条件最好的一个。

一套防护服有好几公斤重，穿上一次，就得20分钟左右。脱防护服得更加谨慎，一层一层剥离，至少得半个小时。期间要洗20次手，一点不能马虎。11层密不透风的防护服穿在身上，不一会汗水就湿透衣背，豆大的汗珠顺着发梢滴在地上。但队员们训练得一丝不苟。

当地时间12月3日，全体医疗队队员顺利通过埃博拉病患护理全流程考核，做好了接诊准备，收治埃博拉患者来院进入倒计时。

医疗队队长王云贵介绍说，埃博拉病患护理全流程包括接诊、护理展开等环节，程序非常严密，标准非常严格。考核中，所有队员的成绩都是优秀。

看医疗队员那感人的“众生相”

考验中国军医的日子很快就到了！

12月5日，中国埃博拉诊疗中心接诊第一例病人。一名年轻男子，身体虚弱，高烧39.6℃，有头痛、恶心、呕吐、腹泻等症状，有埃博拉接触史，高度怀疑感染了埃博拉，收入留观病区观察治疗。

战斗就此打响！诊疗中心信息中控室兼医护人员办公室，成了“前线指挥所”。医疗队队长王云贵坐镇现场，指挥组成员及大多数医疗队员，都来到了指挥室。为抗击埃博拉，他们早已摩拳擦掌。接诊、分诊，收治入院、查房处置，一气呵成。战前严格反复的训练，关键时发挥了作用。

一例、两例，病人接踵而至。

“中国埃博拉诊疗中心一经启动，就夜以继日运转不停，抗击埃博拉的战斗，

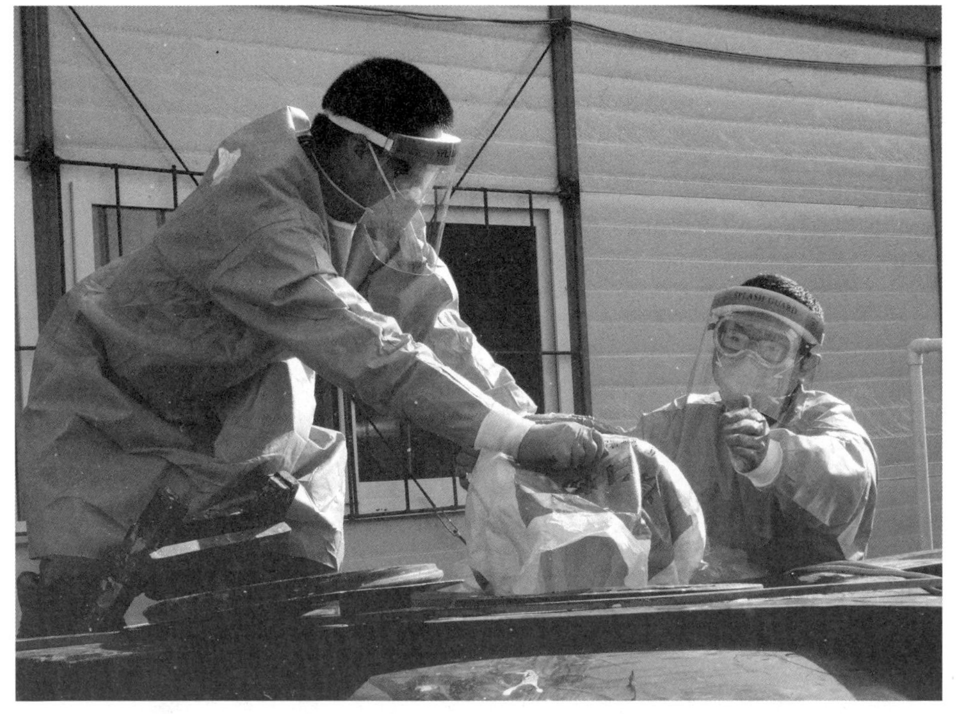

2014年12月9日，防疫队员黄辉、冯一梅配制含氯消毒液。

是拉锯的、持续的。一例例进来，一例例治愈出院。但死亡，又总是难以避免。”王云贵说，队员们一直努力着。正如一位医者所言：“有时去治愈，常常去帮助，总是去安慰。”

60余天里，他们常常工作至凌晨，回到宿舍，倒头便睡，饭也没力气吃。每天穿梭在病房，为病人查体，输液，清理呕吐物，换尿不湿。每进一次病房，就是一次战斗，一次对身体极限的考验，大量出汗、失水，几近休克、窒息；每进一次病房，就增加一次感染埃博拉的风险；病区高浓度的含氯消毒液，刺鼻呛眼，引发很多医疗队员哮喘、恶心呕吐、咳嗽，甚至咳血。

场景永远感人——

有这样一群人，他们在原单位从事教学、实验等工作，在抗埃一线，却当起了“清洁工”。80后医学博士张竹君就是其中一位。他与其他两名防疫队员和十余名当地聘用人员组成的医疗废物处理小组，承担医疗垃圾收集处理、遗体搬运等工作。每天，进入病区收集医疗垃圾，然后焚烧。这些医疗垃圾极具传染性，每个步骤都必须小心谨慎：喷洒消毒、密封检查，喷洒消毒、转运，再喷洒消毒、焚烧。

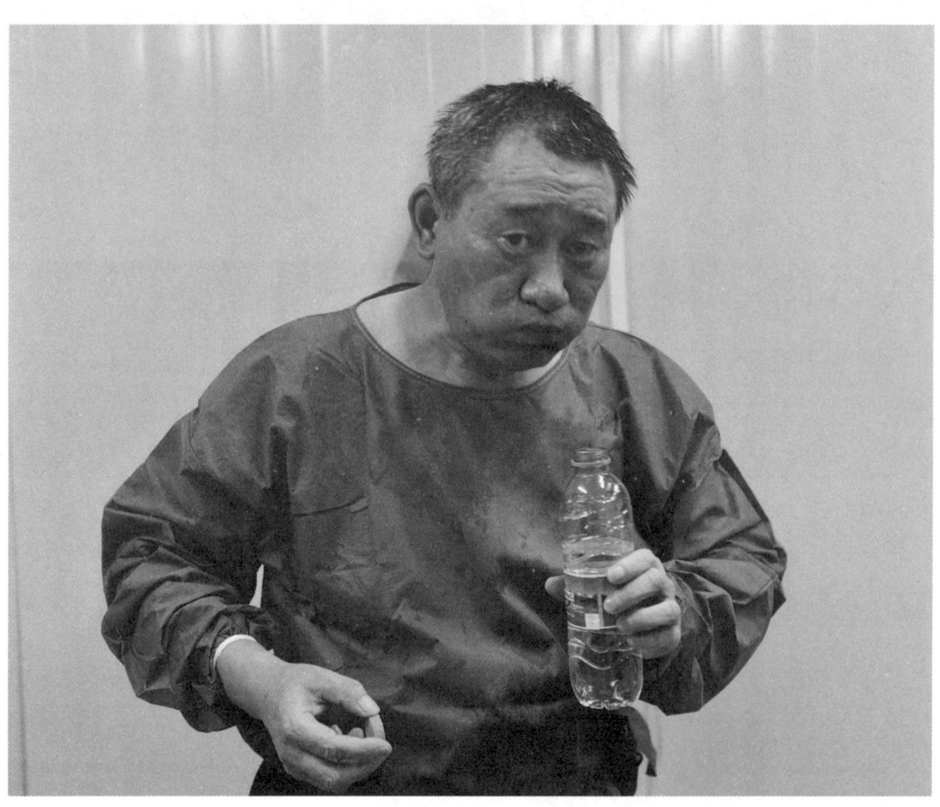

2014年12月23日夜22：20，队员向德栋查房出来。

收集转运上百袋医疗垃圾，大约40分钟，焚烧完需要三个多小时。身着密不透风的防护服、雾蒙蒙的护目镜，浓烟、令人作呕的异味，900多度的炉温1米开外就能让防护面屏变形，辛苦自不必说。

有这样一群人，在原单位是护士长，在抗埃一线，却负责清洗防护靴。这些靴子是病区医护人员重复使用的，属重度污染物。她们在消毒清洗靴子时，需穿上防水、防腐蚀的黄色化学防护服，因此被队员们亲切地叫作“小黄鸭”。唐棠、肖利就是其中的两位，她们率领八名护理姐妹，组成了洗消小组。清洗防护靴是个苦差事，危险、费体力。她们每天早上来到工作区，穿上防护服，俨如外星人——黄色的化学防护服、N95口罩、护目镜、面屏、橡胶手套、防水围裙，身体被包裹得严严实实。上百双靴子堆积在一起，一只只地刷洗，然后浸没在消毒液里。一个小时后，捞出用清水漂洗两次，再拿到室外烈日下晾晒。整个过程都是体力劳动，对每个“小黄鸭”来说都是一场硬仗。重复的动作，不停地清洗。唐棠说，感觉时间都停止了下来，听不清周围的一切，只听见自己急促的心跳和呼吸，汗水顺着脸颊流到脖子，一直往下淌，直到流进鞋子里。洗完一批靴子，大约需要三个多小时。一层一层脱掉防护服，身上的衣服都湿透了，能拧出水来，脸颊也被口罩和护目镜压出了深深的印痕和密密麻麻的花纹。因为体力消耗过大，瘫坐在椅子上，根本不想说话。稍微缓过劲儿来，就尽快补充水分。每当这时，她们感觉能自由地呼吸，是多么愉快的事啊。

有这样一群人，他们在原单位是政工人员，在抗埃一线，他们却成了战地记者。每天白天忙着拍片、采访、收集材料，晚上还要加班忙碌撰写稿件。特别是因为时区差异，为了赶上国内媒体发稿时间，他们经常通宵达旦。在医疗队中担任政治部主任的刘俊，出征不敢把去抗击埃博拉的消息告诉父母和岳父岳母：“老人家年纪都大了，没有必要让他们为我担心。所以，我提前给他们打了预防针，说马上要到外地参加学习，可能要好几个月的时间。”到了前线，他日夜忙碌，带领新闻干事把医疗队员抗埃过程中的酸甜苦辣向世界传递。

有这样一群人，他们每天进入病房，采取血液标本，送检。血液是最可怕的传染源，他们必须十分小心。

有这样一群人，他们每天在烈日下，穿着防护服，背上喷雾器，对环境消杀灭，那份闷热难以言表。

还有这样一群人，他们每天对进入病房和需要严格防护的队员进行督查，从穿脱防护服程序到每一个操作细节，都不放过。

也还有这样一群人，他们白天做饭、出车，晚上站岗，负责医疗队的安全警戒。这些后勤战士都是多面手。

……

而为了将医疗队员受到的不良影响降到最低，王云贵更是不敢有丝毫松懈。60余天里，他每天都要到凌晨才能休息。医护人员每次进入病房，他都会千叮咛万嘱咐，进行严密监护，不允许丝毫的操作失误。从进入病房查看病人的内容、动作和时间，到穿脱防护服的程序、操作规范、消毒等，他会同其他专家通过视频监控系统进行耐心指导和监督。同时，他还担负着和当地政府和医疗机构沟通协调的工作，每时每刻都在高速运转，“因为任何一个疏忽都可能影响医院正常运转，甚至是造成国际问题”。

“这就是医疗队员们的‘众生相’。”医疗队政治部主任刘俊告诉记者，每一个战斗岗位都不轻松，每一个战斗岗位都充满危险，每一个战斗岗位又都不可缺少，正是他们保证了诊疗中心的正常运转，保证了抗埃工作有条不紊。

与死神殊死搏斗中创造奇迹

12月23日，诊疗中心检出首例埃博拉阳性患者。随后，再相继检测出四名确诊埃博拉病人。随即，中国埃博拉治疗病区启用，五例确诊埃博拉病人由留观转入治疗病区。

与死神的肉搏战开始了。虽然都是临床经验丰富、参加过各种公共卫生应急救援行动的医护人员，但当他们首次正面遭遇目前世界上最恐怖的疫魔，还是难免有些紧张，又有些兴奋。当天晚上，医疗队队长王云贵主持召开专家组会议，分析讨论病人病情，研究制定针对确诊埃博拉病人的治疗方案。他说：“能用的措施都用上。只要有百分之一的希望，就付出百分之百的努力。”

治疗过程中，由于埃博拉没有确切的治疗方案，他们采取了一种综合治疗的方式，如对症退热、止泻、补液等。

“我们把中国抗击非典以及甲型H1N1病毒的防控经验，带到了利比里亚。但由于没有特效药品，要治愈一名患者很有挑战性，但我们已经竭尽全力。”王云贵说。

埃博拉的恐怖与凶险还是出乎他们的预料。首例埃博拉患者是一名年轻女性，入院时尚能行走，活动自如。待翌日确诊时，病情已严重恶化，出现休克，意识模糊。

紧张的督查中控室。

视频中控室现场查看病人情况。

大家虽奋力抢救，患者也未能挺过第三个晚上。接着，是一名五个月大的男婴。为了救治他，队员们付出了巨大努力和艰辛，在他连续高热39℃的状况下，维持了近10天。就在希望的曙光似乎即将到来时，埃博拉再次显示了它的强大淫威，毫不留情地夺走了男婴幼小的生命。

两条生命的离去，让队员们心痛，也让他们更加清醒和镇定。

埃博拉诊疗中心的条件有限。按照WHO的标准，惟一能做的检查，是对病人进行血液检测，确定埃博拉病毒是阴性，或者是阳性。所以，每个队员都成了“老中医”，依据经验行事。他们只能坚定信念摸索前进，竭尽所能救治病人……

每天安排五组以上医护人员进入病房，密切观察病人病情变化；安排专门的监控值班人员，通过视频系统适时查看病人情况；每天两次会诊，分析讨论病例，及时调整治疗方案，实施个性化治疗；远超WHO口服用药和必要时输液的标准，用上了监护仪、氧气，下了胃管。

有创治疗会带来更大的风险，但队员们全然顾不上，他们心中只有一个念头——救治病人。

医疗队队长王云贵，每天早晚都要参加病例讨论，一有空就要到病区探望，时刻牵挂着病区病人治疗情况。医疗组组长吴昊、护理组组长宋彩萍、首席专家毛青、总护士长游建平，每天在病区现场办公，从早上七点到晚上十点钟，有时工作直至第二天凌晨，平均每天病区工作时间超过14个小时。

病魔是残酷的，残酷得超乎人们的想象。五个月大男婴的母亲，也是中国埃博拉诊疗中心的一名确诊埃博拉患者。她的丈夫和另一个儿子，不久前已因感染埃博拉相继死去。小儿子的不治，对她来说是雪上加霜。沉重的打击，让她失去了求生的欲望，经常把输液针头从自己手上拔掉。曾经一个晚上，医疗队员连续三次进入病房，重新为她连接输液针，折腾了队员们整整一夜。随后，医疗队专门安排与她熟识的护工，进病房陪她聊天，开导她，并从当地找来心理治疗师，对她进行心理辅导。最终，这名埃博拉患者治愈出院。

有一名七岁的男孩的父亲和哥哥，不久前被埃博拉夺走了生命。刚入院时，他在隔离治疗病房独自一个人，有些害怕，常到邻近有人的病房，不愿回到自己的房间。可如此，就增添了交叉感染的风险。为此，队员们每次进病房，都多陪他一会儿。给他买来各种儿童玩具、小食品，哄他玩耍。队员们还经常通过视频呼叫系统，找他聊天，逗他开心。

时间在一点点地流逝，中国军医在与死神殊死搏斗中终于创造出奇迹！2015

年1月8日，治疗中的三名确诊埃博拉病人血液检测呈阴性。11日，再次检测，仍为阴性。按照WHO的标准，确定治愈。那一刻，整个诊疗中心沸腾了，他们为病人祝福，也为胜利欢呼！

在与埃博拉疫魔战斗日日夜夜里，医疗队员们舍身忘我，心情也随着病人病情的变化而变化。每当病人病情恶化，他们就会眉头紧锁，而当看到病人病情好转，能自由地在病区走廊活动，他们又是那样的惬意。到任务期满时，我军首批援利医疗队共接诊病人112例，收治64例，其中疑似和可能埃博拉患者59例，确诊埃博拉病人5例。治愈和转诊非埃博拉病人50例，治愈出院确诊埃博拉病人3例。他们不仅救治了埃博拉病人，也治愈了数十名非埃博拉病人，还为当地培训医护人员和卫生骨干1500多人。

当地群众说，中国诊疗中心是最好的！医疗队启程回国出发时，许多利比里亚群众自发前来送行，相互合影留念，挥泪告别！他们不停地说道："感谢中国，感谢中国军医！"

侧记二　10个昼夜的生死相伴

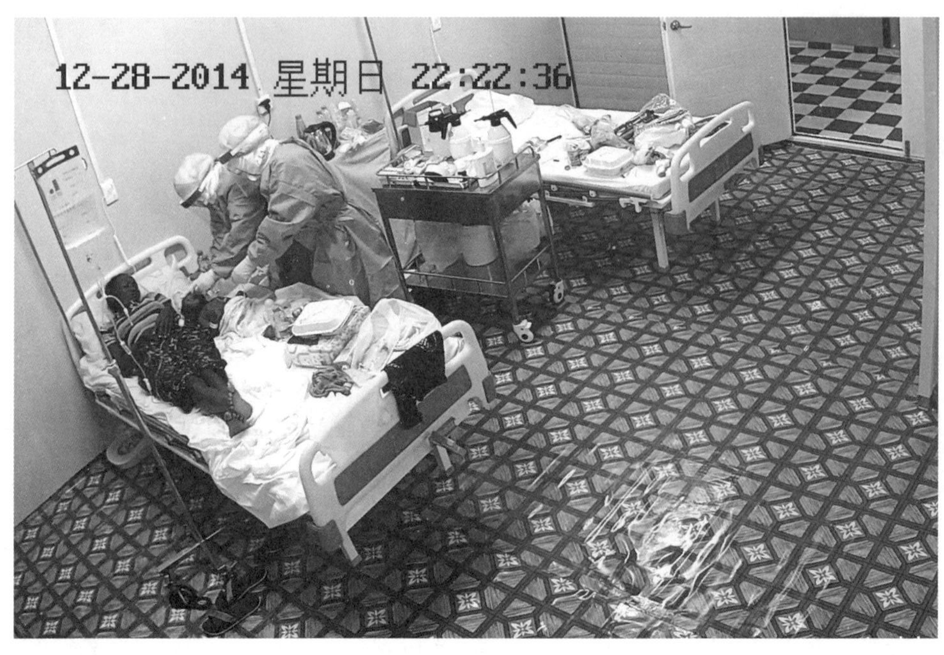

12月28日，医生在护理小婴儿。

在重庆的援利医疗队医学观察点，回国一个星期的中国人民解放军援利医疗队主治医师陈盛总是高兴不起来，他一直在怀念着他亲手救治的五个月婴儿埃博拉患者小约瑟夫。虽然医疗队首批成功治愈了三名患者，打了大胜仗，可他仍然为这个婴儿的离去感到遗憾。他说："虽然我们很圆满地完成了这次任务，但是对于这个小婴儿的离去，大家心里还是有些遗憾。"

1 月 29 日下午，陈盛和他的战友们一起打通了被治愈的幸存者、婴儿的妈妈布拉玛的越洋电话，仔细询问她当前的身体状况。当得知布拉玛的身体恢复很好，并向中国军医连声致谢时，大家悬着的心才松了一口气。

2014 年 12 月 21 日，一对母子同时住进了中国援利埃博拉诊疗中心，母亲叫布拉玛，22 岁，儿子约瑟夫才出生五个月，约瑟夫的父亲和哥哥分别于入院前被埃博拉病毒夺走了生命。母子入院第二天抽血检验为阴性，第四天检验为阳性，此消息犹如晴天霹雳，所有的医疗队员都为她们捏了一把汗。医疗队立紧急会诊，一定要救活这对母子，让有儿科临床经验的陈盛医生专门负责婴儿的治疗工作。

他入院的时候，他的母亲身体已经极度虚弱，生活有的时候都不能自理，这种情况下婴儿必须要改成人工喂养，如果不改成人工喂养，那么有可能这两个埃博拉病人都保不住。

考虑到母乳喂养还有交叉感染的风险，要给持续高热 39℃左右的婴儿喂奶，谈何容易。医疗队买来配方奶粉后，陈盛从宿舍烧好开水送进病房，指导护士用奶瓶给婴儿喂奶。在严格隔离的污染病房里喂奶，医护人员每次进入病房需穿有 11 件防护装备的 PPE，高温缺氧、虚脱窒息考验着每位医护人员，在这种条件下完成洗奶瓶、烧水、冷却、兑奶、喂奶、喂药、换尿不湿等步骤，每次都需要一个多小时，加上穿脱防护服的时间，从病房出来医护人员都接近虚脱。而婴儿每两三小时需喂奶一次，还要通过尿不湿上婴儿大便的量和次数以及精神状态等体征评估他的病情发展，医护人员就轮流进入病房，第一轮还在脱衣服第二轮又进去了。无论值班与否，陈盛每天都坚守病房，密切关注婴儿的病情变化。

尽管大家百般呵护，28 日也就是确诊后的第四天，小宝宝病情出现恶化症状，严重脱水、高热惊厥、腹泻加重、反应力下降、吃奶减少。医疗队专家组确定紧急抢救，立即给婴儿植入胃管补充营养，并进行静脉补液给药。当晚 22 点左右，在陈盛的指导下，护士长宋笑梅等将长约 35 厘米的胃管经过半个小时的紧张操作，由宝宝的左鼻孔成功植入，并将 50 毫升口服补液盐缓慢推注到胃里。

“它的风险就在于给这种小孩下胃管的时候，他可能一下子就喷出来，你人离得比较近，他这个分泌物、呕吐物，有可能碰到你的面屏上或者身上，这种情况非常容易造成医务人员的感染。”陈盛回忆道。

冒着危险把胃管成功植入了，要给小宝宝输液却是费劲了周折。本来就细的血管脱水收缩后更细，护士只有凭借丰富临床经验和技术来完成。有专家形容，戴着四层手套和护目镜、防护面屏给五个月的非洲婴儿静脉输液，比七十岁的老人在微弱光线条件下穿针还要难。戴着四层手套，人的灵活性会明显下降，加上穿上 PPE 以后人在里面待的时间久了反应能力也会下降，你稍有不慎的话，这个针就会把手套给刺穿，刺到自己的皮肤上，这是非常危险的一种情况。所以说，在其他国家的 ETU，对小孩是能不输液肯定不输液，就是怕这个风险。

第一次、第二次在宝宝的手腕和手背上穿刺都未能成功回血，经过约 40 分钟的考验，终于在宝宝的右手前臂处穿刺成功，把液体速度调到每分钟 6—8 滴，还要固定好防止他手动造成针头脱落。一个小时的紧张战斗，给宝宝补充的糖、钾、葡萄糖酸钙等液体开始注入血管。

胃管注入了，液体也输上了，医疗队王云贵队长和专家组认为还不够，要给予氧气支持。可是，我埃博拉诊疗中心没有氧气，WHO 也没有这样的治疗要求。对于利比里亚来说，给病人用氧是极度奢侈的。医疗队与蒙罗维亚相关机构逐个联系，找了整整一个晚上，终于在第二天早上找到了氧气。

要把 50 多公斤的氧气瓶搬进污染病房，这个看似简单的事情在这里却那么麻烦。医疗队员何静首先安装好了氧气阀等附件，在一次穿衣室穿好两层防护服，将氧气瓶由清洁区搬到二次穿衣室，全副武装后再由内走廊搬到病房，全过程须翻越高低不同的五道门坎，氧气瓶如遇滑落震动就有爆炸的危险。尽管有人协助，把氧气瓶搬进病房还是花了半个小时以上的时间。无婴儿用鼻导管，就想办法用输液针头的硅胶管自制吸氧导管，为防止氧气瓶倾倒爆炸，就把氧气瓶安放在病床与床头柜之间，用床和床头柜夹住。

在近 20 小时的紧张抢救中，治疗一区的九名医生、20 位护士，把每天进入病房的五次极限调高至七次，全体医疗队员的目光都聚焦到这个五个月的婴儿病情变化上。氧气也用上了，能想得到的办法都用上了，12 月 29 日下午 16 点 24 分，埃博拉病魔还是夺走了这个幼小的生命。

“当时一心要救这个小孩，就是为了救他，什么办法都可以，只要能够用的方法，大家没有想到过风险，真的没有想到过风险，(只是)希望他尽快好起来。”“当这个小孩死了以后，我反复问自己，是不是哪里做得不够好，是不是哪里做得不够细，是不是我们再努一把力这个小孩就活过来了。那个时候我感觉到在这个强大的病毒面前，人类是非常非常的渺小。”陈盛如此说。

陈盛自己的小孩不到两岁，在抢救小约瑟夫的十个昼夜里，他没顾得上给家里打一个电话。是老父亲圣诞节寄给自己的明信片上朴实的话语一直激励着他，要尽心尽力履行好医生的职责与义务。

2015年1月12日，布拉玛出院了，再见，再见！

小约瑟夫走了以后，医疗队员们擦干眼泪继续战斗，又把全部心思都集中到他的妈妈身上。功夫不负有心人，1月12日，孩子的妈妈布拉玛康复出院了，一家四口人感染了埃博拉，她是惟一幸存者。

利比里亚国家埃博拉应急指挥中心副主席贾那说："我感动得哭了，眼泪不由自主流下来。虽然五个月大的孩子去了，但母亲救活了。这一点令人高兴，这带来了一种希望。我知道，当时这位母亲的病情很重，看上去没有治愈的可能，但中国医疗队创造了奇迹，她活了下来。"

侧记三　援利医疗队里的青春故事

面对埃博拉首次接诊不漏诊

尹怡：1988年4月出生，解放军援利医疗队门诊部医生，第三军医大学西南医院医师、博士。

2014年12月24日，令尹怡十分难忘。中国埃博拉诊疗中心留观病人检出首例埃博拉阳性患者，一名年轻女性。这是诊疗中心自12月5日开业以来收治的第一例埃博拉确诊患者，自然引起了不小的关注。

然而，这名埃博拉患者，就是尹怡接诊收治的。说起这，还有一段曲折的故事。

他说，前一天，正好他值班。患者是一名23岁年轻女性，由救护车送来，虽然能自行下车并步入诊室，但是动作迟缓，显得十分虚弱。救护车上的工作人员展示了患者一长串的症状，头痛、乏力、腹泻、呕吐、肌肉关节疼痛等多个埃博拉病毒病的典型症状。如果患者有发烧或者有接触史，那么就该收治入院。

但测量体温、询问接触史这样一个常规接诊过程，在这位患者身上却变得曲折。

测量体温是他们遇到的第一个“拦路虎”。患者三次测量结果均为36.2℃，是一个非常正常的体温值。按照常识，如果患者症状这么重，体温一般会偏高，且患者之前自述发烧。作为接诊医生，尹怡非常怀疑测量结果的准确性。于是他告诉护工，体温枪再靠近一点，保持3厘米的距离，换三个不同部位重复三次，36.5℃。怎么回事呢？

这时，他发现患者戴着头巾，也许是头巾阻挡了电子体温枪的探头，导致测量值偏低！他立即通过对讲系统和患者说：“Please take off your cap.”重复了几次，患者好像没有明白，不说话。语言交流障碍迫使他用肢体语言向患者演示

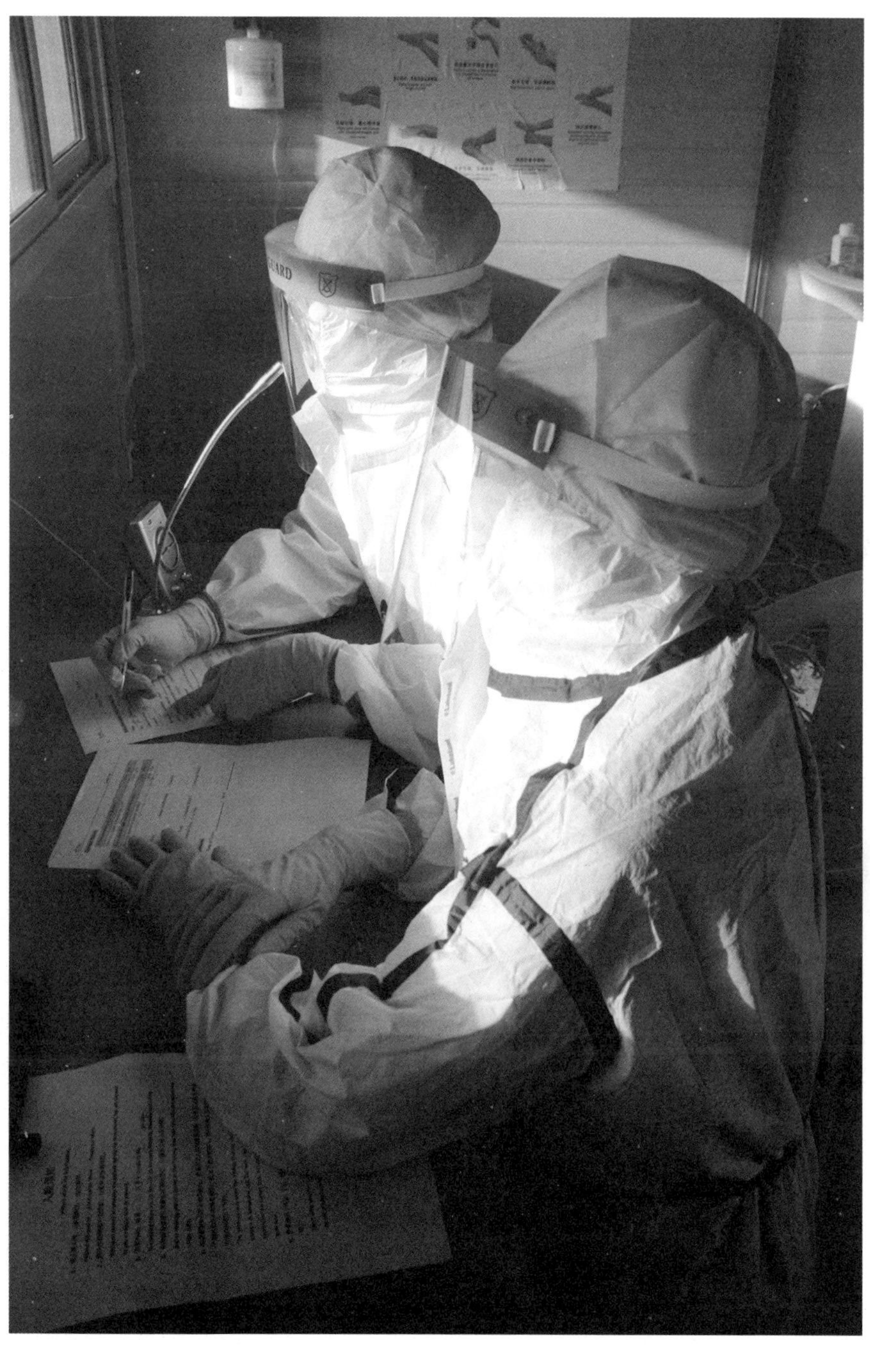

尹怡接诊工作照。

脱帽的动作，患者给予了积极配合！再测体温，37.8℃，再重复，还是37.8℃。发热条件符合。

接下来，又遇到了第二个“拦路虎”。由于病人虚弱，不想交谈，他们无法准确获悉病人是否接触过埃博拉患者等关键信息。怎么办？他果断决定，按照他们目前掌握的信息，至少是一个疑似病例，遂决定入院治疗，待患者稍有恢复后再问接触史。

结果，第二天就检出埃博拉病毒阳性。他说，这一小插曲事后令他有些紧张。如果疏忽了这个细节，患者可能无法得到有效救治，也将会成为一个可怕的传染源，可能会有更多的人因此而付出生命和健康的代价。

当晚下班，他到留观病区查看这位确诊患者。通过监控画面，看到医护人员在患者病床前有条不紊地进行静脉置管、心电监护和排泄物清理等操作。看到这一情景，利比里亚病例调查员向医疗队员们竖起了大拇指，“China ETU is the best.”此刻，他为做了一件正确的事而感到自豪。

非洲小女孩期待再见到“中国妈妈”

游建平：1974年3月生，解放军援利医疗队总护士长，第三军医大学西南医院护士长。

我会想念你的！2014年12月16日，中国援利埃博拉诊疗中心收治的疑似患者，八岁女孩奥古斯塔（Augusta）病愈出院。她久久拉着援利医疗队总护士长游建平的手，不愿与这位“中国妈妈”分开。

11日中午，小奥古斯塔以埃博拉疑似病人收治中国埃博拉诊疗中心。当时，她身体虚弱，高烧、呕吐和腹泻，体温38.5℃。问诊同时得知，小女孩的母亲感染埃博拉刚刚于10天前去世。因具备埃博拉出血热的相应症状，有密切的埃博拉病人接触史，被高度怀疑感染埃博拉。

一个八岁的孩子，刚刚失去母亲，自己又怀疑感染了埃博拉，孤独地躺在病床上，大大的眼睛流露出悲伤和无助。她的遭遇迅速引起了医疗队员们关注和同情，利用查房等时机，不断给她送来饼干、巧克力、糖果、玩具熊、儿童图册等，并利用诊疗中心监控对讲系统跟她聊天，帮助她排解孤独与寂寞，忘记伤痛和对父母的思念；希望给她带去快乐，让她在清冷的病房和陌生的环境，不那么紧张和害怕，能感到温暖。

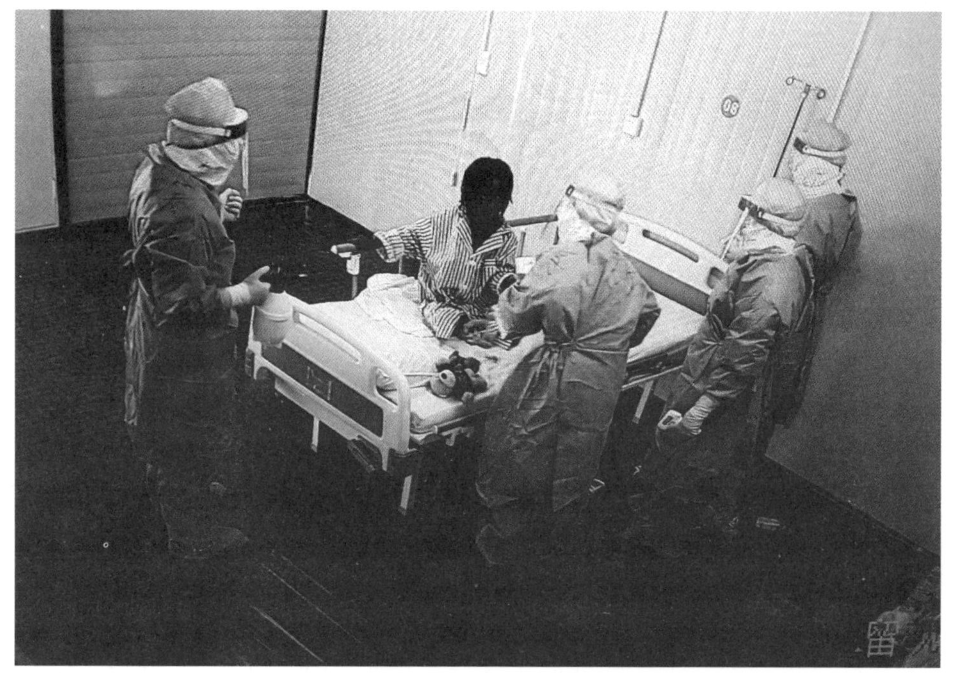

2014年12月18日，游建平等在病房给奥古斯塔查房交流。

医疗队总护士长游建平，对小女孩倾注了母亲般的爱。她给小奥古斯塔买来彩色画笔、画册、儿童笑脸贴，还有小女孩想要的镜子、润肤霜等，每次进病房，都陪小女孩一起玩耍、游戏，逗她开心。渐渐地，小奥古斯塔的精神开始好起来，人也变得活泼多了。游建平就教她说中文，让她喊自己“游妈妈”。通过反复交流，小女孩听懂了意思，第一次青涩地叫了“游妈妈”，也渐渐地对这位“中国妈妈”依恋之情。

针对小奥古斯塔的病情，医疗队也积极采取了对症治疗措施，并抽血检验排除了感染埃博拉。医疗队专家组多次深入会诊，确诊奥古斯塔患的是间日疟（疟疾的一种，隔天发烧）。经过医疗队医护人员精心治疗和护理，小奥古斯塔逐渐康复。

16日下午，是小奥古斯塔出院的日子，游建平来到病房为她送行。“游妈妈”的到来，让这个高高兴兴即将出院的孩子既兴奋又有几分难舍，与来自中国的“妈妈”紧紧相拥，并约定“一定要去她家做客”，将来她也要去中国，说她喜欢中国。

“红区”里的“清洁工”

张竹君：1982 年 10 月生，解放军援利医疗队防疫队员，第三军医大学西南医院讲师、博士。

有这样一群人，他们在单位从事教学、实验等“高尚”的工作。然而，在抗疫一线，当起了“清洁工”。医学博士张竹君就是其中一位。

张竹君与另外两名防疫队员、12 名利方人员共同组成了医疗废物处理小组，承担诊疗中心的医疗垃圾收集和处理、遗体搬运等工作。

医疗垃圾的正确处理关系到整个治疗中心的安全和正常运转。

虽然落差巨大，但第一次进入“红区”（病区分污染、缓冲和清洁区，又称红区、黄区和绿区），没有紧张，反而很平静。他说，第一次他们共有七人进入病区收集处理垃圾。也许是因为模拟训练过无数次，也许是面对现实的坦然，在穿防护服过程中，大家鸦雀无声。有埃博拉救治实战经验的利方队友问：“以前接触过埃博拉吗，准备好了吗？”他说：“从未接触，但准备好了。”他们相互检查完防护服穿着情况，就按规定路线进入“红区”开始工作。

医疗垃圾极具传染性，进入“红区”处理医疗垃圾时每个步骤都需要非常小

防疫队员进入“红区”收集医疗垃圾

防疫队员正在焚烧医疗垃圾。

心谨慎，喷洒消毒、密封检查，喷洒消毒、转运，再喷洒消毒、焚烧。从“红区”出来，40分钟闷在防护服里，汗水已经湿透衣背，手套、靴子都可以倒出汗水，浸湿的口罩令每一次呼吸都很困难，憋闷、烦躁，恨不得马上脱掉防护服。只有强迫自己慢下来，深呼吸，冷静、再冷静。队员们相互提醒和协助，严格按照流程和规定动作，脱下防护服。

焚烧垃圾是一件非常危险并且痛苦的事情，密不透风的防护服、雾蒙蒙的护目镜、高温、浓烟、令人作呕的异味……对身心都是巨大的挑战。添加垃圾是焚烧过程中最危险也是最具有技术含量的步骤，时机把握很重要，早了过热会损伤焚烧炉，迟了温度下降垃圾燃烧不完全会增加烟雾排放。添加垃圾时熊熊火苗从炉门喷泄而出，900℃的高温1米开外就会让防护面屏变形。长时间高温加速机体脱水，为了他们的安全，队员们相互体谅和协作，轮流添加垃圾，每天焚烧垃圾都需要几次轮换。

病区最多时一天要产生上百袋医疗垃圾，需要三个多小时才能全部焚烧完。为了减少焚烧时产生的浓烟对周围社区的影响，他们将工作时间调整到了晚上，因此经常需要工作到午夜。如今，40多天过去了，他对于这项工作已是轻车熟路。他说，虽然不能直接为患者减轻病痛、挽救生命，但是援利抗埃无小事，从点滴做起，从收集处理垃圾做起，用实际行动助力这场没有硝烟的抗埃战役的最后胜利，也是一件十分有意义的事情。

勤劳的“小黄鸭”——抗埃一线“浣靴女”

唐棠：1978年5月生，第三军医大学新桥医院护士长；肖利：1979年2月生，第三军医大学西南医院护士长。

有这样一群队员，在国内是科室护士长，位显荣尊。在利比里亚抗埃一线，负责清洗靴子。这些雨靴重度污染，属于埃博拉传染源，她们在消毒和清洗雨靴时，必须穿上黄色的防水、防腐蚀的化学防护服，所以，被队员们亲切地叫作“小黄鸭”。

分别在各自原单位当护士长的唐棠、肖利，在援利医疗队里，就变成了两只可爱的“小黄鸭”。她们率领八名护士姐妹，共同组成了医疗队的洗消小组，承担着医疗队重复使用的防护用品——防护靴的消毒工作。

平日里从事的是临床一线的管理工作，现在每天上百双的防护靴成了她们工作的对象。岗位的变化，工作性质的改变，没有难倒她们，相反，她们很快熟悉

浣靴女

了新的工作内容，适应了新的工作流程。

消毒清洗防护雨靴是个苦差事，不仅辛苦，而且危险，搬运费力。她们每天早上到工作区，穿好防护服后，看着镜子里的自己，俨然像个外星人——黄色的化学防护服、N95口罩、护目镜、面屏、橡胶手套、防水围裙，身体被包裹得严严实实。相互认真检查完毕后，“小黄鸭”开始工作了。上百双的靴子堆积在一起，一只一只地刷洗，然后完全浸没在盛有0.5%的含氯消毒液的大池子里。60分钟后，捞出来用清水漂洗两次，再然后，拿到室外烈日下晾晒。整个过程都是体力劳动，对每个“小黄鸭”来说都是一场硬仗。重复的动作，不停地清洗。那个时候，她们感觉时间都停止下来，听不清周围的一切，只听见自己急促的心跳和粗快的呼吸，大颗的汗珠顺着脸颊流到脖子，流向脚踝。洗完一批靴子，大约需要三个小时。

“浣靴女”们在忙碌，沾水的靴子分外沉重。

当一层一层脱掉防护服，穿在身上的衣服都湿透了，能拧出水来，脸颊也被口罩和护目镜压出了深深的印痕和密密麻麻的花纹。因为体力消耗过大，根本不想说话，瘫坐在椅子上。稍微缓过劲儿来，就尽快补充水分。每当这时，她们觉得能自由地呼吸新鲜空气，是多么愉快的事。

洗靴过程中，她们还要忍受高浓度含氯消毒液的刺鼻气味。虽然穿着几层防护服，依然能闻到刺鼻的含氯消毒液气味，喉咙感觉瘙痒，咳嗽也随之而来。

利比里亚天气炎热，太阳紫外线非常强，阳光灼热刺眼。顶着烈日晾晒、收整几百双雨靴，也是一项艰苦的工作，对这些平时缺少锻炼的医护人员来说，是十分不易的，每次都累得腰酸背痛。两个月下来，皮肤也晒成了“健康”的小麦色，逐渐向当地人靠拢了。

每天面对上百双的靴子和刺激的消毒液气味，对八名纤弱的女孩子是一种巨大挑战。但是，她们克服了这个挑战，以强大的意志力出色完成了工作任务。因为她们深知，每一个工作的细节，都直接关系到医务人员的安危。

虽然“浣靴女”没有直接面对埃博拉患者，但却一样地战斗在危险的岗位，是医疗队整体工作中的重要一环，为全体医务人员提供最安全的保障。抗击埃博拉，本来就是一场没有硝烟的战争，这场战争中，每个岗位上的队员都是英雄，她们用行动诠释了“红色军医”的誓言和责任担当。

抗埃勇士越洋视频连线参加杰青答辩

罗阳：1979 年 5 月生，解放军援利医疗队医疗组助理兼翻译，第三军医大学西南医院副教授、博士。

11 月 21 日下午，在一年一度的重庆市自然科学基金杰出青年答辩会上，援利医疗队队员、基金候选人、第三军医大学西南医院副教授罗阳，在相隔万里之遥的利比里亚抗埃一线，通过视频连线参加了答辩。

重庆市自然科学基金杰出青年项目，是为加速培养造就优秀青年学术带头人，鼓励优秀青年科技人员积极开展原始创新性项目的探索研究而设立。罗阳是不可多得的优秀青年科技干部，医学博士，留美博士后。发表 SCI 论文 20 篇，其中影响因子 10 以上一篇，5 以上八篇。申请国际专利三件，国家发明专利 15 件。承担国家级课题三项，省部级课题九项。先后获国家科技进步二等奖、“十一五”军队医学科技重大成果奖、中华预防医学科技进步一等奖、“挑战杯”竞赛全国特等奖等省部级以上奖项九项。为军队三星人才扶持对象，享受军队专业技术人才岗位津贴。

2014 年重庆市自然科学基金杰出青年项目的申报工作正式启动后，罗阳先后通过医院、大学和重庆市科委组织的初评等层层选拔，进入到终审程序，等待走上最终的答辩席。

然而就在此时，作为青年科技干部骨干，罗阳又先后多次参加了跨国联合救援减灾演练、抗震救灾等重大非战争军事行动，因“实战”经验丰富，在 10 月初被遴选为中国人民解放军援利医疗队员。

进入医疗队后，罗阳在指挥组担任医务助理兼外事翻译，参与完成了医疗队各项组织协调、物资筹措与装运、外语培训和防护服穿脱培训等筹备工作。抵达

罗阳副教授在利比里亚视频联线参加答辩。

答辩现场播放着罗阳副教授的答辩幻灯。

利比里亚后，随着外事工作的急剧增加，他又承担了部分外事工作。每天工作至深夜，平均睡眠时间不足五小时。

11 月 17 日，罗阳接到参加重庆市自然科学基金杰出青年终审答辩的正式通知。然而，远在利比里亚抗埃一线的他，无法回国现场参加答辩。为此，西南医院积极与重庆市科委沟通协调，通过越洋视频连线，让抗埃勇士参加了答辩。

答辩结束后，重庆市科委副主任徐青面对荧屏，给予了抗埃勇士罗阳赞赏与祝福。她说，作为重庆市优秀的青年科技人员，为保护全球人民的生命健康，在异国他乡与埃博拉病毒做斗争，非常令人钦佩，很值得大家学习。并嘱咐他注意安全，平安凯旋。

12 月 31 日，正式通知下达，经专家评审，罗阳在答辩中脱颖而出，最终获得重庆市杰出青年基金资助。

她在埃博拉诊疗中心办“汉语学校”

袁小丽：1981 年 11 月生，解放军援利医疗队门诊部护士，第三军医大学大坪医院护士长。

好消息，中国援利埃博拉诊疗中心（ETU）汉语学校开班啦，上课时间：每天早晨 7:30—8:00；地点：ETU 门诊部更衣室走廊；授课教员：医疗队队员袁小丽；听课学员：门诊部充满热情的九名当地聘用人员。

12 月 16 日的早晨，阳光明媚，海风轻拂，袁小丽站在门诊部更衣室走廊大声宣布：“ETU 汉语学校正式开班啦！”

为什么要在 ETU 开设汉语学习班呢？12 月 5 日，九名聘用人员经中国援利埃博拉诊疗中心培训合格后，满怀热情来到门诊部准备上岗。仔细端详着他们相似度极高的容貌，听着他们极具特色的当地英语，医疗队员们也稍显紧张。第一天双方的自我介绍，对口交流显得有些拘谨、有点简短。

为了更好地相互交流，袁小丽将次日准备要说的话全部用英语写到笔记本上，还练习了好几遍。第二天早晨与他们顺畅交流后，寻思着让大家的工作氛围更加轻松、活泼，她便尝试着教了当地聘用人员第一句汉语：“漂亮！”没想到效果极佳，每次他们看到医疗队的女同事都说“漂亮”，让大家每天上班的心情都好好的。后来袁小丽告诉他们漂亮的另外一层意思，当大家工作干得很出色时，她就会毫不吝啬地竖起大拇指，大声说道：“漂亮！”

2014年12月18日，医疗队员袁小丽在给利方聘用人员辅导汉语。

随后几天，袁小丽还教会了他们早上好、下午好、谢谢等，他们学得很努力，也很带劲，其中一名“优秀学员”还和医疗队员一起录制了一首中利友谊版《自由飞翔》。愉快地交流过程中，大家相处得越来越融洽，工作上也配合得越来越默契。从开始的脸盲症到全副武装穿着PPE（防护装备），即使不在衣服上写名字，彼此都能一眼辨认出对方是谁；在隔窗问诊时，相互只要比画一个简单的手势，就能立即做好相应的操作；在当地人员刚刚脱下厚厚的防护服，挥洒着如雨般的汗水时，不用开口，医疗队员们已经把水及时递到手上；知道因为工作耽误了早餐，医疗队员们会悄悄把饼干放在他们的办公桌上；就连大家的对讲机都统一贴上了可爱的笑脸标识，远远地看到晃动的笑脸，就知道对方需要帮助。

慢慢地，医疗队员们发现，当地聘用人员不仅仅是学习几个词语那么简单，他们时刻不忘把每个词语的中英文一笔一画地艰难地记录在笔记本上，向医疗队员表达想要了解中国、想要到中国走走看看，想到中国工作的愿望。每一次交流结束，每一次工作结束，他们都努力地对医疗队员说：“谢谢你！”眼神是那么的真挚而淳朴，纯净得让医疗队员们深感自己做得还远远不够，暗下决心，要尽最大的努力去帮助他们。中利携起手来，不分你我，一起努力，一起战斗，一起抗击埃博拉。

利比里亚的一个晚上

沈波：1981年12月生，援利医疗队后勤组水电班班长，第三军医大学西南医院四级士官。

2014年12月9日，轮到水电班班长沈波站夜岗。后勤保障队员，白天负责炊事、水电、驾驶等工作，晚上还要负责全队安保，十分辛苦。更重要的是，之前在原单位，他们从事的都是驾驶员或通信工作。比如沈波，在原单位就是一名汽车兵，专职驾驶员。

当天晚上，夜色如浓稠的墨，深深地化不开，阵阵夜风袭来却也闷热难耐，树枝无规律地摇摆碰撞，似乎在倾诉一个异域的故事。

凌晨三点，他正准备下哨回宿舍，一道夺目的闪电引出一声惊天动地的炸雷，瓢泼大雨直泻而下，怎么旱季来了还下这样的雨？他的心随着这闪闪电光、隆隆雷声忐忑不安起来，发电机会不会淋湿漏电发生危险？抽水泵会不会出现问题？这时，一名战士焦急地跑来：“班长！我们的储水罐里没有水了，是不是漏了？”

储水罐

2014年12月9日，沈波（口罩）等在疏通下水道。

他顿感情况不妙，立马朝储水罐跑去。

当他们到达后，班里其他四名战士也闻讯赶来，此时几个储水罐的水已经流干，他们仔细对故障现场所有水管进行排查，但因夜黑雨大雷声响，迟迟找不到漏水点。几经周折，终于发现是抽水泵连接的主水管因水压大发生爆裂，导致储水罐漏空。

怎么办？主水管报废，储水罐没了水，医疗队生活和医疗用水都靠它，炊事班连早饭都做不了！“我们要以最快的速度抢修，争取在天亮前完成任务！”他斩钉截铁地说。于是兵分两路，一拨筹备抢修用的材料及工具，另一拨在现场商定抢修计划。虽然雷雨交加，但利比里亚余热仍未散去，雨水掺着汗水，早已将战友们淋个通透。此刻他们已顾不得疲惫和狼狈，打起赤膊，脏活、重活都抢着干，大伙团结协作，有条不紊，争分夺秒，有的递扳手，有的抬水管……奋战了将近三个小时，终于将主水管抢通、储水罐蓄满水，这时雨也停了。迎着晨曦，透过汗水和雨水，战友们脸上洋溢出兴奋和喜悦。

他看着那一双双充血发红的眼睛，那一张张沾有淤泥的笑脸，激动得只说得出一句：“兄弟们，辛苦了！”

“没得事，班长，虽然我们不懂医，但是我们也有专长噻，为医疗队做好后勤保障就是我们的分内之事、应尽之责。我们不能让队领导、医生护士们为生活琐事费心，要让他们安心舒心地投入到医护工作中去。后方有保障，前方打胜仗！”战士们的话让他十分感动。

他说，六名战士组成的水电班，需保障整个医疗队水电供应、营产营具维修维护，马桶下水道堵了他们也必须上，还要配合各部门安装各种仪器设备，等等。虽人少事多，但战友们从不推脱，从不叫苦，从不嫌脏，这种精神、这股干劲将他们紧紧凝聚在一起。他鼓励战友们：“我十分荣幸能和你们成为战友兄弟，也将永远难忘我们在利比里亚并肩战斗的这个夜晚！”

后记一

勇闯疫区，打造“中国速度”[①]

总后卫生部　张疆

尊敬的各位领导、专家和同志们：

根据党中央、国务院、中央军委统一部署，按照援建比里亚埃博拉出血热诊疗中心工作方案，2014年10月24日，我们一行15人赴利执行援建任务。经过28天的紧张施工，诊疗中心如期建成并投入使用，在异国他乡再创“小汤山”奇迹，为实现援非抗埃“零感染、打胜仗”目标做出了重要贡献。利比里亚总统、政府和媒体、国际组织代表、美国驻利大使等，对诊疗中心建设给予高度评价。

一、坚定信念严格要求，全程体现中国标准

西非埃博拉疫情的爆发引起全球关注，对于大多数人，埃博拉很恐怖，但很遥远。随着“赴利援建诊疗中心”的一声令下，埃博拉真实地摆在了我们面前。生物安全防护最高级别烈性传染病之一，最高90%的感染死亡率，疫情最严重国家，每天新发病例300多人。每个人都明白任务的危险程度，但命令面前，不能有丝毫犹豫；直面埃博拉，必须将生死抛在脑后。闻战则喜、敢打必胜的军人血性，激发出完成任务、战胜“强敌”的勇气和豪气。

由于考察和筹建时间有限，建设项目需要边设计完善、边组织实施，预想以外情况时有发生，利国政府、建筑企业、国际组织均认为不可能按时完成建设目标。我们不到一周时间完成抽组，虽然缺少沟通磨合基础，缺少部分专业人员，

① 本文选自2015年7-8月全国卫生计生系统先进典型巡回报告团讲稿。

2014年11月3日，蒙罗维亚SKD体育场中国援利基建物资运堆场，一场“中国速度”正在上演。

2014年11月3日，中国驻利维和工兵团和中资建设公司正在铺设水泥地面。

缺少施工组织经验，但我们充分发挥党支部战斗堡垒作用，借鉴国际组织援建诊疗中心经验教训，团结一心，连续奋战，白天蹲守现场指导，晚上碰头研究方案，凌晨整理上报情况，坚持每道工序深抠细究、每块建材严格质检、每台设备反复调试、每栋板房认真验收，并严格落实体温监测等防控措施，确保诊疗中心达到了信息化传染病医院标准和所有人员埃博拉的“零感染”。

特别是重庆对外建设（集团）有限公司利比里亚公司，主动站出来承担大部分工程建设任务，合同谈判不讲价钱，大型设备无偿提供，部分项目无偿建设，又从国内不计成本紧急动员20余名工程技术人员支援，展现了中资企业的实力和担当。

二、精心组织攻坚克难，协力打造中国速度

利比里亚是世界最不发达国家之一，供水供电无法保证，治安状况很差，疟疾、伤寒和艾滋病等高发。受埃博拉疫情影响，市场关闭、建设停滞，物资短缺、价格高启，建筑公司停业、技术人员缺乏，2000余件400吨建设物资需从国内运抵，又适逢雨季、暴雨不断。在联防联控机制领导小组统筹指导下，在我驻利使馆大力支持下，我们组织维和工兵分队、运输分队、承建单位，坚持项目谈判和工程建设并进、物资卸运和现场施工并进、板房搭建和房间修缮并进，高效推进诊疗中心各项建设。

面对施工环节多、项目杂、工程量大，仅“E”型病房

就分4个区面积近4000平方米，搭设1个区要使用1833根钢架梁、1485块板材。要将近10米长、1.5米宽、300余公斤的近千块瓦片托举送到4米高房梁，难度尤其大。我们和施工人员边搭设边摸索，边研究边实践，合理分工、分区包干、交叉推进，做到难题不过夜，任务不隔天。特别是维和工兵分队接到命令后，在泥泞和坑洼道路上连夜驱车25个小时，到达后来不及休整就投入建设，每天顶着近40度的高温连续施工16个小时以上。

带队干部王海军，身处异国他乡，接到母亲病逝噩耗，一边是难以压抑的丧母之痛，一边是诊疗中心的建设重任，每天坚持带队最早来、收尾最后回、重难工作带头上，是工地名副其实的“黑人”之一。

三、坚持原则争取主动，彰显树立好中国形象

军队与使命同生，军人与使命同在。正当许多国家关闭边境阻止疫情，航空公司停止到利航班，船舶不在利港口停靠，众人谈埃色变、避之不及的时候，我

们在习主席宣布对非洲国家提供第四轮援助当天，即赴利投入诊疗中心建设工作，抢占疫情“主战场”、道义“制高点”。通过加强利政府、国际组织沟通交流，积极宣传我援利政策，发出了中国好声音，展现了中国好作为。

面对复杂的社情舆情和部分国家散布的不利言论，以及有关机构对我诊疗中心启用设置的障碍，我们坚持立场原则，配合使馆主动应对、有力斗争，倒逼利国政府完成各项审查，而比我们早 1 个多月建设的德国诊疗中心，直至我们返回国内仍未开业。

利比里亚民谣“别人因埃博拉撤了，中国因埃博拉来了”，唱出了当地人民对中国援助的真心感激。

每当看到诊疗中心的信息，见到那熟悉的板房建筑，总会想起那段非洲经历，一种强烈的自豪感在心中油然而生。正是祖国的繁荣昌盛，才让我们有了这样的舞台来建功立业；正是党中央的正确决策，才让军地卫生力量经受住了实战考验。

后记二

我眼中的医疗队[1]

第三军医大学第一附属医院　毛青

尊敬的各位领导，亲爱的同志们：

大家好！我叫毛青，是第三军医大学第一附属医院感染病科主任，中国人民解放军首批援利抗埃医疗队首席专家。回国已经三月，却时常“梦回吹角连营”，一切记忆，并没有因距离而抹去，反而因沉淀而清晰。回眸与埃博拉短兵相接的日日夜夜，我在庆幸不辱使命的同时，也时常叩问自己：一声令下，万里驰援，舍生忘死，荣光凯旋。与我并肩战斗的兄弟姐妹们啊，究竟是一支什么样的队伍？这支作为开创者和奠基人的医疗队，究竟被赋予了怎样的“东方魔力”？这是我国我军历史上派出的最大规模的海外医疗队，也是我国首次在海外独立建设、运营和管理的烈性传染病诊疗中心。作为首席专家，内心始终涌动着这样一个声音，“毛青，你有责任和义务，留下一些记录，给那些开拓、奋斗和付出”。今天，我要向大家汇报的就是——《我眼中的医疗队》。

这是一支有灵魂的队伍：服从命令、听从指挥、有使命感、有责任感。164名队员，13个不同团以上单位，相距2000公里以上，仅仅2天时间，迅速抽组集结完毕。闻令而动、依令而行，靠的是什么？党对军队的绝对领导——我军永远不变的军魂。埃博拉肆虐西非，闻者色变，疫情来势汹汹，不时传来医务人员感染致死的消息，心里没有一丝波澜，那是假话。看似文弱母亲年迈的周丽娜，女儿幼小丈夫骨折的徐宝艳，妻子即将临盆的钱德慧，谁都有一箧子现实困难，但大家仍旧微笑出征。送行时，泪光闪烁，却无人退缩。“外面是白大褂，里面穿的是

① 本文选自2015年7–8月全国卫生计生系统先进典型巡回报告团讲稿。

绿军装”，党叫干啥就干啥，绝对服从、绝不含糊。在危险的疫区，全体队员毫无怨言地干起了清洁工、搬运工、垃圾焚烧工，不讲条件、不打折扣、不问理由。军报在头版头条刊发评论《用忠诚托起大国的责任担当》，我想，这正是颁给队员们的最好奖状。

这是一支有本事的队伍：首战用我、用我必胜，勇于钻研、善于钻研。首批医疗队、首席专家，是什么概念，特殊在哪？一句话，“创业艰难百战多！”。我全面参与了医疗队组建、医院建设的每一项工作，大到设计治疗方案，小到走廊上装排气扇，都必须要我给出建议，这不是权利，而是责任，沉甸甸的责任。我们以拓荒者的姿态，被定格在援利抗埃的卷册之中，并将这些艰辛探索的经验，毫无保留地传授给了第二批、第三批的战友。

我们在运营管理上，创建了4大体系，79项医护制度，37项诊疗操作规范，11个应急预案，为中国ETU确定了运行机制。在救治过程中，创立了分型标准、补液方案、筛查要点等诊疗技术方案，首批医疗队确诊患者治愈率达60%，非埃博拉重症患者的治愈率达到了83%。在感染防控上，优化定型了PPE穿戴流程，增设了连肩帽，创立了“双岗同步”24小时监控的工作模式，等于是给“红区”内的队员添加了一双“不眨眼”的眼睛。兢兢业业，不懈拼搏，成功实现了“打胜仗、零感染”的目标。

丈夫和儿子刚刚去世的确诊患者布拉玛，持续高热达40℃，上吐下泻，严重到坐在马桶上还要抱着呕吐盆。她5个月的儿子也一同入院，所以常见她一手摸着虚弱的儿子、一手扶着桶呕吐，场景悲惨。可是福不双至，祸不单行，9天后，布拉玛惟一的精神支撑——儿子也被埃博拉夺走了！丧夫丧子、双重打击，雪上加霜、痛不欲生。一整天，不说话、不进食，3次拔掉针头、明确拒绝治疗。让她随着丈夫和儿子去，还是从死亡线上把她拽回来？那一刻，我们就是她的司命之神。我们组织心理工作骨干耐心疏导，并邀请利方社区官员通过视频连线劝解，进一步加大了补液和抗感染治疗，口服、静脉补液和补氧，多管齐下。为帮布拉玛治疗乳腺炎，我们还自制了吸奶器，要知道，确诊患者的体液可是绝对致命的感染之源啊！两天以后，病情得到控制，一次医务人员查房离开后，监控器突然响起，我们急忙询问，“还需要其他帮助吗？”谁知，她只说了一句“I forget to say thank you！”（我忘了说谢谢您。）利国官员马赛克激动地说：“奇迹！你们治好了一个不可能治好的病人！China，Great!”

这是一支有血性的队伍：能吃苦、敢拼搏，英勇顽强、不怕牺牲。习主席指出，军人血性就是战斗精神，核心是一不怕苦、二不怕死的精神。援利抗埃，没有枪林弹雨，却有不一样的惊涛骇浪；没有战火硝烟，却时刻行走在生死边缘！

疫区即是战场，医疗队把军人血性发挥到了淋漓尽致。面对ETU开业受阻，医疗队果敢做出“自行收治”的决定，倒逼利国政府加快了ETU开业审批。面对多家ETU关停拟批量转诊病人的需要，我们排除万难、主动接收，深得各界好评。40个集装箱的物资，全靠肩挑背扛完成装卸，3个病区、100张病床、5套系统，都是在熬更守夜中调试完毕。一次次突破生理极限，一次次“明知故犯”，一次次力挽狂澜！长时间受高浓度氯气刺激，先后有20余名队员出现咳嗽、结膜出血，3名队员引发了咯血、急性哮喘甚至晕厥。我们“罔顾禁令”，超越其他ETU，大胆实施抵近治疗，做了大量有创治疗、饲喂婴儿、插置胃管等高危操作，纯粹是在“以命搏命”。还有一件“拿不上台面”的事情，有次“红区”的排污管道严重堵塞，当地专业人员刁难“少了175美金不干”，医疗队员们一致表示：中国的军费，一分也不能花得冤枉！自力更生，说干就干，成功排解了难题。

这是一支有品德的队伍：医者仁心，大爱无疆。都说“男儿有泪不轻弹”，我身为年过半百的“老男孩”，在非洲，却哭过不止一次，为了战友们的舍生忘死，也为那片医者仁心的无疆大爱。我们收治的最小患者仅仅5个月大，人生的广阔天空于他而言甚至尚未拉开窗帘，埃博拉就不期而至。为了呵护这幼小的生命，我们光是找氧气就翻遍了整个蒙罗维亚。儿科医生陈盛更是24小时坚守，不眠不休。小婴儿不幸离去后，很多同志心情沮丧，难过得饭都吃不下去；陈盛含着泪对我反复说:“我应该能够救活他的！我应该能够，救活他的……”对于医务工作者，无论肤色、国别，乃至信仰，在病魔面前，我们都是脆弱而坚韧的生命，此时此地，心灵相通、血脉相连。在确诊患者出院的仪式上，被埃博拉夺走了父亲和姐姐的7岁男孩罗伯特，自发地举起了右手——一个标准的“军礼”，让所有的汗水，化作了跨越洲际的云霞。

倘若时光倒流，我仍会重复那句简短的请战:“这是我30年的专业，援利抗埃，我不去，谁去？！”即便时光流逝，我仍为曾在这样一支队伍战斗而骄傲，为拥有这样一批战友而自豪。这支队伍无愧于这身军装、无愧于这个时代。身为红色军医、白衣战士，我们衷心祈祷全世界充满和平、阳光、健康和温暖，也庄严宣告：为了捍卫人类的未来、生命的尊严、人民的幸福，有一支队伍——在时刻准备着。

后记三

用忠诚书写强军之歌[①]

沈阳军区总医院烧伤科护士长　骆宁

我叫骆宁，来自沈阳军区总医院，现任医院烧伤科护士长。在首批援利抗埃医疗队中任留观区护士。非洲抗埃的那段日子虽已渐行渐远，但留在记忆深处的那些生离死别和苦累艰辛，时常在脑海中回放，在眼前闪现。我知道，这些东西已经刻进生命，融入血脉，成为我一生中难得的精神财富。

面对埃博拉患者最高达90%的死亡率，我们沈阳军区51名队员闻令而动、迅疾反应，义无反顾、听从召唤。当时正值国庆长假，仅有7人在沈阳，其余44人都在外地休假，有的刚登上探望亲人的列车，有的在海岛上已错过了最后一班客船，有的刚刚走下到外地旅游的飞机，接到组织号令，纷纷寻找最快交通工具，想尽一切办法按时集结到位。51名队员中，有9人家里老人患重病住院需要陪护，90%以上的队员面临本人身体有病、孩子备战中考等方方面面的困难，但在组织召唤面前不讲条件、不讲价钱，毅然舍小家顾大家。51名队员不图名利、慷慨赴战，有4人明年即将退休，但她们各个态度坚决；有11人写好遗书，有的上车前塞给了丈夫，有的偷偷锁进办公室抽屉里；有47人向家人交代了后事，做好了“回不来”的准备。202医院护士长蔡宇临行前剪下了乌黑的秀发，留给丈夫作为最后的念想，但丈夫怎么也无法接受妻子一去不回的预想。在小家与大家的冲突面前，在生命与使命的抉择面前，我们的身份只有一个，那就是军人；选择只有一种，那就是忠诚！就是把信念坚定、听党指挥镌刻在灵魂最深处。

抗击埃博拉是一场保卫世界安宁的特殊征战，特殊的战场就要有特殊的品质、

① 本文选自2015年7-8月全国卫生计生系统先进典型巡回报告团讲稿。

特殊的意志、特殊的付出。第一次接触埃博拉患者，我们收获的是勇于亮剑带来的军人荣誉；第一针扎向高度疑似埃博拉患者，我们展示的是闻战则喜的必胜信念；第一例处置确诊埃博拉患者，我们体现的是舍生忘死的使命担当！每每梦回西非大地，我都会记起抗埃期间那一双双坚毅的眼、一张张带汗的脸。在那里，岗位有分工，责任无轻重；在那里，虽无刺刀见红，却始终与毒魔交锋；在那里，虽没有枪林弹雨，却处处与死神擦肩。忘不了在治疗区、留观区，一人生病，全队奔忙，争先恐后进病房的情景，每个人都以冒死挺身的勇气，将战友掩在身后，把危险挡在身前；忘不了我们有的队友在感控防疫岗位一干就是一个多月，为防控埃博拉病毒，甘愿“中氯气之毒”，虽被熏得脸起疹、手蜕皮，却始终把伤痛埋在心底；忘不了我们90后小队员带着“家国一身事”的誓言，忙碌在接诊室的身影，她们第一个接触患者，问诊、检查、收治、处置突发情况，对一切凶险坦然面对；忘不了一些高年资护士长甘当“洗靴工”，面对高热天气、高浓度消毒氯水，每天处理上百双高污染的防护靴，虽不直面病人，却直触病毒。埃博拉造就了多少生离死别，就成就了多少无私无畏。在这群柔情似水的女军人身上，体现的却是融入魂魄的血性担当、一往无前的勇猛拼杀、刻进骨髓的坚忍顽强。

在抗埃战场上，只有特殊的标准，没有特殊的军人。高热的天气、高负荷的工作和高压下的紧张，让许多人依靠安眠药才能入睡，每个人的体重都直线下降，许多队员生理周期极其紊乱。但除了胜利我们一无所求，为了胜利我们一无所顾。白天，我们总是忘记了时间，黑夜，总是时间忘记了我们。每当夜晚来临时，对家人的思念才一点点醒来。至今我仍然能记起，202医院护士长黄悦在星光下给母亲写下的一首小诗：“假如这一次我真的倒下，相信女儿倒下的地方会长出生命和希望；假如这一次我真的倒下，相信还会有更多的女儿陪在您的身旁！”仍然能记起，吴琼含泪在微信圈写下了下面的话：“亲爱的宝贝，远方的你，永远触碰着妈妈心中最柔软的地方，虽然妈妈暂时缺席了你的成长，但我知道，我们母子都在用不同的方式，补习着生命中的坚强！”仍然能记起，总医院的刘丹两岁多儿子，突然发烧42度，丈夫一个人抱着孩子整整折腾了一宿，刘丹也一夜没合眼，在微信上写道“烧在宝宝的额头，疼在妈妈的心头！”常有人把我们比喻成天使，如果说，我们真的是天使，那我们的家人就是那双隐形的翅膀！是啊，谁不知家的温暖，谁不知亲情的温馨。可是，军人心中除了小家，还有一个国家。因为国家，我们才把思念化成信念；因为国家，我们才把亲情融入豪情；因为国家，我们才“豪饮孤独当美酒”，“抛洒青春不吝啬”；因为国家，我们才把思念藏在心头，把使命扛在肩头！

常有人说“都奔五十了，这么拼命，为了啥？”我笑着说，不要问为什么，可我知道为了谁。是啊，为了谁？ 11年前的刚果（金）维和我问过自己，7年前的汶川救灾我问过自己，半年前的赴利抗埃我也问过自己。经过29年军旅生涯的一次次追寻，一次次追问，我终于找到了答案：为了生命的呼唤，为了使命的召唤，为了祖国的重托。是啊，不久的将来，我即将脱下这身挚爱的军装，可军装能脱，军人的本色不能脱，军人的责任不能脱，共产党员的党性不能脱。当祖国需要的时候，我仍将迎难而上，义无反顾，在所不辞！

后记四

抗埃部队中的“娘子军”①

浙江大学附属第一医院感染科主任医师 汤灵玲

各位领导、各位同行：

大家好！2014年，“埃博拉”三个字如同一声霹雳，从2万里外的西非，传到了中国。从医20载，每当新发突发传染病的发生都会激发我冲上去的本能。作为国家埃博拉救治定点医院的感染科医生，没见过埃博拉，算是个遗憾。当浙江省卫计委在国家的部署下，筹建援非抗埃医疗队时，我和许多同事一样，马上报了名。

浙江省医疗队有10名队员，8位是女性。2015年1月4号的晚上，接到电话：“6号到成都集结，参加中国人民解放军援利医疗队”。挂上电话，女儿在身边弱弱地问：“妈妈，是你要去，还是要你去啊？非去不可吗？”我蹲下身子，轻轻地搂着她说：“妈妈会治禽流感，所以也会治埃博拉。妈妈没有感染禽流感，就不会感染埃博拉。”埃博拉比禽流感危险，但善意的谎言奏效了，女儿不再说话，她回到书桌拿起语文书，但看了好久都没翻过一页。

不到8小时，浙江省卫计委和医院就为10名队员添置了满满18箱个人物资，仅传染病紧急预防药物就有6种。但，比行李更重的是离别时一句“保重”，是肩负的使命：打胜仗，零感染，将埃博拉拦截在国门之外。

身临其境，才感受到埃博拉的疯狂。利比里亚某个诊所，接诊一个埃博拉，却导致9名家属和6名医护人员死亡。

一个护士用接触过病人的手轻轻摸了一下脸，却付出生命的代价。

① 本文选自2015年7-8月全国卫生计生系统先进典型巡回报告团讲稿。

督导是确保零感染的重要战术。在病房里的每一个人都决不能发生类似于“用手摸一下脸”的事。我是督导组组长，6名组员，凭借女性的敏锐和细腻，督导非“娘子军”莫属。

每当队友进入病房，就像把他自己的生命交托在我们手里。一次督导，陈静护士长突然发现一个队友弯腰脱靴套时身子似乎晃了一下。跌倒，意味着面部防护可能将失去作用，晕倒意味着队友要冒死将他抬出病房。千钧一发，陈静果断地喊道：“站稳了，感觉怎么样？”看着他稳住身子，陈静温柔地说：“你做得非常棒，不急按我说的做。”当队友安全出来，一下子冲到陈静面前：“这是我第一次进病房，差点虚脱时你提醒了我，是你的‘非常棒’，给我坚持的力量。”

就这样，两个月近4000人次督导，我们把每一次都当作一场战役，把队友们每一次安全地走出病房当作是一场战役的胜利。

一天，从离首都4个小时的邦矿送来一位发烧的中国人，邦矿是埃博拉的重灾区。他会是第一个被感染的海外华人吗？整个晚上，他焦躁地在病房里走动，怎么劝都没用。我得和他谈谈。刚迈进病房，他就连珠炮似的说：化验结果怎么样，我两天没睡觉了，快让我出院啊？就算是个彪形大汉，也怕埃博拉。“结果没出来不就说还不是吗？你看，病房里消毒水味道这么浓，病毒早被杀死了。”一句玩笑，他慢慢放松下来，我接着说“国家派了我们这么多人过来，也是为了保护自己人的。你不但没睡觉，还没吃饭吧？”突然，他笑了“你怎么知道我饿，有鸡蛋牛奶吗？”幸运的是，检测结果阴性，他的肺部感染也很快被治好了。

救护车送来一位叫玛鲁芭的女病人。徐小微主任负责接诊。一量，体温大于38度;一看，眼睛红红的；一听，有些气急咳嗽；一问，女儿刚刚死于埃博拉。留观后她被确诊为埃博拉病毒感染。一个失去女儿的母亲面临生死考验。当我忐忑地告诉她将被转到治疗病区时，她却没有说一句话，眼里没有一丝泪花；看着那无奈、无助和绝望的眼神，我忍不住握住她的手：“We will save you.”我明显地感觉到她的手颤抖了。

埃博拉没有特效药，但不代表治不好。一定要把她救回来！专家组在夜幕下紧急研究治疗方案。黄建荣主任还连夜拨打越洋电话，向中国埃博拉治疗小组组长、中国工程院院士李兰娟汇报，共同商讨治疗方案。

玛鲁芭被查出有肺部感染和严重的糖尿病。咳嗽时飞沫四溅；高热烦躁时手舞足蹈；每当医生查房、听诊、体检；护士打针、测血糖、喂药；都无不在与死神正面交锋。如果病房是与死神较量的战场，那医者就是白衣战士，传染病防治的中国经验就是最好的武器。

连续奋战20天，玛鲁芭病情好转，体内的埃博拉病毒消失了。她在医疗队的春节联欢会上，情不自禁地为我们跳起了舞，逢人就说：“只有中国治疗中心才会给我打针，是你们救了我的命！”

中国医疗队的埃博拉救治成功率60%，我们不是孤军作战；全军专家、全国专家和强大祖国都在支持我们！

每当夕阳在海面上落下，天际一群群白鹭飞过，每每容易想家。我常常想起女儿临别前说的话：“妈妈，你要发誓不会被感染，你要用我的生命发誓！”尽管做了充分准备，但是、如果、万一，怎么办？2015年1月19日，出征前的一刻，我在手机里给女儿留了一段话：“妈妈不后悔。人不只为自己而活着。”卞丽芳护士长的父亲刚做完肺癌手术，出发前她赶到银行悄悄地往妈妈银行卡里存了10万块。每个队员都用了不同的方式，为家人做些安排。

有一天，治疗中心来了3个孩子。他们的妈妈死于埃博拉，他们的爸爸因为埃博拉住在我们这里。利比里亚，这样无依无靠的孩子还有多少啊？

通过大使馆，我们得知蒙罗维亚郊区有一群埃博拉孤儿，无处安身。当我们去调查的时候，23个孩子正静静地围坐着准备分享早餐——半锅玉米糊。一般大的年纪，我们的孩子还在撒娇，他们却已历人间悲剧。

“帮帮他们！”我们的心在呐喊。通过浙江省温州晚报通过“抗埃义捐”募到22万元善款，为他们建一所“希望小屋”吧。中国妈妈，是我们在利比里亚获得的新名字。

几天前，收到利比里亚发来的照片，孤儿院的房子已经结顶。孩子们在雨季来临之前，就能住进属于他们自己的房子了。

我们实现了安全回家的誓言。我们脱下军装，穿上白大褂，继续紧张而繁忙地工作；但永远不会忘记在利比里亚的战斗和收获的友谊；在全世界共同抗击埃博拉的战斗中，留下了中国女医者的飒爽英姿和巾帼风采。

谢谢大家！

后记五

埃无畏　爱无疆[1]

浙江省人民医院主管护师　李淑燕

尊敬的各位领导、同志们：

大家好！我参加了第二批解放军援利比里亚医疗队。2014年初，埃博拉病毒在西非疯狂肆虐，牵动着无数医者的心。它传染性强、病死率高，全球的目光都聚焦非洲，人们谈埃色变，死亡的气息到处弥漫，有的人不寒而栗，有的人选择离开，而勇敢的白衣战士却纷纷赶来，非洲大地需要坚强的勇者。

2014年底，接到医院选拔医疗队赴西非抗击埃博拉的通知，我第一时间毫不犹豫地递交了请战书。但当家人得知我出征西非的决定时，左右为难！年迈的老人、幼小的孩子都需要照顾，如果感染病毒怎么办？母亲急得病倒了。一边是对疫情的牵挂，一边是对家人的不舍，在那一刻，我内心非常的纠结。但也深知自古忠孝难两全，作为一名医者，有责任、有义务站出来奉献自己的微薄之力。在最后一刻，我还是取得了丈夫的理解与支持，把家托付给了他，并向他保证：一定平安归来。我含泪背起行囊，带着祖国的重托和同事的祝福，毅然踏上出征西非之路。

2015年1月19日，经过20多个小时的长途跋涉，我们抵达利比里亚首都蒙罗维亚中国援利医疗队驻地，驻扎在一个由祖国援建的废弃体育场里。当地生活艰苦、医疗设施落后，但这些对医务人员来说都算不了什么，随时可能出现的埃博拉疫情以及在炎热的非洲大地穿着闷热的防护服才是我们面对的最大挑战。

来不及倒时差，第二天我们便投入到紧张的工作当中。我被分在收治埃博拉

① 本文选自2015年7–8月全国卫生计生系统先进典型巡回报告团讲稿。

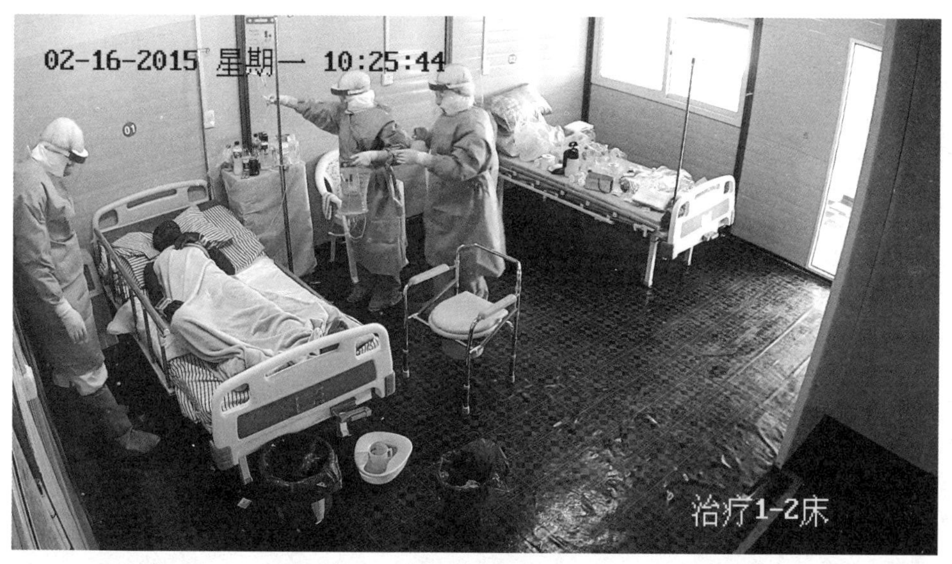

2015年2月16日，蒙罗维亚，李淑燕护士和周飞虎主任在对患者进行查看和护理。

2015年2月12日，蒙罗维亚，李淑燕给利方工作人员培训正确洗手的要点。

2015年2月10日，蒙罗维亚，李淑燕和卞丽芳在搬运被大雨淋湿的物资。

2015年3月5日，蒙罗维亚，中国ETU最后1例确诊病例亚杜罗在出院仪式上的合影。

确诊患者的治疗病区，那里也被称作与死神零距离接触的“红区”。虽然早已做好充分的思想准备，但第一次进入隔离病区直面埃博拉患者，心里难免有点紧张。而在西非30多度闷热的环境下穿着密不透风的三层防护服，早已使我汗如雨下，因为缺氧造成的胸闷、气急等不适又不断考验着我的毅力，但当看到因高热而虚弱地躺在床上呻吟的患者时，强烈的使命感和责任感又给了我莫大的勇气。我努力克服心中的恐惧和身体的不适，严格按照操作规范，一丝不苟地完成测量生命体征、血糖、注射胰岛素、给药等一系列工作。第一次在病房工作了一个多小时，早已疲惫不堪，当我拖着沉重的步伐来到脱衣间，高浓度的含氯消毒液又呛得我眼泪鼻涕直流，脱防护服更是一个“艰难”的过程，每脱一件物品至少要耗费2分钟，当脱完最后一道防护服时，全身已被汗水浸透，几近虚脱。可以说每进一次隔离病房就是一场战斗，没有亲身经历，难以想象其中的艰难和风险。但在与埃博拉的战斗中也磨练了我的意志，让我变得更坚强更勇敢。

“红区”曾收治了一例重症患者，是当地一名医生助理，按照利国的规定，当地医务人员感染埃博拉，必须送到指定医疗机构进行救治，但是该医生助理坚持要留在我们中国埃博拉诊疗中心治疗，这对我们来说是一种莫大的信任。随着病毒复制，该医生助理的病情逐渐加重，口服药物治疗效果欠佳，为了挽救他的生命，医疗队决定对他进行静脉输液治疗，可是有创操作会增加医护人员感染埃博拉的风险，而当时患者上吐下泻，体液外渗，传染性极强，每一次为他治疗都有随时会被感染的危险。但面对危险，我们绝不退缩，始终坚守在抗埃一线。由于高热导致患者烦躁不安，反复多次拔除静脉留置针，为此我们每次总是冒着生命危险进入病房重新为他开通静脉通路。

印象最深的一次，我正全神贯注为他进行治疗时，突然听见有人大喊“小心”——原来患者发生了喷射性呕吐，在那千钧一发之际，战友及时拉了我一把，但还是有呕吐物飞溅到我的防护服上，监控室内的战友也看到了这惊险的一幕，马上叫我们撤离。说实话当时我们也被这突发状况吓着了，但当看到患者全身无力地趴在床上，眼神既无助又绝望时，我们又被深深地触痛了。我们知道如果此刻丢下他，他可能连生存的勇气也会消失。对生命的敬畏促使我们继续坚守，我先让自己镇定下来，接着在利方护工的协助下给他擦洗身体，更换衣服、床单并铺好尿垫……当我们完成所有工作，与患者告别时，他伸出颤抖的手向我们竖起大拇指，轻轻说了声：“Thank You！”瞬间我感到所有的危险都显得那么微不足道、所有的汗水都是那么的值得。虽然我们的工作很危险，生活很艰苦，但在与死神的战斗中也让我们收获了无尚的荣誉感。

尽管我们尽了百分之百的努力来救治，该医生助理还是由于严重感染，离开

2015年3月5日，蒙罗维亚，李淑燕与战友们。

了这个世界。当时我们是看着这位同行渐渐停止呼吸，却无能为力，那一刻我们一句话也说不出来，只是眼泪刷刷的往下流。在这之后的日子，我们更加用心去呵护患者。

有一位埃博拉患者，他的妻子和女儿因埃博拉而死，因为记挂家中3个幼儿，显得极度焦虑不安，不配合治疗。对此，我们积极想办法，耐心地开导他，并通过当地警察找到了他的3个孩子，安排他们来到探视区。虽然只能隔着铁丝网相见，但看到亲人的那一刻他们都激动地泪流满面。凶恶的埃博拉，能夺走生命，能隔断人与人之间的亲密接触，但它永远不能阻隔人类的感情，永远不能阻挡心灵之间流淌的爱！

“患难与共，风雨同舟”，在利比里亚两个月的战斗中，收治的多位确诊病例先后痊愈，当他们得知自己已经逃脱死神的魔爪可以回家时，个个激动不已，泣不成声。看到此情此景我们同样热泪盈眶，感动不已！

在这场没有硝烟的战场上，中国抗埃一线的白衣战士，用自己的坚毅书写了中国医护人员对患者健康的守望与追求，向世界证明“埃无畏，爱无疆！”

后记六

把对党忠诚镌刻在援利抗埃战场[①]

成都军区总医院护理部副主任　王永华

战友们同志们：

作为中国人民解放军第二批医疗队队员，我们来自军地19个单位的154名战友共赴患难、不惧死亡的感人场景始终在我脑海里挥之不去，刻骨铭心。

2015年1月13日15时，医疗队抵达利比里亚，从前来迎接的使馆人员脸上凝重的表情、严格的洗消、体温监测，让我顿时感受到了一种紧张甚至恐惧的氛围。17时，我们乘大巴抵达了任务地——SKD体育场。让全体队员没有想到的是，我们接受的第一个考验不是埃博拉病毒感染，而是如何应对艰苦生活环境带来的挑战！利比里亚地处北纬6度，几天下来，队员们白皙的皮肤都晒得黑中透红，有的甚至出现了严重的日光性皮炎；蚊子疟疾是除了埃博拉之外另一直接严重威胁队员生命安全的杀手！为了确保万无一失，我们在生活区和工作区大剂量使用消毒喷剂，蚊子是没有了，但是高浓度的消毒水导致很多队员鼻塞、过敏，有时鼻涕眼泪一起流；1月22日，一夜暴雨压垮了医疗队的大棚餐厅。多方询问，如果找人来维修，不算人工，仅材料费就高达5000美元，还得耽误一段时间。怎么办？总不能顶着太阳让队员吃饭啊，医疗队辛海政委站在废墟上对大家讲："我们是一支医疗队，更是一支战斗队，到了大家艰苦奋斗，自力更生的时候了，我们自己动手干！"于是，平时温柔可爱的护士们搬起了钢管，斯文儒雅的专家们拿起了扳手。经过4天烈日下的连续奋战，我们竟然啃下了这块硬骨头。我们利用短短5天时间完成了物资交接，营房修缮，环境治理等基础性工作，为收治埃博

① 本文选自2015年7–8月全国卫生计生系统先进典型巡回报告团讲稿。

拉患者做好了一切准备。

1月31日晚8点17分，一名叫玛鲁芭的埃博拉疑似患者的血液检测报告显示病毒检测阳性，这是我们第二批医疗队确诊的第一名埃博拉患者，一场直面埃博拉的战斗在悄无声息中打响。

在患者的治疗方案分析会上，医疗队队长杨海伟说："这次援利抗埃任务是军委习主席向国际社会做出的庄严承诺。我们要把困难分析得充分，把方案定得周密，绝不放过任何一个细节，我们领导和专家要带头立下军令状。"

到达利比里亚后，医疗队的护士们陆续接触了一些埃博拉疑似病人，逐渐有了些思想准备，但真正要直面确诊埃博拉病人时，每人的心里都蒙着一层阴影。确定进入治疗区病房第一组护理人选时，刚毕业的护士冯延延说："我年轻，我先进去。已过不惑之年的杨丽主任说："你没结婚，还没孩子，我年龄大，无牵无挂，我先进去"。我心里很清楚，感染埃博拉后的死亡率高达50%！护理人员又是一线接触者，危险可想而知。很多人都在出发前写好了遗书，冯延延给年迈的母亲留言说"对不起，妈妈，不能陪您过年了，但是抗击埃博拉，不仅是为了非洲人民，也是将病毒抵御在国门之外，也是为了祖国亲人的安危，为女儿骄傲吧！"有这样的队员，我感到无限自豪，我说："大家都是军人，这时需要服从命令，我们还是执行第一套预案，我带储丹凤进去，请杨主任通过视频做好督导。"

我和丹凤穿着密不透分的防护服进入不足20平米的病房，这里温度达三十几度，全身的毛孔就像开了闸的水龙头，戴着逐渐被汗水浸湿的口罩每呼吸一次都得调动全身的力量。这时穿着3层防护服为体重200多斤的患者做简单的翻身、喂药都会导致体力的迅速消耗！加之其极不标准的发音使得沟通进行得异常缓慢。我们走出病房，几近虚脱，这样的状态脱除防护装备非常危险，但是，我们知道，零感染，不仅关系自己的安全，更是任务要求！我们反复告诫自己，坚持，再坚持！圆满完成第一次查房，才能给队员信心！

由于埃博拉病毒的超强感染性，医务人员对患者的血液体液都视如毒蛇猛兽。我们护理组也制定了及其严格的防范措施。然而，百密一疏，在护理玛鲁芭的第3天，护士赵琴在给患者采血中不慎沾染到了的血液。这一失误，让我一夜没睡，如果队员被感染，我怎么给领导交代？怎么给赵琴抛下的新婚的丈夫交代？返回监控室，我反复调阅了赵琴的监控录像，确认当时带着3层手套，在离开病房后立即进行了更换，排除了感染的可能，才长出了一口气，返回寝室。在交班会上，赵琴平静得说："我不怕被病毒感染，甚至不怕牺牲生命，我怕的是因为我个人被感染而影响全队的荣誉。"

抗病毒治疗就已非常困难，患者的血糖问题更困扰了专家，是救命？还是同时要考虑她未来的生存质量？规范管理血糖，将增加很多工作量，甚至增加许多有创操作，回避还是直面危险？中国医生给出了答案，夜间8点了，商讨患者病情，深夜11点了，在调整血糖控制药物剂量，凌晨1点了，还不忘观察患者生命体征睡眠状况。医疗队周飞虎、李成忠等专家在玛露芭治疗期间100多次进入病房查看患者，调整治疗方案，甚至想办法为患者购买长效胰岛素等药物。2月12日，本已绝望的玛露芭康复出院，她流下了激动的泪水，哽咽地说："中国，上帝保佑你们！"

随着更多的国际救援队进入利比里亚，埃博拉疫情得到了有效控制，新发病例每周最多只有四五例，而开设的ETU达18个，埃博拉患者开始选择救治水平最高的ETU。Celestine King是利比里亚全国乒乓球锦标赛冠军，也是第一批医疗队成功救治的埃博拉患者，治愈出院后主动加入我们第二批医疗队的志愿者队伍，当有人问她为什么来中国ETU当志愿者时，她认真地说："我到这里来当志愿者，就是想用我在利比里亚的影响力告诉埃博拉患者，中国的医疗队是最棒的！"

有人说不出国不知道自己的祖国有多么强大；我说，不参加抗击埃博拉战斗不知道军队医务工作者在钢铁长城中的分量，不知道军队医务工作者的职责有多么神圣、崇高，在这里我自豪得对大家说，两个多月的抗击埃博拉战斗，无论是年近花甲的专家，还是刚从军校毕业的年轻护士，无论是领导干部还是普通一兵，我们都把医疗队的使命高高举过头顶，都把个人生死置之脑后，把对党忠诚镌刻在援利抗埃战场，用无怨无悔，无所畏惧的行动向党和人民上交了一份合格的答卷。

后记七

在援非抗埃特殊战场展示“中国兵样子”①

中国人民解放军第三批援利医疗队政委　张晓旭

尊敬的各位领导，亲爱的同志们：

大家好！援非抗疫是对我国卫勤实力的一次大检阅，是一场与肆虐毒魔展开殊死搏斗的“生命大营救”，是一场演绎不辱使命、牺牲奉献品格的大爱壮举。在这次特殊的挑战和考验中，我们实现了习主席提出的“打胜仗、零感染”目标，升华了报效祖国、忠于使命的坚定信念，更感受到了中国的强大和中国人民解放军威武之师、文明之师、胜利之师的光辉形象。

习主席多次强调“军人要像军人的样子”，现在我们可以自豪地说：我们做到了！在援非抗疫的战场上，我们展示了中国白衣战士的英勇无畏，展示了中国军人的“兵样子”！

2015年3月16日，就在我们正式接管中国ETU的第一天，伴随着大西洋的日出，全体队员面向东北，那是祖国所在的方向，举行庄严的升国旗仪式。前指组长王树千宣读习主席给援非医疗队慰问信，队长沈春泉率领队员宣读医疗队队员誓词：牢记肩负的神圣使命……服从命令、严守纪律，顽强拼搏、不畏艰险，报效祖国、崇尚荣誉……雄壮的国歌声，升腾着中国军人的自豪；鲜艳的五星红旗，激发着敢打必胜的坚定信心。我们还把用废旧集装箱木材、泡沫板制作的军徽、红十字和“打胜仗零感染”巨型大字，矗立在国旗旁，让大家时刻牢记职责使命。中国ETU是在利第一个自主展开收治埃博拉患者的，也是坚守到疫情解除最后一

① 本文选自2015年7-8月全国卫生计生系统先进典型巡回报告团讲稿。

个撤离的。当地一些社团、学校听说中国医疗队要离开，纷纷前来道谢。4月30日，利比里亚国家文艺联盟卡马拉主席找上门来，要为中国军人做一次免费演出；5月5日，利比里亚极具影响力的国家长老会组成慰问团，专程来到中国ETU，他们首先向中国国旗致敬，大长老赞赞卡瓦代表全国各部族长老送上了珍贵的礼物。183天，我们带给了利比里亚人民生的希望，他们也回报了我们太多的感动；183天，五星红旗始终飘扬在SKD体育场上空，成为中国履行大国责任、展示中国形象的一段历史见证。

特殊的战场，就要有更加严明的纪律。医疗队外事纪律"八条规定"是铁律：决不允许私自接受国外境外媒体采访，决不允许随意评论利国政治、宗教等有关内容，决不允许购买携带危险品、违禁品…医疗队先后6次到学校、社区开展传染病知识宣传培训，受众人数达1200多人。自由学校校长吉布森女士说：中国医疗队有很好的技术，也有严明的纪律；利国卫生部官员说：能亲身体验中国军队很好作风，很荣幸！中国驻利张越大使，先后5次到我队指导工作，他的话更朴实：第三批42名队员，干了超过他人数千倍的活儿，没有严明的纪律、顽强的作风是做不到的。4月13日，中国援利抗埃物资交接仪式在医疗队驻地举行，约翰逊-瑟利夫总统一下车，就被我们整齐的队列、精神抖擞的队员所吸引。她几次绕开护卫向队员们挥手致意，简短的讲话中3次转过身体面向队员，称赞中国医疗队所做出的突出贡献，并在仪式结束后与队员合影留念。让我们没有想到的是，4月30日沈春泉队长应邀参加美国ETU撤收仪式，约翰逊-瑟利夫总统发表讲话，再次对中国医疗队给予高度褒奖。

雷锋是中国的一张响亮名片，"京城活雷锋"孙茂芳、"雷锋式军医"胥少汀都出自北京军区总医院。我们把雷锋助人为乐、帮困解难的精神也带到了利比里亚。为威廉姆小学援建了传染病隔离室，被学校师生命名为"温馨小屋"，赠送的"中华结"成为学校最珍贵的吉祥物。在中国ETU接诊的患者和雇请的员工中，受到中国医疗队员关爱帮助的不下二十几人，队员滑霏为绝望患者精心绘制心理漫画，刘刚给焦躁不安的患者买来圣经安抚心灵，崔伟为穷困员工的女儿赠送书包等等，我们的这些做法也深深感染了当地群众。艾美特·阿龙，是为医疗队执勤的一名警察。有一天，我看到他顶着烈日花了三个多小时，把垃圾池清理得干干净净。我们抓住这个机会，用大红纸在门口张贴了"向中国雷锋式警察——阿龙兄弟学习"的感谢信，还召见巡警队长对阿龙进行表彰。此后，抓获偷窃分子、制止员工私拿物品的警察越来越多，认真履职尽责、自觉抵制不良行为的员工越来越多。他们只要见到帮助中国医疗队的人，都会习惯性地竖起大拇指说：中国雷锋！利比里亚《新闻报》记者尼姆雷听说这些事后感到很诧异，在深入采访后，以头版头条又转版的形式进行了长篇报道。他说：雷锋这个名字在中国人人皆知，如今在利比里亚警察队伍中也有了雷锋，而且是中国医疗队授予的。中国医疗队不仅为我们的抗埃斗争提供了巨大支持，他们善良友好的文化同样令人敬佩。尼姆雷是个职业道德很好、也很有影响力的记者，经他广泛宣传、联系，越来越多的媒体更加关注中国医疗队，任务期两个月，先后有12家主流媒体14次对我们的工作进行宣传报道。

军人最锐利的武器不是钢枪，而是攻坚克难的钢铁意志。这次援利抗埃，队员们经受着肆虐疫情、疾病传染、蚊虫叮咬、高温酷暑的严峻考验。我们把白求恩精神、华益慰精神，作为凝聚意志、激励士气的主线贯穿任务始终。元宵节组织“佳节思亲更思使命”格言征集活动，清明节开展“缅怀先烈、祝福祖国”党日活动，“五一”节举办“抗埃路、劳动美”篝火晚会，还自制蛋糕组织集体生日活动，让队员们在欢乐的氛围中鼓舞了斗志。我们充分利用现有条件，编印了7期《抗埃卫士》快报，更换了医疗队标识，就地取材建立了“心理氧吧”、“异国书屋”、“文化活动室”，在体育场内悬挂了“磨剑铸盾用辛勤汗水锻造光荣勋章、援利抗埃靠坚强意志铸就八一军魂”，“援利抗埃尽大国责任使命神圣、扼毒除魔展我军风采任务光荣”等20条中英文对照条幅。美军、德国等医疗机构参观医疗队后都赞不绝口。队员们骄傲地说，这些形成的是亮丽风景，蕴含的是自豪荣誉，激发的是为中国军人崇高使命而战、为白衣战士至高荣誉而战、为救治患者宝贵生命而战的大无畏革命精神.

首长和同志们，作为一名军人，从军一次，能够代表国家和军队执行国际卫勤保障任务，非常光荣！作为一名医务人员，从业一生，能够走出国门履行救死扶伤职责，备感荣幸！在这场与死神殊死较量的战斗中，中国军人用忠诚扛起了祖国和人民的重托，用无畏为西非人民托起了生命的希望。我们骄傲我们守护了白衣战士庄严的承诺，我们自豪能为中国、为中国人民解放军赢得荣誉！

第二章
中国公共卫生系统抗击埃博拉纪实

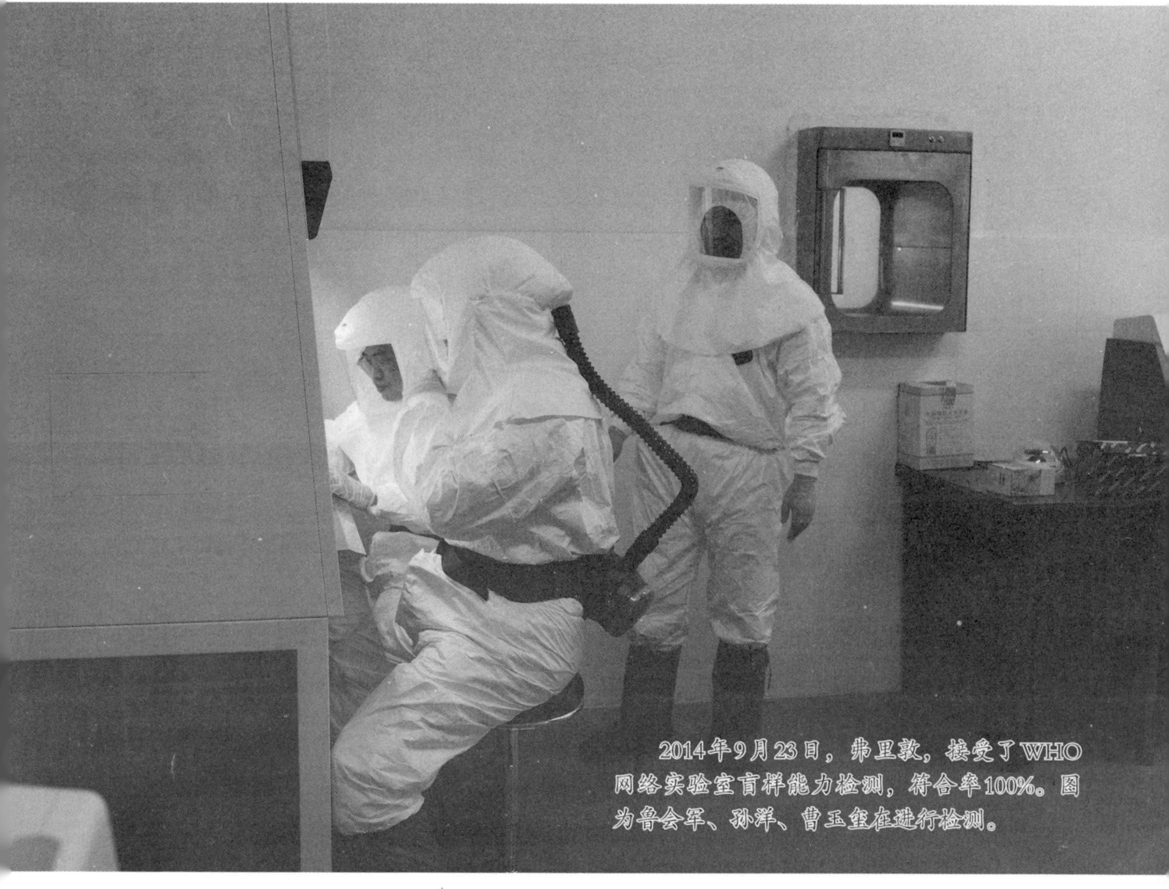
2014年9月23日，弗里敦，接受了WHO网络实验室盲样能力检测，符合率100%。图为鲁会军、孙洋、曹玉玺在进行检测。

第一节
中国疾病预防控制中心抗击埃博拉综述

埃博拉出血热由埃博拉病毒感染引起，主要通过接触病人或感染动物的体液、分泌物、排泄物及其污染物感染。埃博拉病毒于1976年在非洲首次被发现，并引起过24次爆发，但既往从未传出到非洲之外的国家。2014年3月，几内亚爆发埃博拉出血热疫情，在数月内，疫情蔓延至利比里亚、塞拉利昂等相邻国家，且病例数持续快速上升。之后，美国、西班牙、英国等欧美国家也出现本土病例。2014年8月8日，世界卫生组织宣布该疫情为国际公共卫生紧急事件。9月19日，联合国历史上首次启动针对公共卫生事件的应急响应，并成立联合国埃博拉应对特派团，直接参与埃博拉出血热防控的指挥协调。

疫情发生后，中国政府第一时间向西非疫情国家伸出援手，除援助大量急需物资和现汇外，更是大规模、成建制地向西非疫区派出医疗卫生队伍。本次援非抗疫工作是新中国建国以来卫生领域规模最大的一次援外行动，在我国公共卫生援外历史上是派出人数最多、持续时间最长、工作覆盖最广、工作程度最深、取得成效最为显著的一次，为我国走向国际公共卫生舞台又迈出坚实的一步。

作为国家级公共卫生业务指导单位，中国疾病预防控制中心（中国疾控中心，CDC）在这次援非抗击埃博拉疫情任务中承担了重要的工作。迄今为止，中国疾控中心已累计派出100人次专家赴西非疫区开展疫情防控工作，从防控策略制订、人员培训、实验室检测等多方位开展工作，在帮助当地提升抗疫能力方面发挥了重要作用。

2014年8月14日，中国疾控中心专家在塞拉利昂培训当地人员。

2014年8月14日，中国疾控中心专家向无国界医生组织工作人员了解埃博拉出血热疫情防控情况。

2014年9月4日，赴塞拉利昂先遣工作组队员在治疗中心考察。

2014年9月3日，塞拉利昂官员带领先遣工作组队员参观Laka医院及检测实验室。

2014年11月25日，中国政府援非抗疫高级专员许树强与塞拉利昂有关人员交流。

2014年10月12日，赴利比里亚先遣队在首都蒙罗维亚埃博拉治疗中心调研。

一、及时派遣专家指导疫情防控

及时派遣专家开展埃博拉防控知识培训 西非疫情发生后，疫区国家不断出现医护人员感染死亡，当地医疗体系处于瘫痪状态。按照国家卫生计生委的要求，2014年8月11至12日，中国疾控中心先后派出九名专家分别赴埃博拉疫情较重的几内亚、塞拉利昂、利比里亚三国，对我国即将援助的医疗卫生物资进行专业培训，指导我国在当地的驻外使馆及中资企业开展埃博拉疫情防控工作，共培训七场次约300人。同时，专家组积极与西非三国卫生部、世界卫生组织、无国界医生组织、美国疾控中心等国际机构交流疫情及防控工作相关信息，获取了疫情防控相关工作的第一手材料，为后续援非工作和国内防控策略提供重要信息。

现场了解疫情和卫生状况，科学制订援助计划 2014年9月1日，来自中国疾控中心、军事医学科学院、中国医学科学院等单位的九位专家赴塞拉利昂了解当地疫情和防控情况以及公共卫生需求，提出下一步建设前方工作站、启运移动式生物安全三级实验室、开展固定式生物安全实验室建设等工作计划。

按照埃博拉联防联控机制安排，2014年10月10日，中国疾控中心、解放军疾控中心、外交部以及部分医疗专家共同组成工作组，赴利比里亚就援建埃博拉治疗中心有关事宜开展实地考察，了解国际社会援助利比里亚各项工作开展情况，为我国后续援助工作提供借鉴。

派出高级专员指导援非抗疫工作 按照党中央、国务院统一部署和国务院领导同志批示指示精神，2014年11月14日至12月9日，国家卫生计生委派出中国政府援非抗疫高级专员，先后赴塞拉利昂、利比里亚和几内亚等西非疫区三国，指导、协调和统筹我国在当地援非抗疫工作，积极整合军队、地方、企业等各方力量，并就进一步做好卫生援非工作进行实地调研考察，为援非抗疫后续工作提出了重要意见和建议。

我国专家担任联合国特派团团长高级顾问 受联合国邀请，中国疾控中心一名专家担任联合国埃博拉应对特派团团长高级顾问，自2014年12月16日，赴利比里亚指导开展疫情防控。高级顾问与特派团专家深入疫区一线进行现场调研，他的足迹几乎遍布了该国全部15个地区，研究制定防控策略并指导当地技术人员实施各项防控措施，多方协调国际社会援助力量和当地政府及群众共同应对埃博拉疫情。其间，高级顾问及时将在利比里亚获取的第一手疫情信息及防控工作进展信息报回国内，为完善我国国内埃博拉疫情防控策略以及优化援助非洲抗击埃博拉相关措施提供了科学建议和重要决策依据。

2014年9月16日，移动实验室检测队在机场整装待发。

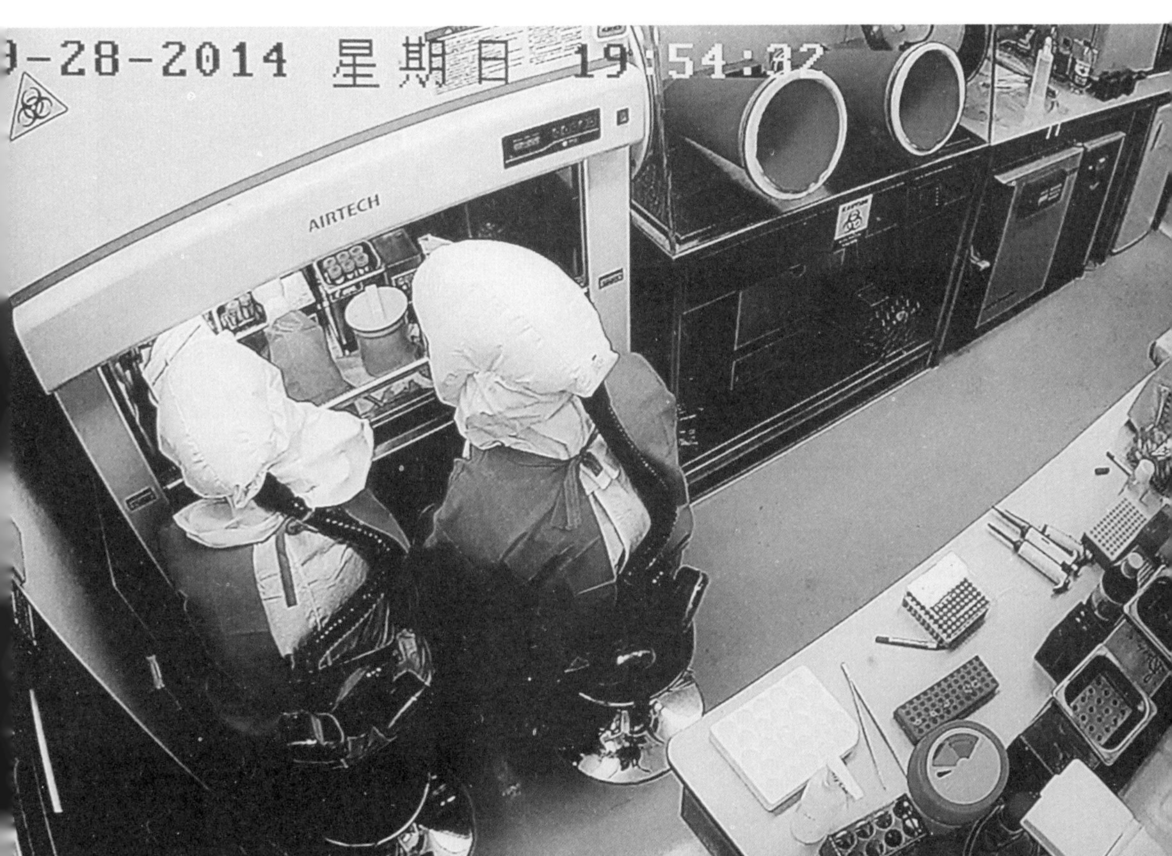

2014年9月28日，队员在移动生物安全三级实验室内进行样本检测。

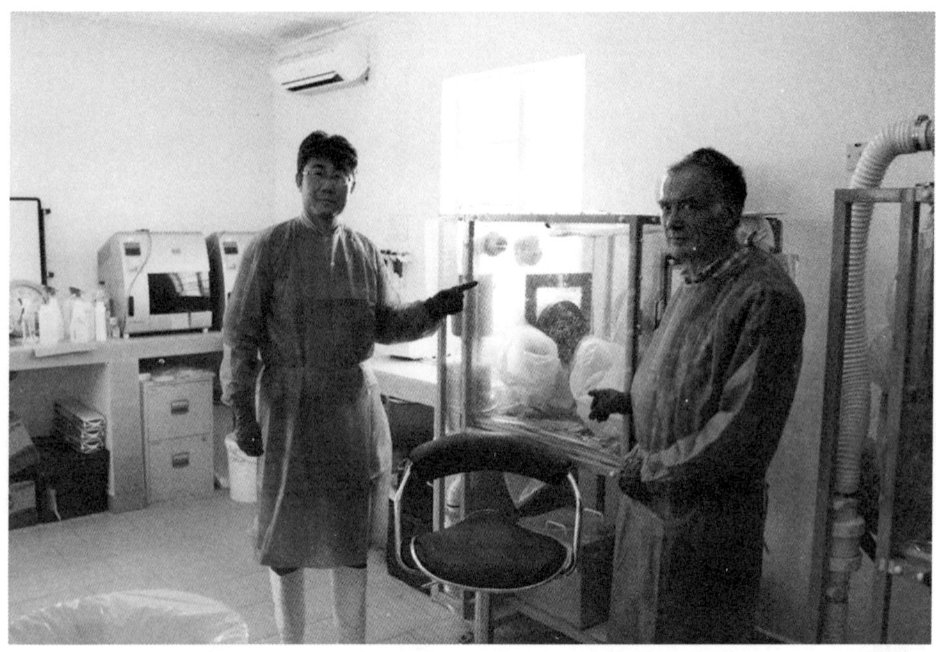

2014年11月1日，中国疾控中心专家在英国援塞拉利昂实验室进行交流。

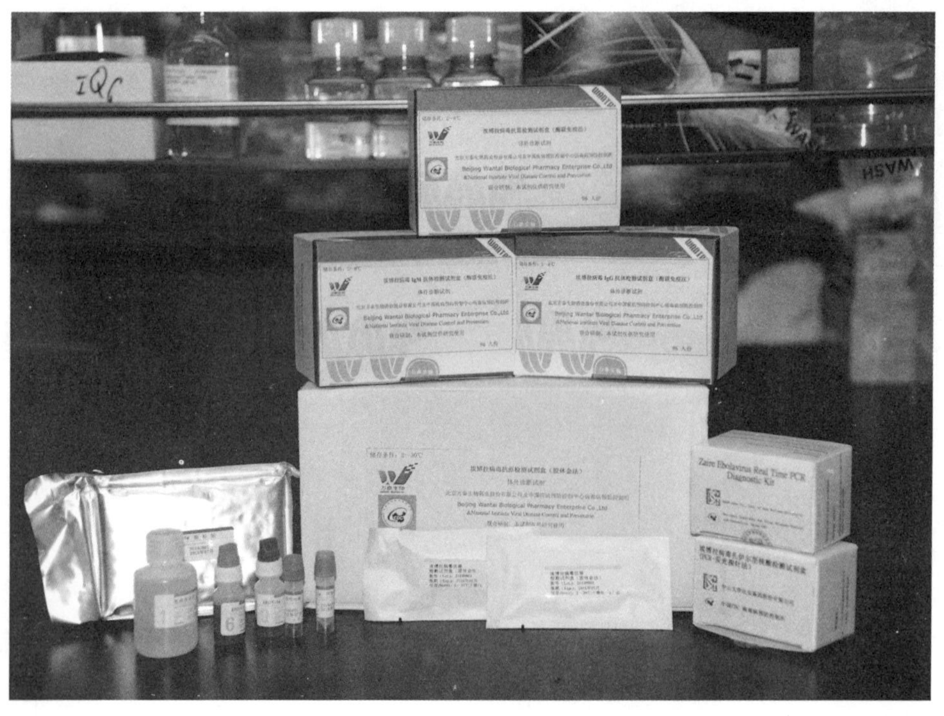

中国疾控中心自主研发的埃博拉病毒检测试剂盒。

二、援建实验室，促进公共卫生基础建设

利用移动生物安全三级实验室开展检测工作 中国疾控中心实验室检测队四批共21人赴塞拉里昂工作。入塞后，迎接队员们的首个任务是将中塞友好医院尽快改建成一个集检测、实验、留观、临床救治为一体的专科传染病医院。首批队伍仅用一周时间就建成移动生物安全三级实验室工作区，改造完成实验准备间、未检测样本中转保存间、核酸检测实验间、污染物消毒间、工作区设施监控室、器材储存库等六个功能配套设施，区域配套完善、紧密衔接，为移动生物安全三级实验室投入作业奠定了基础。

自2014年9月28日以来，该实验室检测队共检测样本4000余例，样本阳性检出率为40%—50%。在检测过程中，实验室检测队形成了一套行之有效的工作机制和流程。在与当地沟通中，我国检测队的经验得到塞拉利昂政府和国际同行的高度肯定和认可，塞拉利昂卫生部将之写入该国的实验室检测标准作业程序，为提高病毒检测效能、缩短样本实验时间、提升留观救治成效提供了科学依据。

自主研发检测试剂，成功用于现场检测 为及时快速开展病毒检测，中国疾病预防控制中心自主研发的埃博拉病毒核酸检测试剂盒，在法国通过实验室验证，并通过国内其他发热与出血热病例，和塞拉利昂疑似埃博拉病例临床标本验证，获得国家医疗器械注册证书，可用于埃博拉病例临床诊断。自西非埃博拉出血热疫情发生以来，该试剂已成功用于非洲现场检测。

援助建成西非第一个固定生物安全三级实验室 为帮助塞拉利昂做好埃博拉出血热疫情防控工作，提升当地埃博拉病毒实验室诊断工作能力和水平，2014年9月17日开始，我国开始考虑在塞拉利昂建设固定生物安全三级实验室，并组织专家对固定实验室的平面设计和设备配置进行讨论并于11月3日由商务部正式签订项目合同。

2015年1月26日，援塞固定生物安全实验室土建工程全部完成。1月31日，固定生物安全实验室工程完成全部安装调试。中国援塞拉利昂固定生物安全实验室是西非地区第一座固定生物安全三级实验室，该实验室的建筑面积为383平方米，由生物安全三级实验室、生物安全二级实验室等组成。该工程为埃博拉疫情高峰期间的抢建工程，建设工期短、质量要求高。参建各单位克服了建设物资匮乏、设备短缺等各种困难，加班加点，提前半个月完成项目土建工程和实验室安装工程。2月1日起，援塞固定生物安全实验室进入试运行和验收阶段。

3月11日，援塞固定生物安全实验室与移动实验室正式合并运行，开始埃博拉病毒检测工作。首日检测样本24份，其中血液标本12份，咽拭子标本12份。

2015 年 1 月 26 日，中国援建塞拉利昂固定生物安全实验室主体建筑竣工。

2015 年 3 月 10 日，驻塞拉利昂大使赵彦博陪同科罗马总统参观我援塞固定生物安全实验室。

2015 年 3 月 10 日，科罗马总统在参观中对实验室建设进展及设备水平赞不绝口，感谢中国长期以来向塞方提供的全方位支持，希望生物安全实验室为塞实现埃博拉“零病例”目标和后埃博拉时期塞公共卫生体系重建发挥重要作用。

2014年10月30日，中国专家就援建非洲疾控中心有关情况接受媒体采访。

经同步疟疾免疫学检测与埃博拉病毒核酸检测，发现埃博拉阳性标本1份，疟疾阳性标本1份。实验室控制系统当日全负荷运行24小时，检测工作平稳有序，设施设备运转正常。

作为塞拉利昂首个符合世界卫生组织标准的永久性固定生物安全实验室，塞中友好生物安全实验室是目前塞拉利昂所有国家实验室中，设施和设备条件最好的一个，其每日的埃博拉病毒检测量可达200份。其设施条件和检测能力，将使这一实验室成为极为重要的埃博拉病毒检测基地，并逐渐承担起更为重要的传染病防控任务。

塞拉利昂的埃博拉疫情目前整体趋缓，但缓解过程缓慢且有波动，每日仍有10余例确诊病例，每日检测标本总数仍达300余份。该国埃博拉疫情防控形势依然严峻，实验室检测工作力度不能减弱。

支持非洲疾控中心建设 2014年10月底，我国派遣代表团赴埃塞俄比亚参加了非洲联盟建设非洲疾控中心多国特别工作组会议。会议决定加快非洲疾控中心建设。因非盟迫切要求学习借鉴我国疾控体系建设经验，刘延东副总理批示要求中国疾控中心积极支持非洲疾控中心建设。我国政府决定邀请非盟高层代表团来华研修，并派遣三名公共卫生顾问赴非盟为非洲疾控中心一期建设提供技术支持。

三、传授中国经验，提升当地疫情防控能力

赴西非九国开展万人培训 为提高西非疫区及周边国家防控埃博拉出血热的技术和能力，加强当地民众自我防护意识，传播我国防控急性烈性传染病经验，2014年11月至2015年1月我国共派出64名专业人员赴西非9国开展公共卫生师资培训。截至2015年1月29日，已累计培训10000余人，这些学员已成为当地埃博拉防控的重要力量。其中中国疾控中心组织派出42人赴塞拉利昂，截至2015年2月4日，累计培训4686名医务人员和社区防控骨干人员。因培训效果好，受塞拉利昂政府邀请，还额外培训警察、军人、军警嫂、童子军、非政府组织成员等累计1276人。

塞拉利昂总统高度评价我国援非公共卫生培训工作，称此项工作不仅对埃博拉疫情防控发挥重要作用，而且对于后埃博拉时期提升当地公共卫生服务能力做出突出贡献。

开展重点培训，推动防控措施落实 为尽快阻断疫情传播和控制塞拉利昂高发地区疫情，经过精心策划和多次协调沟通，自2015年1月6日起，中国援塞公共卫生培训队与塞拉利昂卫生部正式启动了在三个行政村的埃博拉出血热重点培

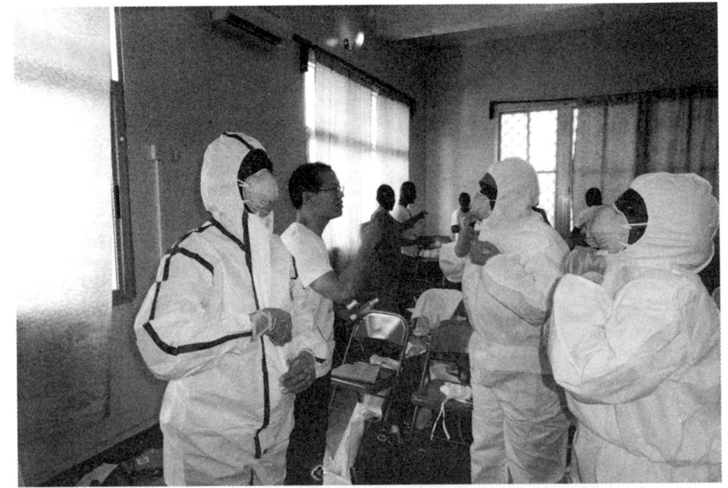

2014年11月14日，塞拉利昂，中国疾控中心培训专家讲解如何穿戴防护服。

2014年11月14日，塞拉利昂，中国专家主动参与分组讨论。

2014年11月13日，塞拉利昂，中国疾控中心培训专家在讲课。

2014年12月9日，塞拉利昂，弗里敦警察在听埃博拉出血热防控知识讲座。

2015年1月6日，中国驻塞大使馆赵彦博和塞卫生部副部长Foday_Sawi为中国—塞拉利昂出血热防控重点培训项目揭牌。

2015年1月12日，塞拉利昂，中国疾控中心专家在重点村进行现场问卷调查讨论。

2014年11月24日至27日，国家卫生计生委副主任崔丽率领由外交部、国家卫生计生委和总后卫生部共同组成的中国政府代表团，赴利比里亚访问，执行中国政府援非抗疫相关外事任务

训项目。该项工作初步计划开展四个月时间，旨在通过重点培训推动各项埃博拉防控措施的落实，整合利用中国驻塞医疗队和援塞医疗队、检测队资源，实现短期内阻断埃博拉在受疫情影响严重的三个行政村内的传播，同时也是我国防控传染性非典型肺炎等急性传染病理念和经验在塞推广实践的探索。

目前，重点培训的各项工作已按照计划有序开展。截至2015年1月24日，社区病例监测调查、密切接触者追踪、入户筛查、社会动员和本底调查等培训工作已经完成，本底调查、病例监测以及密切接触者追踪管理等社区防控工作也已启动，从1月20日起在三个行政村实现了病例监测调查与密接接触者管理情况的每日报告。截至2月4日，共完成三个重点村7967户调查工作，调查管理密切接触者223人，发现预警病例26人。

四、树立全球卫生意识，彰显大国地位

援非抗疫是我国参与全球卫生行动的里程碑　在此次援非抗疫行动中，中国卫生计生部门首次整建制、全方位地在国际舞台上亮相。在党中央、国务院、中央军委领导同志的直接关心下，军地紧密联系，密切配合，首次动用多架次包机在短时间向疫区国家密集运送防疫物资，首次在海外建设运营固定生物安全实验室，首次向海外运送、部署自主设计的移动实验室，首次在海外建设、运营传染病诊疗中心，首次向海外成建制派遣传染病防疫力量和医护人员，实现了多项工作的突破。

国际社会对我国援非抗疫行动高度评价　中国政府和中国人民言必信，行必果，获得了国际社会的积极评价，成为中国特色大国外交的一次成功实践，充分体现了“患难与共，风雨同舟”的中非友好情谊。西非三国政府均对我国表示真诚感谢，塞总统科罗马会见中国政府援非抗疫高级专员一行期间多次向习近平主席以及中国政府和人民表示感谢，称赞中国是塞的“特殊的朋友”；英国驻塞高级专员韦斯特称赞中国抗击非典等烈性传染病的经验“行之有效”，值得英国和塞拉利昂“借鉴”；美国驻利大使马洛克更是称赞中国“有魄力”“有勇气”。在塞埃博拉疫情指挥中心的会议上，世界卫生组织称赞我国公共卫生师资培训效果好，比其他国际组织提供的培训“更务实”、“更适合当地情况”。

第二节
中国移动实验室检测队援塞纪实

2014年9月16日下午，我国派出的移动实验室检测队从北京启程，赴塞拉利昂开展埃博拉出血热实验室筛查和留观等工作。

国家卫生计生委、外交部、商务部、民航局和总后卫生部等联防联控工作机制有关成员单位在首都机场为检测队举行了简短的送行仪式。国家卫生计生委主任李斌与检测队员一一亲切握手，表示问候和敬意。李斌强调，自西非部分国家出现埃博拉出血热疫情以来，党中央、国务院高度重视，要求未雨绸缪，加强防范，保障人民群众的健康和安全。中国一直致力于携手国际社会共同应对疾病疫情，在第一时间向几内亚、利比里亚、塞拉利昂提供了医疗物资援助，向世界卫生组织等提供资金援助，中国援外医疗队一直坚守岗位。这次再派出59人的援塞队伍，充分体现了中非之间“患难见真情”的友好关系，体现了中国人民无私的国际人道主义精神。李斌希望检测队发扬我国援外医疗队救死扶伤、不畏艰苦、精益求精、大爱无疆的精神，加强组织领导，坚持科学严谨作风，保护好自身健康安全，圆满完成援助任务。

此次检测队由两部分人员组成，一部分是中国疾病预防控制中心的专家，他们承担病毒检测任务。另一部分是应塞方政府邀请，曾在2003年我国抗击“非典”疫情中发挥过重要作用的小汤山医院的第302医院医护人员，他们承担有关留观病例管理工作。检测队人员专业涵盖实验室检测、流行病学、临床、护理等，将以中国政府援建的中塞友好医院为工作地点，协助塞拉利昂开展相关工作。

目前，我国在疫情国有数万人工作生活，他们的健康安全牵动着全国人民的心。传染病没有国界，帮助非洲国家有效应对抗击疫情，加强监测，控制传播，

2014年9月17日下午，我国驻塞大使馆在弗里敦隆吉国际机场与塞国政府举行援助物资交接仪式。

2014年9月17日，队员们在一起卸载援助物资。

2014年9月17日，机场合影（着T恤衫者为中国CDC队员，着军装者为第302医院队员）。

2014年9月17日，援塞队员受到当地民众夹道欢迎。

提升疫情国家防控能力，体现了我国负责任大国应有的担当。

9月17日，中国疾控中心赴塞拉利昂移动实验室检测队顺利抵塞。驻塞拉利昂大使赵彦博、塞外交部长卡马拉、交通部长科罗马、卫生部副部长萨维等前往机场迎接。

赵大使在机场发表讲话，表示为积极响应世卫组织关于支持非洲国家应对埃博拉疫情的呼吁和塞政府的请求，中国向塞派遣移动实验室检测队，协助塞开展埃博拉病毒实验室筛查和留观等工作，支持塞加强疫情防控。赵大使强调，中方向塞应对疫情提供援助是中塞关系不断深入发展的生动体现。

卡马拉外长和科罗马部长在讲话中感谢中国政府派遣赴塞拉利昂移动实验室检测队协助疫情防控，表示中国在塞疫情形势日趋严峻的情况下向塞提供及时、高效的帮助，充分体现了塞中之间的患难真情，有助于塞尽早控制疫情。

萨维副部长表示，中方提供的及时援助充分体现了中国政府和人民对塞政府和人民的关心，将极大增强塞应对疫情的能力和信心。塞卫生部将积极协助移动实验室检测队顺利开展工作。

欢迎仪式后，检测队未作休整即星夜赶往塞首都弗里敦，一路颠簸近五个小时。塞方对我迅疾有力的援助给予了最大的支持，塞民众看到我车队经过，自发沿路排成两列，鼓掌欢呼，不少群众高喊“Ebola，Chinese”，生动表现了中塞患难之交和真诚友谊，也再次让人感受到了中国速度。

检测队刚一到塞，立足未稳，即遇到塞全国开始执行为期三天的“闭户日”活动，9月19日—21日三天，塞全国除持有特别通行证执行闭户任务的政府部门人员、外交人员、医务人员等外，其他人员均不允许外出。19日开始，塞拉利昂首都弗里敦的主要路口都有警察和军队把守执勤，查看过往人员通行证；同时，由军方和医护人员组成的将近700个小分队，在全国挨家挨户进行埃博拉防控知识宣传和病例摸排。“闭户日”期间，弗里敦群众配合良好，加油站、商店等均关门歇业，街道上行人稀少，秩序井然，但空气中弥漫的紧张气氛还是令人窒息。

塞中友好医院是我国援建塞拉利昂的一个综合性医院。由于埃博拉疫情在塞肆虐，为帮助当地控制埃博拉疫情，经与塞政府商议，决定将其改造为临时性传染病医院，用于满足我援塞实验室检测队在塞接收留观病例和开展实验室检测工作任务需要。我国驻塞使馆积极协调包括北京城建、中土公司、河南国际等在塞中资机构留守人员，迅速投入医院改造工作。我驻塞赵彦博大使、塞拉利昂卫生部官员也亲临现场，协调指导改造工作。

9月的塞拉利昂，是一年之中最为多雨的季节，每年平均近5000毫米的降水差不多要在短短几10天悉数降完。我中心病毒所曹玉玺、张晓光两位专家，跟随

2014年9月19日，高福主任参加闭户日活动多部门协调会议。

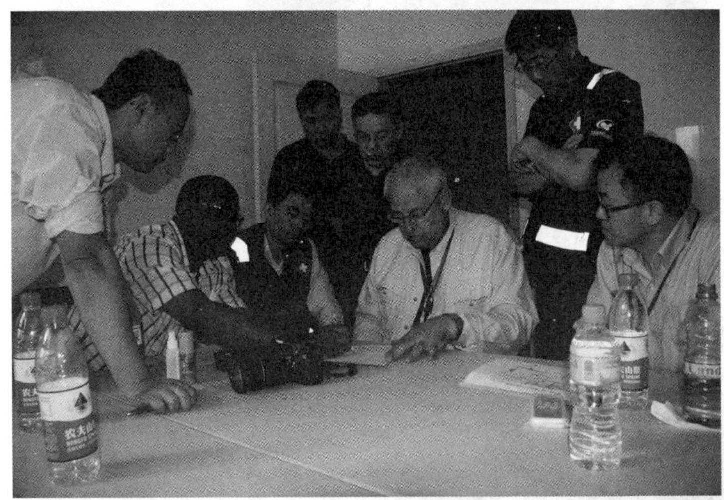

2014年9月19日，检测队员与美国疾控中心专家讨论实验室改造方案。

2014年9月19日，检测队员参与我驻塞使馆赵彦博大使组织的中资企业代表改造工作讨论。

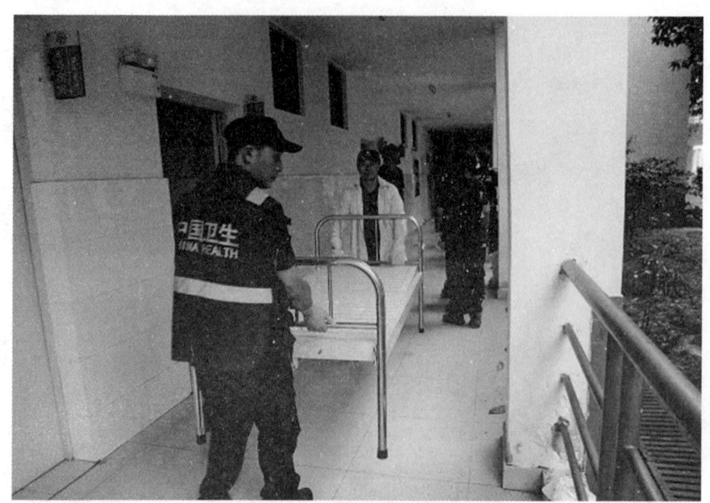

2014年9月18日，当搬运工的疾控专家曹玉玺。

2014年9月21日，曹玉玺微笑着出发去取中国第一份埃博拉阳性对照样品。

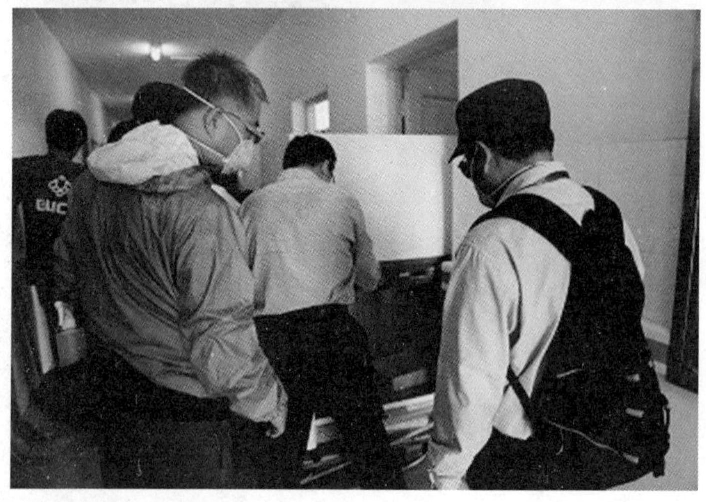

2014年9月20日，疾控专家张晓光当起了监工。

奉命出征的赴塞实验室检测队正赶上这个季节。抵达当日，风平云淡，似乎没有传说中的那样可怕。可到了第二天，当运送物资的专机抵达机场时，降雨不期而至。一开始只是淅淅沥沥的小雨，没有阻挡前到机场迎接物资到来的欢迎队伍热情。当人群逐渐散去，如注的暴雨倾泻而下，使劲地砸在刚刚运抵的物资上，外面的塑料薄膜被雨水逐步渗透，纸质包装和里面的物资也被雨水入侵，一下陷入了危险境地。这些精心准备的每一件物资，可都是队伍的弹药粮草，没有了物资，就如同无米之炊，再高明的厨师也做不出一桌丰盛的佳肴。最大限度地抢救物资，成了摆在赴塞实验室检测队面前的第一个难题。

没有任何动员，曹玉玺、张晓光两位专家，在检测队钱军队长的带领下，与检测队其他同志一道，顾不上长途飞行的疲劳，立刻卷起袖子，冒着大雨投入到物资抢救中。包装散了，将散落的物资一件件地捡起归拢；仪器包装破了，赶快找来了塑料布重新盖严。此时的他们，早已没有了平时当专家的斯文，完全成了一个搬运工，脏活、累活，有什么干什么，一件都不拒绝和推脱。汗水和着雨水，淌在他们脸上，渗透进了他们的衣服、钻进了他们的雨靴，每一步仿佛都是蹚在水中。累了，就地蹲一会；时差没倒过来，困了，在旁边靠一会，打一个小盹儿。终于经过两天的紧张战斗，在肆虐的暴雨中，绝大多数物资和贵重仪器得到了有效的保护。可他们来不及喘口气，很快又投入到实验室改造和检测准备工作中。没有当过建筑师的张晓光当起了实验室改造的监工，指挥当地的塞拉利昂工人搬运建材和仪器，组织中国建筑工人讨论施工方案，落实每一个细节，根本没有顾忌到这些人中有人曾经接触过埃博拉病人，可能是一个潜在的埃博拉病毒的传播者。用张晓光的话说，实验室改造来不得半点马虎，如果不亲力亲为，一时疏忽给操作人员带来感染，他会良心不安，他必须坚守住这一道最为重要的防线。曹玉玺更是冒着风险，毅然决然地接受了到南非LAKKA实验室取中国第一份阳性RNA对照样本的任务。临走之前，问他心里是否害怕时，他淡淡地笑道，“这是我的职责，再危险也得去。”

是呀，正是有一群像曹玉玺、张晓光这样的疾控专家，在每一个岗位上默默奉献着自己的每一份力量，担当了自己的每一份职责，无论什么样的风雨都不退缩，才让我们的人民群众生活得更加健康安全，才让我们的国家在世界民族之林赢得信赖和尊重，他们是真正的英雄。

援塞的日子一晃十来天就过去了，中国疾控中心消毒专家张流波研究员的思绪还时刻停留在实验室生物安全的每一个环节上。紧张忙碌的工作，让他忽略了时间在一天一天地飞逝，忘了到塞已过去了许多日夜，忘了给家人报个平安。是的，总理在发给援塞队员慰问信上确保“绝对”安全的嘱托，中心领导临行前的万般叮嘱，让张流波研究员一刻也不敢怠慢。

这次援塞工作最大的挑战之一就是要在短时间内将原塞中友好医院改造成符合收治埃博拉留观病人的传染病医院和开展埃博拉实验室检测工作的生物安全实验室。院感控制和防范实验室病原泄露与污染无疑是这次改造工作最为重要的目标和关键环节，它关乎赴塞所有队员能否安全地工作、健康地回家。作为这支队伍的首席消毒学专家，张流波研究员身上的责任和压力之大可想而知。用他的话说，任何一个小的疏忽和纰漏都可能造成不可挽回的后果，甚至造成重大的国际影响。

虽然检测队在出发前已经根据我赴塞先遣队提供的信息制定了详细的改造方案，但当赴塞实验室检测队抵达实地后，发现当地情况与原方案有不少的出入。张流波研究员仔细巡视了整个院落，查看了每一个房间。房子的面积有多大，窗户有多大，房屋的通风情况如何，房屋的采光如何，空调是如何安装的，病房与厕所的距离有多远，洗浴设施安装怎样，房屋周边的环境如何，等等，每一个可能造成感染的环节他都没有放过，全部印入了他的脑海里。他将现场获得的第一手资料认真与原方案进行比较，改造方案在他脑海中反复推演，实验人员的每一个动作在他的脑海里一遍又一遍闪现：从哪儿进，进去以后如何走，如何安全出来，样品如何交接，防护服脱在哪儿，在哪儿消毒？……他常常陷入沉思，忘了脚下本不平坦的道路，忘了吃饭睡觉的时间，直到改造思路在他的脑海里逐渐清晰。当他将反复思索和酝酿的意见提出时，得到了检测队专家们的一致认同和到访美国疾控中心专家的肯定。

可接下来把图纸和方案进一步落实在实际改造中，同样是一个不能有半点疏忽的步骤和环节。张流波研究员不顾自己不断攀高的血压，时差导致的严重不足的睡眠，每天很早就搭乘近一个小时的班车赶到塞中友好医院，亲自督查和指导工人进行施工。房屋应该怎么拆，防护门应该怎么安装，房屋如何更好地通风，消毒设施该如何安装和摆放，消毒药品如何放置和保存，如何保证房屋改造后更方便地消毒……他像一台不知疲倦的机器，随时出现在最为需要的改造现场。终于，改造工作按期完成，张流波研究员也暂时卸下了压在心头的一块大石头。

不过，再好的设施也离不开人的使用。张流波研究员刚放下了“锄头”，马上又拿起了“教鞭”。他充分利用每一次吃饭的工夫、每一次休息的机会，与现场检测的队员进行交流，叮嘱他们生物安全和感染控制的每一个要领；指导他们正确穿脱防护服、正确配置消毒药品，准确把握消毒时间。

既往的实验室生物安全经验证明，最好的防护就是让实验室操作人员有足够的休息和营养，避免出现精神紧张。为此，张流波研究员积极建言检测队后勤保

2014年9月26日塞拉利昂时间上午11时，塞拉利昂总统科罗马来到位于塞首都弗里敦附近的中塞友好医院参加中国疾病预防控制中心移动实验室和留观中心落成典礼。中国驻塞拉利昂大使赵彦博、中国疾病预防控制中心室检测队全体成员以及塞卫生部、外交部、交通部等有关官员陪同参加了仪式。

2014年9月26日，塞拉利昂总统和检测队员合影。

障人员，要确保队员有舒适的休息场所和充足的轮休时间；合理安排食物，确保队员获得丰富的能量和营养。另外，由于塞拉利昂是疟疾多发地，长时间在塞生活很容易感染疟疾。据在塞中资机构人员说，他们的人员中没有一个没得过疟疾的。因此，我赴塞队员中很有可能出现有人因感冒和感染疟疾出现发热症状，难以与早期埃博拉感染相区别，需要进行隔离观察的情况。为此，张流波研究员还积极建议设置赴塞队员疑似感染监护室，一旦出现疑似症状，我赴塞队员可在环境相对独立、治疗条件相对较好的监护室进行监护观察，这样也可进一步缓解参与检测任务的队员紧张情绪，尽量避免队员在高度紧张情况下误操作导致增加暴露和感染的风险。

在赴塞的工作中，凡事都深入一线，身体力行，一丝不苟地专注自己的职责和任务，这就是张流波等一线专家的工作状态。他像一只非洲大陆上空寻找猎物的雄鹰，搜索援塞工作队执行任务过程中每一个可能的生物安全隐患；用他严谨朴实的工作作风，感染和影响着身边的每一位伙伴；更用他全面、过硬的专业技术，点滴筑起保护援塞实验室检测队员健康安全的屏障，履行着他真心为了塞拉利昂人民，决心不辱国家使命的庄严承诺。

2014年9月26日塞拉利昂时间上午11时，塞拉利昂总统科罗马来到位于塞首都弗里敦附近的中塞友好医院参加中国疾病预防控制中心移动实验室和留观中心落成典礼。中国驻塞拉利昂大使赵彦博、中国疾病预防控制中心室检测队全体成员以及塞卫生部、外交部、交通部等有关官员陪同参加了仪式。

按照事先与塞方的沟通和安排，中国赴塞移动式生物安全三级实验室顺利完成各项准备工作，2014年9月28日正式接受样品并开展检测。这对包括中国疾控中心张晓光和曹玉玺两位专家在内的所有检测队员来说，都是一个光荣而又忐忑的时刻。虽然之前做了周密的准备，各项技术要领也经过反复的演练，但要真枪实弹地开展工作，面对从未接触过又具高度风险的埃博拉样品，他们要战胜的不仅是技术上的有形难题，更要克服精神上的无形压力。

27日，为了确保万无一失，曹玉玺和张晓光两位专家和战友们一起，顾不上吃晚饭，一直在实验室检查设备状态、查看物资准备、梳理操作细节，直到晚上21点多确认一切正常后才回到驻地。根据安排，他们作为第二组，定于28日下午进行检测实验，他们根本不顾连日的疲劳，一大早就赶到了中塞友好医院临时实验室，有条不紊地做起了准备工作，下午四时左右，当第二批样品送达时，他们早已按要求穿戴好了防护服，守候在P3检测车核心区。当接样队友将样品通过传递窗口送进来时，他们小心地接过样品，依次完成样品包装检查、送样信息核对、包装拆开、样品取出、水浴灭活、RNA提取等规定动作。虽然是第一次在异国他

2014年12月30日，赵彦博大使向我援塞移动实验室检测队转达习主席新年慰问，并进入指挥车了解实验室运作情况。

乡一个陌生的环境中开展实验，但他们仿佛在自己平时的实验室工作一样，一切操作都显得那么娴熟，配合得那么默契。在核心区长达近四个小时的工作时间里，尽管厚重的防护服使得操作和行走十分不方便；但他们还是近乎完美地实施了每一个实验步骤，顺利完成了样品的灭活处理和RNA提取，为后续PCR检测取得良好结果迈出了最为关键的一步。此时，汗水早已湿透了衣背，积满了他们的手套。他们疲惫的脸上终于露出了欣慰的笑容。毕竟，这是他们人生第一次亲密接触埃博拉真实样品。他们迈出的埃博拉检测的第一步，是中国疾控中心在埃博拉病毒检测方面的一大步，更是我国赴外开展公共卫生工作尝试和实践的一大步。

截至2014年10月7日为止，中国移动式生物安全三级实验室（简称移动P3）先后完成近250份埃博拉病毒样本检测任务，检测总量已超过塞拉利昂病毒检测总量的20%。"检测队每天工作12个小时以上。"

"移动P3是一套非常复杂的系统，系统的正常运转既需要充足的水、电、油等供应，还需要送排风、给排水、空调净化及自动控制等各系统协调运行。"尤其是技术保障组，更是责任重大，每天都像看护自己的眼睛一样守护着这套装备，从供水、供电、供油、通信、监控等基本工作抓起，每个人都卯在自己的岗位上，时刻盯着每一个环节，时刻处理哪怕是再小的机械问题，确保每一天的实验都能安全顺利。

塞拉利昂—中国友好医院埃博拉留观中心自2014年10月1日正式启用以来，到8日为止共接诊了53名埃博拉留观患者，其中8名患者死亡，13名患者为确诊病例,6名确诊感染者被转送其他医院，另有4名留观患者经检测为阴性已经出院。

在检测质量上，中国实验室公布的检测结果无一差错，准确率达100%。塞拉利昂—中国友好医院距离弗里敦约20公里。正式检测前，中国实验室通过"盲样"检测首次和国际同行进行平行验证，通过世界卫生组织网络实验室的考核，合格率达到100%。此次使用的埃博拉检测试剂盒和移动生物安全三级实验室均由中国自主研制。

此后，我检测实验室的检测量逐日攀高，10月31日当天，中国疾控中心驻塞拉利昂移动实验室检测埃博拉病毒样本106例，单日检测量突破百例。在各国驻塞实验室中，中国实验室当日检测量居首位。美国、英国、加拿大及南非实验室当日检测量分别为70例、46例、11例和0例。截至10月31日，中国实验室检测埃博拉病毒样本总数为1096例，其中阳性624例。

11月16日，我国援助塞拉利昂移动实验室检测队首批队员圆满完成各项任务，乘包机顺利抵京。首批征程，我首批检测队员用五天时间完成检测队组建，用七天时间实现移动实验室和留观中心运转，累计检测血液样本1635份，其中阳性847份，累计收治留观病例274例。其间，我自主研发的检测试剂和具有自主知识产权的国产移动P3车也首次走出国门，展示了国家的科技创新水平和软实力。

在多方面原因综合作用下，西非地区埃博拉疫情确实还没有得到控制。在西非疫区，中国是惟一既提供实验室又设立留观中心的国家，中国专家的到来不仅在技术上、能力上支持相关国家抗击疫情，还在心理上、经验上对非洲朋友提供支持。中国移动式生物安全三级实验室使得塞拉利昂检测能力明显提高，留观中心也发挥着重要作用。疾病无国界，患难见真情。中国的援助、中国检测队的存在一方面体现了中非友谊，另一方面，传染病防控关口前移也具有实际意义……

我们的努力得到了塞方的交口称赞，“中国是最早向塞方提供帮助的国家，中国的医疗队、检测队和无私援助都发挥着重要作用。”塞拉利昂大学福拉湾学院专家普拉特在接受本报记者采访时表示，中国给予非洲很大的支持。

“我们了解中国朋友，看重中国的经验与技术，中国人勤奋、努力，他们身上的宝贵品质值得我们学习。中塞两国在医疗研究、医学教育等方面尤其需要加强合作。”“突如其来的疫情让我们意识到，我们在公共卫生领域面临很多挑战，有许多需要做的事情。”普拉特表示，“每个人都希望疫情快些结束，希望疫情不再发生，但重要的是我们自己要有处理危机的能力。我们应该有更多学生去中国学习，学到本领后为祖国效力。”

此后，我中心又按照国家卫生计生委统一部署，分别于2014年11月14日和2015年1月13日接连派出了第二批、第三批检测队，进行定期轮换，我中心的援非抗埃工作不断取得佳绩。

2014年11月，中国疾控中心再次组派三批次专家参加援非防控埃博拉行动，分别是中心副主任梁晓峰担任队长，由中心寄生虫病所、病毒病所、性艾中心、教育处以及有关单位专家组成的12人赴塞公共卫生师资培训队；由中心病毒病所专家参与的第二批中国疾控中心检测队；同时，中心副主任冯子健被选派担任联合国埃博拉应急特派团团长高级顾问，亦赴塞参与抗疫行动。14日晚，中国疾控中心派出病毒病所赵翔、王力华、芜为、徐子乾等四名专家从首都国际机场出发，前往塞拉利昂援助抗击埃博拉疫情。这是我中心第六批向西非派出抗击埃博拉疫情专家组。他们和来自解放军第302医院的人员共同组建成第二批援塞移动实验室检测队，赴塞拉利昂与第一批检测队进行轮换。中国疾控中心副主任冯子健也和他们同机出发，赴西非担任联合国埃博拉应急特派团团长高级顾问。

当地时间12月2日，我中心第二批检测队再传佳绩，当天队员成功检测埃博拉病毒样本124例，创造了入塞以来实验室单日检测量最高纪录。

以检测队队长刘超为首的五名队员经过了十个小时连续奋战，完成了样本信

2014年11月5日，疾控中心主任王宇代表派员单位讲话。

2014年11月5日，中国疾控中心副主任、赴塞公共卫生师资培训队队长梁晓峰发言。

2014年12月19日，中国疾控中心、中国健康教育中心等队员单位领导到机场为第二批公共卫生师资培训队送行。

2014年11月5日，国家卫生计生委领导为援非抗疫公共卫生队伍送行。

息核对、灭活、RNA提取、核酸检测、结果分析等实验操作全过程。根据国家援非“抗埃”总体部署，第二批检测队于11月25日正式接替第一批队伍，执行移动实验室检测埃博拉病毒样本的任务。经过不断优化检测流程、大幅提高检测效率和质量，实验室具备了单日检测样本200例的技术能力，成为该国埃博拉疫情防控的一支重要力量。

2015年1月13日和19日，我第三批援助塞拉利昂移动实验室检测队和第二批人民解放军援利医疗队队员分赴塞拉利昂和利比里亚执行援非抗疫任务。此次队伍共有队员236名，分别来自解放军第302医院、成都军区联勤部、中国疾病预防控制中心等单位。此批队伍轮换后，我国向疫区三国派出医务人员和公共卫生专家累计达到近800人，协助疫区国家开展公共卫生人员培训、实验室检测、病例留院观察和治疗等工作。

2015年1月12日，卫计委崔丽副主任代表应对埃博拉出血热疫情联防联控工作机制和国家卫生计生委在行前动员会上发表讲话，指出传染病防控没有国界，军地专业队伍远赴西非参与全球大救援，有助于巩固我与非洲国家传统友谊、维护我在非战略，展示我国际人道主义和负责任大国形象，对于减轻我境内疫情防控压力，防范疫情输入具有重要意义，并为国内疫情防治积累经验，保障我在非公民健康安全。崔丽副主任希望队员们深刻领会此行意义，不辱使命不负重托，出色地完成光荣任务，为祖国赢得更多赞誉。同时，嘱咐队员们牢固树立底线思想，切实做好安全防护。

西非埃博拉出血热疫情发生以来，党中央、国务院高度重视，果断决策，迅速作出援非抗疫工作部署，在国际上率先紧急驰援，实施了新中国成立以来规模最大的一次卫生援外行动。截至2015年3月，我国已连续四轮向西非疫区国家提供了总价值约7.5亿元人民币的防控物资、紧急现汇和粮食等援助，派出近千名军地医疗卫生人员赴西非疫区国家执行抗疫任务。我各支援非抗疫队伍已成为当地不可或缺的抗疫力量，我国的援助行动获得了国际社会的积极评价和广泛赞誉。

目前，塞拉利昂仍是西非三国中埃博拉感染病例最多、上升最快的国家，中国卫生防疫专家组成的检测队伍仍连月奋战在塞拉利昂首都弗里敦。从近4000份埃博拉病毒疑似患者的样本中准确识别出1300多份阳性病例，中国检测队已被称为诊断埃博拉病毒的“火眼金睛”。截至2015年1月14日，中国援塞检测队累计检测样本3707例，其中阳性1380例，占同期驻塞13家国际实验室检测总量的五分之一，已成为塞拉利昂疫情防控的一支重要力量。2014年12月末，在一次由世卫组织和塞卫生部联合组织的实验室外部质量考核中，中国检测队的检测准确率达到100%，是参加此次评估的七家国际实验室中表现最优异的实验室之一，获得质控评估组织者和国际同行的高度赞誉，进一步赢得了塞拉利昂政府和相关国际组织对中国技术的信赖，同时也巩固了中国实验室对自身技术、装备和经验的自信。

世界卫生组织驻塞拉利昂外国医疗援助协调组组长塔拉·维拉曼斯林一行四人，2015年2月7日对我国援助埃博拉留观诊疗中心和移动实验室进行考察指导时，对解放军第三批援塞医疗队和中国第三批援塞移动实验室检测队工作给予了高度评价。塔拉·维拉曼斯林说："世卫组织看到了中国政府援助塞拉利昂所做的工作，中国为抗击埃博拉做出了贡献，让疫情得到了控制，充分展现了中国负责任大国的形象。埃博拉疫情结束后，希望与中国政府密切合作，共同努力，为塞拉利昂灾后重建做一些工作。"

后记一

牢记使命担当　勇赴西非降魔[1]

中国首批援塞检测医疗队队长、前方工作组组长　刘柳

尊敬的各位领导、同志们、朋友们：

大家好：我是中国首批援塞检测医疗队队长、前方工作组组长刘柳，2014年9月16日带领中国CDC实验室检测队62人，第一时间赴塞拉利昂执行援非抗埃任务。2014年下半年以来，埃博拉出血热疫情在西非持续蔓延，非洲人民的生命和财产安全受到严重威胁。塞拉利昂、利比里亚、几内亚等多个国家都有大量病例发生，1.6万多人感染，近6000人死亡。8月8日，世卫组织宣布此次疫情为“已构成国际关注的突发公共卫生事件”。

疫情无国界，生命皆平等，捍卫生命尊严是全人类的共同使命。作为联合国常任理事国和非洲人民的真正朋友，我国军民始终高度关注疫情的防控和病患的救治。8月10日，中共中央总书记、国家主席、中央军委主席习近平同志和国务院总理李克强同志分别对相关工作作出重要批示，要求军队充分发挥技术、人才和组织优势，担当疫情防控援助的生力军、主力军，担负起“向塞拉利昂派出医疗队开展埃博拉出血热患者留观治疗”和“援建利比里亚埃博拉出血热诊疗中心并派援利医疗队管理运营”两项光荣任务。

根据中央军委委员、总后勤部赵克石部长、刘源政委指示，总后成立了由总后副部长任组长，由总后有关部领导参加的总后援非埃博拉出血热疫情防控工作领导小组，总后卫生部建立了联防联控工作机制。经中央军委批准，我们先后从沈阳军区、北京军区、成都军区联勤部和解放军总医院、第302医院、3所军医大

[1] 本文选自2015年7–8月全国卫生计生系统先进典型巡回报告团讲稿。

学抽派6批494人规模的医疗队，各分三批分赴塞拉利昂、利比里亚执行疫情防控任务。

9月14日，经习主席批准，中国军队援非抗击埃博拉的战斗正式打响。两项任务，两队精兵。这些精心挑选的中国军人，肩负中国政府和人民的重托，高擎着中国人民解放军的战旗，直奔埃博拉疫情肆虐的塞拉利昂、利比里亚。

在随后半年多时间，我军第二批、第三批援塞医疗队、检测医疗队、援利医疗队先后奔赴西非战场，以“不畏艰险、甘于奉献、救死扶伤、大爱无疆”的精神，以生命守护生命，出色完成了任务。援塞医疗队仅用3天完成了近100吨物资的抢运归整，7天就把一个普通医院改造成具有传染病收治功能的留观治疗中心，累计收治留观患者773人，其中埃博拉确诊患者285人，在塞国保持了“日均收治病人最多、住院病人最多”的记录。援利医疗队建设前方指挥组在施工力量不足、保障条件很差的情况下，仅用28天时间，就优质高效的完成了埃博拉出血热诊疗中心近6000平方米工程建设任务，再现小汤山医院建设奇迹，被利比里亚政府、多国媒体惊叹为“中国速度”。援利医疗队培训当地卫生人员1600余人次，队员根据“七步洗手法”编排的“小苹果”版洗手舞在非洲广为传播。医疗队与相邻的德国非埃博拉重症传染病治疗中心达成双向转诊协议，邀请美、德、非盟、联利团等国际组织参与春节联欢会，中国驻利大使张越评价：“传播了友谊，扩大了影响，为外交工作作出了重要贡献！”

在援利抗埃的日日夜夜，解放军援非医疗队始终坚决贯彻军委、总部的决策指示，把援利抗埃作为一项重大的政治任务、军事任务、外交任务。按照习主席“打胜仗、零感染”的目标要求，把救治每一名患者都当成一场战斗。根据中非协议和统一部署，目前，军队援助塞拉利昂疫情防控任务已于2015年3月18日正式结束，相关任务已由江苏省医疗队接替，援助利比里亚疫情防控任务也于5月17日结束。至此，我军圆满完成各项预定任务，载誉凯旋。

这次援非抗埃工作，是我国公共卫生力量第一次走出国门，是我军卫勤第一次成建制独立遂行海外重大疫情防控任务，也是第一次面对生物安全一类风险病原体。在党中央、中央军委的正确领导下，在总后党委首长的亲自指挥下，军队各任务单位众志成城、同心戮力、接续奋战，较好完成了既定任务，援非队员以赤胆忠诚、血性担当、过硬本领和优良作风，生动诠释了中国责任、体现了中国效率、展示了中国形象。同时表明，我疫情处置能力水平已跻身世界先进行列，成为埃博拉病毒检测大国俱乐部一员。我们的艰辛努力，也赢得了两国政府和人民赞誉，塞拉利昂总统科罗马说：“在我们最困难、最无助、最危险的时候，是中国伸出援助之手。支援非洲要向中国学习，中国给全世界树立了好榜样。”利比里亚总统约翰逊-瑟利夫由衷地称赞中国的无私援助“引领了国际社会援非抗疫行动”。非洲媒体评价说“非洲国家尽管遭到病毒袭击，但却知道中国兄弟在与我们并肩作战，这是中非友谊的证明，也是中国责任心的展现。”

有人说，这次任务就是一次万里赶考。我理解，考场就是埃博拉肆虐的西非疫区，考官就是全国人民和国际同行，考题就是面临的一次次生死考验。现在我可以肯定地说，中国人民解放军援非医疗队不虚此行、不负重托，用“打胜仗、零感染”的实际行动，递交了一份无愧于时代和人民的合格答卷，无愧于威武之师、文明之师的称号。

谢谢大家！

后记二

在援非抗埃中展现疾控人风采[①]

中国疾控中心病毒病预防控制所 曹玉玺

尊敬的各位领导、同志们：大家好！

2014年，西非爆发有史以来最为严重的埃博拉疫情，塞拉利昂成为疫情蔓延最快的地区，该国迫切需要埃博拉病毒的实验室检测条件和能力。2014年8月8日，在世卫组织宣布此次疫情为国际关注的突发公共卫生事件后，党中央、国务院在第一时间决定，向西非援建固定生物安全实验室。

9月17日，经过20多个小时的飞行，我们到达塞拉利昂首都弗里敦的。刚下飞机，疫情的恐惧便扑面而来，在从机场去往驻地的路上，疑似埃博拉病毒的患者横卧在道路旁。

更让我们心惊的是，果蝠居然就盘旋在我们的头顶。这家伙看上去并不难看，像一只飞行的小狐狸，但是大家应该知道，果蝠就是罪恶的埃博拉病毒的宿主，有这样一群东西总是出现在你的视野里，将会给你带来多大的压力。我们知道真正的考验开始了。

由于塞国物资匮乏，我国援建固定生物安全实验室建设所需的大部分材料都要从国内采购和运输。85吨、上千个木箱的建设物资从塞国首都弗里敦机场清关，装运，到建设工地200多公里的运输、卸货、分类过程中的困难和艰辛是难以想象的。车辆是几乎没有保养的“N”手车，路况是没有路灯、坑洼不平的山路，司机是埃博拉接触史不明的黑人兄弟，而押运的人就是我们这些对建筑和运输“一窍不通”的疾控人！漆黑的乡村道路上，车半路趴窝了，我们用手电撑起亮光和

① 本文选自2015年7–8月全国卫生计生系统先进典型巡回报告团讲稿。

2014年9月28日，弗里敦，检测队第一次接检病毒样本，当天达到24例，超过国内出发前设定的最高值。图为张晓光、曹玉玺实验后走出移动P3。

2014年9月20日，弗里敦，检测队员用3天时间完成了50吨物资的分类入库。

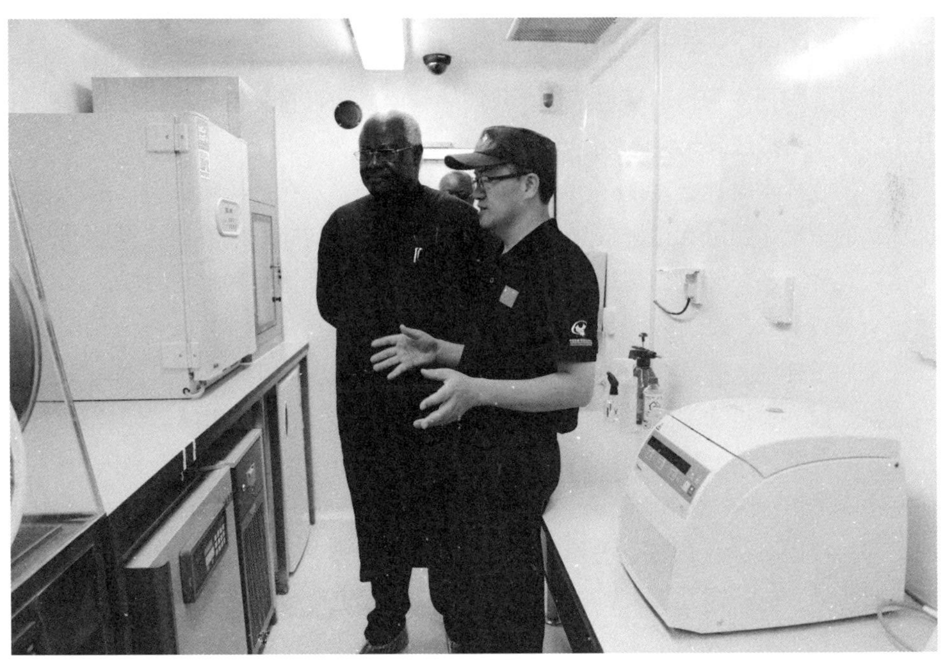

2014年9月26日，弗里敦。塞总统科罗马详细察看我国自主研制的移动式生物安全三级实验室。图为钱军介绍。

黑人兄弟一起修，货物歪斜了我们和他们一起重装，大家顾不上休息和吃饭，喝点随身携带水止渴、吃点饼干充饥，连续通宵熬夜历经整整30个小时，奇迹般地将所有货物安全运达工地，一件不少，一件未损。

由于连续加班加点，在施工最为紧张的一月份，半数工人倒下了，一时间整个工地现场气氛紧张起来，是埃博拉病毒感染还是其他……在塞国医疗资源几近崩溃的条件下经多方沟通协调，对病倒的工人抽血化验诊治，确诊3个人得了疟疾，项目现场大家紧绷的心才放下来。

“87天”，一个不可思议的时间数字，一个里外全新的钢筋混凝土结构的固定生物安全实验室就伫立在了塞拉利昂这片红土地上！

经过20多天的努力，实验室成为了可以投入真正实战的检测基地。2015年3月11日晚，弗里敦郊外早已是一片漆黑，而塞中友好生物安全实验室里依然灯火通明。这是固定实验室检测队开展样本检测的第一天。从实验室更衣间穿上整套防护工作服开始，到进入移动P3实验室核心区，短短10分钟，检测人员的内层衣服已经全部湿透。要知道，我们工作的地点是北纬8度接近赤道，海南的三亚不过是北纬18度。当日我们完成了32个病例的检测。

科罗马总统再次来到实验室，并欣然题词“这是一个非凡的实验室，感谢中国朋友完成了一件伟大的工作！”联合国、世界卫生组织以及美国等的国际同行们在称赞“中国速度”和“国际质量”的同时，无一不流露羡慕之情。

能在异国他乡为祖国赢得荣誉，我们感到由衷的喜悦！但在塞拉利昂援外的日子，可不是都这样光鲜，那是非常艰险的。

在接收样本时你会发现，由于包装规格不统一，潜在的风险极大。在我国早已淘汰的玻璃采血管在这里依然使用，有时沾染样本的碎玻璃渣到处都是，我们甚至还在样本的包装里发现过带有血迹的针头。在处理这些样本的时候，稍有不慎就会刺破手套，造成实验室感染，后果不堪设想。

我们工作的P3实验室气压要保持在负70帕的状态，相当于海拔3000多米的高度，一般人在里面会感觉胸口发闷、透不过气来，只要走上几大步，就要气喘吁吁，浑身冒虚汗。我们队员经过系统的训练，使用电动送风系统，状况会好些，但是连续工作三四个星期后，检测组成员仍会出现不良反应的症状：耳鸣、头痛、乏力等。在P3实验室的核心工作区，还面临三不原则，不能喝水，不能进食，不能上厕所。我们的穿着从头到脚密不透风，有点像宇航员一身臃肿的防护服。就是这样一身打扮，我们至少要在里面工作6个小时以上。从实验室走出来后，大家首先感到的是渴，几乎都是一口气喝完整瓶的矿泉水，然后瘫坐在椅子上，一动都不想动。

2015年04月21日，中国外交部部长特使林松添大使参观慰问我P3固定实验室 林大使一行与全体队员合影。

在艰险的工作中我们不敢有丝毫的懈怠。我们知道，如果将一个正常人错判为埃博拉患者，就要将其与埃博拉患者一同隔离，等于判了他的死刑；而如果将一个埃博拉患者错判为正常人，就要将其放回家，这会给整个社会的公共卫生带来巨大风险。因此，对每一份样本的检测，每一份检测报告的出具，我们都慎之又慎。“一份单子，一个生命，甚至多个生命”，这既是对患者负责，也是对塞拉利昂人民负责；既是对自己负责，也是对祖国负责。

回到祖国，和友人聊起那难忘的2个月，友人逗我，你们万里迢迢、挺身冒死，跑到一个八竿子都打不着的国家救死扶伤，还真把自己当白求恩了？

我对他说，你知道人什么时候，最有存在感么？一个演员站在舞台上听到雷鸣般的掌声时，他最有存在感，一个球员站在体育场上听见山呼海啸的呐喊时，他最有存在感，而我们中国疾控人，在离开塞拉利昂时，大街小巷的人齐声高呼“China，good！”时，我们就有了存在感。这次西非之行的价值就在于，不管当时有多难多险，我今天能在这里和你们，我最亲爱的朋友、家人相聚一堂，其乐融融，远离埃博拉病毒的危险。

今天，西非埃博拉疫情已经逐步得到控制，很多人的生命得到挽救。作为曾经在那里参与抗击疫情的实验室检测队的一员，我为我们的检测队自豪，为中国疾控人自豪，为我们伟大的祖国——自豪！

谢谢大家！

后记三

砺剑抗埃　鏖战西非[①]

首批援塞移动实验室检测队队长　钱军

尊敬的各位领导、各位专家，大家上午好！

我叫钱军，是第一批援非抗埃检测队队长。我们的工作是对来自埃博拉死者或疑似患者的样本进行检测，这是确诊埃博拉的惟一手段，是疫情防控的核心环节。我们是国内第一个接触埃博拉活病毒的队伍，是第一个吃螃蟹的人。在无苗可防、无药可治的情况下，深入疫区，以身试毒。在九个国家的同台竞技中，检测量多次名列榜首，成功地实现了从追赶者到领跑者的跨越。时至今日，回想起西非战场上惊心动魄的一幕幕，仍常常彻夜难眠。

第一个感受是要有敢于担当的精神

中非友谊源远流长。44年前，正是非洲兄弟们把我们抬进联合国的。如今兄弟有难，我们岂能袖手旁观！短短数月，我国已经向西非提供了价值2亿多元的援助。但，是否派出队伍，国家也有难处。埃博拉，致死率高达90%的“幽灵”。国人至今还谈之色变的“非典”，大家知道它的死亡率是多少吗？不到6.5%，只是埃博拉的九分之一。

就在这时，一贯忽视非洲的美国表现出“异常”的热情，高调派出数百人的队伍，其检测实验室第一个于8月12日开业。

英国、南非、加拿大也紧随其后。

大国之间的博弈悄然展开。

8月14日，WHO总干事陈冯富珍致信国务院总理李克强，要求中国履行负责

① 本文选自2015年7–8月全国卫生计生系统先进典型巡回报告团讲稿。

任大国义务。

箭在弦上，不得不发。

第二个感受是要有精湛过硬的技术

9月28日，实毒检测开始。

按照国内惯例，一个新病原的诊断是有一套完整程序的。比如2013年暴发的H7N9。首先是一例，第二先经过省级疾控部门检测，第三送国家CDC鉴定并同时送军事医学科学院平行验证，第四报国家卫生计生委后才最终确定。在塞拉利昂，这一切只能由我队全部承担，既要当运动员，又要当裁判员，还要当官员。

在首次接收样品时，我们接到的不是一个而是一包样品。经清点，好家伙，整整24份，都要当天出结果。没有办法，只能迎难而上。开始倒也顺利，突然，我的战友鲁会军，从样品盒中拉出了一段异物，大家定睛一看，竟然是一根带血的针头。空气仿佛一下子凝固了。业内人士或多或少知道：有报道明确的埃博拉实验感染事故已有先例。2004年5月，俄罗斯维克托尔实验室一名46岁的科学家就是在埃博拉的研究中，因针头扎破手指，感染发病死亡。

只见鲁会军的动作变慢，用镊子小心翼翼地将带血针头一点一点地从样品中抽出，缓缓地投入装有消毒剂的废液瓶中。完成这一系列看似简单的动作后，他用双手扶住操作台，足足有2分钟一动不动。

晚上8点半，结果出来了：24个样本，17个阳性。其中，有两例标本中的病毒含量比实验室中人工培养的还要高！这个结果让大家切身体会到埃博拉疫情的严重性，回想起刚才P3车上的危险场面，不由得让人直冒冷汗。这就是没有硝烟的战争啊！

深夜，在返回的班车上，我们8名英雄的检测队员疲惫得头倚着车窗睡着了，他们额头上的一道横纹还清晰可见，那是正压防护头罩压迫5个多小时的结果。现实往往是这样，那些群星闪耀、令人景仰的伟大历史时刻，身处其中的人们却浑然不觉。

第二天我们才得知，检出的阳性样本占了西部地区的一半！

这是我国疾控史上意义非凡的一天：我们用自主研发的移动P3，用自己研制的诊断试剂，成功地检测出我们从未接触过的埃博拉病毒。

8名队员的名字将永远铭刻在我国疾控史的丰碑上。

第三个感受是要有直面生死的勇气

2014年10月17日，是我永生难忘的日子。到西非已经满一个月了，上午接到了大使馆的慰问电话。下午回到驻地，站在阳台上，看着波光粼粼的海面，夕阳西照，凉风习习，紧绷的神经得到些许放松。

晚8点，又一个意想不到的事情发生了……

指挥组组长刘文森突发急病，全身抽搐两小时，呼吸困难，不省人事，左侧肢，肌力为0。塞国医疗条件极为有限，翻遍首都，才搬回一个救命的氧气瓶。由于无任何影像设备，到底是脑出血，还是脑梗塞，我们根本无法判断，更加担心是否感染某种传染病。在用尽全部的自救手段后，文森生命体征依然非常不稳。是否能够把兄弟活着带回去，我真是没有一点把握，只能静静等待奇迹的出现。

守在依然昏迷不醒的文森床边，我心情非常沉重。副队长田成刚默默地坐在我身边，他极力想用语言或某种行动安慰我，其实我知道，他也正在承受着巨大的精神伤痛。出发前刚刚经历了大喜大悲，中年得子，却又不幸夭折，孩子火化当天，还没来得及安抚悲痛欲绝的妻子就直接到队里报到了。

就在那时，我们从未有过地意识到，死亡真的离我们很近很近。因感染埃博拉，送样本的救护车司机死了、负责与我们联络的塞卫生部官员死了、曾到塞中友好医院参观的甘比亚医院院长也死了。此时全球已有318名医务人员感染，陆续死亡151人。现在，朝夕相处的战友也不明原因地倒下了。如真有不测，也许只能魂归故里了。

出发前，李斌主任、崔丽副主任，赵克石部长、刘源政委亲自送行，千言万语汇成的就是一句“要确保安全”；队员们妻子孩子或亲临训练一线或热线电话，表达的也是一个“我们在期盼着你们安全回来”。临上飞机时，我还曾给队员们的家属发了一个短信：请你们放心！我一定把他们安全地带回国！现在看，我还能实现吗？

值得欣慰的是，六个月前，包括文森同志在内，我们圆满完成任务，全员安全回到国内。但，一直到现在，我还在回想：

战友们都在经受着肉体上、精神上、感情上的巨大伤痛。但他们不怕苦不怕累，甚至不惜丢掉自己的生命，究竟是一种什么东西在支撑？我认为就是一种大无畏的精神！我们队员是当之无愧的有血性、有灵魂、有担当的疾控人！

直面生死，方知生命可贵，方知时间紧迫，方知机遇难得。检测队员顶着生物安全风险未知的巨大压力，大胆设想，有序推进。将水浴锅置于安全柜进行样品灭活是国内数十位专家确定的方案，但效率不高成为制约提高检测量的瓶颈。队员们尝试着将水浴锅从生物安全柜内移出至宽敞的边台上，解决了灭活效率不高这个瓶颈问题，检测数量一下子翻了番。

1%含氯消毒剂的浓度也是国内确定的方案，但对P3造成巨大的腐蚀，P3车已难以为继，随时可能停摆。必须降低消毒剂浓度。然而使用未经验证的消毒方法，我国是有过惨痛教训的。经过反复论证后，大家还为降与不降纠结。有人问我要不要请示一下国内，我坚决地说：国内专家不了解情况，更难决策，不用请示，什么事都不敢担当，一味推卸责任，那还要我们干什么！于是，我们果断将含氯消毒剂浓度从腐蚀性极强的1%下降到能有效灭活病毒的0.2%。腐蚀情况得到了根本的缓解。

然而命运总是多舛。就在消毒剂浓度下降后的第三天，同一检测小组的邓永强、户义同时发烧。大家都不约而同地想到了什么。两人主动把自己隔离在房间里，退烧药、抗疟药、清热解毒中药，每一样都像救命稻草一样，一颗不敢少吃，一滴不敢少喝。当天恰恰是邓永强结婚十周年纪念日。十年了，他在北京，妻在贵州，聚少离多。出发前他只是在电话里向妻子和3岁的儿子告别，没有能像北京的队友们一样回家去看看。可是现在他连打电话的勇气都没有了，就怕只言片语间的情绪波动会引起妻子更大的担忧。

工艺和流程上每一个改进，都是队员们心血的结晶，都是甘冒风险换来的成果，这使我们的检测能力最终5倍于出国前预定的高限，日检测量10天内4次跃居塞国各实验室之首。美国、加拿大、南非3国花费69天才冲过千例大关，我们只用了34天。美国检测1500例用了56天，而我们只用了42天。

第四个感受是要有大爱无疆的情怀

这是第一批检测队工作的最后一天，是大家盼望已久的日子。所有人都早早起来，比以往更加严谨细致地安排着工作。下午5点，检测工作终于临近尾声，两个月的苦熬出头在望，一想到即将回到祖国的怀抱，回到亲人的身边，现场的队员们抑制不住激动的心情，雀跃不已。就在这时，来了一位意外的送样人——玛莎，她是中塞友好医院的副护士长，入塞以来，一直给予我们很多的帮助，她本人更是弘扬中非友谊的典型代表。此刻，她12岁的侄女因为发热被收进留观中心，与疑似病人混杂在一起，自己的侄女是否感染埃博拉，玛莎心急如焚，含着眼泪说“中国实验室是我的惟一希望了！”即使我们内心再纠结都无法拒绝。队员默默地带着样本再次返回实验室，重启机器，开始了新一轮检测。这一干又是5个小时。深夜11点，检测结果出来了，阴性。第一时间得知消息时，玛莎哇哇大哭。这一声哭泣，不仅是玛莎无尽担忧的情感出口，更是为我们这次援塞之行划上了一个圆满的句点。

我们冒着巨大的危险万里援非，或许还有很多人不理解。国家绝不是为了沽名钓誉，也不是为了化解舆论压力，我们是在履行负责任大国的义务，彰显大国形象。

靠的是什么？

靠的是国家疾控十年磨剑！

靠的是军民融合战略决策！

靠的是国家联防联控机制！

真的应该感谢这个时代，使得我们更加亲身地感受到，我国是如此靠近世界舞台的中心。我们应该更加坚定地站在国家安全的高度，为早日实现“中国梦”作出应有的贡献！

谢谢大家！

第三节
中国公共卫生师资培训队抗埃纪实

中国第一批援塞公共卫生师资培训队抗埃纪实　按照国家卫生计生委安排，2014年11月9日凌晨，我国第一批公共卫生师资培训队从北京启程赴塞拉利昂，为西非疫区国家培训公共卫生人员。专家组此行的主要任务是探索在西非开展师资培训的模式，打开培训工作的局面，为后续大规模的培训工作奠定基础。

第一批师资培训队由12人组成，由中国疾控中心梁晓峰副主任担任队长，成员分别来自国家卫生计生委疾控局、中国疾控中心、中国健教中心、北京地坛医院、上海公共卫生临床中心、健康报等单位，专业涵盖流行病学、实验室检测、风险沟通、健康教育等领域，其中博士8名，硕士3名，本科1名。

为做好此次培训任务的筹备工作，从10月初开始，中国疾控中心按照国家卫生计生委的统一要求，会同师资培训专家，与中国疾控中心驻塞前方工作组保持密切联系，因地制宜，制定培训工作方案，确定本次培训立足针对基层医务工作者、公共卫生工作人员、基层管理组织者和社区志愿者开展培训，传授我国急性传染病防控经验，并编制完成了英文版课程培训计划、培训讲义以及宣教手册、张贴画与折页等一系列的培训材料。与此同时，在国家卫生计生委的大力支持下，相关单位积极筹备培训器材与物资，联合前方驻塞工作组推动落实后勤保障，确保第一批师资培训队能如期顺利开展培训。

这也是中国疾控中心2014年第五次向西非派出埃博拉防控专家组，专家们表示，他们将全力以赴、克服困难，积极展示我国传染病防控的经验、特色和优势，圆满完成这项光荣而艰巨的任务。

11月6日晚，中国疾控中心应急办公室灯火通明，即将前往塞拉利昂的专家

2014年11月8日，中心及有关单位领导为我国第一批援非公共卫生师资培训队送行。

2014年11月8日，队员们在机场一起搬运援非物资。

们正在打包援非所需物资。

"所有的物资加起来要装100多个箱子，堆起来差不多有11立方米，2吨重。"公共卫生师资培训队队员介绍，箱子里装的都是开展培训所需的资料和工具。

队员们结合自己的经验，对培训资料进行了精心的准备。这些教材和宣传品重点借鉴了我国公共卫生和传染病防治领域所积累的经验，并结合了非洲的社会风俗习惯。比如考虑到塞拉利昂是穆斯林国家，队员们在宣传材料的文字措辞以及颜色搭配上，都有特别的设计。

抵达塞拉利昂首都弗里敦之后，培训队将建立培训基地，为西非疫区国家培训公共卫生人员。培训工作将充分考虑受援国的意愿。他们现在最缺什么，培训队就提供什么。根据当地反馈的信息，当地非常缺乏在社区层面做公共卫生管理的人员，比如宗教领袖、社区工作人员、志愿者等都缺乏防控埃博拉的知识和技能。这些人员将是培训队工作的重点对象。

专家们对可能遇到的困难也做了充分准备。抵塞后，培训队面临最大的困难是如何组织当地人员接受培训以及对疫情风险的防范。当地没有像国内这样健全的社区管理体系，找到合适的培训对象并不容易；我们提供的英文培训教材，当地人能否听懂看懂，都需要磨合。尽管难度大，但摸索这些经验对后续队伍开展工作非常重要。

11月9日，经过飞机的四起四落，历时26小时，跨越一万四千公里的距离，援助塞拉利昂公共卫生培训队伍顺利到达塞拉利昂首都弗里敦，经过紧张的入关、物资搬运，最后入住酒店。10—12日，培训队伍继续进行培训前的材料准备、分工和细节敲定。

经过精心准备，塞拉利昂当地时间13日上午9点，中国援助塞拉利昂公共卫生培训班在弗里敦市塞拉利昂国家图书馆举行了开班仪式，中国驻塞拉利昂大使赵彦博、弗里敦市市长Franklyn Bode Gibson、塞拉利昂卫生部副部长Madina Rahman受邀出席了开班仪式并致辞。

埃博拉防控培训项目是这轮援助中的一项重要内容。首批20多名学员在完成培训后，将和中方专家一起组成培训小组，对来自社区的管理人员和工作人员进行培训。培训队计划在弗里敦及周边地区，用四个月时间培训4000名社区人员，让他们掌握一定的埃博拉病毒预防和控制措施。

塞拉利昂卫生部副部长萨维在培训现场表示，感谢中国政府的及时援助，塞拉利昂将珍惜中方的援助，尽力对抗埃博拉疫情。

中国驻塞拉利昂大使赵彦博表示，中国在传染病防控方面积累了经验，总结出一系列可行的技术方法。中国培训队将通过针对其村庄、酋长领地、地区等多

2014年11月14日，梁晓峰副主任向第一批塞国师资培训班学员颁发培训结业证书。

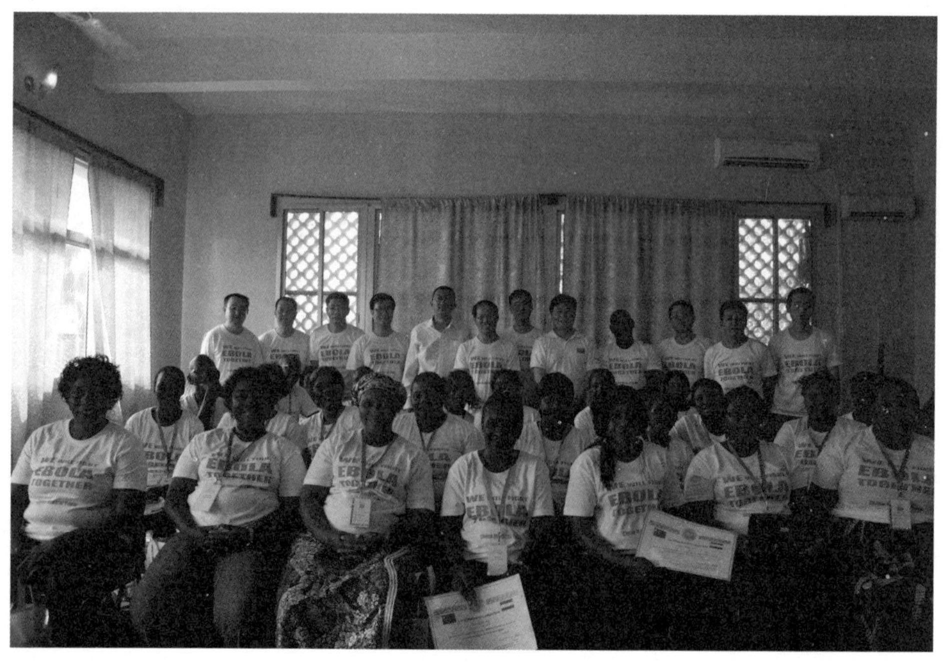

2014年11月14日，我国第一批公共卫生培训队员与培训班学员。

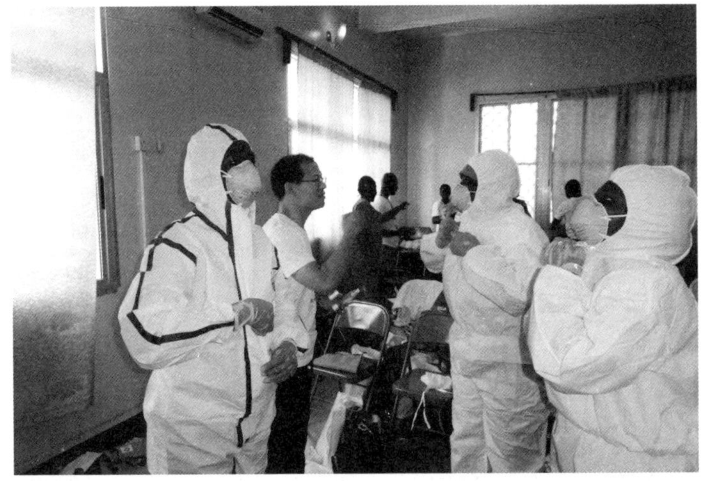

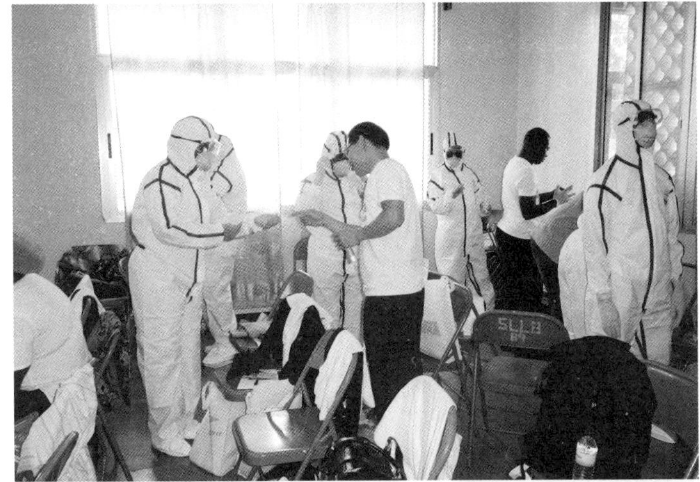

2014年11月14日，中国疾控中心培训专家讲解如何穿戴防护服。

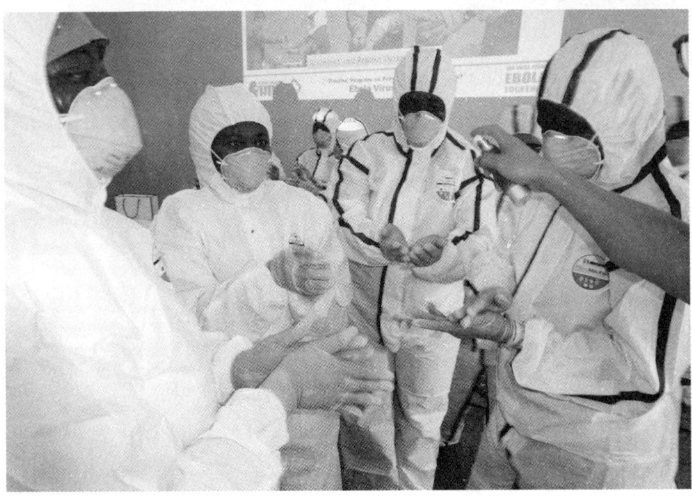

2014年11月14日，指导学员洗手消毒。

个层面意见领袖的培训，促进传染病防控意识扩展到塞拉利昂民众中。

“我们现在最大的难题就在于社区对埃博拉了解太少。”塞拉利昂卫生部主管医疗工作的负责人巴希表示，“中国专家很了不起，我们正需要这样的培训。”

培训队提出了课堂纪律和要求，建立了测体温和手消毒制度，特别强调学员一旦出现发热等不适症状一定要及时举手向教师和工作人员汇报。之后介绍了课程的目标和整体安排，13日进行了课程的前三个模块的讲授，14日学员们练习了个人防护装备的穿脱和其他课程的讲授与讨论。随后对全体师资学员进行了分组，明确了整个师资组的协调员及每个小组的组长。

参加培训的学员认真听讲，积极参加讨论，特别对中国防治传染病的经验表达了强烈的兴趣。梁晓峰副主任进行了总结发言，感谢全体学员在两天的培训期间认真听课，踊跃提问和积极思考；鼓励学员在今后抓住机会前往中国继续学习深造。

最后，梁晓峰副主任为每一位学员颁发了证书。培训期间，按照安排对每名学员分别在上午和中午进行体温测量，没有出现发热的情况，每天培训课程结束后，都对培训场地进行了消毒。第一期师资培训班顺利结束，随后会继续进行为期两天的讨论，然后对来自社区的管理人员和工作人员开展培训。

抵达弗里敦当日，经过近40个小时辗转飞行，培训队员们没想到，抵达弗里敦机场后的第一件事，就是队员们自行搬运物资。由队员们携带的培训物资加起来大概有100多个箱子，堆起来差不多有11立方米，2吨重。因为当地工人不能随意进出机场，因此这堆物资全部都由队员们用手推车一点一点拉到机场外的卡车上。

由于驻地空间紧张，培训物资运到后，只能分别放到队员的房间里。队员吕山来自中国疾病预防控制中心寄生虫病所，他的屋子本来空间就不大，却塞满了大大小小的箱子，走路都有些费劲。而且，由于培训课程为每一位学员都准备了一个宣传包，里面有宣传册、防护口罩、手套，而这些物资分装在不同房间的箱子里，要凑齐一套可不容易。因此，吕山必须和其他队员一起拿着物资单，在不同的房间里穿梭，蚂蚁啃骨头一般将各种需要的物资凑在一起，再分装到每一个宣传包。每天培训课程开始前，他们都要忙到凌晨。

安顿下来的第二天，培训队队员们就开始忙碌起来。研讨日程、修订教材，修改PPT，小组会经常一开就是半天。

队员解瑞谦来自中国健康教育中心，是资深的培训专家。他说，培训班用的教材分为两类，一类是给当地培训师使用的，一类是给社区学员使用的。队员们需要根据塞国的基本情况，重新研讨、分析、评估在国内完成的师资用的培训材料。同时，考虑到当地基层社区管理和社区人员文化知识水平有限，还需要尽可能用浅简、易懂的词句修订教材。

讲课用的PPT，则是队员们讨论的重点。几百张幻灯片，每一张都要经过培训队专家反复讨论，从培训的框架、核心内容、图表、用词，以及各框架之间的衔接均进行了仔细推敲。

其中，曹淳力的PPT引起了一点争议。他是中国疾控中心研究血吸虫病的专家，常年跑基层，拥有丰富的培训基层群众的经验，因此大家推举他来做中国经验部分的PPT，向塞拉利昂民众介绍中国抗击SARS、H7N9、血吸虫病等传染病及爱国卫生运动中所取得的成功经验和案例。

老曹在PPT里，使用了一些血吸虫病的特写画面，有队员担心，会不会太吓人了。但曹淳力还是坚持自己的做法。"这叫恐惧教学，在基层效果很好。"事后证明，中国经验部分受到塞拉利昂学员们的欢迎和肯定。

塞拉利昂人有一个优点，就是什么事都能商量，但这也同时是个缺点，就是什么事都要慢慢谈。

培训队队长梁晓峰是中国疾控中心副主任，他对此深有体会。在专家们仔细修订教材的时候，他和塞拉利昂卫生部则在进行反复的沟通协商，以确定公共卫生培训工作的总体方案和协调员、师资、学员等经费补助标准。这是个难熬的过程。"那几天一直上火。队伍都等着呢，着急啊。"梁晓峰说。经过两天的艰苦谈判，双方终于就培训细节达成了一致意见。

但还有许多前期工作要做。为了保证培训质量和降低防控感染风险，培训场地也有许多限制条件，在基础设施较差的塞拉利昂，要找到合适的地点并不容易。幸好，最开始的两周，塞拉利昂卫生部联系了国家图书馆供培训使用，但之后的时间，就需要培训队自己想办法了。

王晓春是中国疾控中心性艾中心丙肝性病防治室主任，也是本次培训方案的主要设计者之一。他开着车，满城转悠寻找培训用的教室。看遍了社区小学、护理学校等等候选地点，都不太满意。正在发愁的时候，当地人又推荐了一家因为疫情已经停业的旅馆。他去看了之后回来赞不绝口：地方大、安静、通风采光都不错。惟一缺点就是价钱太贵，五间教室要价一天400美元。王晓春只能苦口婆心地给店主讲道理，"我们是来培训人员对抗埃博拉的，要是培训好了，消灭了疫情，游客回来了，旅馆不就能重新有生意了？"对方想想，也是这么个理儿，最终价钱砍下了一多半。

培训队在弗里敦租了三辆车供工作使用。在当地，新车是稀罕物，租来的更是通常不知道转了几道手的旧车，因此需要防止可能出现各种状况：如油路连不上、刹车踩着费劲、行车电脑系统混乱等。

来自中国疾控中心性艾中心的张大鹏和其他几位车技好的队员轮流负责队里的日常通勤。他在培训队身兼数职，既是培训课上被学员称赞的老师，又要负责编制培训项目的预算，同时也是兼职司机。

对于不太好的车况，张大鹏倒是很淡定，稳稳地开着“老爷车”在弗里敦穿行。但他也有不淡定的时候，一次车出现故障，莫名响起的“嘀、嘀”报警声怎么也关不掉。在驾驶室里连续听了四个小时的噪声之后，最终逼得他不得不开着车去了修理厂。修修补补后，第二天他照样开着这辆车在疫区奔波。

到了塞拉利昂才发现，当地人的生活习惯与中国不同，他们一般一天只吃两顿饭，上午10点半和下午1点半。入乡随俗，培训队的队员们也相应地调整了作息时间，把午饭时间推迟到下午1点半。

队员们培训所在的国家图书馆距离驻地有40多分钟的车程，而课程中午的休息时间只有半个小时，没办法往返吃饭，只能每到餐点就派人回去取饭，队员们就挤在一张小桌旁，捧着饭盒，或坐或站，匆匆吃完，就急着准备下午的课程。有时候送饭时间稍微晚了些，下午的课已经开始，上课的培训队员都会坚持上完课，才下来吃上几口已经变凉的午饭。

培训队有两位医生，来自上海市公共卫生临床中心的卢洪洲和来自北京地坛医院的蒋荣猛。他们既拥有临床经验，又富有疾病预防控制的经验。

这不是卢洪洲第一次出国执行应急任务。2009年4月，墨西哥发生了甲型H1N1流感疫情，中国政府派包机去墨西哥接回滞留的中国旅客，卢洪洲受命随包机对乘客进行全程医学监护。这次，卢洪洲则把自己的经验带到了塞拉利昂的培训班上，特别注重对当地培训师素质的提升。

在出发之前，蒋荣猛业余时间管理的“也云论坛”就一直在追踪埃博拉的动态。到了疫区之后，他也没有忘记关注医学界对埃博拉的研究。在培训课堂上，他是个和学员积极互动的老师，在培训队的交流群里，他则会及时共享最新的防治进展，为这个，他经常忙碌到深夜。

培训队的驻地面对浩瀚的大西洋，海天一色的壮丽景观，让队员们在紧张的工作之余，能稍微放松一下，有时候甚至能让人诗兴大发。

李建东是中国疾控中心病毒病实验室专家，他负责整个培训课程教材和PPT的整合。不管专家会议讨论到多晚，他总是一丝不苟地综合大家意见，直到把课程教材修订到满意为止。老李时不时写几句诗，但他不愿让太多人知道。通常他会在队里另一位“诗人”申涛的作品下回复一首。

来自中国疾控中心的申涛同样也是身兼数职，既负责讲课，也负责物资调配，

2014年11月19日，培训团队与后方联系。

2014年11月13日，梁晓峰副主任在培训班上讲话。

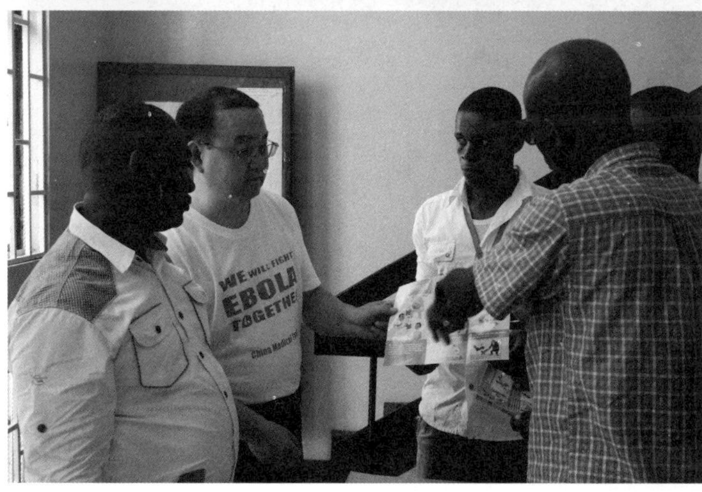

2014年11月19日，访谈培训教材适用性。

2014年11月17日，指导学员小组讨论。

2014年11月18日，一天的培训结束了，培训队部分队员合影留念。

同时也是管账的会计。成天忙得团团转，但闲下来，还是喜欢写几句藏头诗。离家时间长了，他还是有些想家了，他写道，“只愿早日胜疫魔，家团月圆尽抒情。”这应该是培训队队员们共同的心愿吧。

柯若玛是中国公共卫生培训项目的塞方联络人，在第一期培训班举办的两天时间里，他一直在课堂上协助各种事务。这个中年男人看起来总是笑容可掬，也不介意我们拿他发福的身材开玩笑。不过，他的实际身份是弗里敦的副市长，据说在塞拉利昂首都的行政机构里是三把手。大家开玩笑说，套用国内的级别，这可是个副省级的“课堂助理”。塞方对于培训项目的重视由此可见一斑。

赛弗拉是弗里敦一家医院的midwife，直译过来是助产士，但在西非，她所承担的工作和国内的社区医生差不多。因此，她对于埃博拉在社区的失控有直观的感受。“普通人对埃博拉的了解太少了。”她说，“没有人真正有意识地去预防埃博拉的发生。”

这其中最典型的是葬礼。非洲传统葬礼成了埃博拉病毒传播的有力推手。所有参加葬礼的人都要直接接触死者的尸体，这被疾控专家认为是引起疾病传播的最大风险。在塞拉利昂最初的疫情重灾区凯内马地区，一位广受敬重的知名传统治疗师在几内亚感染了埃博拉病毒去世。数以百计的哀悼者通过参加传统殡葬仪式来缅怀死者。结果根据世界卫生组织公布的流行病学调查显示，这场葬礼可能与多达365例埃博拉死亡病例存有关联。

在来到塞拉利昂的几天里，这里的所见所闻让我们感到，病毒突然来临所带来的恐惧，甚至比疾病和死亡更可怕。距离我们汽车几米远的地方，有人突然倒在路上。他可能是中暑，或者疟疾发作，但也有可能是感染了埃博拉。大街上的人们只是远远地看着，没有人敢去搀扶。

面对死亡的威胁，改变公众的认知，进而影响人们的行为，显得迫在眉睫。这是中国专家赶到塞拉利昂进行公共卫生培训的目的，但这个问题几乎也是对抗埃博拉疫情工作中最难的一环，需要国际社会的共同努力。

在弗里敦，我们没有看到葬礼，却遇见了一场婚礼。在大西洋的海岸边，一对新人依偎着交换戒指，亲友们在一旁载歌载舞，欢呼雀跃。在那一刻，感受不到病毒给这座城市带来的恐慌，对生活、对美好的期望，是对抗恐惧最好的武器。

为塞培养疫情防控核心力量 每天的培训课堂上都会响起热烈的掌声，这是对公共卫生培训专家最直接的肯定。

由于当地非常缺乏在社区层面做公共卫生管理的人员，因此培训团队按照弗里敦地区的行政区划，动员所有基层社区的议员、社区卫生工作者、志愿者参加培训班。

2014年11月30日，梁晓峰副主任与美国疾控中心埃博拉疫苗临床试验专家座谈。

2015年12月9日，梁晓峰副主任与塞总警察长MUNU在培训班上。

2015年12月9日，弗里敦警察在认真记笔记。

2000多名学员基本涵盖了弗里敦疫情防控的核心力量。学员伊丽莎白是弗里敦一家医院的护士长，她说，这些人都是社区的意见领袖，把他们培训好了，会影响整个社区。

对于培训模式，我们的专家们也进行了精心筹划。培训采取TOT模式，即培训师的培训。专家们计划先培养25位当地的培训教员，再由他们培训当地的基层工作人员，迅速地将培训网络铺开，覆盖塞拉利昂重点疫区。

这25名经过塞方精心挑选的当地培训师在接受培训后，和专家们一起对培训教材进行再次修订，以便被当地基层人员接受。

培训的另一个特点是同伴教育。培训结束后，社区人员都能成为同伴教育员，把所学的知识带回到社区去。

目前在塞拉利昂，共有17个国家和国际组织在开展培训，中国的培训项目凭借自身的特色，引起了国外同行的关注。多个国际组织都表示，希望能够到中国的培训现场参观交流。

我们首批12名公共卫生培训师资，在一个月内克服疫情、语言、环境等多重困难，完成了约2000人的防控埃博拉培训，覆盖塞首都城区的大部分区域，赢得了国际社会与当地民众的广泛赞誉。

中国第二批援塞公共卫生师资培训队抗埃纪实 按照国家卫生计生委和应对埃博拉出血热疫情联防联控工作办公室的统一部署，我国援助塞拉利昂防控埃博拉出血热第二批公共卫生师资培训队14名队员于2014年12月20日凌晨从北京出发，他们会同首批公共卫生师资培训队，共同完成塞拉利昂4000人的公共卫生培训任务。

第二批师资培训队成员包括来自中国疾控中心的六名专家，和来自中国健教中心、北京佑安医院、江苏省人民医院，以及重庆、云南、浙江、广东和湖北省（市）疾控中心的八名专家。队员的专业领域覆盖传染病防控、流行病学、健康教育、实验室检测、临床医学与感染控制等领域，均是各单位推荐的业务骨干，且英文水平突出，传染病疫情现场经验丰富。所有队员均在中国疾控中心接受了严格的行前集训，熟悉前方疫情形势与防控进展，掌握在疫区开展培训工作的技能。

根据前方首批公共卫生师资培训队的反馈信息，中国疾控中心根据后期拓展培训的需要和当地进入疟疾流行季节等危险因素，相应调整和优化了第二批准备物资，紧急印刷和制作了大批培训教材、视频课程、科普材料和宣传材料，并采购了个人防护装备、温度检测设备、消毒装备、防疟药物、通讯器材、培训设备以及后勤保障等物资，这些物资共重约2.4吨，体积达16立方米，将与培训队同步运输到达塞拉利昂。

2014年12月19日，王宇主任到机场为队员送行。

2014年12月19日，有关单位领导与队员合影。

对于此次培训任务，第二批全体队员深感使命光荣、责任重大，一致表示将努力工作、严守纪律，让中国公共卫生队伍的优秀形象在异国他乡深入人心，在这场全球抗击埃博拉出血热的伟大战斗中为祖国赢得荣誉。

随着塞埃博拉出血热疫情的防控工作进入艰苦的相持阶段，各项防控措施向基层、向社区展开，下一步的培训工作将进一步拓宽培训与宣传的地区范围与人群，深入到疫情形势严峻的基层、郊区和乡村开展培训工作，提升当地埃博拉防控的科学化和专业化水平，降低埃博拉在社区传播的风险，最终达到控制埃博拉疫情的目标。

当地时间12月21日凌晨，中国第二批援助塞拉利昂公共卫生师资培训队抵达塞拉利昂首都弗里敦，会同首批援塞培训队共同完成塞拉利昂4000人的公共卫生培训任务。

世界卫生组织12月19日公布的数据显示，截至当日，几内亚、利比里亚和塞拉利昂共报告19031例埃博拉感染病例，死亡病例总数为7373例。联合国秘书长潘基文呼吁，西非国家和国际社会应团结一致，共同抗击埃博拉。他说："来自非洲和世界各国的援助，令人印象深刻，我们看到目前的状况正在有所改变。"

根据塞拉利昂卫生部12月21日公布的数据，截至当天，该国共报告了6975例埃博拉确诊病例，死亡病例累计达2190例。世卫组织称，埃博拉疫情在塞拉利昂仍然严重，感染病例总数和新增病例数量最多。世卫组织最新数据显示，在塞拉利昂平均每10万人中就有145例埃博拉感染病例，36例死亡病例。仅在12月7日至14日的一周内，就新增327例埃博拉确诊病例。

公共卫生培训项目是我第四批援非抗疫的重点工作。这一点对基础医疗设施和体系相对落后的西非三国尤为重要。在疫区国家开展公共卫生培训项目是为了帮助疫区国家培训医务人员，完善公共卫生体系，增强疫情防控能力。改变公众对埃博拉病毒认知，进而影响人们的行为，这点是目前最为重要的。塞民众对埃博拉认识有限，防护意识比较薄弱。

塞拉利昂卫生部官员曾多次表示，目前他们最紧缺的就是有经验的社区工作人员，希望中方的培训项目能有所帮助。两天的培训下来，效果非常不错。前往参加培训的塞方学员大多是护理人员，在课堂上，所有人都在认真地记笔记或是提问题。学员们对中国抗击传染病的丰富经验表示钦佩。

塞拉利昂总统府官员约瑟夫表示，"很多由中国专家培训的塞拉利昂医务人员在弗里敦各个社区开展工作，这是我们非常愿意看到的。"之前很多医务人员由于缺乏防护意识和装备而感染埃博拉病毒，但在接受完中国专家的培训后，他们掌握了相关技能并且充满自信。"他们现在都坚持在抗击埃博拉的岗位上，为更多的人治疗、诊断和普及知识。我非常高兴，而这些都要感谢中国朋友对我们的无私帮助。"

塞拉利昂大学福拉湾学院专家普拉特如此评价，"中国专家对塞拉利昂的培训是最实用，最细致的！"中国政府派遣了大批专家对塞拉利昂当地医务人员进行了全方位的培训，从防护服的穿戴到如何鉴别埃博拉症状，让很多塞拉利昂的医务人员和社区工作者都掌握了自我保护和帮助他人的技能。"现在连我的孩子都懂得如何预防埃博拉了。"普拉特说，埃博拉疫情在塞拉利昂仍未得到最终控制，他希望第二批公共培训项目师资队伍的抵达，能为塞拉利昂提供更多的帮助。

截至2014年12月19日，中国公共卫生师资培训项目累计为塞方培训了2374名医护人员、警务人员和社区工作者。接下来我们计划在四个月内，为塞拉利昂培训近4000名社区管理人员和疫情防控人员。除了塞拉利昂外，公共卫生师资培训队还将在西非疫区三国和有潜在疫情流行风险的周边国家，培训一万名医疗护理和社区骨干防控人员。

"我志愿加入中国共产党……"2015年1月1日，在塞拉利昂首都弗里敦市中国援助塞拉利昂公共卫生培训项目驻地，临时党支部书记梁晓峰同志带领两名在援非抗击埃博拉疫情一线发展的预备党员，面对党旗庄严宣誓。

抵塞前，为践行"把支部建在一线"的工作目标，中国疾控中心党委在第一时间组建了一线临时党支部。在支部书记的带领下，全体党员在援非抗疫工作中率先垂范，以党员的模范行为影响和带领周边群众，为其他同志树立了榜样。工作队的非党员同志深受鼓舞和感动，纷纷向临时党支部递交了入党申请，积极要求加入党组织。其中，申涛和王晓春两位同志表现尤为突出，在塞拉利昂抗疫战场上，以党员标准严格要求自己，发挥各自优势，分别承担了大量的后勤保障和培训项目设计开发工作，以自己的实际行动赢得了临时党支部和广大队友的认可。

按照中央办公厅印发的《中国共产党发展党员工作细则》的最新规定，经国家卫生计生委直属机关党委审批，征求两位同志所在单位性艾中心党委和机关二总支的同意，以及中心党委的批准，12月23日，临时党支部召开支部大会，充分肯定了申涛和王晓春同志在援非抗击埃博拉疫情工作中的突出表现，全体党员一致同意吸收申涛和王晓春同志为中共预备党员。

一线临时党支部在埃博拉疫情防控工作中充分体现了党组织的先进性，切实做到了哪里有危险，哪里就有党员，哪里有困难，党的旗帜就飘扬在哪里，把对祖国和党的忠诚书写在了援非抗疫的第一线。

在运行首都培训同时，第二批培训队员在塞的培训工作，不断向塞腹地深入展开。2015年1月6日，中国援塞公共卫生培训队与塞拉利昂卫生部在位于西区农

2014年12月21日，队员搬运培训物资。

2015年12月22日，梁晓峰队长带领培训队员与当地接受培训的选区议员进行座谈。

村地区的塞拉利昂大学医学院举行了埃博拉出血热重点培训项目启动会。

该项目实施周期为15周，项目地区包括受埃博拉疫情影响严重的西区农村地区三个行政村，覆盖2700多个家庭，近两万人。项目将招募埃博拉出血热疫情监测、病例调查、密切追踪、社区宣传和基层医务人员，通过开展专业培训，使他们具备开展上述工作所必需的知识和技能，并组织他们开展病例搜索、报告、病例调查、密切追踪和管理、社区动员与宣传、常见传染病疾病监测与诊治等工作。

本项目的实施将有助于扩大中国援助塞拉利昂的培训效果，将我国防控传染性非典型肺炎等急性传染病的理念和经验本地化，有利于有效阻断社区层面埃博拉出血热的传播，并探索出适合塞拉利昂情况的、长期可持续发展的传染病防治策略与措施。为帮助塞拉利昂人民战胜疫情，增进中塞两国传统友谊谱写新的历史篇章。

西区农村地区议会议长Alhassan Cole在开幕式致辞中说，当他从中国大使的电话中得知中国帮助塞拉利昂防控埃博拉的消息时感到非常感激。他说此次培训是专门针对Jui，Kossoh town和Grafton communities三个行政村的培训，这三个村疫情形势依然严峻，需要在最短时间内予以控制。

“几天前，在Kossoh镇Sima Tong村，报告38例阳性病例，5例死亡，这个是令人难以接受的，我们必须阻止病毒蔓延，恢复发展。”

科尔议长说希望通过培训产生所需要的结果，同时感谢中国大使馆和中国CDC团队提供帮助。

副外长Ebun Strasser-King说，她对中国现在所做的一切并不惊讶，因为中国一直是这么做的，这只是其中的一部分。“中国是我们的朋友，我们一直感激中国在此次疫情期间所给予的一切帮助。”

她呼吁所有居民和培训人员重视这一培训，彻底地摆脱埃博拉。她说：“我们希望将埃博拉清除出塞拉利昂，现在时间到了。我们已经得到国际组织的支持，我们要做的是按照卫生人员的指导，开展有效工作，使我们尽快结束疫情。”

赵彦博大使表示，中方将一直向塞提供了全方位支持直至取得胜利。目前中国公共卫生专家已培训2300多名塞国社区和医务人员，中国将继续帮助社区赢得这场战争胜利。

他呼吁Jui、Kossoh town和Grafton communities三个行政村的人民重视起来，现在是达到零病例目标的时候了。我想告诉全世界，自1月1日以来，我们已经把Jui医院变成了收留治疗中心，以减轻当地压力。赵大使说，自从生物安全实验室运行以来，已经完成3500份血标本和拭子标本的检测，检出500余名患者，其中有100人已死亡。西部地区的防控工作依然道路漫长，所以他们决定对此开展培

2015年1月1日，公共卫生培训队队员们在党旗前重温入党誓词。

2015年1月6日，各方主要参会代表合影。

训来结束疫情。

世卫组织驻塞副代表Zabulon Yoti博士说，对于中国对塞拉利昂和非洲所做的援助深感欣慰。这是非洲第23起疫情爆发，他参加了其中的14起。

Yoti博士说这是第一次在城市和农村同时开展工作。他说："我们必须在社区里建立强大的监测和密切接触者追踪机制，这些社区人群是此次抗埃斗争中最重要的人群。"Yoti博士说塞拉利昂人民应该感谢国际组织所做的积极工作，埃博拉将成为过去。他称赞赵大使所付出的努力，并希望中国继续为塞提供全方位帮助，战胜埃博拉。

与此同时，中国援塞防控埃博拉出血热公共卫生培训进一步覆盖扩大到塞国偏远地区。

2015年1月5日上午，中国援塞公共卫生师资培训队在塞拉利昂北方省的Bombali地区和Tonkolili地区启动了培训工作，在这两个地区，培训队将对两个地区的全部58个选区实现全覆盖，通过两周的时间培训近1100名社区埃博拉出血热防控组织、社会动员与宣传教育骨干。

Bombali地区和Tonkolili地区距离首都弗里敦近300公里，地理位置偏远，交通不便，是埃博拉疫情流行严重地区。塞拉利昂卫生部对此次培训活动非常重视，全国总护士长Kanu女士随同梁晓峰队长一行驾车三个多小时，实地考察和选定了培训地点，并和当地政府协调员共同制订了详细的培训计划。我方培训队共派遣六名培训队员执行此次培训任务，培训队员克服旅途疲劳、食宿条件差、培训场所简陋等各种困难，在当地政府的积极配合下，将培训工作有条不紊地开展起来。五天时间内共组织完成培训班36个，来自各选区的651名社区骨干接受了培训。

除了开展社区骨干培训外，应塞方要求，中方培训队还在Bombali地区为当地军队开展了一次埃博拉防控知识培训。

自2015年1月12日起，中国援塞防控埃博拉出血热公共卫生师资培训队在弗里敦农村地区的Jui、Kossoh town和Grafton三个行政村既有培训项目基础上，启动挨家挨户的本底调查。1月12日，培训队在塞拉利昂大学医学院组织了三个行政村社区入户筛查、社会动员和本底调查专业人员培训，对新招募的30名社区动员的骨干人员进行了专业培训。

2015年1月16日，中国援塞公共卫生培训队在塞拉利昂首都弗里敦市的Grafton训练营对最后一批50多名童子军进行了培训，圆满完成对塞国童子军的培训任务。中国驻塞拉利昂赵彦博大使、中国援塞公共卫生培训队队长梁晓峰、塞拉利昂童子军委员会主席Abubakarr出席培训班闭幕式。随后，赵彦博大使及夫

2015年1月6日，培训工作有条不紊开展。

中塞双方师资联合对社区动员者开展培训。

2015年1月12日，接受培训的学员即将开展现场工作。

2015年1月12日，我国援助塞拉利昂防控埃博拉出血热公共卫生师资培训队首批队员凯旋合影。

2015年1月7日，培训队与童子军学员合影留念。

2015年1月16日，赵彦博大使与夫人毛雪虹看望塞拉利昂童子军协会收养的埃博拉孤儿。

2015年1月16日，培训队梁晓峰队长向童子军军官颁发培训证书。

2015年1月16日，赵彦博大使及夫人向童子军孤儿院捐赠物资。

2015年1月8日，Tonkolili地区中塞师资与学员合影留念。

2015年1月22日，塞拉利昂总统夫人出席中国援塞防控埃博拉出血热军警夫人协会培训班，塞国总统夫人（中）、赵彦博大使（右三）及夫人毛雪虹（左四）、梁晓峰队长（右二）出席培训班开班仪式。

2015年1月22日，培训队梁晓峰队长向军警夫人代表颁发培训证书。

2015年1月22日，军警夫人协会成员认真听取培训课程。

人、梁晓峰队长亲切看望了童子军孤儿院收养的30余名孤儿（其中八名是埃博拉感染存活者），并向孤儿院捐赠了大米、食油、奶粉、罐头、书包和文具等生活与学习用品。Abubakarr主席和童子军官兵举办了简朴、庄重、充满西非风情的军旅欢迎仪式，答谢中方的培训项目及人道主义捐助。

2015年1月5日至1月14日，中国援助塞拉利昂埃博拉公共卫生培训队在塞拉里昂北方省的Bombali和Tonkolili两个区持续开展培训，两周时间培训社区埃博拉出血热防控组织、社会动员与宣传教育骨干以及军队埃博拉防控人员共计1096名，覆盖上述两个区的全部58个选区。这标志着中国援塞公共卫生培训首次在塞国偏远地区实现全覆盖。

中国第三批援塞公共卫生师资培训队抗埃纪实 2015年1月27日，我国第三批援塞公共卫生师资培训队再接再厉踏上征程。按照国家卫生计生委和应对埃博拉出血热疫情联防联控工作办公室的统一部署，第三批公共卫生师资培训队会同第二批公共卫生培训队完成师资培训的收尾工作，并负责继续推进三个行政村的重点培训工作。

第三批师资培训队成员包括来自中国疾控中心的九名专家，和中国人口宣传教育中心、健康报、复旦大学附属华山医院、浙江大学附属第二医院，以及江苏、吉林、广东等省（市）疾控中心的七名专家。队员专业涵盖公共卫生、流行病学、健康教育、实验室检测、临床医学与感染控制以及后勤保障等领域，均来自各单位推荐的业务骨干，传染病疫情现场经验丰富，英语素质过硬。第三批队员中还包括两名女同志，这是援塞培训队首次派出女专家。所有队员均在中国疾控中心接受了严格的行前集训，通过与前期援非专家座谈、与前方在塞专家视频等多种形式熟悉前方工作内容，以便抵塞后能够迅速进入角色开展工作。

中国公共卫生旗帜在塞国南方省原始雨林飘扬 2015年1月26日上午10时，中国援助塞拉利昂埃博拉公共卫生培训队在塞拉利昂南方省莫扬巴市（Moyamba）开启新一轮培训。塞国卫生部总护士长助理娜娜·塞萨-卡玛若（Nanah Sesay-Kamara）女士、莫扬巴区政府议会主席约瑟亚·邦加利（Josaya Bangali）先生及副主席、莫扬巴区卫生署护士长玛维（Marvel）女士出席了在该市圣约瑟芬中学礼堂举办的培训班开幕式。赴莫扬巴区的四名培训队员将在未来一周里培训该区全部24个选区的400多名埃博拉防控社区骨干。约瑟亚主席在开幕式上发表了热情洋溢的致辞。他非常感谢中国政府能够派遣专家来到偏远的莫扬巴开展埃博拉防控的社区动员培训。当前莫扬巴区埃博拉防控工作正处在关键时期，全区卫生人员都在为埃博拉持续零感染的目标努力。社区动员工作是实现该目标的关键策略，中国公共卫生培训队的到来让他对该区的埃博拉防控工作更加有信心。

莫扬巴区地处塞国中南部，交通闭塞，物资匮乏，缺水少电，经济与生产力非常落后，人民生活水平极其低下。莫扬巴区首府莫扬巴市距离塞拉利昂首都弗里敦五个小时车程，地处偏远，道路崎岖坑洼，蜿蜒穿过莽莽原始雨林。中国援塞公共卫生培训队四名队员跋山涉水，克服生活与工作资源匮乏等各种困难，在当地政府和人民的支持下，中国公共卫生的旗帜首次在塞国原始丛林上空飘扬。

1月31日8时30分，莫扬巴分队领队徐杰同另一名队员一起坐上皮卡车，前往莫扬巴镇的一所教会学校，开始一天的培训工作。当天参加培训的人员来自莫扬巴地区最为偏远的村落，完成这批人员的培训后，中国专家在莫扬巴地区的工作就将告一段落。

这里依旧笼罩在埃博拉疫情的阴影下。天空中盘旋的联合国直升机，莫扬巴镇外围英国人搭建的埃博拉患者治疗中心，都表明这一致命的病毒仍是当地最大的威胁。

然而，让当地居民转变疾病防治观念，从落后的状态中走出来，显然需要长久的努力。当地居民莫塔瓦德介绍，传统医生在塞拉利昂十分流行。“他拿着一根木棍一样的东西假装向病人射击以杀死病魔，或者用树叶熬制汤药给病人服用，大部分病人会死掉。”直到埃博拉疫情十分严重，政府才开始禁止传统医生给埃博拉患者看病，人们才开始相信医院。

对当地居民而言，每个人几乎都有与埃博拉相关的惨痛经历。在教会学校，数学老师约瑟夫告诉记者，他有三名亲人死于埃博拉，目前学校仍处于关闭状态，何时开学还不知道。

当前，教会学校里惟一的课程是由中国人开设的。从当地时间1月25日开始，中国公共卫生师资培训队的四名专家便借用这所学校，同塞拉利昂卫生部派遣的协助人员一起，分批为当地社区人员开展防控埃博拉培训，培训人员超过400人。

参加培训的人员来自莫扬巴地区的20多个选区，分别由当地议员带领，接受一天的培训。每个人上课前都会领到中国培训队发放的材料包，包括海报、知识手册、体温计、肥皂等物品。

“这里通行克里奥语，很多人都是文盲，看不懂、听不懂英语，只能让当地师资上课。”马提尔德是弗里敦一家医院的护士，自从接受中国专家的培训之后，她便跟随中国培训队，用克里奥语为本国学员讲课，内容包括埃博拉基本知识、防控策略、个人防护、社区防护等。

在莫扬巴镇，中国培训队共带来四名来自弗里敦的讲师，同时在莫扬巴又培训了四名师资。“这些培训教材由中国专家编写，然后由塞拉利昂当地师资添加一些具有本国特色的内容。”徐杰说。一天的培训课程完成后，中国专家会对学员进

2015年1月26日，培训队徐杰同志在培训开幕式上发言。

2015年1月26日，培训队员在培训班举办地前合影。

2015年1月26日，培训队员在培训地进行培训物资搬运等培训准备。

行简单测试，然后发放培训证书。

“通过培训，我们明白了防控埃博拉需要社区行动，需要我们自己承担起责任。”一位学员表示，虽然之前他也了解一些埃博拉防控知识，但中国人开设的课程，让他明白了社区防控的重要性。“现在人们对疫情出现松懈心理，回到社区后，我将给大家进行宣讲，让他们重新振作起来防控埃博拉。”

莫扬巴地区议会主席赫伯特打印了一张当地疫情态势图，交给徐杰。这张态势图上标明了下属行政区感染埃博拉及死于埃博拉的人数。“前一阵子，每天的新发病人一直是零，直到1月23日在瑞比酋长区发现了两名患者。”赫伯特说，虽然总体上莫扬巴的疫情趋于平稳，但仍存在反复的可能。

“现在国家与人民都已经精疲力竭。”赫伯特说，“在莫扬巴地区，不管是英国人还是其他国际组织，都只对医生和护士进行培训。中国人将培训扩展到社区居民，这非常棒！”

中国援塞公共卫生培训队生活条件艰苦得难以想象。在莫扬巴镇，绝大部分人都是农民。如果不是因为埃博拉疫情，他们可能一辈子都不会见到一个外国人。这里离弗里敦有四个多小时的车程，一条高低起伏的土路将他们与外面的世界相连。

没有人能够准确说出这里的居民到底有多少人，经历过十多年前的塞拉利昂内战之后，莫扬巴镇至今仍百废待兴。

在中国人的眼中，莫扬巴镇更像是一个比较大的村庄，除了一条短短的混凝土路外，其他的道路都是尘土飞扬，黄色的路面零星驶过当地人驾驶的摩托车。道路两旁是破败的居民房子，也有一些用树枝、茅草搭建的棚屋。

当地时间1月25日，四名中国专家抵达莫扬巴镇后，首先必须解决的是住宿问题。经过一番寻找，终于在一家乡村旅馆“安了家”。这家旅馆据说是当地条件最好的，但是房间漆黑狭小，窗户布满蜘蛛网。中国专家有的在房间内发现了蜘蛛，有的在盥洗盆上见到蜥蜴，更多时候，一些不知名的虫子在床上与人同眠。

莫扬巴镇经济萧条，全镇看不到一家饭店，早餐可以在旅馆吃点面包，午餐和晚餐需要培训队自己解决。莫扬巴分队领队徐杰给每位队员分配了不同的工作。每天安排两个人到教会学校开展培训工作，另外两个人留在旅馆内整理材料及做饭。用水短缺也给培训工作带来不少困扰。旅馆的水源是院子里的一口水井，由于担心饮水安全问题，培训队每天从外面订购12瓶1.5升的纯净水，却仍然不够用，节约用水成了头等大事。

莫扬巴镇至今没有供电网络。旅馆每天在早、中、晚用发电机各发一次电，中国专家如果撰写培训报告需要超时用电，需要提前跟旅馆打招呼，花钱买供电时间。

一到晚上九点左右，队员张巍就会拿着一瓶含氯泡腾片，每个人发两片放到房间内的水缸里，提醒大家赶紧烧水洗澡。再晚一会儿，远处轰鸣的发电机就会停止转动，屋顶上的吊扇也会随之停止转动，因为太热，队员们在床上辗转反侧，难以入眠。

尽管条件艰苦，中国专家还是在莫扬巴镇做出了非凡的成绩。在历时一周的培训活动中，共为莫扬巴地区的400多名社区居民进行了培训，同时与塞方协助人员结下了深厚友谊。

后记一

传播中国经验　展现疾控风采[①]

中国疾控中心　梁晓峰

尊敬的各位领导、同志们：

大家好！2014年11月，塞拉利昂埃博拉出血热疫情快速上升，每天报告数十例病例，形势十分危急。此时，我接到了一个命令—作为队长，11月9日，带领首批12名公共卫生专家赴塞拉利昂开展社区公共卫生培训和固定生物安全实验室的建设。

作为一名具有30年工作经验的公共卫生专业人员，首次带队走出国门，帮助其他国家抗击疫情，御"敌"于国门之外，是我义不容辞的责任和义务。作为领军人物，在风险未知的社区开展培训和建设固定生物安全实验室，实现打胜仗、零感染的目标，我也深深感到肩头的责任和压力。

出发前，我们庄严地承诺："要在到达塞拉利昂3天后开班，用4个月时间完成4000人的培训任务，3个月完成固定实验室的建设"。这是我们向祖国立下的军令状。

3天，72个小时，要完成与当地卫生部门的协调、要完成培训场地的选择，要完成学员的招募，还要根据当地实际情况修订培训计划，解决队员的衣食住行，而这些工作都要在埃博拉病毒肆虐的塞拉利昂首都弗里敦完成，其工作难度可想而知。

经过使馆的积极协调和全体队员的努力工作，11月13日上午，培训队到达塞拉利昂的第三天，中国–塞拉利昂埃博拉防控师资培训仪式在塞拉利昂国家图书

① 本文选自2015年7–8月全国卫生计生系统先进典型巡回报告团讲稿。

馆正式启动。塞方学员100%的出勤率，教师们饱满的精神状态表明了首战告捷，我悬着的一颗心终于落回了肚里。

有了这批师资队伍，接下来的培训尽管还存在很多这样那样的困难，但培训在一个社区一个社区地积极推进。遇到有因为发现埃博拉病人的社区就先绕开，培训地区逐渐向郊区扩展。除了对社区领袖、管理者、公共卫生骨干进行培训外，我们还根据当地要求和防控形势需要对童子军、军队、警察、军警夫人协会、农业协会、教师进行了大规模培训。可敬可爱的还有当地的受训人员，他们都是第一次接受来自万里之外的中国高级专家的公共卫生培训。学员们热情很高，有的学员甚至花费两天时间骑摩托车来参加培训。总统夫人也来给我们的培训加油助威！

随着培训逐步向首都之外地区的推进，条件也越来越艰苦。莫扬巴是本次社区培训最偏远的地3区，距离首都200多公里，那里的生活条件十分艰苦。我们的培训队员自带卧具和蚊帐，住在漆黑狭小，苍蝇蚊子乱飞，窗户布满蜘蛛网的乡村旅馆。旅馆由于长时间无人居住，脸盆和墙壁上甚至还可以见到蜥蜴、蜘蛛。没有饭馆，培训队就自带炊具和米面，自己做饭。没有自来水，队员们就用国内带来的消毒片对水缸里的井水消毒后使用。没有供电网络，晚上队员们只能忍着黑暗、闷热和潮湿，待在蚊帐里。我们的队员们就是在这样的艰苦条件下，圆满完成莫扬巴地区居民培训的任务。当他们带着满身汗臭、满脸倦容回到首都弗里敦的时候，全体队员热烈拥抱，击掌相庆！

在这次援塞抗击埃博拉的疾控大行动中，临时党支部在前方发挥了坚强的战斗堡垒作用。在急难险重任务和危急关头，共产党员们表现出了共产党人的大无畏精神和不怕牺牲的拼搏精神。在我们先后派出的队伍中，有9名队员向临时党支部递交了入党申请书，其中2名队员在一线确定为入党积极分子。还有两名优秀队员批准为火线入党。2015年的元旦，对王晓春和申涛两位同志来说，是个终生难忘的日子。这一天，他们与全体队员一起，在塞拉利昂听到了来自祖国、来自习近平总书记给援非抗疫全体人员的慰问电。这一天，他们举起了拳头，入党宣誓。当他们举起右手在党旗下庄严宣誓的一刻，我真切地看到了他们眼中闪烁着激动的泪花。王晓春的父亲得知他入党的消息后，特意打来国际长途叮嘱："你妈妈、弟弟和我都是党员，你能在这个时候火线入党，我们全家都为你感到自豪。在国家需要你的时候，无论多么危险和困难，都不能退却，这是一个共产党人的责任。"

正是有了党支部的战斗堡垒作用，全体队员历时85天，在疫情最严重的6个地区培训了6000名当地人员，我们比原计划提前1个月，超额完成了培训任务。

2015年2月4日，梁晓峰队长为农民埃博拉防控技术培训班致开幕辞。

2015年2月4日，100位农合会会员代表参加培训。

用时87天，为塞拉利昂建成了西非首座三级生物安全实验室。圆满超额完成了祖国交给中国疾控中心的任务。

这次疾控系统的援外大行动，从2014年8月开始，中国疾控中心共向西非派出130人员，有几位同志是两次赴塞拉利昂工作。我们中心7人组成的领导班子中有5人前后赴塞拉利昂工作过。中国疾控人员在塞拉利昂产生了巨大的影响力。我们及时为塞拉利昂提供了埃博拉病毒的移动和固定生物安全实验室并开展了埃博拉病毒的检测；开展的公共卫生培训切入点好，深入社区，学员们增强了战胜埃博拉的信心，并将知识进一步传递至社区的每家每户；对3个行政村重点培训工作各项防控指标表现优异，有力阻断了原有疫源和三次输入性疫情的社区传播。中国疾控中心与军队、各省疾控系统的同事并肩作战，现场培训和带动了塞国人员，是真正带领塞国专业人员一起进行埃博拉的防控。

塞拉利昂科罗马总统赞扬我们说，中国的公共卫生培训意义重大，不仅对于抗击埃博拉，而且对于后埃博拉时代改善塞拉利昂公共卫生基础设施水平、提升公共卫生服务能力发挥持续性的重要作用。

在塞拉利昂抗击埃博拉的战斗中，中国疾控人用我们自己的实际行动践行了我们的责任与担当。我自豪，我骄傲！

今天，我的同事们依旧战斗在塞拉利昂的前线，用他们的专业知识和扎扎实实的专业技能地帮助当地人民。让我们向他们、也向即将奔赴前线的同志们致敬！

后记二

为了非洲兄弟的健康[①]

浙江大学医学院附属第二医院　徐峰教授

最近，我常常会做一个梦，梦中，我还在塞国首都郊外开车，赶去看一位埃博拉疑似病人。潜意识里，我感觉那是个孩子，有着大大的惊恐的眼睛，美丽却无助。我赶啊赶啊，想着赶快去救他，可总是看不清前面的路。急得满头大汗，从梦中惊醒，看到身边熟睡的妻儿，我意识到，我已经回来了。可是我知道，那个清澈渴望的眼神和抗击埃博拉的那些日子，将永远留在我心中。

我和埃博拉的故事，要从今年初说起。2015年1月中旬，我接到电话通知，赴非抗击埃博拉。去，还是不去？我非常纠结，原因是我母亲。当时，70多岁的她刚被查出肺癌晚期。我怕，她等不了我两个月。

然而，母亲很快察觉到我的异样。当我艰难开口说出事情原委后，没想到重病中的母亲只是慢慢地拉起我的手，再握紧，用微弱而颤抖的声音叮嘱我："儿子，去吧，我等着你平安回来！"

我含泪整理行囊，踏上出征西非之路。我要奔赴的国家叫塞拉利昂，它是全球最贫穷的国家之一，也是这次埃博拉疫情最为严重的国家 。

我知道，和埃博拉的这场仗不好打！ 1月27日，我们16名队员一抵达塞国，就马上投入工作。直击埃博拉，除了要从死神手中抢回宝贵的生命，更重要的是切断传染源，让当地民众掌握防控方法，不让疫情扩散开来。

可刚开始培训，我们就遇到了大难题，当地土郎中们不听也不信我们的话。他们频繁接触埃博拉病人，却迷信跳大神、吃草药的治疗方法。缺乏科学的防护，

① 本文选自2015年7–8月全国卫生计生系统先进典型巡回报告团讲稿。

2015年3月26日，与西区卫生局工作人员合影。

使他们死伤惨重。

50多岁的哈桑是当地有名的土郎中，他反复说，埃博拉根本不存在，这只是政府争取国际援助的理由。即使有，它也会像以前侵犯过非洲的其他疾病一样，将自动消失。

面对哈桑的固执，怎么才能最快、最大程度上地让他们认识到疫情的严重性呢？我们下了很大功夫，把课程中的精华凝练出来，并带着他来到埃博拉治疗中心，让他感受最真实的病例。反复将近十次的培训，科学而耐心地讲解，终于改变了哈桑的态度。不久后，当又遇到一例埃博拉疑似病人时，他不再采用迷信的方法，而是马上给117打了电话，并进行简单的隔离处理。我们很高兴，培训终于出了效果。当我们把一排肥皂送给他时，他很开心，还用培训学到的知识告诉我们："对，洗手是防控埃博拉最好的方法之一。"

一个多月下来，我们和从事防控工作的当地民众成了亲密的伙伴。30多岁的桑迪，是当地防控队伍的小队长。一天，他1岁的小儿子突然发起高烧，最后因疟疾不幸去世。桑迪很悲痛.可我们都没想到，一办完小儿子的丧事，他又迅速投入防控工作。他说："你们中国人来帮我们，我们也要帮自己，只有把疾病消灭了，我才能保护我的家人，国家的生活才能恢复正常。"

桑迪的话，让我们很感慨。因为我们的勇气，他们终于敢直面可怕的病魔；因为对我们的信赖，他们燃起消灭埃博拉的信心。这不正是中国援非医务工作者最大的宽慰吗？

在所有人的努力下，首都的防控工作很快走上了正轨，但边郊的情况并不理想。塞国北面的洛克港，是一片原始的热带雨林，每周还持续新增20–30例病人。已经有一批中国医务人员驻扎在那，我们赶去支援。当时，西非已进入旱季，白天气温快到40度，雨林里的阳光晒得皮肤生疼；晚上睡在野外或工地上，蜘蛛、蜥蜴，还有一些不知名的虫子会与我共眠。

尽管环境恶劣、连轴工作，但我始终要求自己保持高昂的战斗力。因为我知道，我站的这片土地，虽然艰苦，虽然危险，但我代表着浙医二院，代表着浙江，更代表着中国。

两个月来，哪里需要我们，我们就奔向哪里。截至归国前，我们累计培训社区防控人员和医务人员1300人次，指导完成83例埃博拉预警病例和确诊病例，以及607名密切接触者的调查和隔离。我们所在的埃博拉防控示范区，目前已创下50天无新增病例的记录。

我们的努力，也得到了非洲兄弟们的认可。塞国西区卫生局局长桑巴，曾在上海求学6年。他用中文不断对我们说：塞国人民不会忘记中国人民的无私援助，

2015年2月20日，徐峰在西区卫生局与Samba局长一起工作-李新旭摄影。

2015年2月25日，徐峰在Jui塞拉利昂医学院给ITERP学员发证书-叶龙杰摄影。

2015年3月12日，徐峰授课后与学员合影-叶龙杰摄影。

2015年2月19日，徐峰在New England PHU调查。

感谢你们不远万里前来帮助。

一个埃博拉孤儿让我更有感触。小男孩十一二岁的样子，他的家人都在这次疫情中去世。小男孩清澈渴望的眼神，让人心疼。培训的一天，他偷偷跑到我身边，对我说："把我带去中国吧，我想当医生救人。"

中国，已经成为塞国最有善意，最充满生命希望的名字。每到一个地方，当地人见到我说得最多的就是"China，good！"我T恤胸口印着的那一面五星红旗，成了非洲兄弟们眼中最鲜艳的颜色。我不仅为我们自豪，更为我的祖国感到骄傲。

回国后常有人问我，最难忍受的是什么？其实既不是环境的恶劣，也不是工作的艰苦，而是担心队友彼此的安危。离归国还有三周，我的队友－中国疾控中心的李新旭博士，突发高烧，头痛欲裂，出现了和埃博拉相似的症状。而我们驻地所在的西区，已经有572位防控一线工作人员感染埃博拉，其中443人死亡。

当我独自驾车载他去埃博拉诊疗点时，生死复杂的情感，让我们一开始都没说话。沉默中，他突然冒出一句："我若真传染上埃博拉，那我就成了西非感染埃博拉的第一个中国人。"那一刻，我握紧方向盘，我能做的只有尽快带他去抽血检测。经过6小时的煎熬，已近半夜，最终的检验显示阴性，分析小李应该是注射疫苗引发的接种反应，我和队友们大大松了一口气。我忍不住大喊：我们兄弟姐妹们的约定坚守住了，我们一个都没有少，我们一起平安回国！

3月30日，踏上祖国土地的那一刹，我在心里说，祖国，我回来了，我们都好好回来了。我们光荣完成了祖国交给的任务，在塞国成功建立"埃博拉防控示范区"，将中国传染病的防控经验留给了塞国。而且，我们这支队伍没有一人感染埃博拉和其他传染病，实现了习近平总书记要求的"打胜仗，零感染"的目标。

目前，埃博拉仍没有特效药。作为一名医务人员，我知道，通过洗手、隔离可以有效预防埃博拉。但此时此刻，我还知道，通过爱、勇气和无私，我们不仅能够产生战胜疾病的信心，还能跨越种族、超越语言，让幸福和美好，在最艰难的地方同样闪耀。

后记三

为了祖国庄严的承诺[①]

广州市疾病预防控制中心　李铁钢

大家好！我叫李铁钢，是广州市疾病预防控制中心的一名副主任医师。2014年底，我国政府派出山西、福建、宁夏等地的公共卫生人员远赴贝宁、马里、多哥等非洲六国开展埃博拉专题培训。我很荣幸，是当时援加纳公共卫生师资培训队的一名成员。

说实话，刚入非洲时，当地官员对于我们的主动造访并没有表现出极高的热情。开会常常迟到，有时候竟然会忘记；总是强调在我们来之前，当地卫生部已

2015年1月2日，广州，中国援加纳培训专家启程赴加纳。

① 本文选自2015年7–8月全国卫生计生系统先进典型巡回报告团讲稿。

经完成了国家培训；培训会场上，他们派出了一整只公共卫生队伍全程监督，生怕我们的培训出现任何问题。面对这样的困境，我们也曾一度怀疑自己，我们能做好吗？我们能在短时间内消除他们的疑虑吗？我们能兑现祖国的承诺吗？这事关着国家的荣誉，我和队友们忧心忡忡。那一天，在微信群里，国家卫计委的领导针对我们的疑虑回复了六个字："用心做，没问题"。

用心做，没问题。及时启动首次培训对每支队伍来说都至关重要，然而这看似简单的工作在援非现场也并非那么一切顺利。福建队在塞内加尔将培训目标锁定为基层人员，但是当地住宿无法保证，只能睡在茅草屋里，整个房间只有一条木板凳。山西队所在的多哥面临着国家大选，社会动荡，政府部门几近瘫痪。浙江队所在的马里刚发生大规模暴乱，民不聊生，人的生命安全受到威胁。而我所在的加纳政府办事效率极低，无奈之下，我们将部分学员的培训依托民间议员合作。为了应对这首次培训，我们可谓做足了功课。结合本地特点，对培训课件进行了重新编排。对课件中的每一个英语单词反复朗读，熟练记于心。考虑到部分培训对象无医学背景，我们从复杂的疾病控制宣讲理论中提炼出了简洁的防病短语："No contact no disease，Time will save your life."朗朗上口的短语，让来自基层的一线志愿者当时就明白了其中的道理。针对大家可能提出的问题，我们查资料、找文献，预备资料就达长长的15页。功夫不负有心人，我们的用心做换来了首次培训的开门红，学员们给予了极高的评价，加纳国家电视台进行了长达3分钟的专题报道。加纳卫生部似乎看出了端倪，从那以后，几次的商讨会就再也没有迟到过。

用心做，没问题。分享SARS经验，是本次我国培训的一个重点。我来自广东，对于SARS有着深刻的体会。然而枯燥乏味的照本宣科，可能不会引起学员的注意。如何让他们在短时间内真懂、真信、真用我国的防病理念是我要用心琢磨的问题。早在出发前，我就收集了大量的资料，培训现场一条条鲜活的数据、一幅幅极富冲击力的图片向学员展示，当时在中国，在不到一个月的时间内，SARS病例增加了2倍，疫情从一个省迅速扩散到全中国，每10个感染者中就有2个医治无效而死亡。当时的中国号称口罩中国，人人都戴有口罩，大家谈到SARS像谈到老虎一样。在这样的开场下，学员们的目光惊呆了，他们开始聚精会神聆听我的分析。发现、报告、诊断、隔离、治疗，我国在应对SARS的实战中，总结出一系列防控经验。正是这些经验，让我们在四个月的时间内终结了SARS疫情。逐渐地，学员们情不自禁地对我国的防控能力竖起了大拇指，对我们的防控措施会意地点头认可。很多学员课后向我表示，希望有机会来到中国，切身体会我国的社区防控体系。

2015年1月8日，加纳，中国援加纳培训专家与加纳卫生部官员研究培训方案。

2015年1月16日，加纳，加纳，中国援加纳培训专家与当地议员和酋长合影。

2015年1月29日，加纳，中国援加纳培训专家李铁钢在中－加防控埃博拉培训班授课。

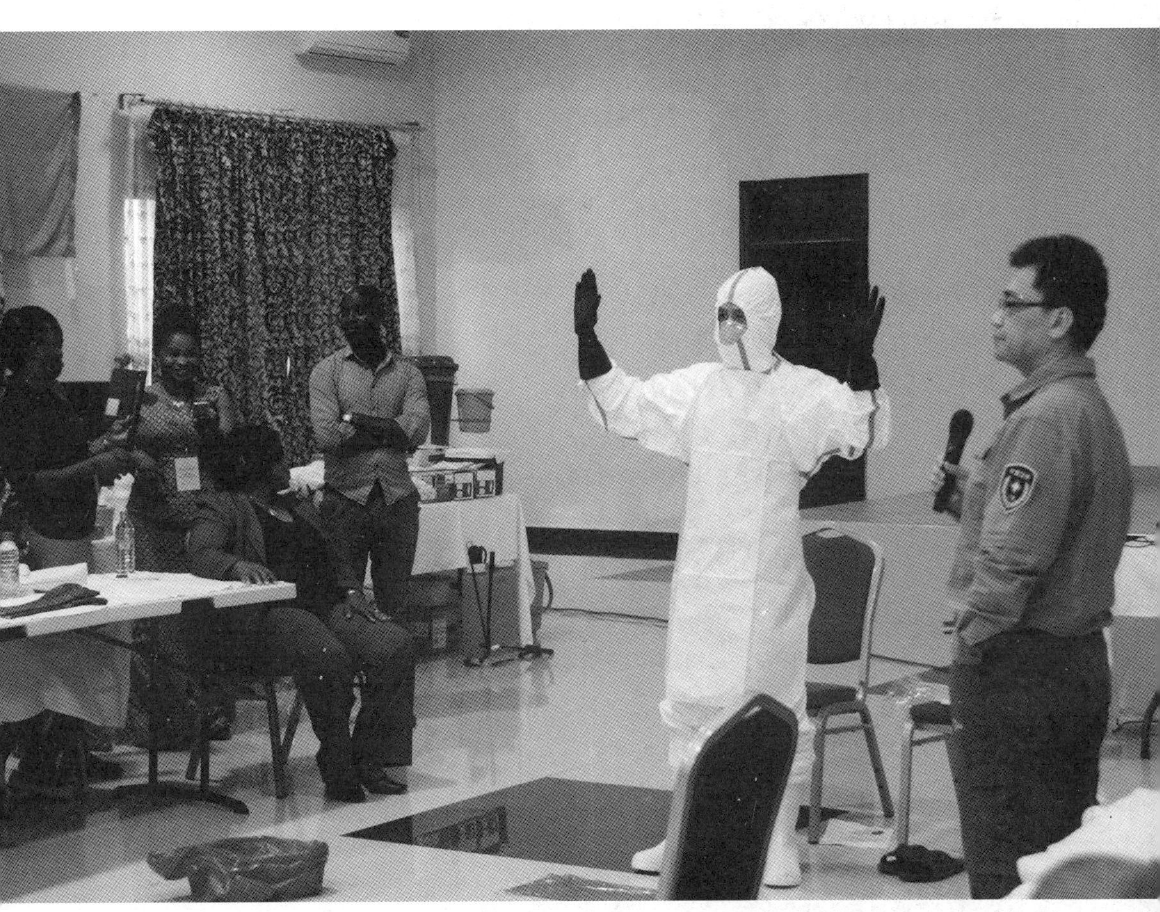

2015年1月29日，加纳，中国援加纳培训专家陆坚为加纳学员示范穿脱防护服流程。

用心做，没问题。加纳有着自己的防护服穿脱顺序。出于顾虑，加纳方面提出防护服的穿脱他们自己培训。当我们告诉加纳官员，早在培训的商讨阶段，我们就根据加纳现有的防护装备，设计出一套适合加纳本地的穿脱顺序。于是对方建议，中加双方在同一培训现场，同时进行各自顺序的穿脱。为了检验穿脱带来的污染，双方均在防护服上涂上了厚厚的荧光示踪粉。我们的流程简洁明了，队员们的动作准确流畅、一气呵成。在荧光灯的照射下，加纳的医务人员在领口、袖口、甚至面部均有不同程度的污染，而我们的队员却是完美的零污染！此时此景，加纳官员对着麦克情不自禁地称赞道“perfect”。从那以后，防护服的穿脱全部由中国的专家授课。负责此项工作的Dr. Gertrude博士用手机记录下了我们演示的全过程，索要了培训资料。她对我们讲，要依据我们的穿脱流程修改加纳全国的培训方案。

用心做，没问题。从一开始培训，我们就思考这样的问题，我们的培训内容是否对加纳有用，培训效果到底如何。多年的流行病学专业思维告诉我们“必须用事实说话”。很快我们设计出一套培训评估问卷，对同一学员培训前后进行对比调查。科学的问卷调查给培训工作指明了正确的方向。首期培训前调查的109人数据显示，培训对象对于埃博拉防控知识知晓程度要高于预期，部分知识点的知晓率在培训之前就达到95%以上。依据调查结果，我们认为，不能忽视加纳学员对于埃博拉已有的知识储备，单方面盲目地开展填鸭式的培训在加纳不可行。于是我们立即调整培训策略，大幅度修改培训课件，在强化理论培训的基础上，重点提高了实践培训的广度和深度。最后结果显示，培训前参训人员平均为59分，培训后达到92 分，知识知晓得分整体提升了56%。强有力的数据告诉世界，中国的培训效果突出！此外，我们还针对学员对于埃博拉行为的专项调查。我们的结果显示，如果埃博拉疫苗上市时，有42%的加纳人员不愿意接种，其中主要原因是担心疫苗的安全问题；65%的人员是通过互联网获取埃博拉知识；当发生埃博拉大规模暴发时，民众最关心的问题是“从哪里能获取准确的疫情信息”。我们将调查结果写入了最后的总结。当看到我们的调研报告，加纳卫生部官员感慨道：“谢谢，谢谢你们做了如此大量的工作，这些信息对加纳来说简直太重要了，我们知道下一步怎么做了”。在接过我们报告的报告一刹那，从卫生部官员那如获珍宝的眼神中，我们知道，我们做到了！在38天的时间里，在远在万里的加纳，我们用祖国多年培养练就的公共卫生本领，凭借着一股执着的干劲，彻底改变了加纳卫生部对我们的怀疑态度，兑现了祖国的承诺，向全世界证明：中国援非医疗卫生队，真行！

谢谢大家！

第四节
中国援非医疗队抗埃纪实
（常驻医疗队）

大爱湘军，无畏坚守[1]

湖南省卫生计生委 杨嫱妍

尊敬的各位领导、各位同仁，各位朋友：

大家好！今天我代表仍坚守在塞拉利昂的王耀平队长向各位汇报和分享湖南省援塞拉利昂医疗队抗击埃博拉疫情的感人事迹。

2014年，突如其来的埃博拉疫情席卷西非大地，塞拉利昂成了重灾区，空气中弥漫着死亡和恐慌的气氛，塞国进入紧急状态，跨国航班停飞，国外人员撤离。湖南援塞医疗队是撤，还是留？撤，一走了之，平安回国，任凭疫情在遥远的国度肆虐。留，病毒不认人，死神随时降临。这，是一个艰难的抉择，但中华文化蕴育的医者仁心和无疆大爱，促使无畏的湘军毅然选择了坚守！队长王耀平带领他的9名队员在塞拉利昂打响了英勇抗击埃博拉疫情的战斗！这是一场歼灭

① 本文选自2015年7–8月全国卫生计生系统先进典型巡回报告团讲稿。

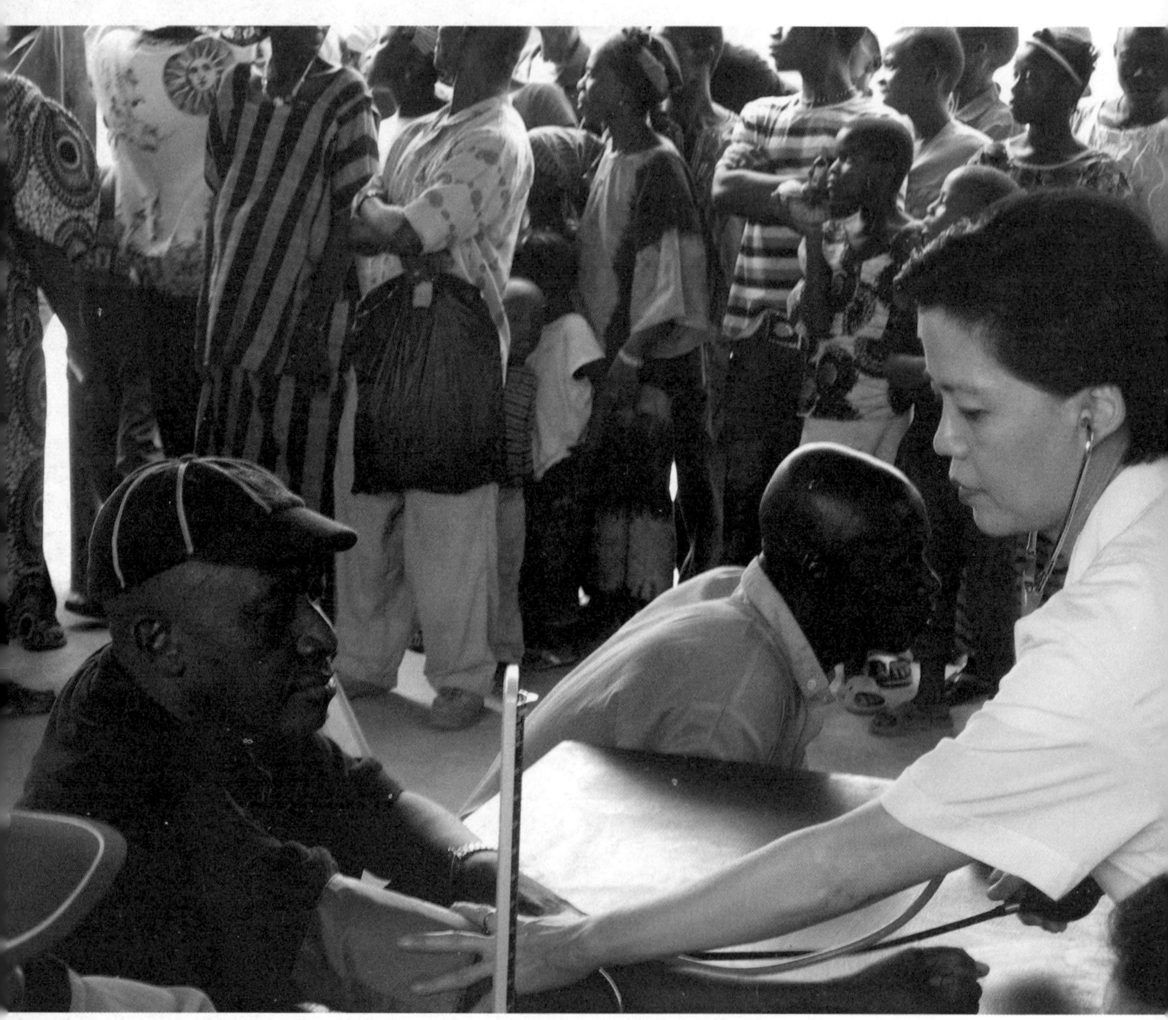

大爱无疆。2015年5月22日，湖南援塞医疗队专家深入社会基层为当地民众开展义诊，他们仍在坚守。

2015年1月26日，王耀平队长（左五）陪同中国公共卫生专家访问世卫组织。

战，更是一场持久战！战斗持续至今，王耀平队长依然坚守在12000公里以外的塞拉利昂，鲜艳的中国医疗队队旗依然飘扬在西非的土地上。

坚守，意味着与死神零距离的接触。援塞医疗队所在的医院环境非常简陋，整个医疗区由几间平房连接组成，通风采光极差，各种设备陈旧落后而且严重短缺，经常停水停电。忘不了在疫情初期，在国内医疗队及救援设施没有到达前，在暂时无法设立发热门诊和隔离病房的情况下，队员们就协助救援医院制订了应急的防范措施：他们成了发明家，创造了埃博拉式握手的见面方式；他们成了解说者，手把手培训当地医务人员如何进行洗手消毒和穿脱隔离服；他们成了宣传员，为老百姓开展各种健康教育和疾病预防知识讲座。尽管疫情肆虐，但队员们并没有退却，尽管一次次和死神擦肩而过，但他们依然坚守。2014年7月22日，是整个湖南医疗队难以忘记的日子，那一天，首都弗里敦第一例埃博拉感染病人由他们首诊后确诊。回忆起那一幕，王耀平队长至今印象深刻："他一来就说腹痛、呕吐、拉肚子，我当时就产生了怀疑，并把他安排到了一个相对独立的区域。最近的时候那个病人就离我两米远。"有人问他："那么近的距离，您不怕吗？"王队呵呵地笑着："怕呀，怎么不怕，家里还有爱人，还有孩子呢。但是作为一名医生，救死扶伤是我的天职，我就应该战斗在最前线！"接触到感染者的医疗队员都需要进行二十多天的隔离观察，当队员们平安无事地从医疗队驻地那

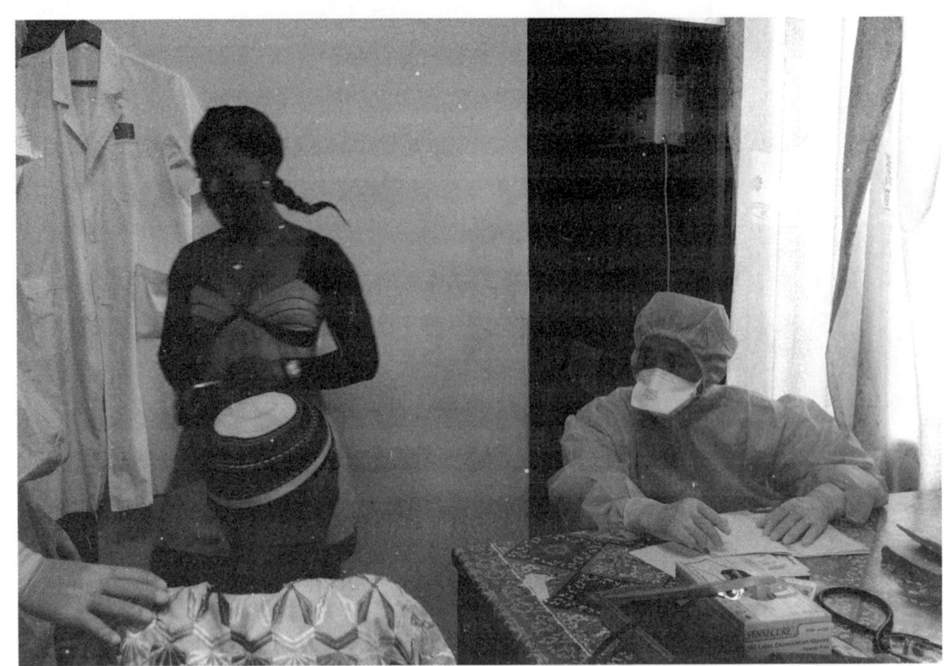

埃博拉来袭，我们选择坚守，2014年8月14日，疫病阴霾下，湖南援塞医疗队员坚持接疹。

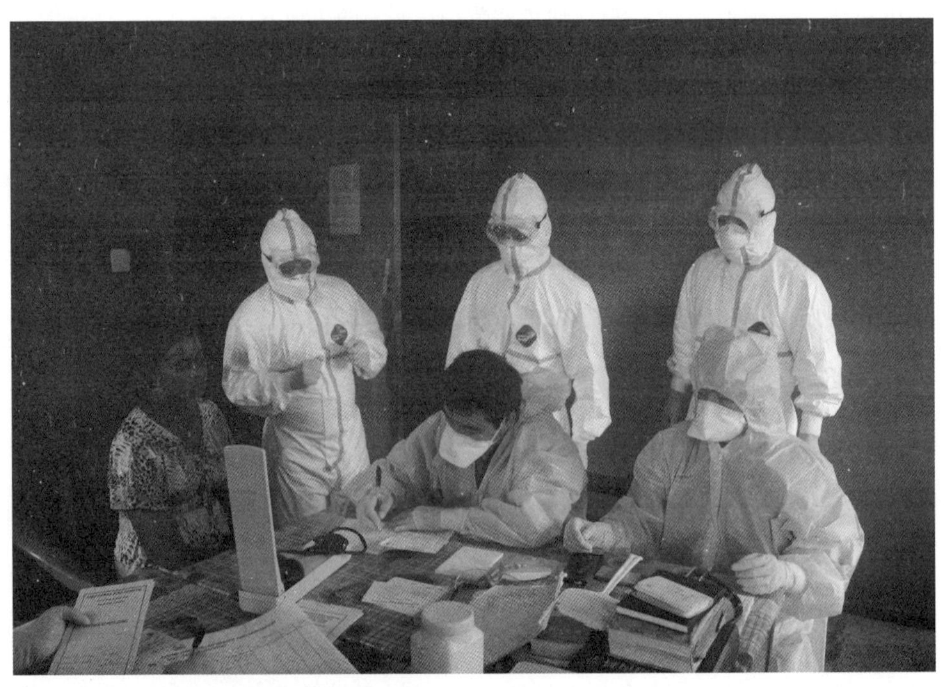

2014年8月19日，塞拉利昂弗里敦，湖南抗埃专家组在肯哈曼医院了解防控。

个小小的隔离房间走出时，王耀平情不自禁的和大家相拥而泣，劫后余生、重见天日的那个场景更是每一名队员心中不可磨灭的记忆。

坚守，意味着责任与担当。作为湖南援塞医疗队队长，王耀平在完成常规医疗任务的同时，还主动承担起各种援助队伍在塞国的协调和后勤保障工作。中国医疗队初来乍到，人生地不熟再加上文化差异，在生活和工作中遇到不少困难。从到哪里买新鲜蔬菜、哪里办理当地电话卡和更换当地驾照，到车辆违规被交警扣留怎么办、到哪里会见WHO或NGO及当地政府官员，王耀平都妥善的一一安排解决。记得有一次，王队长在机场接完专家组成员正准备返回时，接到中国CDC固定P3实验室援建队员的电话，对方告知将有一批实验室设备即将到达，希望王耀平协助运送。王队长立马就说：好，没问题!因为设备多，机场能运送的车辆不够，他还临时从一个中资企业借来两部卡车。等一切准备就绪从机场出发时，已经是夜里三点多钟了。返回驻地的那条路又偏又远，一路上没有灯还尽是坑坑洼洼，王耀平怕设备半路不小心掉下，亲自驾车一路跟随在队伍的最后面。等顺利抵达目的地时，王队长已经连续36小时没有吃饭没有睡觉了。36小时啊，对于一个颈椎曾经受伤的50多岁中年人而言，是一个多么大的考验，看着他拖着疲惫的身躯向宿舍走去，不少队员都湿了眼眶。从2013年4月到今天，这名勇敢的战士已经坚守在塞拉利昂700多个日日夜夜，结束了援外医疗任务的队员们在他的挥手告别中平安踏上了回家的飞机，又一批批新队员在他的热情拥抱中加入抗埃援塞的队伍。寒来暑往，日月更迭，王耀平白皙的脸庞变得黝黑，强壮的身体也慢慢虚弱，旁人看了都不禁心疼，但就是他，在领导主动要求将他先行调换回国时，斩钉截铁的回答：我能行，我不当逃兵。国家卫生计生委援外司领导在塞慰问结束后也这样评价，王耀平队长在塞拉利昂就是一张名片，凭借他那张脸，在塞抗疫期间的协调和后勤保障就万事无忧。

坚守，意味着心灵的震荡和灵魂的洗礼，在这场抗击埃博拉疫情的战斗中，在选择坚守的同时，其实害怕、担心、牵挂也时时压迫着队员们的神经。2014年10月的一天，医疗队突然接到消息，有4名塞方医务人员感染埃博拉。一起工作2年、朝夕相处的同事猝不及防地被病毒击倒，在短短的几天里，有3人被病毒夺去生命，1人病情危重。那一刻，面对死亡的恐惧瞬间弥漫上所有人的心。这种直视死亡带来的巨大的工作压力和精神煎熬也让王耀平忍不住泪流满面，他说他不怕死，他怕的是自己带出来的人没办法和他一起回去。有时候，看着队员们隔着越洋电话潸然泪下，听到电话那头亲切的喊着爸爸妈妈，王耀平的内心都会无比挣扎：我们能否幸免于难，能否活着回到阔别已久的祖国，能否见到日夜思念的家人。但只要想到自己是代表祖国出征，只要看到一双双焦急等待而充满期盼的

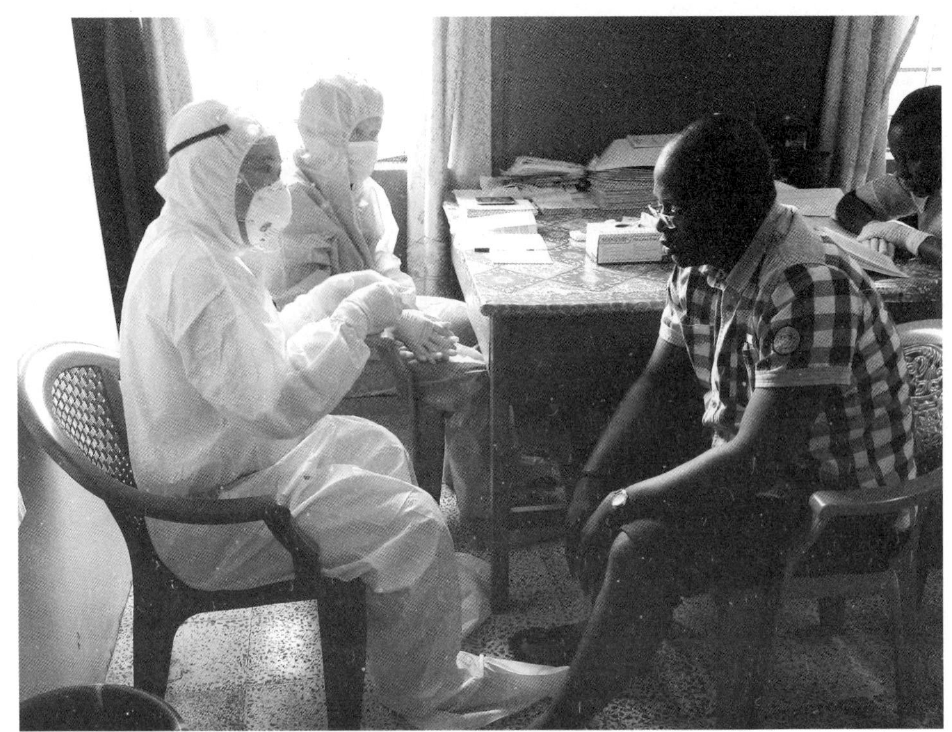

2014年8月27日，徐道妙教授诊疗病人。

眼睛，救死扶伤的神圣使命感、强烈的责任感让王耀平和他的队员们把一腔牵挂和惦念深埋心底，所有人就只有一个信念：人在阵地在！而此刻依然坚守在那里的王耀平队长更是说了这样一句话：只要疫情没有结束，只要塞拉利昂的人民需要他，他便会选择坚守，一直坚守……

茧蛹里的飞蛾坚守住了“一定要飞出来”的信念，才有了破茧为蝶那一刻的美丽；严冬里的腊梅坚守住了“总有一天要飘香万里”的志气，才有了迷人傲骨的风姿……湖南省援塞拉利昂的这批医疗队员因为坚守，尽到一个中国人的责任和使命，体现了大国强国的高风亮节，彰显了大爱无疆的医者仁心。这份坚守，将永存于心，这份坚守，将激励更多的援外医疗队员不忘初心、砥砺前行！

埃博拉遭遇战[1]

北京安贞医院副院长 孔晴宇

各位领导、各位同事：

大家好！我叫孔晴宇，是中国第23批援几内亚医疗队队长。我们这批医疗队是北京市卫计委承办的，共19名队员，全部来自北京安贞医院。工作在几内亚首都科纳克里的中几友好医院，承担为期两年的援外任务。

2014年的3月，祖国北京正是万物复苏、春光明媚的时节，远在几内亚的我们却与埃博拉不期而遇。

3月18日是个星期二，我们一如往常地到医院上班，院早交班会上，普外科主任盖思姆医生汇报了一个疑难病例。男性，44岁，来自几内亚内地达波拉省，因发热、恶心呕吐、伴消化道出血一天前急诊入院，病情进展快，诊断不明。CT结果提示颅内出血。虽然医院给予积极治疗，患者病情仍然迅速恶化，第二天上午不幸死亡。遗体被家属运回老家安葬。

我们都没有见过病情发展这么迅速的病人，这到底是什么病？

3月19又有一个怀孕三个月的年轻女性患者，因发热头痛入神经内科，很快脑出血死亡。

3月22日盖思姆主任又收了一个发热，腹腔内大量出血的患者，两天后死亡了。

连续几天，三名症状相似的患者不明原因相继死亡，这在非洲并不常见，到底发生了什么？

---

① 本文选自2015年7–8月全国卫生计生系统先进典型巡回报告团讲稿。

直到3月24日上午11时，一条由几内亚政府向全国发出的手机短信打破了这个国家的宁静，让中几友好医院和医疗队陷入了紧张的气氛中，短信说：现已确定几内亚发生埃博拉疫情，人与人传染性很强，疫情已向首都蔓延，目前报告病例89例，已有59人死亡。希望民众配合政府，做好隔离防控工作。

就这样，一场有史以来波及范围最广、感染人数和死亡人数最多，震惊了全世界的埃博拉疫情爆发了。

职业的敏感性让我立即想到了那三位离奇死亡的患者。马上追踪，结果很快回来了，最早死亡的44岁的男性患者，他的四个亲属，葬礼后相继出现死者生前的症状，现已被确诊为埃博拉感染。而这位死者正是首都科纳克里的第一例疑似感染者。

埃博拉就在我们身边。

当时我们只知道：埃博拉感染传染性很强，目前没有治疗药物，病死率为50%—90%。

原来疫情出现后，政府警觉了。卫生部派出的专家组与无国界医生组织分别开始流行病学调查。他们把收集到的患者血液送到法国里昂巴斯德研究所和德国汉堡的生物安全四级实验室进行病毒学分析。

3月22日，法国里昂方面首先发回结果，证实这种造成极高病死率的疾病元凶是埃博拉病毒。它是个真正的杀手。

要出事了，要出大事了！

收到短信后，我马上向国内汇报了几内亚爆发埃博拉的情况，并请求技术支援。很快北京市卫计委医管局就将相关资料第一时间发给我们。救命的资料！医疗队的紧急应对预案产生了。

作为中几友好医院副院长，我即刻向全院宣布了18日死亡的患者高度疑似埃博拉感染的情况，要求全院医护人员接诊患者时必须戴手套和口罩；与患者有过密切接触者，如有症状尽快隔离；彻底消毒患者住过的病房；医用垃圾严格分类处理，相关事项及时向几内亚卫生部报告。中几友好医院行动起来了。

而之前几天心中隐隐的不安，此刻在我心中膨胀起来，死神走近了我们。

由于中几友好医院在毫不知情，没有任何准备的情况下和埃博拉遭遇了，有许多医务人员都直接或间接接触了第一位疑似患者，包括医疗队的曹广、吴素萍。首诊医师盖达医生这几天总说自己很疲倦。而参加抢救的盖思姆主任，也出现了低热症状。尽管做了最坏的打算，但疫情发展变化之迅速，造成的危害之严重，还是远远超出了我们的想象。

这个在医院停留不足48小时的患者，最终导致医院9名医务人员感染，其中6

人死亡，令人不寒而栗。我们的曹广、吴素萍会怎么样？医疗队会怎么样？中几友好医院会怎么样？在几华人华侨又会怎么样？

两年的援外生涯，会遇到各种各样意想不到的困难和危险，作为队长，我不怕这些。但是我也有怕的，其中我最怕的是，两年到了，而有队员不能跟我一起回家。

援非50年了，一批又一批，前赴后继，有2万多医疗队员奔赴非洲，用汗水和热血筑起了中非友谊的桥梁。其中50个队员永远地留在了非洲，再也没有回家。

我最纠结的时刻到了，3月27日下午，经队委会讨论并请示领导，决定对曹广、吴素萍两位队员实行隔离观察。这两个队员都与埃博拉确诊患者有过密切接触，而隔离是控制这个病魔惟一有效的手段，必须坚决执行。在距离祖国万里之遥的非洲，在贫困落后的几内亚，在埃博拉极高病死率的阴影下，隔离意味着什么？

我先找到了曹广对他说："老曹，十三亿中国人你离埃博拉最近，受点委屈吧，要隔离21天"。曹广说："没问题，一会儿就回去"。"不行，隔离马上开始执行"。一听我认真的语气，曹广停了下来，回身看了看我，看得出他紧张了。

吴素萍是个内科女医生，怕她得知隔离的消息后情绪失控，我特意带着女队委刘晓丽一起去通知她。没想到吴素萍表现出一个职业医师特有的品格，从容镇定地跟我说："放心吧队长，我知道隔离的意义，我会严格按照规定做的"。听了这番话我心头一热，视线模糊。

现在看来，21天不算长，可是对于死神阴影笼罩下的他们，那21天的每一分、每一秒，他们无不在深切的担忧，在焦躁的渴望中煎熬。是祖国亲人的关怀，特别是全体队员的关心和帮助给了他们莫大的勇气，因为在异国他乡，我们就是最亲的人。隔窗相望，我们看到的是他们微笑的脸庞。他们笑到了最后！

这场突如其来的灾难相当考验人。很多国家犹豫徘徊，停航停运，撤资撤侨。

我夫人曾打电话："太危险了，你回来吧。丢了工作我养着你。"我说："门儿也没有。"

中国医疗队如磐石般坚守在几内亚。19名队员拥有强烈的责任感，牢记自己的使命，没有一个想要退缩的。我们深知在大疫面前，医疗队怎么做，会对在几的2万多华人华侨会产生重大的影响。因为不知道该怎么办，因为心里没底，大家都看着我们呐！白衣天使的职责告诉我们必须是坚守者，而且必须要坚守到最后。华人华侨动情地说："医疗队在身边，祖国就在身边。"

我们及时将防疫物资分发给大家，并组织开展了多次面对华人华侨的埃博拉防控常识培训课，告诉大家，埃博拉可防可控。我们该做什么，能做什么，怎么做。并要求传达到每一个华人华侨。医疗队员的电话24小时开放，不断地回答大家提出的问题，解决民众遇到的困难。

事实证明，我们采取的措施及时有效。中几友好医院除之前感染的医务人员外，再也没有医务人员被感染。凝聚了中国人民心血的中几友好医院在重创之后，终于被保住了！

我衷心感谢全体队员，他们是出色的，他们无愧于中央电视台中华之光的大奖得主，无愧于凤凰卫视“影响世界华人盛典”的优秀团队，援外的历史因他们而精彩！

现在我可以自豪地说：全体队员，毫发无损，与我一起，光荣凯旋。

谢谢大家！

第三章
中国驻外使馆抗击埃博拉纪实

当地时间2014年8月11日18：29时，中国第一驾援利抗疫物资专机抵利。

第一节 中国驻塞拉利昂使馆抗击埃博拉纪实

2014年塞拉利昂等西非国家爆发了历史上前所未有的埃博拉疫情，造成4000多人感染，1100多人死亡。塞等西非国家急需国际社会援助，西非疫区成为大国开展抗疫外交的角力场。在中央和外交部党委的正确领导下，我馆馆党委带领全体馆员，克服人手少等困难，迎难而上，直面疫情，敢于担当，锐意进取，主动作为，勇于拼搏，积极推动国内率先向疫区国家紧急驰援，大力开展抗疫外交，以实际行动谱写了中塞、中非、患难见真情的新篇章，彰显了我负责任大国形象，赢得了塞和非洲及国际社会的广泛赞誉。我馆在这场抗疫战斗中取得了突出成绩，多次受到国务院领导和外交部、卫生计生委、解放军总后勤部的充分肯定和通电表扬。

一、下先手棋，加强疫情应对工作谋划。

援非抗疫工作是2014年全球国际热点问题之一，我馆将其作为一项政治任务来完成，树立大局意识，立足底线思维，锐意进取，主动作为，突出“早”字，做了大量工作。

密切跟踪疫情，分析形势，及时了解援助需求主，就我国提供援助，积极向国内研提建议，为国内制订援助决策，率先向疫区国家驰援提供了重要参考和依据。我国向塞提供移动实验室和派遣成建制的医务人员在援非历史上当属首次，我国是第一个将抗疫物资运抵非洲疫区的国家，体现了我国援助及时、高效和有针对性的特点，彰显了我国在国际上对非援助中发挥的重要引领作用，突出了我

2014年8月11日，赵彦博大使在塞拉利昂隆吉国际机场与塞卫生部部长福法纳（左二）、外交部副部长斯特拉瑟·金（前排右一）及交通部长科罗马（左一）举行援塞抗疫紧急人道主义医疗物资移交仪式。

2014年9月25日，赵彦博大使与塞外交部副部长斯特拉瑟·金（左三）、卫生部副部长萨维（右三）、交通部副部长曼萨雷（左二）及我国援塞抗疫检测队队员赴塞隆吉国际机场迎接我国援塞移动生物安全实验室。

2014年8月12日，中国援塞拉利昂抗击埃博拉疫情紧急人道主义医疗物资正式交接仪式在塞总统府举行。赵彦博大使向塞总统科罗马正式递交我援塞抗疫物资移交证书。

国道义优势和负责任大国形象。

迅速制订应急议案和启动应急机制。2014年7月底，中塞友好医院七名中国医务人员接诊一名埃博拉患者，其中一名在不知情的情况下密切接触该患者，我馆高度重视，在迅速启动应急机制的同时，第一时间报回国内，引起国内高度重视，推动了国内应对埃博拉疫情的相关工作。自此，也启动了我馆紧张、繁忙的抗疫工作。

二、着力部署，做好对塞各批援助落实工作。

我国向西非提供了多批援助，一个多月时间四驾包机来塞运送物资及工作人员，迎接落实援助时间紧，任务重，我馆在援助物资抵达前，召开会议，进行部署，明确分工，责任到人。赵大使任总指挥协调总统府、外交部、交通部，从高层疏通和落实政要出席仪式等。樊晓东参赞协调民航局、移民局、警察局，落实机场迎接工作；邹小明参赞协调卫生部，落实物资清关和运送安排等工作；馆党委成员分工合作，带领各处室，共同奋战，圆满完成了物资抵达时的迎接工作。

不畏艰苦，做好机场迎接和交接工作。塞机场位于一半岛顶端，与首都城区交通极不方便，一般水路坐小艇摆渡，单程需一个多小时，陆路需三个多小时。交通不便的现实是我馆推动塞高层出席交接仪式和落实物资运送的最大挑战。为推动高层出席交接仪式和扩大宣传效果，赵大使提前向总统通报，直接做外长、卫生部长、交通部长等工作，我馆邀请主流媒体记者，再租用小艇将他们摆渡到机场，保证了各场交接仪式的顺利进行。

9月17日，我国援塞实验室检测队员和物资分两批于凌晨和下午抵塞，我馆工作人员下午必须在天黑前坐小艇提前赴机场，接完凌晨1点的飞机后，为避免坐小艇返回时发生危险，他们不得不留在机场。饿了啃口面包，渴了喝口矿泉水，顾不上休息，稍在贵宾室休整后，又投入到当日下午物资抵达前的紧张准备工作中。一般情况下，我馆工作人员赴机场接机前后工作约八个小时，而这次接机工作时长近30小时。

运送检测队物资至城区又是一大难题。检测队的物资重达上百吨，要运送至驻地，需要人员和车辆，但由于疫情，我国在塞中资企业均撤回了工作人员，只剩下留守人员，有车辆也无驾驶员。当时又值雨季，物资不能长时间放置在机场，在此情况下，我馆提前逐一了解中资企业情况，组织多家企业留守人员和多辆车辆，冒雨组织运送，战胜路途远、路况差的困难，硬是将上百吨物资用三天时间运送到了检测队驻地和工作地。

SIERRA LEONE-CHIN
塞拉利昂 - 中
中国人民解放
Medical aid team of Chinese Pe

2014年9月26日，赵彦博大使陪同塞总统科罗马（前排中间）及副总统苏马纳（前排右一）视察位于塞中友好医院的埃博拉留观中心，并与全体医护人员合影。

2014年11月15日，赵彦博大使乘渡船赴塞隆吉国际机场迎送我援塞抗疫医护人员。

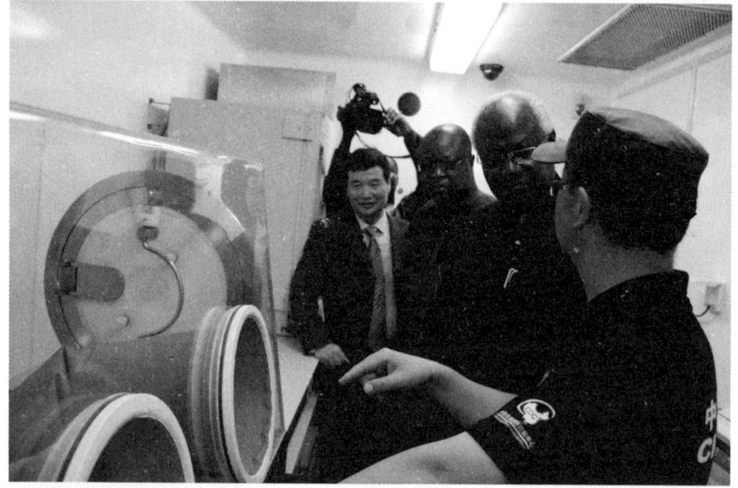

2014年9月26日，赵彦博大使陪同塞总统科罗马（右二）、副总统苏马纳（左二）视察中国援塞抗疫移动生物安全实验室。

留观中心施工期间，赵彦博大使每天均亲自察看施工现场。

抢时夺秒，将医院改建为留观和治疗中心，中赛友好医院为中国检测队工作地，出于防止传染需求，医院必须改建为具备接诊传染病人的医院，但无改建工程人员。面对困难，我馆力做北京城建在塞修宾馆工程队工作，请其暂停维修工作，同时动员其他中资企业留守人员，一起组成施工队，对医院进行改建。为确保检测队实验室和留观中心尽快启用，赵大使连续一周，每天赴塞中友好医院现场办公，敦促督办，帮助解决问题，克服各种困难，在中资企业的大力支持下，经过一周多时间将中塞友好医院改造为具有传染病医院功能的实验室和留观中心。

三、边做边说，做好抗疫公共外交。

我馆利用多种形式开展抗疫外交，取得良好成效。一是十分重视邀请塞政要出席各种仪式，塞总统、副总统、外长约十位部长均出席过我方仪式。我馆在出席塞政府组织的涉疫情会议同时，还积极出席在塞国际组织、来访国家官员、使团组织的有关会议，借讨论之机积极发言，宣介中国向塞提供援助举措，在国际上扩大我国援助效应。赵大使是驻塞使节中最活跃的一位。

二是大力做媒体工作。邀请塞媒体采访报道我馆举行的各种活动，举行记者吹风会和接受采访，我馆共举办六次吹风会，赵大使接受了26次媒体采访。我馆抓住我援助及时、高效和针对性强等特点，进行宣传。7月以来，塞媒体报道涉中国援助约200余篇次。

三是及时更新我馆网站，由于突出了时效性，我馆网站新闻稿被外媒和国内媒体广泛转载。7月以来，我馆在使馆网站发布中文消息55条，英文消息38条，网站月均访问量约22万次。

四、外交为民，做好在塞中国公民疫情防控工作。

我馆始终把在塞中国公民的安危系在心头，放在抗疫工作的首位，采取多种手段帮助他们预防疫情，并稳妥处理了多起我公民涉疫紧急情况。

利用发布领事提醒，如开中企负责人会议，组织专家举行防疫讲座，提供防疫宣传册等多种形式，加强对在塞中国企业和公民的疫情防控指导。赵大使亲自带领我国医疗专家组赴疫区向中企作防疫讲座，提高中企的疫情防控能力。

树立底线思维及时制定《防范和应对埃博拉疫情应急预案》，做好我国在塞中国公民感染疫情的应急工作。特别是接到中塞友好医院中方有七名医护人员接诊时密切接触埃博拉病患的报告后，我馆立即要求医院对有关人员进行隔离。赵大

2014年10月17日，大使夫人毛雪虹与塞总统夫人西娅·恩亚玛·科罗马（前排右三）共同向塞首都弗里敦郊区黑斯廷斯埃博拉治疗中心捐赠食品。

2014年11月20日，赵彦博大使、中国政府援非抗疫高级专员许树强（左二）与塞总统科罗马（左三）等共同为我国援塞固定生物安全实验室项目奠基。

2014年12月23日，赵彦博大使与塞外交部长卡马拉（右三）、卫生部长福法纳（左四）等共同视察中国援塞固定生物安全实验室项目建设进展情况。

2014年12月29日，赵彦博大使出席世界粮食计划署举办的中国援塞抗疫粮食物资援助移交仪式。

2015年1月6日，赵彦博大使与塞外交部副部长斯特拉瑟·金、卫生部副部长萨维共同出席塞中友好医院留观中心转为留观诊治中心仪式。

2014年10月27日，赵彦博大使与我国援塞抗疫检测队专家共同出席就中国向塞等疫区国家提供第四批抗疫物资援助举行的新闻吹风会。

2014年8月30日，赵彦博大使赴塞北方省马克尼市看望疫区中资企业员工。

2014年8月25日，赵彦博大使赴塞中友好医院看望解除隔离观察的七名接诊埃博拉确诊病患中方医护人员。

2014年11月5日，赵彦博大使赴我援塞抗疫检测队住地看望患病队员，转达刘延东副总理的亲切慰问。

使不顾危险还前往医院了解情况，并多次电话表示慰问，缓解了我国医护人员的恐惧情绪。在隔离期结束后，赵大使又前往医院看望了七名医护人员。

紧急、稳妥地应对我国援塞检测队队员突发脑意外病情。某检测队员发病后，我馆立即要求检测队按接诊埃博拉患者方法进行救治，当确诊未感染后，又要求利用一切条件，千方百计开展救治。同时，向国内建议考虑转送第三国或国内治疗。检测队员病情稳定后，赵大使根据国内指示，两次前往检测队驻地，代表刘延东副总理和王毅部长转达对检测队员的亲切慰问。我馆还在协助安排该名检测队员赴比利时接受进一步检查和治疗方面做了许多协调工作。

助我国在塞公民分期、分批回国。疫情大规模爆发初期，引发恐慌，一百多名中国公民拟自发包机经加纳转机回国。遇到困难求助使馆后，赵大使前往旅行社了解情况，亲做引导和协调工作。由于包机未能成行导致大量中国公民滞留之后，我馆在向国内报告情况的同时，又为中国公民想之所想，急之所急，出主意、想办法帮助寻找商业航班票源。在我馆的疏导引导下，缓解了我国公民的恐慌情绪，做到了协助我国公民分期、分批回国，我馆工作受到好评。我馆采取的一系列加强对在塞中国公民的疫情防控指导措施，对中国在塞公民无感染疫情病例做出了应有的贡献。

五、强化管理，做好使馆内部防疫工作。

2014年初，塞的邻国几内亚发生疫情，我馆高度重视，及时反应，第一时间向馆员通报，并逐步采取多项措施加强防疫。首先加强领事窗口的防疫措施。为保证馆员安全，我馆先后制定了《关于应对埃博拉疫情的具体措施》《门卫预防埃博拉措施》，对馆员进出，来访客人进出，馆员外出活动、食品采购等做出了明确规定，加强了全馆防疫措施。为防止雇员接触疫情患者，我馆克服困难，为其提供了临时简易住所，切断了感染路径。

4月以来，塞进入雨季，加之对疫情的恐惧，馆员的情绪开始波动，我馆发挥妇女和俱乐部作用，在功能厅临时搭起了羽毛球网和跳舞毯，适时组织开展体育和跳舞健身活动。这些措施有效缓解了馆员和家属的焦虑情绪，营造了团结和谐，奋发向上的馆风，有力保障了内外工作顺利开展。

六、加强领导，充分发挥党委堡垒作用。

面对突如其来的疫情，馆党委从讲政治，深化中非友谊，维护国家，彰显大

2014年12月30日，赵彦博大使赴我援塞抗疫医务人员住地，转达习主席新年慰问并与部分队员座谈交流。

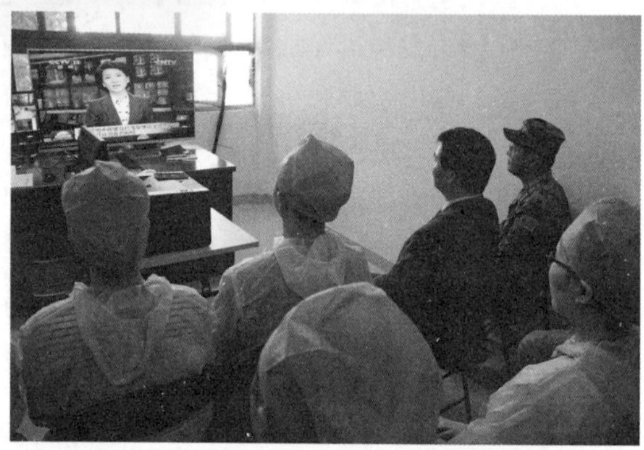

2014年12月30日，赵彦博大使向塞中友好医院留观中心医护人员转达习主席新年慰问并一同观看中央电视台有关节目。

2014年12月30日，赵彦博大使向中国援塞移动实验室检测队转达习主席新年慰问，并进入指挥车了解实验室运作情况。

国形象的高度出发，将抗疫外交作为当前重点工作来抓。

一是把中央和国内指示及时传达给馆员，从思想上统一对抗疫外交工作重要性和重大意义的认识，鼓舞馆员斗志和士气。

二是建立健全外交有关机制。每周定时召开党委扩大会，对疫情进行分析，向国内及时报告并提出援助建议。检测队抵塞后，为加强统一领导和统筹，馆党委又将周一的党委扩大会转变为联席会，一起与检测队讨论工作，大力做好与塞和当地国际组织的协调事宜，并指导检测队强化内部管理，帮助解决实际问题，保证了检测队工作的顺利进行，发挥了实验室和留观中心的作用。

三是以党的群众路线教育实践活动为抓手，以作风建设为主线，加强对抗疫外交的领导。我馆要求党员干部面对新形势和新任务，加强作风建设，主动谋事，奋发有为。馆领导的率先垂范，为馆员树立了榜样。赵大使经国内批准计划8月初休假，7月30日塞总统宣布全国进入卫生紧急状态，赵大使敏锐地意识到这场抗疫战役的严重性和重要性，主动报请国内推迟了休假。为克服人手少困难，赵大使带领政治处两位年青干部，“五加二”“白加黑”地干，撰写了大量电报。赵大使的十足工作干劲和扎实的作风，激发了馆员的责任感和使命感。重视发挥党的战斗堡垒作用，有力保障了我馆抗疫工作的顺利进行。

第二节
中国驻利比里亚使馆抗击埃博拉纪实

自2014年年初以来，利比里亚连续爆发两轮埃博拉疫情，驻利使馆党委带领全馆同志，克服人员轮换多，人力资源结构弱，工作量大幅增加等实际困难，热情饱满，团结一致，兢兢业业，较为出色地完成了各项任务，为推进我国“疫情外交”，促进中利友好关系做出了贡献。

我馆党委在工作中，深入领会国内有关精神，不折不扣地贯彻落实国内指示，始终秉持前瞻性思维、底线思维和创新思维，脚踏实地，客观务实分析形势，并结合当下与长远，努力提前构思，提前布局，提出可操作性强的政策建议，调动一切有利因素，努力将不利因素转化为有利条件，较好地完成了我国四轮援助行动，七架次专机，近600吨抗疫物资卸载转运，两个援利埃博拉诊疗中心先遣小组来利考察，配合诊疗中心建设和159人医疗队接待安顿等任务。

在2014年8月11日我向利运送紧急抗疫援助物资的专机抵达利比里亚时，考虑到利机场设施简陋、利政府部门卸载和运输大批物资的能力有限且机场离市区遥远、路况又很差等不利情况，我驻利使馆提前紧急协调利方有关部门、中国维和部队和中资企业，发动各方力量，确保了大批物资在专机停靠的短短两小时时间里得以及时卸载，并随即运至市区。

2014年8月12日，我驻利使馆与利政府为中国援利抗疫物资举行盛大的交接仪式，张越大使与约翰逊－瑟利夫总统出席，约翰逊－瑟利夫对中国率先提供大规模抗疫援助的义举高度赞扬。随后张大使陪同约翰逊－瑟利夫察看我援助物资，并为其一一介绍各类医疗物品用途，约翰逊－瑟利夫仔细端详，不禁赞叹中国援助物资种类之多、数量之大，并一再表示这些物资都是利当前抗疫最急需的。

当地时间2014年8月11日18:29时，中国第一驾援利抗疫物资专机抵利。

2014年8月11日18:44时，中国第一批援利抗疫物资抵利，张越大使和利外交部代理部长格里斯比到机场迎接。

2014年8月12日，中国第一批援利抗疫物资交接仪式在利港务局举行，张越大使和利总统约翰逊-瑟利夫（左一）在视察我援助物资。

交接仪式结束后，张大使又不顾疫病风险，陪同约翰逊-瑟利夫总统前往集中收治埃博拉病人的三家医院，慰问医务人员并看望埃博拉患者。抵达医院后，约翰逊-瑟利夫总统特意向工作在一线的医护人员介绍中国大使，并表示中国刚刚向利提供大批紧急医疗物资援助，很快这批物资就会分发到医务人员手中。在场人员一致欢呼，对中国的及时援助深表感谢。

2014年10月下旬，我国援利抗击埃博拉诊治疗中心项目建设组抵利，他们需要在一个月内建成一个100张床位的埃博拉治疗中心，时间紧、任务重，且由于疫情影响，中资公司员工大部分都已回国，当地施工机械难找，原材料也很缺乏。为如期完成这一重要任务、尽快建成诊疗中心并收治埃博拉患者，张大使率馆党委积极想办法，协助协调联合国机构同意我国驻利维和部队施工，并发动留守的中资公司员工带领当地工人一起干，同时多方寻找施工机械和建材，克服种种困难，最终在短短一个月时间里完成建设任务，创造了“中国速度”、“中国质量”和“中国奇迹”。

2014年11月25日，中国援利埃博拉治疗中心举行竣工启用仪式，利总统约翰逊-瑟利夫亲自出席，卫计委崔丽副主任为团长、总后勤部卫生部任国荃部长为副团长的中国政府高级代表团专程访利并出席仪式。约翰逊-瑟利夫总统在致辞中高度评价中国援非抗疫特别是援利抗疫的举措。约翰逊-瑟利夫在参观诊疗中心时盛赞诊疗中心建设质量一流、设施先进，堪称典范，是中利友好的又一见证。

诊疗中心竣工后，在运营手续和接收病人等方面又面临新的挑战，张大使积极寻求利方和国际社会在利抗疫力量的协助，并指导和协助医疗队开展与在利各个国际抗疫机构交流、了解情况、学习经验，确保了诊疗中心顺利运营和接诊埃博拉病人。在诊疗中心开始运营后，张大使又率使馆各部门负责人定期前往诊疗中心，与医疗队进行工作对接，提出工作建议，帮助解决困难。

我馆坚持因地制宜，根据利国情、民情和社情，积极主动，在全力做好我国系列援助举措落实工作，树立中国政府“雪中送炭”形象的同时，开拓思路，更多扶助利基层民众和组织参与抗疫，起到了“锦上添花”、“星火燎原”的效果。

我馆在全力做好各项抗疫援助举措的同时，积极主动开展公共外交，张大使率馆党委成员在各重要场合均发表演讲或接受采访，介绍中国援助情况，并宣传“中国经验”，讲述“中国故事”，增进利各界对我国援非援利抗疫行动的了解。

我馆党委积极践行党的“群众路线”，工作重心下沉，在疫情迅速蔓延，传言四起，中资企业员工及华侨华人恐慌不安情绪快速上升之际，张大使率使馆党委成员探望慰问中资企业和华侨华人，深入到厂矿车间、饭馆旅店、街头商铺，挨家挨户走访，实地了解华侨华人工作生活状况和情绪动态，向其传递党中央关怀

2014年10月26日，中国援利埃博拉治疗中心建设物资专机抵利，张越大使和利外交部部长助理佐（左三）等在机场迎接。

2014年11月15日，利比里亚政府为中国援利医疗队举行欢迎仪式，并现场进行了援利物资的交接，图为利外交部长恩加富安和我国驻利大使张越各自代表本国政府在交接文件上签字。

2014年11月25日，中国援利埃博拉治疗中心举办中心竣工启用仪式，利总统约翰逊－瑟利夫、卫计委崔丽副主任出席仪式。

2014年8月26日，张越大使走访慰问在利中资企业和华人华侨。

埃博拉时期的问候姿势。2014年11月19日，张越大使在使馆为援利医疗队员加油。

2015年11月21日，张越大使现场为医疗队解决问题。

2015年1月16日，使馆与医疗队联席例会。

2015年1月12日，张越大使出席首批痊愈患者出院仪式。

并安抚他们沉着科学应对疫情，表示党和政府高度关注埃博拉疫情，时刻牵挂海外儿女的冷暖安危，使馆将24小时接受华侨华人的求助。张大使还表示使馆各部门将通过微信群、短信群、企业商会等多种平台与中资企业和华侨华人保持密切沟通，及时了解其情绪变化和需求。张大使还检查和指导防疫举措，并发放防疫物品。中资企业员工和华侨华人心目中进一步增强了“祖国是坚强靠山”、“使馆是娘家”的印象，大家深受感动，纷纷表示，有祖国的关怀，有使馆的帮助，这下我们就放心了；危难时刻更能感受到祖国的温暖和伟大，感谢党和政府！

在工作中，我馆全体馆员上下一心，齐心协力，充分表明驻利使馆是一个团结和谐，能打硬仗的集体，涌现了一批先进人物和事迹。“疫情外交”锻炼了我馆馆员队伍，增强了同志们的工作能力，同时也使我们认识到了差距所在。我馆党委及全馆同志有信心、有决心、有毅力进一步做好各项工作，争取在工作中取得更好的成绩。

第三节

中国驻几内亚使馆抗击埃博拉疫情纪实[①]

2014年8月12日，卞建强大使拜会孔戴总统，向其面交中国国家主席习近平就西非埃博拉疫情致其的慰问信。

①本文截稿于2014年11月。

2014年12月5日，卞建强大使陪同访几的中国政府援非抗疫高级专员、国家卫生计生委应急办主任许树强拜会孔戴总统，并与孔戴总统一起接受记者采访。

2014年4月25日，卞建强大使向几内亚外交部转交一批消毒水等物资。

2014年10月7日，驻几内亚大使卞建强出席中国援几抗击埃博拉疫情新一批援助换文签字仪式。几国际合作部长穆斯塔法·萨诺，社会行动、妇女和儿童促进部长卡马拉·萨那巴·卡巴，使馆经商参赞高铁峰等出席，世界卫生组织驻几代表处也派代表出席。

埃博拉病毒疫情2014年3月爆发以来，至2014年11月，在几内亚已肆虐长达八个月之久，该病毒系全球已知的致死率最高的病毒之一，目前既无防疫疫苗，亦无有效疗法，给几当地民众生命健康安全、经济社会稳定造成巨大冲击。病毒无情人有情，为帮助几政府和人民抗击疫情，中央英明决策，周密部署，实施了一系列重大对几援助举措，取得了突出成效和巨大反响。

面对疫情威胁，驻几使馆全体馆员在部党委、馆党委领导下，妥善应对，上下同心，团结一致，扎实开展疫情期间内外工作，以实际行动践行着“忠诚、使命、奉献”的当代外交人员核心价值观。

一、患难见真情，努力打造疫情外交新亮点。

几系我国传统友好国家。2014年3月疫情在几爆发以来，我馆始终以疫情外交为重点，将我国援助行动与公共外交相结合，极大地巩固和发展了两国传统友好关系。

一方面，当好“前哨兵”和“参谋部”。疫情发生后，我馆密切跟踪形势发展，于5月及时建议向几提供人道主义援助。由于国内快速反应，我国一系列包括现汇、物资、粮食和医护专家在内的援助取得了突出成效，为国际社会加大对几援助力度起到了重要引领作用。卞建强大使始终与孔戴总统、外长、卫生部长、国际合作部长等几政要保持密切联系，先后多次拜会总统，多次电话沟通，第一时间向其通报援助举措。认真做好5月、8月两批援助物资的交接工作，确保包机停靠、卸载和交接等工作完美衔接，不出现丝毫纰漏。先后多次协助我赴利比里亚、塞拉利昂援助包机办理飞越领空许可。

另一方面，我馆高度重视疫情期间公共外交。先后精心组织多场援助媒体吹风会，交接现场新闻发布会等。卞大使十多次接受几国家电视台等当地媒体采访，介绍我国援助举措，传递中国人民的深情厚谊。并多次接受新华社、人民日报、中央台等国内媒体采访，介绍几政府和人民对我国援助的赞扬和感激之情。鉴于我国内媒体在几无驻站记者，为扩大宣传效果，我馆主动为其提供援助物资交接现场的第一手照片、视频等。

二、外交为民，全力保障我在几人员安全。

中国在几公民人数众多，据不完全统计，逾万人。疫情迅速蔓延给我国在几机构、人员安全造成巨大威胁，也给我领保工作带来很大挑战。馆党委高度重视

2014年7月20日，驻几内亚使馆召开中资企业和华侨华人代表座谈会，就防范埃博拉疫情等做动员部署。

2015年1月1日，卞建强大使及使馆主要领导赴医疗队看望慰问全体援几医疗专家并与他们座谈。

2014年8月11日，中国政府援助几内亚抗击埃博拉疫情紧急人道主义医疗物资交接仪式在科纳克里国际机场举行，驻几大使卞建强、几国际合作部长、社会行动部长、卫生部办公厅主任等出席。

我在几人员安全和健康，既及时把关心与鼓励传达给每一位公民，又指导我人员科学防疫，提高防范意识。

疫情发生后，卞大使与馆党委委员先后召集几个中国工商会、华商会负责人召开专门会议，转达国内和使馆的关心和慰问，介绍疫情并请其做好我企业员工、华侨华人情绪安抚工作。卞大使在华商会月度工作会上多次强调，使馆是广大侨胞的"主心骨"和"在海外的家"，引导大家正确认识疫情，加强防范、避免恐慌，卞大使及主要馆领导先后赴多家中国公司项目施工工地慰问员工，给大家"打气"，至2014年11月，我国在几公民无人感染。

我馆在疫情发生次日，在使馆网站发布预警信息，提出防疫建议，并及时更新最新疫情数据，为我国公民了解疫情发展趋势，加强卫生防范提供了重要信息渠道。建立与中资企业、华侨社团的每日通气制度，通过电话、QQ群、微信群等沟通方法及时互通最新疫情、几政府最新防疫措施及我人员安全信息。先后六次组织我公共卫生专家和援几医疗队为我公民开展防疫讲座，提高我方人员防疫意识。结合现实需求，向工商会、华商会提供一批医疗物资。我国公共卫生专家和医疗队员身处抗疫第一线，馆党委对其格外关心，不定时询问了解情况，给予指导，在生活物资保障、对外开展工作等方面提供全力协助。

扎实做好领事保护工作。因惧怕疫情失控，部分中资民企员工强烈要求回国并与资方发生激烈冲突，我领事官员先后处理十余起类似事件，通过对劳资双方晓之以理，认真耐心做好调解安抚工作，成功化解双方矛盾，对执意要求回国人员，我馆按规定给予其必要协助。

三、张弛相济，妥善做好内部工作。

疫情的不断蔓延和长期化态势，不仅严重威胁着馆员的安全，也影响其身心健康。馆党委对此高度重视，坚持"稳定队伍"与"加强管理"两手抓。

一方面，及时向馆员通报疫情最新情况，帮助馆员排除恐惧，打消顾虑，鼓励大家以乐观心态迎接挑战，及时传达国务院、部领导的慰问，传递正能量。提醒馆员减少不必要的外出，尽量避免参加集体活动，要求大家提高防疫意识，讲究个人卫生。组织大家收看埃博拉防疫宣传片，组织医疗队对馆员进行疫情防范讲座和体检，开展健康咨询活动。办好工作午餐，启动心理辅导，由馆领导对大家进行心理疏导和答疑。开展踢毽子、打太极、服饰展等丰富多彩的文体活动，为馆员舒缓压力，愉悦身心。

另一方面，加强内部管理，要求当地雇员自觉接受体温检测，为其配发消毒

2014年12月9日，中国在“中非民间友好行动”框架下援助几内亚青年抗击埃博拉疫情宣传协会物资交接仪式举行，驻几大使卞建强、几青年和青年就业部长等100余人出席。

2014年12月17日，中国政府援助几内亚200万美元抗击埃博拉疫情粮食物资交接仪式在世界粮食计划署科纳克里仓库隆重举行。卞建强大使、几国际合作部长穆斯塔法·萨诺、社会行动部长萨纳巴·卡巴、世界粮食计划署驻几代表等出席仪式。

2014年12月24日，驻几内亚大使卞建强出席中国政府援助几新闻部抗击埃博拉疫情新闻宣传物资交接仪式，几新闻部长阿鲁塞尼·卡凯·马卡内拉等50余人出席仪式。图为卞大使向马卡内拉部长转交摩托车钥匙。

2015年1月12日，卞建强大使出席在科纳克里国际机场举行的中国政府为帮助几政府抗击埃博拉疫情提供新一批医疗卫生物资交接仪式，几国际合作部长萨诺、卫生部办公厅主任、使馆经商参赞高铁峰等出席。

2015年2月16日，卞建强大使、医疗队队长王振常通过视频连线向中共中央政治局委员、国务院副总理刘延东汇报工作并拜年，使馆全体馆员、医疗队全体队员参加视频通话会。

水、洗手液、体温枪等医疗卫生用品，敦促其讲究个人卫生，严禁其参加埃博拉感染病人葬礼等。重点做好领事部、接待室、办公楼门厅等重要区域的消毒工作，坚持每日打扫，每日消毒，为领事部、出纳室安装紫外线消毒灯。完善来客卫生检疫措施，要求来访者自觉消毒，接受体温检测，彻底切断病毒传入链。

四、勇于担当，关键时刻锤炼队伍。

几属四类艰苦地区，使馆工作条件本已非常恶劣，加之本次埃博拉疫情猝然来袭，给馆员内外工作形成重压。但全馆同志在外交部党委和馆党委关怀和领导下，加班加点工作，不言苦，不怕累，不畏艰险，不辱使命，经受起了考验，以实际行动展现了坚定的理想信念和突出的能力素质，事实证明这是一支敢打必胜的优秀外交队伍。

为体现我国在抗埃防疫关键时期对几的强有力支持，卞大使不畏风险，积极走出去开展疫情外交，传递中几友谊，展现中国形象。在我国援助物资筹备，运抵和交接的关键时刻，卞大使身先士卒，事无巨细，不辞劳苦，为全体中国公民和使馆馆员坚守树立了榜样。为确保8月11日我国专机运送援几物资顺利交接，我馆同志克服人手少，任务重，环境恶劣，病毒肆虐的重重困难，连续奋战五天，确保了各项工作圆满完成。卞大使奋战在一线，忘记了自己的生日。贾桂玲政务参赞和李国栋随员在此期间因劳累过度罹患疟疾。李一度高烧达39℃，仍带病工作；贾参放弃陪伴来馆探亲的女儿，全心开展工作；政治处张耀同志发着低烧还坚持上班。

疫情期间领保工作难度空前，2014年6月，几一个中国诊所护士猝死，几卫生部怀疑是埃博拉病毒感染致死，办公室主任马金明不畏威胁，毅然携带防护服前往处理善后工作，并陪同家属将其下葬。10月，中国德瑞一员工感染恶性疟疾，高烧不退，收治他的医院坚持将其送至埃博拉隔离中心化验。闻讯后，我馆立即与几卫生部、院方、我医疗队等沟通，要求其采取一切必要措施确保我患者不被其他埃博拉患者感染，所幸其不久即被治愈。

领事部作为对外窗口单位，需接待大量几当地签证申请者，病毒威胁极大，领事部两位女同志对此毫无怨言，在切实采取保护措施前提下，坚持正常对外工作，并耐心做好签证新措施解释工作。政治处长期缺编，仅有两名首任常驻的新干部，他们要经常赴几政府部门进行有关沟通协调。面对巨大工作强度，他们从无难色，任劳任怨，主动承担并出色完成大量工作，确保了处内工作的顺利开展。

当前疫情仍在发展，我馆将在部党委正确领导下，发扬连续作战、不畏艰险的作风，坚守岗位，履行职责，继续扎实有效开展内外工作，请祖国和人民放心。

后记

王毅部长访问西非三国

2015年8月8-10日，我国外交部部长王毅访问了遭受埃博拉疫情冲击的塞拉利昂、利比里亚和几内亚西非三国。

中国帮助非洲抗击埃博拉义不容辞

8月8日，外交部长王毅在访问塞拉利昂时举行的记者会上表示，中国帮助非洲抗击埃博拉义不容辞。王毅说，中国和非洲历来相互支持，相互帮助。历史上，非洲兄弟仗义执言，帮助中国恢复了在联合国的合法席位。在涉及中国核心利益的重大问题上，非洲一贯给予我们大力支持。这种支持应该是相互的。在非洲兄弟遇到危难时，我们当然也要伸出援手。

王毅说，中国是一个负责任的大国。尽管仍是最大的发展中国家，但中国是联合国安理会常任理事国，是堂堂正正的大国。面对全球最大的公共卫生危机，中方必须作出反应，作出贡献，不能袖手旁观。

第三，王毅说，“以人为本”是中国党和政府的执政理念。人的生命是最宝贵的。习近平主席前年访问非洲时，充分肯定中国医疗队多年来为保护非洲人民生命健康作出的贡献，提出了“不畏艰苦，甘于奉献，救死扶伤，大爱无疆”的中国医疗队精神。这种精神在抗击埃博拉这一重大考验面前再次得到了最好的弘扬。

中国在帮助塞拉利昂、利比里亚、几内亚三国抗击埃博拉时，在第一时间伸出援手，展开了中国有史以来最大规模的公共卫生援助行动，创造了多个“第一”：在塞拉利昂等三国元首提出国际援助呼吁后，中国国家主席习近平第一个做出积极响应，之后又亲自宣布多轮援助举措；中国派大型包机给三国运来第一批最需要的紧急抗疫物资；中国第一次向海外派出成建制医疗部队；第一次在海外建

8月8日，塞拉利昂总统科罗马在弗里敦会见了王毅部长。王毅表示，祝贺塞拉利昂在科罗马总统领导下取得抗击埃博拉疫情的决定性胜利，相信塞拉利昂一定能早日彻底消灭疫情。中塞有着相互帮助、相互支持的好传统。在塞拉利昂面临危难之际，中方应当伸出援手，提供帮助。中方对塞拉利昂的帮助将始终坚持符合塞的国情和发展需求、提高塞的自主发展能力、惠及塞的广大民众三项原则。在“后埃博拉时期”和塞实现“繁荣纲领”发展目标进程中，中方将继续与塞拉利昂人民坚定地站在一起。中方愿与塞方加强医疗卫生合作，帮助塞拉利昂建立健全公共卫生体系；加强矿业和产能合作，帮助塞拉利昂建立工业体系；加强农业和渔业合作，帮助塞拉利昂强化粮食自给体系；加强基础设施建设合作，帮助塞拉利昂完善最需要的基础设施体系；加强人力资源开发合作，帮助塞拉利昂建立人力资源保障体系。

8月8日，正在塞拉利昂访问的外交部长王毅在塞首都弗里敦看望和慰问中国驻塞使馆、中国医疗队、中资企业人员。

当地时间8月10日，王毅部长看望中国驻几内亚使馆工作人员。

当地时间8月9日，利比里亚总统约翰逊－瑟利夫在首都蒙罗维亚会见外交部长王毅。王毅祝贺利比里亚在约翰逊－瑟利夫总统领导下率先战胜埃博拉疫情，重新凝聚国家力量，并为未来发展开辟出新前景。王毅表示，中方愿在“后埃博拉时期”根据利方需要，帮助利加快重建，推进经济社会发展。中方愿向利增派更多医疗人员，充分利用中国提供的埃博拉治疗中心医疗设备服务利公共卫生体系建设。中方愿鼓励和支持中国企业以多种方式参与利港口、机场、道路、水电等基础设施建设和运营，为利培训更多政府人员和优秀青年，帮助利破解基础设施落后和人才不足两大发展瓶颈。中方愿鼓励企业积极参与利资源开发，向利转移最需要的优质产能和技术，帮助利建立加工和制造业体系，提高自主发展能力。

2015年8月9日，王毅部长与我国驻利比里亚使馆工作人员合影。

2015年8月9日，王毅部长赴中国援助利比里亚ETU诊疗中心视察，并看望了现场正在从事SKD体育场维修施工的河北建工集团员工。

当地时间8月10日，几内亚总统孔戴在科纳克里总统府会见外交部长王毅。王毅祝贺几内亚在孔戴总统领导下，全国人民团结一致，取得抗击埃博拉的决定性胜利。王毅表示，中国与几内亚有相互帮助的传统，中方不仅在埃博拉肆虐时第一时间向几伸出援手，也将在“后埃博拉时期”率先帮助几内亚加快经济社会发展。中方愿与几方把两国传统友好和经济互补两大优势转化为互利合作新动力，把几内亚丰富的自然和人力资源优势转化为国家发展的实力。针对几内亚基础设施滞后和人才缺乏两大发展瓶颈，中方愿鼓励和支持中国企业参与几基础设施建设，帮助几内亚积累发展的硬条件，培训各类人才，帮助几内亚改善发展的软条件。中方还愿与几方打造加工和制造业、粮食安全、公共卫生防疫三个发展体系，解决就业、吃饭、健康三个民生问题。

立移动和生物实验室；第一次在海外建立传染病医疗中心。这一连串“第一”不仅在中非友好史上写下了新的篇章，也在国际救援史上留下深深的印记。中国用自己的行动体现了我们是塞拉利昂和非洲人民真正可信任的朋友。

王毅表示，当塞拉利昂埃博拉肆虐国际航线纷纷停飞时，中国的747包机横跨三大洲、飞越半个地球运来急需物资；当外国在塞人员不断撤离塞拉利昂时，中国派出多批次医疗专家来到一线，与塞拉利昂人民并肩战斗在一起；当许多人对塞拉利昂的前途悲观失望时，中国一直坚信塞拉利昂人民一定能在国际社会帮助下战胜疫情。今天，我们看到塞拉利昂已经取得了历史性的胜利。相信塞拉利昂将很快完全战胜疫病，获得浴火重生。

当地时间8月9日，外交部长王毅在访问利比里亚时举行的记者会上表示，中国发展与利比里亚及非洲各国的合作关系时，将尊重非洲国家的独立、主权和自主选择的发展道路，契合各国的发展战略与需求，致力于提高非洲的自主发展能力，合作成果惠及广大民众。同时，中国的援助与合作不附加任何政治条件，不提出任何强人所难要求。

2015年8月10日，外交部长王毅在几内亚结束三国访问时接受了中国媒体采访。

王毅说，一路走来，我看到三国抗击埃博拉已取得决定性胜利，利比里亚已率先宣布结束疫情，相信其他两个国家也将很快彻底战胜疫情。三国都已将注意力集中到“后埃博拉时期”的经济社会重建。我同三国领导人及外长就此进行了详细、具体和深入探讨，达成了一系列共识。埃博拉在西非三个最不发达国家肆虐，根本原因是贫困。三国要从源头上解决问题，不使埃博拉再次发生，最重要的是要尽快摆脱贫困，实现发展，振兴国家。在此过程中，逐步建立健全公共卫生体系，保卫人民生命健康。

王毅说，要发展，就要找到适合自身国情的发展道路。三国当务之急是破解基础设施欠缺和人才资源缺乏两大发展瓶颈。中方向三国表明我们愿意发挥中方优势，提供必要帮助。事实上中国与非洲在这方面的合作已取得了重要成果，得到了非洲各界的积极评价。

王毅表示，非洲国家政治上已经获得独立，但经济上真正独立还要不懈奋斗。从长远看，非洲应提高自主发展能力，建立工业体系。我就此与各国进行了深入探讨。中方愿帮助非洲将丰富的自然资源转化为经济实力，通过与非洲开展产能合作，从当地资源的深加工开始，逐步帮助非洲建立独立的工业体系。在这方面，中方完全有能力、有条件成为非洲最理想和最可靠的合作伙伴。三国都表示加快工业化是根本方向，欢迎中方向非洲转移需要的产能。

王毅表示，今年年底将举行中非合作论坛第六次部长级会议。15年来，在中非双方努力下，中非合作论坛不仅为非洲大陆的发展发挥了重要作用，而且带动其他大国纷纷加大对非洲投入，更加重视非洲。此次会议很可能升级为峰会。中方愿与非方一道，结合非洲需要，探讨帮助非洲加快推进工业化进程、建立健全公共卫生体系、维护非洲和平稳定等新领域合作，深化贸易、投资、教育、科技等传统领域合作。相信此次会议一定能开成中非团结合作、互利共赢的历史性盛会。

中国在非抗击埃博拉人员不愧为中华民族优秀儿女

8月8日，正在塞拉利昂访问的外交部长王毅在塞首都弗里敦看望和慰问中国驻塞使馆、中国医疗队、中资企业人员。王毅表示，党中央、国务院十分关心大家，祖国人民惦记大家。去年以来，面对突如其来的埃博拉疫情，面对复杂多变的环境，甚至生和死的考验，大家选择了坚守、选择了担当、选择了奉献。驻塞使馆全体同志主动放弃休假，不分昼夜将救援物资、人员及时运送到位。医疗人员奔赴疫情肆虐的最前线，与当地人民一起抗击疫情。不少企业捐钱捐物，践行了社会责任。所有曾经与疫情奋战的同志们很好地完成了任务，经受了严峻考验。大家不愧为中华民族的优秀儿女，外交阵线的优秀集体。

王毅表示，“后埃博拉时期”工作更加艰巨。希望大家团结努力，再立新功，深化与非洲人民的友好感情，树立中国的良好形象，扩大国家在非洲的影响，巩固中国外交的基础。

在结束对西非三国的访问时，8月10日是，王毅部长在几内亚再次向媒体表示，此行出访受埃博拉疫情冲击的西非三国，一项很重要的任务就是慰问和看望我们的同事和同胞。三国埃博拉疫情肆虐时，各国人员纷纷撤离当地。但我们的使馆工作人员、医疗人员、维和人员以及工程技术人员选择了坚守、选择了担当、选择了奉献。他们不仅与当地人民共同抗击埃博拉，还很好地完成国家赋予的各项任务，经受住了一场严峻的考验。我们一定要当面向大家表示感谢，表达敬意。

王毅说，抗击埃博拉的这段经历再次表明，外交工作绝不仅仅是西装革履、迎来送往，而是要用我们的智慧和汗水，维护国家利益，捍卫民族尊严，树立国家形象，扩大对外影响，提高国际地位。哪里有需要、哪里有任务，外交人员就应出现在哪里，就应坚守在哪里。不管出现多么复杂的情况，面对多么严峻的挑战，我们都要履行外交人员应尽的职责和义务，要用行动来恪守忠诚、使命、奉献这一外交人员的核心价值观。

第四章
中国赴非维和部队抗埃纪实

中国赴利维和运输分队加强武装力量，确保物资和人员的安全

第一节
中国赴利比里亚维和工兵分队
抗埃纪实

2014年6月，埃博拉疫情在利比里亚卷土重来，快速传播，感染人数骤然上升，疫情疯狂肆虐，严重威胁着维和官兵的生命安全。到达任务区后，大队党委认真分析任务区疫情形势，科学制定了四类30项防控措施，采取“人防、物防、技防”相结合的方式，突出抓建了以下几个方面：

一、注重教育引导，提升官兵防范能力

初到任务区，多数官兵对埃博拉病毒出血热的认识，仅仅停留在“字面”上，尤其是该病的表现症状及预防措施，大家更是一知半解，为了提升官兵防范意识，大队广泛组织宣传教育，努力使官兵既懂常识、更会防护，切实筑牢抗击埃博拉疫情保卫战的坚实堡垒。

（一）立足自身，搞好宣传。每周五交班会传达联利团疫情通报，每月组织一次集中授课，并广泛利用营区广播、小报、展板等平台进行宣传教育，制作《防埃常识》《七步洗手法》宣传卡片，张贴在卫生间、洗漱池显要位置，制作《埃博拉预防手册》口袋书，提高知识水平和防范能力。

（二）邀请专家，帮带辅导。主动邀请医疗分队专家到营区授课，讲授防埃博拉等传染病知识，并配合医疗分队制作完成了《防控埃博拉病毒出血热》宣传片，每周二、五放电影前集中播放，便于官兵理解掌握防控知识。

2014年7月5日，中国赴利比里亚维和工兵分队官兵在听取防疫专家讲解埃博拉预防技巧。

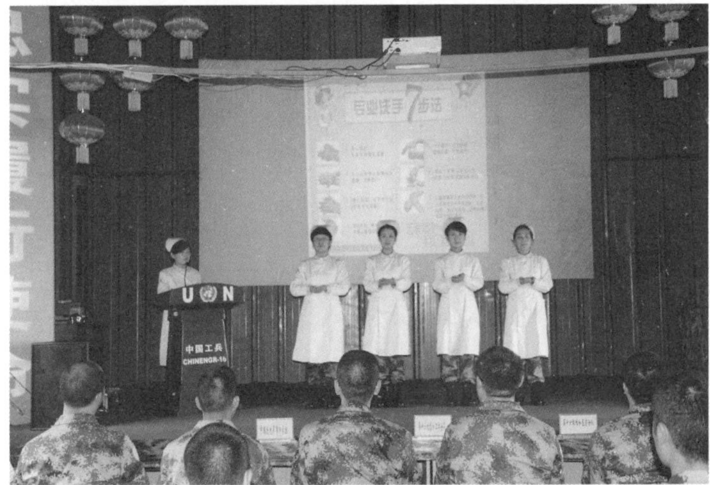

2014年7月23日，中国赴利比里亚维和医疗队为工兵分队官兵讲解埃博拉病毒的预防方法。

2014年7月5日，中国赴利比里亚维和工兵分队官兵在讲解防疫服的穿戴方法。

（三）定期考核，逐个把关。每天新闻前五分钟，各中队抽查防疫常识，每月组织两次防疫常识考核，对考核不合格人员大队集中进行辅导，确保人人过关。

二、采取强硬措施，全力切断传播途径

针对埃博拉疫情的传播特点，结合营区环境和施工特点，我们认真分析该疾病可能存在传播方式，针对性制定了防控措施，较好地预防了疾病的传播。

（一）强化人员管控。实行封闭式管理，严格营门管控，严把车辆派遣关，严禁与当地人接触。

1. 营区实行封闭式管理，每月集中组织一次健康教育，利用营区广播、小报、板报宣传埃博拉病毒出血热防治知识，通报疫情状况。

2. 营门岗哨不得与营区外人员近距离接触，遇有情况，及时报告值班室处理。

3. 严格控制车辆，一切外出车辆必须经值班领导批准，指定干部带车，途中严禁从事与任务无关的事情。

4. 经检验合格后的来访人员，由我方人员陪同引导，按规定的时间、路线和区域活动，禁止进入官兵宿舍和食堂。

（二）加强个人防护。教育引导官兵养成良好生活习惯，注重个人卫生，科学健康饮食，提高防范意识。

1. 引导官兵自觉做到勤洗手、勤换衣、不随地吐痰等良好卫生习惯。

2. 教育官兵用洗手液或肥皂洗手，勤洗澡、勤洗衣物、勤剪指甲。

3. 外出时，严禁官兵与野生动物如蝙蝠、猿、猴直接接触，严禁购买或食用丛林野生动物，严禁与当地人直接接触，如握手、拥抱，禁止接触死亡动物的尸体。

4. 每周二、周五对宿舍、多功能厅、餐厅等场所进行两次消毒。

5. 严格落实自助就餐、食物留验、检验检疫和餐具厨具每餐消毒等卫生管理制度和措施，炊事班保证好开水供应，每名官兵每日饮水不少于1500毫升。

6. 加强饮用水消毒处理设备的检修维护，每月清洗储水罐并更换净水设备滤芯，每月到二级医院进行一次水质检验，确保水质安全。

7. 注意个人卫生，饭前便后洗手，洗手时用洗手液或肥皂，勤洗澡、勤洗衣物、勤剪指甲，每周三、周六统一晾晒被褥。

8. 中队指导员为传染病疫情责任人，每天检查所属人员的出勤和身体健康情况，各中队负责营区的卫生清理整治，做到垃圾污物日产日清，作战组指派人员

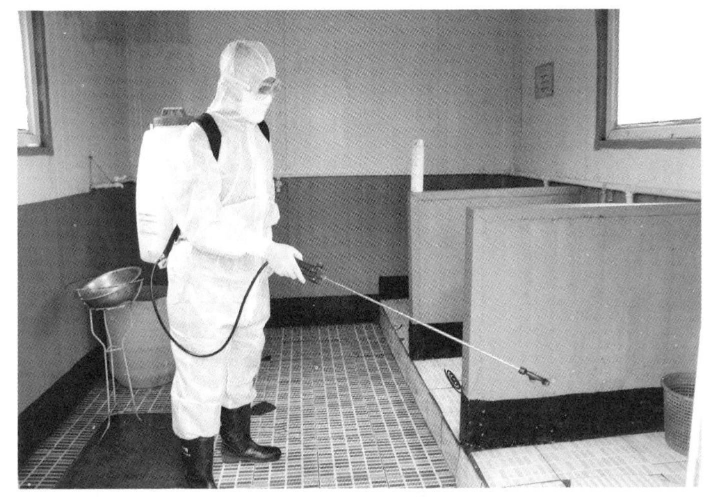

2014年7月14日，维和队员对营区环境进行“消杀灭”。

中国赴利比里亚维和工兵分队官兵定期进行体检。

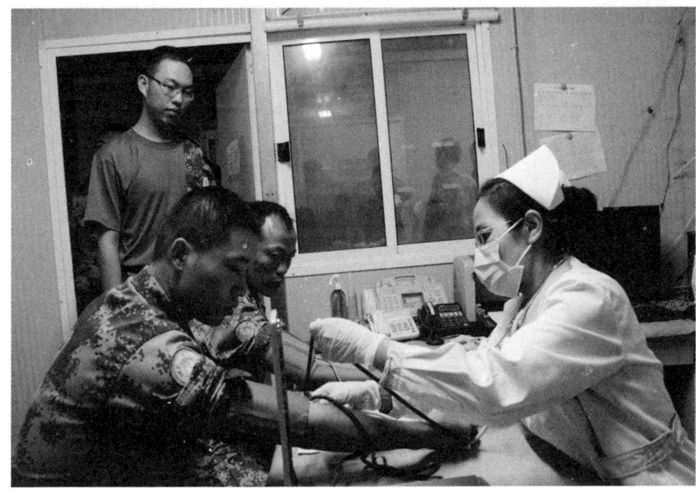

中国赴利比里亚维和工兵分队官兵定期进行体检。

进行督促管理。

9. 每日上午10点到11点，下午4点到5点官兵宿舍、室内活动场所实行对流通风。

（三）严格施工防控。采取严格措施，实行隔离施工，切断传播途径，确保埃博拉病毒零感染。

1. 一切人员车辆外出必须经大队首长批准，并佩戴好口罩、手套，带好洗手液、消毒液。

2. 禁止与当地人直接接触，如握手、拥抱，严禁接触尸体及体液，严禁参加当地葬礼和集会。

3. 避免与野生动物如蝙蝠、猿、猴直接接触，严禁接触动物的尸体及体液。

4. 严禁食用野生动物，其他的肉类要彻底烹熟方可食用。

5. 严禁引用生水，要饮用开水、瓶装水或含氯消毒剂消毒过的水。

6. 外出施工时必须穿作战服，着作战靴，喷涂防蚊液以防范蚊虫咬伤，严禁私自进入丛林。

7. 外出施工时，在作业区设置安全隔离设施，派出警戒人员，防止当地车辆和百姓靠近。

8. 部队施工宿营时，在宿营点周围设置不小于两米宽的隔离区，严禁与当地百姓近距离接触；划分生活区和施工装备停放区，进入生活区严格进行洗消；随行军医要协助负责人对施工地段进行流行病学侦查，合理安排施工地点，及时清除杂草、垃圾；生活垃圾要及时收集、淹埋，野战厕所要放在下风口位置低隐蔽处，便后及时加土填埋等。

9月初，大队为进行绥—渔道路维护修缮的30余名官兵提供卫勤保障，当时利比里亚正处于埃博拉病毒肆虐的高峰期，而绥—渔道路是连接利比里亚首都蒙罗维亚和绥德鲁的惟一干道，人员车辆流通量非常大，以当地政府的防范水平，在这样一条主干道上进行道路的维护是非常危险的，随时都有可能遇见从首都迁往绥德鲁的埃博拉患者。在受领任务后，一级医院迅速召集人员，对本次施工卫勤保障的具体情况进行了分析，对可能会出现的紧急情况进行了模拟，制订了《外出施工防埃小贴士》、《外出施工埃博拉应急预案》等相关材料，最后组织一级医院人员进行了一次遇埃博拉疑似病例处置流程的演练，进一步加深了医务人员对流程的熟悉程度。

任务开始后，军医在宿营点的选择上建议远离村落、集市等人员聚集地，减少与当地人的接触，并在施工期间提出了几点建议：

1. 严禁与当地人交往接触，必要时由翻译一人进行沟通，并保持2米以上

防疫期间，中国维和部队对外出人员、车辆指定行进路线、活动范围、停放位置，防止交叉传染。图为中国赴利比里亚维和工兵分队对施工工具进行消毒。

中国赴利比里亚维和工兵分队每天对执行任务车辆进行消毒，确保将病毒防范于营门之外。

所有官兵每日检测体温两次，指导员具体负责落实，军医每日到班排巡诊，掌握官兵健康状况。

距离。

2．宿营点设隔离带、岗哨，严禁当地人进入；

3．宿营点门口设洗消点，对外出施工归来人员车辆进行全面的消毒；

4．严禁食用蛇、猴、蝙蝠等当地动物；

5．外出施工人员戴口罩手套，施工地段两端设警卫；

6．在外发现动物死尸及时上报。

（四）圆满完成援建任务。

10月28日，一级医院接团首长指示，为即将开始建设的中国援建利比里亚埃博拉隔离诊疗中心提供伴随保障，当时埃博拉仍然在利比里亚肆虐，蒙罗维亚作为利比里亚的首都，更是整个国家的重灾区，埃博拉病毒每天都会吞噬十几名患者的生命；这对卫勤保障提出了严峻的考验。接到命令后，一级医院迅速召开会议，研讨如何在施工顺利完成的情况下保障好官兵的身体健康，尤其是在埃博拉形势这么严峻的情况下，卫生防疫是不可或缺的一部分。

任务开始后，经军医每日伴随保障，总结出以下几点：

1．当地人对埃博拉的防范意识薄弱，仍然会有集会、游行等各类人员聚集的活动，所以一定要减少与当地人的接触，官兵要在相对固定的场所活动。

2．在工作过程中，工地有当地人的参与，所以官兵在工作中要戴手套，一是防护作用，二是也可以保护自己减少外伤。

3．每日坚持早晚对官兵进行体温测量，出现发热患者及时用试剂检测（是否为疟疾）。

4．每日在去工地和返程的路途中，要将车窗摇起，避免当地人对我官兵的突然袭击。

5．在工地设置洗消点，对与当地人有过接触的及时进行消毒。

6．为每辆车配备免洗手消毒液，在行车途中方便官兵的消毒。

三、强化日常监测，及早发现病症

针对埃博拉病毒出血热传染力强、致死率高的特点，大队把预防监测作为重点，建立埃博拉防控小组，完善埃博拉监测机制，确保遇有情况立即启动应急预案。

（一）严格日常监测。

营门设立体温检测点、洗消区和洗手处，对进入的人员进行体温检测和车辆洗消，体温超过37.5℃和有埃博拉病毒出血热症状者严禁入内。

中国赴利比里亚维和工兵分队官兵对营区进行彻底消毒，定期进行再消毒，以此将感染风险降到最低。

防控工作领导小组每周检查防控制度落实、医疗防控场所管理和医疗配套设备使用和保养情况，并于每周交班会进行通报讲评。

（二）及时隔离观察。营区设置隔离区，对从疫区归来人员要进行不少于21天的隔离观察，隔离期间，严格按照隔离制度，并每日进行三次体温检测，若出现疑似症状，即启动应急预案。

四、加强疫情演练，提高应急能力

根据埃博拉病毒出血热疫情特点，结合大队实际，围绕驻地周边和营区内出现疑似（确诊）病例，制定了相应应急预案，储备了过氧乙酸、次氯酸钠、防护服、口罩等必备的防护药品和物资。一级医院按照《埃博拉病毒联利团医疗应急预案》进行了埃博拉病毒出血热防护、救治专业训练，掌握了埃博拉病毒出血热的防护和急救技术。每周进行一次应急处置演练，以熟练操作流程，提高应急处置能力，达到减轻直至消除危害，保障官兵的身体健康与生命安全，维护大队正常的秩序和安全稳定的目的。

第二节 中国赴利比里亚维和运输分队抗埃纪实

2014年2月，一场突如其来的埃博拉出血热疫情在西非国家几内亚爆发。短短几个月间，疫情迅速蔓延，利比里亚、塞拉利昂、尼日利亚相继“沦陷”，疫情所到之处阴云密布、哀号遍野，非洲大陆岌岌可危，人类健康和世界公共卫生面临严重威胁。

狼烟催战鼓，策马见英豪。3月下旬，以内蒙古军区汽车第28团为主抽组的中国第十六批赴利维和运输分队按计划赶赴利比里亚任务区，在埃博拉疫情疯狂肆虐的严峻形势下，科学筹划、周密组织、严防死守，在八个月的任务期，执行各类运输任务400余次，动用人员13000人次，出动车辆5520台次，运送物资4.8万吨，安全行驶65万公里，全体官兵“零感染”，圆满完成埃博拉疫情防控和各项维和运输任务。12月22日，回国后结束了21天医学观察的维和运输分队政委付进路如释重负地说：“我们终于打赢了这场疫情防控的攻坚战。”

祖国人民是“大后方”

“埃博拉”——世界卫生组织列为“史上最致命的传染病毒”。

“埃博拉”——被称为“死亡幽灵”、“嗜血恶魔”，传播速度快、传染途径广、致死率高达90%。

从3月疫情传入利比里亚，迅速呈现爆发态势，到7月30日就已感染391例，

277例死亡。

中国第十六批赴利维和运输分队从3月30日进驻任务区开始，就始终面临着三个方面的严重威胁。

埃博拉病毒在营区爆发的威胁。维和运输分队营区驻在利比里亚首都蒙罗维亚市，该市疫情非常严重的都瓦拉市场，距维和运输分队营区仅800米；出现第一例联合国工作人员感染病例的联利团后勤基地，距运输分队营区仅200米，病毒随时都可能传入营区。

运输任务途中被感染的威胁。作为联合国驻利比里亚特派团（简称“联利团”）直属的惟一一支专业运输部队，维和运输分队担负着联利团机关和各维和部队部署换防、物资建材、油料给水等运输保障任务，保障范围辐射利比里亚全境，不可避免地要与外界人员接触，被感染的几率很高。

任务区社会动荡引发混乱的威胁。由于政府处置不当，利比里亚医疗体系趋于瘫痪，防控工作全面失控，社会局势动荡不安，偷盗抢劫、示威游行、投毒报复、暴力袭击等恶性事件接连不断，当地民众冲击维和部队营区的可能性大大增加。2014年8月3日，联利团维和部队总司令员伦纳德·贡迪少将指出：“利比里亚有从埃博拉病毒危机向其他社会危机转变的可能，今后安全形势令人极度担忧。”8月8日，世界卫生组织正式宣布将埃博拉病毒列为“国际公共卫生紧急事件”，从而拉响了疫情防控的“全球警报”。

在这样重重威胁包围之下，对维和运输分队疫情防控工作提出了严峻的挑战。

相关防护知识的匮乏、各种防护器材的短缺、医疗技术力量的薄弱……各种问题接踵而至，疫情防控工作举步维艰。

俗话说，军队打胜仗，人民是靠山。远隔万里的西非大地上，维和官兵防控埃博拉疫情这场“攻坚战”，更离不开祖国人民这个坚强的“大后方”，中国维和官兵的安危冷暖始终牵动着党中央、中央军委和祖国人民的心。

疫情就是号令！时间就是生命！

疫情爆发后，中央军委和总部第一时间作出批示，要求维和部队把确保官兵生命安全和身体健康放在第一要位，抓紧制定完善严密细致的防护措施；同时抽调医务人员，筹集防护物资，火速运往疫区。

8月11日，中国首批援利抗击埃博拉医疗物资搭乘专机运往利比里亚，及时配发到任务一线的维和官兵手中，解了维和部队医疗物资短缺的燃眉之急；

8月16日，中国首支援利医疗专家组飞抵任务区；

2014年10月26日，中国赴利维和运输分队官兵在利机场装卸援利物资。

埃博拉疫情爆发后，中国赴利比里亚维和运输分队建立严格的疫情防范检查督查制度。图为2014年6月19日，维和部队卫生人员深入班排检查指导病毒防控。

2014年10月9日，国内医疗专家组来到蒙罗维亚费拉曼污水处理厂对维和官兵执行任务环境风险进行评估。

2014年10月9日，中国医疗专家组深入到维和步兵班排，为维和官兵提供埃博拉疫情防控的知识讲解，并帮助维和官兵进行疫情防控措施整改。

11月15日，中国维和官兵为中国援利诊疗中心提供安全警卫。

8月28日、9月24日，连续5个批次、总计380吨的医疗物资和防护器材源源不断地向疫区突进；

10月12日，中国援利医疗专家组专程来到运输分队营区开展授课辅导、心理咨询，深入加水站、排污区等执勤点评估风险，细化完善防控措施；

10月25日，中国援助利比里亚埃博拉诊疗中心先遣小组抵达蒙罗维亚；

11月9日，中国援利医疗队为维和官兵进行全面身体检查；

11月15日，第三军医大学和沈阳军区紧急组建中国人民解放军援利医疗队，奔赴利比里亚；

11月26日，中国援利埃博拉诊疗中心正式交付使用；

祖国后盾的磅礴力量安定人心、鼓舞士气，维和运输分队将祖国人民的高度关注和深切牵挂转化为战胜疫情的信念和动力。他们团结奋战、英勇无畏，坚守在抗击埃博拉的生死线上，整个西非大地传颂着“中国速度”、“中国援助”、“中国技术”、“中国效率”，西非人民见到中国维和军人都会竖起大拇指说道：“China，thanks!”

2014年中秋节，汽车团邀请维和官兵家属一起联欢。当维和士官张学彬与妻子进行视频连线时，望着泣不成声的妻子，张学彬动情地说：“有祖国和人民这个坚强后盾，我们一定能平安回家，你就放心吧！”

党员干部是“主心骨”

疯狂肆虐的埃博拉疫情给维和官兵带来了巨大的心理压力。

8月4日，乌云低沉，大雨滂沱。19岁的战士小魏跟随运输车队前往罗伯茨国际机场拉运物资。下午返回营区后，小魏神色紧张、精神恍惚、一言不发，晚饭没有吃就早早躺下了。

这一幕刚好被指导员赫林夫看到。经过了解得知，今天在返回营区的途中，几个感染埃博拉病毒死亡的黑人暴尸街头、无人处理。目睹了这一幕，大家非常恐惧。

赫林夫握着小魏的手安慰说：“小魏，第一次遇到这样的情况，难免会害怕。想想十年前的肆虐非典，我们都战胜了疫情。只要科学防疫、沉着冷静，我们一定会没事的！”

这句话给小魏吃了一颗“定心丸”。

在维和任务期间，各级党组织、党员领导干部充分发挥模范带头作用，成为部队的“排头兵”、官兵们的“主心骨”。

"要始终站在抗击埃博拉第一线，把疫情防控工作作为践行党的群众路线的最大实践，站好先锋岗、争当排头兵……"危急时刻，运输分队党委发出《致全体党员的公开信》。

一时间，"党员突击队"、"党员红旗岗"、思想骨干队、心理服务队活跃在这场没有硝烟的战役中。

有一种忠诚叫舍生忘死，有一种品质叫敢于担当，有一种精神叫牺牲奉献，有一个名字叫共产党员。

"政委，我是一名老党员，我去执行任务！"四级军士长苏利军主动请缨，这名有着14年党龄的老同志，毅然第一个站了出来。

"政委，算我一个，我也是党员……"

每一次运输任务前，一双双无比坚定的目光、一句句铿锵有力的话语、一声声激昂豪迈的誓言，诠释着一个个共产党员的赤胆忠心。

9月25日凌晨4时，12台满载建材物资和生活补给的运输车引擎低吼，由27名维和官兵组成的"党员突击队"全副武装，开赴沃因贾马。

车队刚刚驶出蒙罗维亚市区，漆黑的天空中骤雨倾盆而下，密集的雨水拍打着挡风玻璃，层层雨雾一片模糊，视线极差。大雨中的红土路形成了一尺多厚的黏胶泥，格外湿滑。

经过近六个小时的连续行驶，车队通过邦加。

邦加是一个靠近几内亚的边境小城，被联利团医疗机构判定为埃博拉病毒从几内亚传入利比里亚的第一条通道，是疫情防控的重点地区。

邦加的道路坑坑洼洼，拥挤不堪，交通混乱。正当车队减速通过市区时，7号运输车因为油管堵塞突然熄火，在闹市区抛锚，车队不得不停止行进。

突如其来的故障使没有任何防护措施的当地民众向车队聚拢而来。

副队长郑亚平当机立断，带领警卫人员戴好口罩、手套、护目镜，按照战斗编组，分左右两翼形成警戒隔离区域，保护修理小组迅速检修排除故障。

短短10分钟时间，故障车辆成功启动，车辆人员按规定洗消后，车队继续踏上征程。

下午3时，车队顺利抵达沃因贾马，官兵们迅速将物资卸载完毕。计划中的野外宿营点离几内亚边境仅15公里，当地社会治安恶劣，恶性犯罪事件频发，公共卫生条件极差，在这里多待一分钟，官兵们就多一分危险。鉴于当地形势，带队的运输分队分队长杜昇决定连夜返回营区。

十几个小时的长途跋涉，官兵们早已疲惫不堪、饥肠辘辘。

这时对讲机里传来杜昇铿锵有力的声音："同志们，越是危险困难，越是考验我们共产党员的时候！坚持就是胜利！”

披星戴月出发，沐着月色而归。凌晨2时，车队终于平安返回营区，又一次圆满完成任务。

一个个大项任务、一次次生死考验，锻造出一支无私无畏、忘我奋战的共产党员队伍。

利比里亚总统约翰逊-瑟利夫在会见中国驻利大使张越时高度评价说：“感谢中国维和部队的坚守和对我们的无私援助，为利比里亚抗击埃博拉疫情做出了杰出的贡献！”

科学防控是“硬任务”！

疫情就是敌情，防疫就是作战！

没有预警，没有先兆，战斗突然打响；没有硝烟，没有呐喊，蓝盔将士毅然踏进险象环生的特殊战场。

只有掌握真实的疫情，才能安定人心。运输分队积极与联利团、我驻利大使馆联系，全面跟踪疫情，开展形势分析，迅速建立起坚强有力的组织领导网络、畅通准确的信息共享网络和严密科学的疫情防控网络。

疫情爆发三天后，运输分队就建起了发热门诊和隔离病房，成为利比里亚任务区中第一支具备埃博拉疫情监测、观察、诊断和防控能力的维和部队。

“一日两测”、“一天三消”、“七洗四灭三严格”、“三携三戴一保持”……通俗易懂的防疫口诀凝聚着官兵们的智慧。

一项项应急措施、一个个防疫行动在营区内外有条不紊地展开。

营区内……

严把教育关：运输分队组织全体官兵认真学习《埃博拉出血热疫情防范措施》，观看埃博拉病毒防治宣教片，邀请医疗专家到营区进行病毒预防讲座。

严把营门关：设立专门洗消区，登记备案、体温检测、医学排查，人员不消毒不入营，车辆不洗消不进场。

严把消毒关：使用84消毒液、过氧乙酸等一日三次对食堂、厕所、排水沟等重点部位和公共场所进行洗化消毒。

严把检测关：每日巡诊，体温测试，建立官兵身体健康档案。

严把卫生关：勤洗手、勤换衣、勤晾晒被褥，开展“灭鼠、灭蟑、灭蝇、灭蚊”活动。

严把垃圾关：自建高温焚烧炉，对医疗垃圾进行集中无害化处理。

严把食品关：自助就餐、检验检疫、餐厨具消毒。

严把水源关：水质监测，定人定责。

中国赴利比里亚维和运输分队严把营门防疫关口，对进出营门的每辆车进行认真检查和洗消。

维和部队对进出营门的车辆、人员进行洗消。

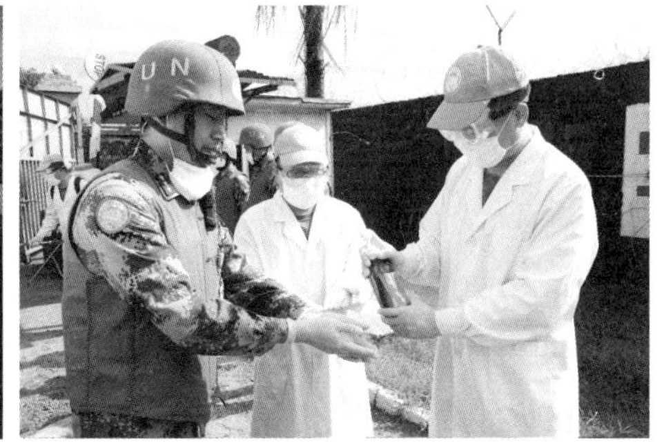

维和运输分队严格落实洗消制度，不留死角，不留隐患。

维和运输分队官兵每日坚持体温检测，站岗值勤官兵加强自身防护。

营区外……

每天十几个方向、三四十台车辆、六七十名官兵的繁重任务，外出执行任务的官兵成为防控重点；

携洗手液、携隔离服、携消毒纸巾，戴口罩、戴手套、戴护目镜，与外部人员保持两米以上距离；

严禁食用当地食品，自带干粮；

严禁与外部人员握手拥抱；

严禁单车单兵行动，增派护卫全程保障，加大枪支和弹药携带量。

在运输分队党委的坚强领导下，全体官兵团结一心、攻坚克难、群防群控、严防死守，疫情防控取得节节胜利，确保了中国维和部队埃博拉疫情的“零感染”。

科学严密的防疫工作赢得了利比里亚政府、联利团和各维和部队的普遍赞誉。联合国秘书长特别代表卡琳·兰德格林女士对维和运输分队给予高度评价：“中国运输分队疫情防控措施非常严格、非常科学、非常细致，堪称利比里亚任务区的典范！”

战斗精神是“强心针”

疫魔凶险，吓不倒蓝盔将士的抗争信心；关山迢迢，挡不住中国军人的铿锵步履。

能打胜仗、敢于胜利的背后，是维和官兵血脉相承的战斗精神。

赤胆忠诚、不辱使命的背后，是北疆铁骑与生俱来的光荣传统。

维和运输分队的主要组成——内蒙古军区汽车第二十八团是一支有着优良传统的英雄部队。从解放战争、抗美援朝、西藏平叛、援老筑路，到抗雪救灾、黄河抢险、奥运安保、抢运电煤，都留下了“北疆铁骑”滚滚的辙印。从2006年开始，该团七次远赴西非执行国际维和任务，官兵在异国他乡，不畏艰难、披荆斩棘，忠实履行使命、维护世界和平，曾在任务区受到国家领导人的亲切检阅。

每个月第一天分队都要举行升旗仪式，无论刮风下雨，从不间断。战士温金桥说：“望着五星红旗在异国他乡高高飘扬，那种激动和自豪是无法用言语表达的。”

在运输分队每名官兵的床头柜里，都存放着一个造型别致的小玻璃瓶，瓶里装的是祖国的泥土，瓶口系着红色的丝带，瓶身上印着四句话——“草原胸怀、胡杨意志、骆驼品格、战马雄风”，这是北疆边防部队特有的“北疆卫士精神”。

正是有了这样英雄血脉的流淌，维和官兵才能在异国他乡的艰苦环境中执着坚守；正是有了这样战斗基因的传承，维和官兵才能在没有硝烟的疫情战场上无往不胜。

9月24日，受连续暴雨影响，利比里亚洛法州境内多处山体出现滑坡，通往沃因贾马地区的道路阻塞，造成当地多支维和部队后勤补给严重告急。

然而，沃因贾马地区距离首都蒙罗维亚480公里，不仅因进入雨季沿途道路泥泞、坡多弯急，更重要的是该地区位于利比里亚与几内亚交界，是埃博拉出血热疫情传入利比里亚的主要通道，且途中需要穿越埃博拉蔓延的核心地带，任何进入这一地区的人员都有被感染的风险，疫情防控形势非常严峻。

联利团负责派遣任务的运输指挥官奎本那·琼破例亲自来到运输分队驻地，以前所未有的协商方式请求维和运输分队远赴沃因贾马执行运输任务。

根据联合国行动规则，在疫情未得到完全控制、安全无法得到有效保证的情况下，维和部队有拒绝执行任务的权利。

然而，运输分队政委付进路坚定地说："勇于担当、直面困难是中国军人的品格！我们肯定能坚决完成联利团赋予的运输任务！"

"Very admirable！ Chinese，excellent!（非常敬佩，中国太棒了！）"奎本那·琼连声赞叹。

八个月的时间里，像这样在疫区穿梭的运输任务有很多，维和运输分队在联合国行动规则框架内，从没有因疫情原因拒绝过一次任务、从没有因社会治安混乱丢失或损坏过一件物资、从没有因路途艰险发生过一次事故、从没有因任务繁重随意降低过工作标准。

八个月的时间里，共有20多名官兵的亲人患病住院，三人没有看上亲人最后一眼，五名官兵推迟了婚期，八名官兵的妻子分娩时不在身边……维和官兵，以高度的使命感、责任感，把青春热血熔铸于维和任务的实践之中，默默无闻地奉献，无怨无悔地付出，以实际行动诠释了中国军人威武之师、文明之师、和平之师的良好形象！

10月16日，维和运输分队240名官兵全部被联合国授予象征着"人类和平事业最高荣誉"的和平荣誉勋章，这是对中国维和军人在利比里亚工作成绩的充分肯定，更是对他们在埃博拉疫情重灾区无私奉献的最高褒奖。

第三节
中国赴利比里亚维和医疗分队抗埃纪实

2014年5月8日，中国赴利比里亚维和医疗分队官兵到驻地大吉德州州立医院，为医院防控埃博拉疫情提供技术指导。

“Thanks for your usual supports to the County Healthy System（感谢你们一直以

来对大吉德州卫生事业的大力支持）……”这是8月31日由利比里亚大吉德州健康与社会福利厅致中国驻利比里亚维和医疗分队的一封感谢信，信中提到感谢医疗分队为当地防控埃博拉疫情提供的技术指导和无私帮助。援利以来，诸如此类收到感谢信的事在医疗分队屡见不鲜。以解放军第264医院为主抽组组建的中国第十六批驻利比里亚维和医疗分队执行维和任务六个多月来，秉承白求恩的国际人道主义精神、无私奉献精神和拼搏战斗精神，在完成以抗击埃博拉疫情为背景的卫勤任务中，以中国军医的博大胸怀和大医精诚打造着“蓝盔天使”的品牌形象，赢得了联利团官员、各国维和部队和当地群众的高度赞誉，被联利团司令冈迪·伦纳德少将称赞道：“中国维和医疗分队是一支特别值得信赖的高素质的实战队伍！”中国驻利比里亚张越大使亲笔题词：“救死扶伤，维和保障，蓝盔天使，为国争光！”

时刻保持战斗的姿态。“埃博拉出血热不除外，迅速启动《埃博拉出血热防控方案》，将病人血液送专门机构进行检测，所有人员严格按照防护要求和医疗规程操作，严密做好自身防护！”身着防护服的医疗分队队长常诚冷静地指挥着医护人员处置病情，这是维和医疗分队组织的埃博拉疫情紧急防控演练现场，2014年10月1日，在迎来中华人民共和国成立65周年的日子里，医疗分队以这种特殊的方式向祖国和人民问候。

医疗分队达到任务区时，正值埃博拉疫情爆发伊始，任务区经济落后、缺医少药，人们防控意识淡薄，疫情防控形势不容乐观，埃博拉病毒作为生物安全第四级（最高级）病毒，目前尚未找到有效的治疗方法。医疗分队到任后疫情呈现出愈演愈烈之势，成为自1976年该病毒出现以来疫情最严重的一次，上级多次发出紧急防控命令，疫情形势异常严峻，面临的防控形势已经超过非典、禽流感。针对疫情，医疗分队以实战背景下的演练为牵引，不断提升维和官兵应对疫情的能力和信心，演练现场由24名身穿防护服的组员按照职责分头展开行动，呼应配合，由1辆指挥车、2辆救护车、1辆保障车、2套急救设备以及发热门诊、重症监护病房组成的应急救援装备、设施时刻处于待命状态，医疗区设立的警戒线、警示牌和执勤岗哨营造出紧张的气氛，发热隔离病区“三区两通道”的标识格外明显。全体参演的维和队员都认真细致地完成每一个动作，从穿着生物安全四级防护服时两人一组一丝不苟地相互检查有无缝隙的存在，到进出隔离区时四次以上高标准的洗消；从任何一件医疗器械或防护装具标准化的无菌操作，到患者体液、粪便的终末无害化处理；从发热病人的紧急前接，到发热门诊的鉴别诊断流程；从医护人员安全工作环境的洗消，到全方位的后勤保障，整个演练参照《埃博拉出血热诊断和治疗方案》、《预防埃博拉出血热实施方案》、《院前急救运行流程》

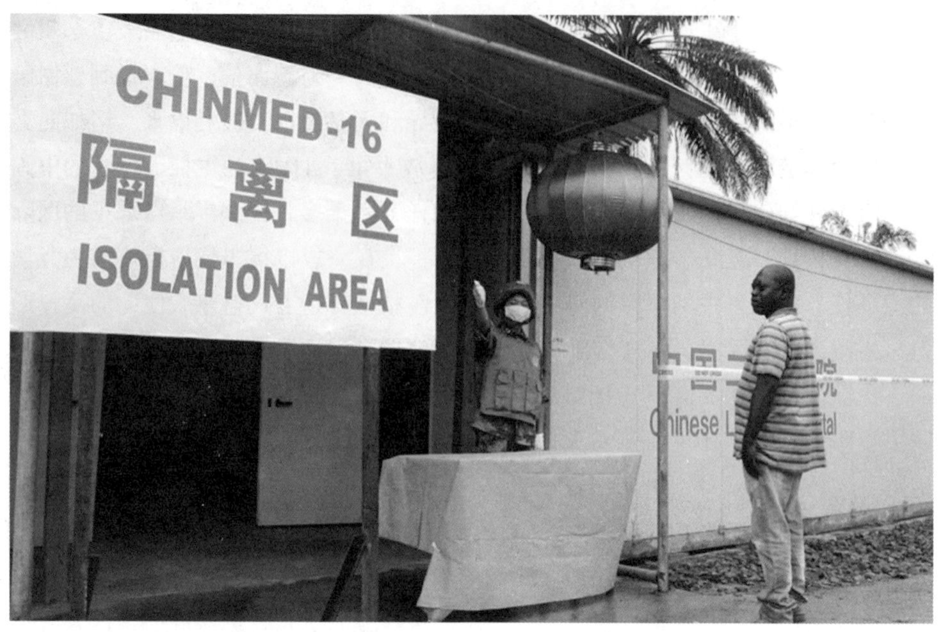

中国赴利比里亚维和医疗分队开辟埃博拉疫情的隔离区，并设置指示牌和岗哨。

2014年8月13日，中国赴利比里亚维和医疗分队防疫专家，为联合国工作人员讲解埃博拉防控知识。图为开展专业洗手互动教学。

等相关内容严密组织实施……

白求恩曾说过，“一个革命医生，哪里最危险最需要就冲到哪里去战斗，而且越早越好！”医疗分队的全体队员秉承着白求恩的战斗拼搏精神，积极报名参加埃博拉疫情防控应急处置小组，并向组织庄严地递交了“请战书”，他们已将生死置于身后，时刻保持着战斗的姿态，枕戈待旦静候着战斗的号角。

医疗分队常诚队长说，“我们以演练为依托，摔打磨炼部队，并结合国内防控SARS、禽流感的经验做法，尝试着探索总结出了一整套的防控措施，全体维和队员已经做好准备，随时准备着为帮助联利团及兄弟单位做好防护，安全渡过疫情而提供及时高效的卫勤保障！”

“非常专业、及时、有效的培训！”

“请问埃博拉病毒在常温环境下可以存活多长时间？”在场下听课的联合国难民署的工作人员艾伦提出自己的疑问，在随后的时间里，她在中国军医那里得到了满意的答案，她认真地做了笔记，并拷贝了中国军医提供的《埃博拉疫情防控》多媒体课件、电子版宣传资料和教学片视频。与此同时，在座的其他联合国工作人员也纷纷举手示意提问，中国军医都耐心地一一作了解答。

这是由联合国驻利比里亚特派团B3战区组织的“埃博拉疫情防控”专题培训的现场，维和医疗分队抽组骨干力量为联合国难民署、粮食组织、联利团军事观察队、B3战区后勤基地、保安处、绥德鲁飞机场等10个单位近300人进行了三场埃博拉疫情防控专题培训教学，指导帮助开展埃博拉疫情防控工作，其间，冯景亮助理围绕埃博拉病毒的由来、临床症状、传播途径，如何诊断和鉴别埃博拉出血热、如何治疗埃博拉出血热、个人防护措施、营区防护措施等七个部分的内容，结合医疗分队自制的多媒体课件和教学片视频进行了全面系统的讲解，并在现场作了穿戴口罩、电子体温计的操作、专业洗手七步法的演示，通过理论讲解、动作示范、互动教学、效果检验四个环节，现场的工作人员较好地掌握了电子体温计、专业洗手的操作方法和动作要领。连续三场培训教学下来耗时将近四个小时，不足200平方米的会议室座无虚席，联利团休假的几名官员闻讯也特地赶来听课，很多当地雇员由于没有座位只能围在会议室门口听讲。课后，B3战区行政长官乔治高度称赞：“医疗分队的培训是非常专业、及时、有效的，尤其对增强联合国工作人员及当地雇员的防护意识起到了建设性作用。”

为了切断传播途径，医疗分队积极为驻地的联利团维和人员提供埃博拉疫情防控工作的帮助和指导，医疗分队还先后为中国驻利比里亚大使馆、中国驻利维和部队、中国驻利防暴警察部队、印度维和警队、尼日利亚维和部队等18个单位共计2700多人组织防护知识讲座8次，组织体检和健康知识咨询5次，进行脱戴口罩、电子体温计的使用、七步法专业洗手等科目的演示6次，开展防疫指导8次，提供生活水质监测6次，赠送防护服、口罩、手套、洗手液等医疗器材200余套，学习资料2000余份。培训指导联合国驻利特派团所属维和部队一级医院的医护人员开展防控工作，与卫勤保障单位与驻利华人机构建立了医疗热线电话，24小时提供医疗咨询服务。自主拍摄、制作了《埃博拉疫情防控指南》教学片，并分发到各保障单位、兄弟部队以及中国驻刚果（金）、南苏丹的维和部队。在医疗分队的倡议下，在绥德鲁地区建立起利比里亚境内第一个体温检测站，分别设置在联利团B3战区总部、后勤基地和飞机场，对出入的人员进行严格的体温测量、登记。通过一系列的实际举措，有效地提高了各卫勤保障单位人员的安全防范意识和能力，避免了因缺乏疫情知识造成的恐慌，对科学有效地应对埃博拉疫情起到了积极的帮助作用，赢得了联合国驻利特派团官员、维和部队官兵和驻利华人的广泛赞誉。

“中国军医就是上帝派来救我们的！”

“起病急，伴有高烧、头痛、呕吐、腹泻、全身肌肉关节疼痛等症状，在尼日利亚一级医院治疗三天不见好转，症状逐渐加重……”医疗分队常诚队长一边协调着医护人员抢救已经处于休克状态的病人，一边认真地聆听着尼日利亚维和部队医疗官对病人病情的介绍，而就在此时，各种检查结果也递到了他的手中：“血压值偏低：70/40mmhg（正常值为90/60mmhg以上）；血氧饱和度偏低：70%（正常值为95%以上）；血小板明显减少：21×10^9/L（正常值为100 ~ 300×10^9/L以上）；肝功能、肾功能、肌酶均异常，凝血时间显著延长，采血化验检查时针孔渗血不止。”

细密的汗珠径直淌下悬挂在眼睫毛上，深深地呼气在厚厚的防护镜上凝聚成水雾，此时的常诚清楚地知道，这名尼日利亚病人的大部分临床症状与当前正在流行的埃博拉病毒极其的相似……他迅速启动埃博拉防控应急预案，将病人转移至发热隔离病区，所有医护人员按照生物安全四级应急加强自身防护，召集专家组进行疑难病例讨论，救治工作紧张有序地展开了，所有的医护人员行动起来，医生快速下达医嘱、处理伤口；护士迅速采集血液标本，建立输液通道；特诊技师和检验技师迅速到病床旁进行心电图检查，生化、血尿常规、凝血系列的检验……在此后的时间里，八名医护人员守候在病房，严密观察着病情的变化，不时地询问着病人的感受，查看着各项检查结果……经过三天的系统治疗，患者症状明显好转，各项生命体征平稳，最终确诊为混合疟疾，这让在场的所有人都长舒了一口气。出院时，病人及其尼日利亚维和部队的领导对医疗分队医护人员精湛的医术和精心的服务赞不绝口，患者激动地说：“你们中国军医就是上帝派来救

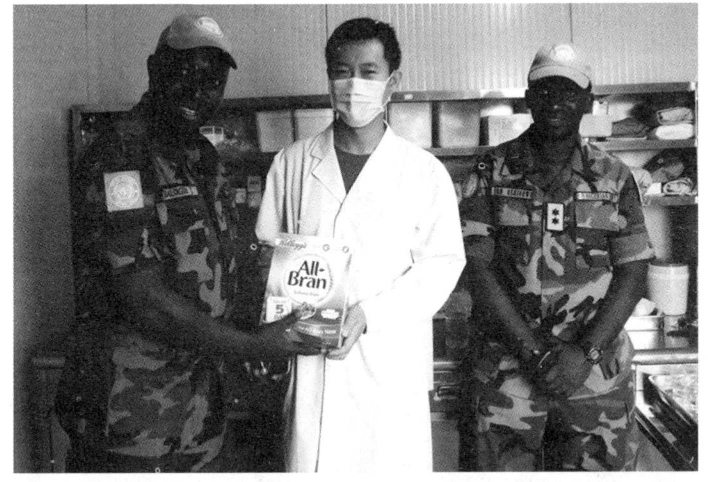

2014年7月31日，肯尼亚维和部队巴罗刚下士向中国赴利比里亚维和医疗分队蒋潮涌医生赠送礼物，感谢在治疗过程中的帮助。

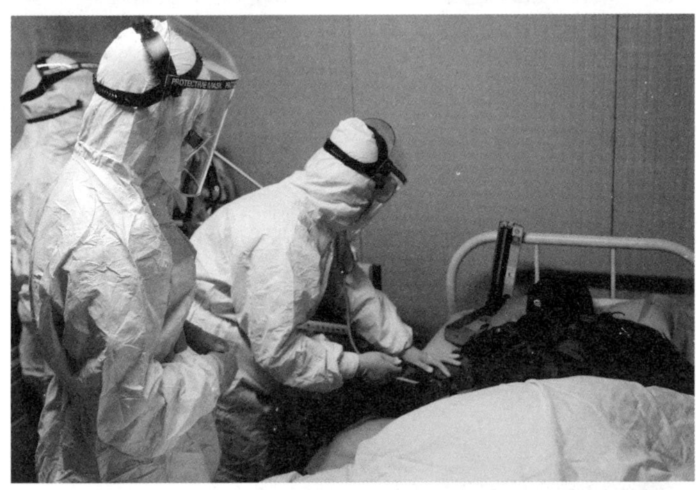

2014年10月30日，中国赴利比里亚维和医疗分队收治了发热的维和友军官兵，我维和队员严格按照防控埃博拉疫情规程，对发热病人进行处置。图为医护人员为患者测量血压。

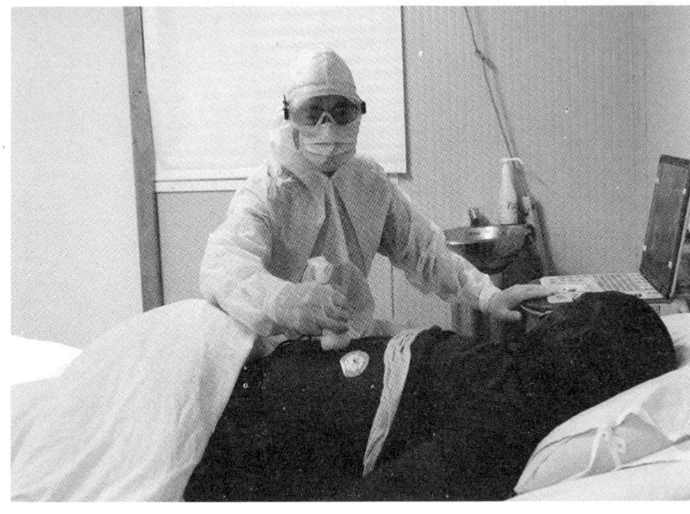

2014年7月9日，中国赴利比里亚维和医疗分队医生为病人检查身体，为防止埃博拉疫情传染，医疗分队要求全体医护人员在精心救治护理病人的同时，严格做好自身防护。

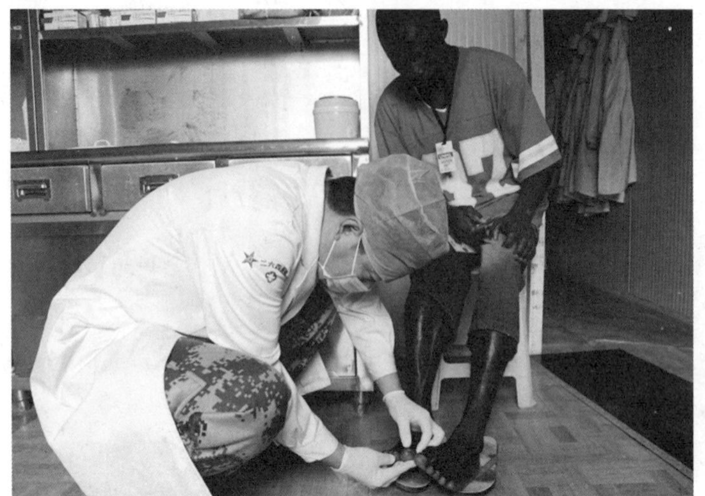

中国赴利比里亚医疗分队在埃博拉疫情最严重时期，仍然坚持开门接诊病人。图为2014年7月10日维和医疗队医生为患者检查脚部病症。

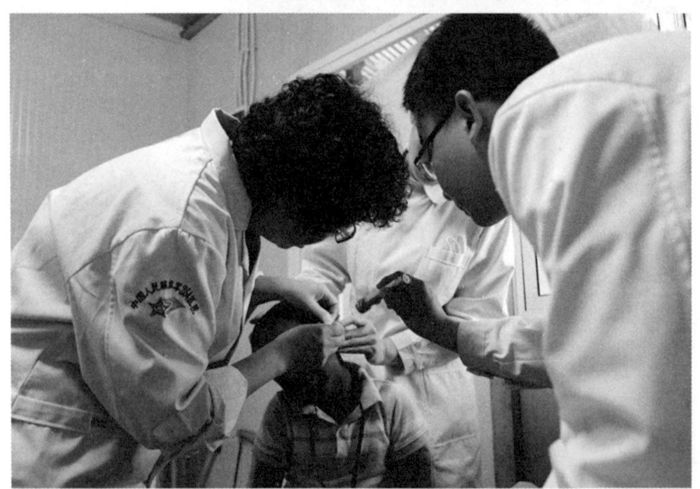

医生为儿童取出耳内异物。

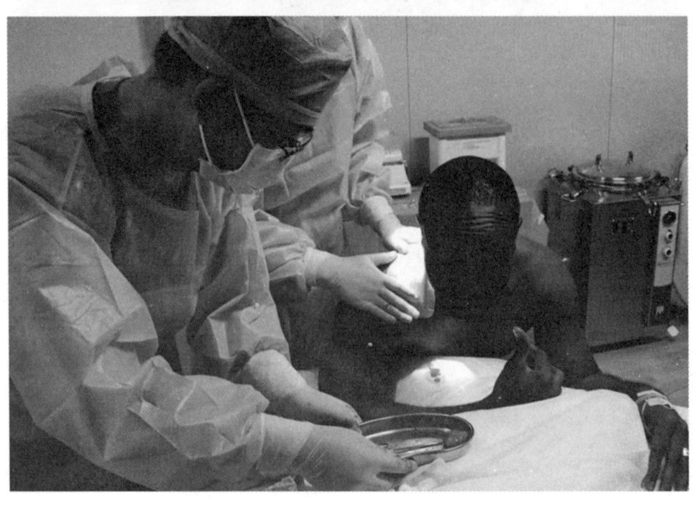

医生向患者展示切除的脂肪瘤。

治我的人！谢谢你们救了我的命！”

在接诊过程中，疟疾、伤寒等发热患者的临床症状与埃博拉极为相似，医护人员既是治病救人的天使，同时也是可能被传染性疾病感染的受害者，在就诊患者中占绝大多数的黑人对痛觉又特别的敏感，在做手术、打针、输液的时候，会很敏感地躲避，甚至弹跳起来，经常使针头和手术刀误伤医护人员，大大增加了医护人员在操作过程中被误伤感染的风险。在埃博拉疫情爆发以来的六个月的时间里，医疗分队累计接诊患者1612人次，成功抢救危重病人38例，及时处置突发情况11次。在抗击埃博拉疫情这个特殊的战场，没有漫天的炮火硝烟，没有血腥的刀光剑影，维和医疗分队的队员们预想着一切可能发生的状况，在加强自身安全防护的同时冒着巨大的风险默默地坚守在卫勤保障的岗位上，悉心地治疗，精心地护理，力所能及地从死神手中挽救生命，张开蓝盔天使圣洁的双翼，将埃博拉疫情的阴霾死死地挡在身后，闪耀出白求恩精神的大爱仁心与无私奉献，为患者送去希望与光明；激荡着强军目标的战斗信念与铮铮誓言，用忠诚与生命履行着祖国赋予的神圣使命！

第四节 中国赴刚果（金）维和工兵分队抗埃纪实

2014年3月非洲几内亚卫生部报告了一种急性传染病，后经证实为埃博拉病毒，自此拉开了西非埃博拉疫情的序幕。3月底利比里亚出现埃博拉疫情，6月初塞拉利昂出现埃博拉疫情,8月下旬，刚果（金）出现埃博拉疫情。截至12月10日，此次西非埃博拉疫情合并感染人数接近1.6万人，死亡病例近7000人，已成为有史以来规模最大的一次埃博拉疫情。

“埃博拉”是刚果（金）北部的一条河流的名字。1976年，一种不知名的病毒光顾这里，疯狂地虐杀“埃博拉”河沿岸55个村庄的百姓，致使数百生灵涂炭，有的家庭甚至无一幸免，“埃博拉病毒”也因此而得名。此次刚果（金）疫情始于西北部的赤道省，当地一名孕妇在分解丈夫从原始森林捕获的一只丛林动物后出现埃博拉出血热症状，并于8月11日死亡。自7月28日至8月18日，当地相继出现24例埃博拉出血热病例，其中13人死亡。这是刚果（金）自1976年以来第七次爆发埃博拉疫情。

此时，中国第十七批赴刚果（金）维和部队刚刚抵达刚果（金）任务区不到三个月时间，官兵们的身体健康和生命安全受到极大威胁，部队面临前所未有的严峻考验。

来自祖国的关怀

西非的埃博拉疫情，时时牵动着祖国人民的心。总部、军区高度重视、十分关心维和部队抗击埃博拉疫情的斗争，要求密切跟踪西非地区埃博拉疫情发展变化，制定针对性方案防范预案，严密组织疫情防控，做好各项救治准备，确保维和分队人员身体健康和生命安全。

维和部队出国时只携带能够满足日常需求的消毒用品，面对突如其来的埃博拉疫情，部队医疗物资告急！消毒药品紧缺，口罩匮乏。紧要关头，国防部维和事务办公室、解放军总后勤部卫生部、军事交通运输部和兰州军区等单位，紧急为维和部队筹措补充三大类8000余件防范埃博拉疫情的药品，缓解了维和部队的燃眉之急。11月初，几经辗转，第一批防范埃博拉疫情的药品运抵中国驻布隆迪大使馆驻地，当官兵们从大使手中接过这批药品时，心是温暖的，官兵们深切地感受到了祖国母亲的关怀。

中国驻刚果（金）大使馆在疫情爆发之初就专门建立了疫情通报机制，每天向在刚果（金）的中国同胞通报刚果（金）埃博拉疫情的进展情况，维和部队正是靠着大使馆的信息一步步加强防病防疫工作。

科学决策积极防护

8月12日，中国第十七批赴刚果（金）维和工兵分队专题召开党委会，就部队防范埃博拉疫情进行研究部署。会议批准成立"防病督导小组"，由分队安林童副指挥任组长，各中队副中队长、一级医院院长任组员，全面统筹部队防病防疫工作。为加强防病防疫工作落实效果，防病防疫督导小组每周召开一次行政例会，全面分析部队一周防病防疫工作形势，并对下一周防病防疫工作重点做出安排部署。

8月14日，由防病防疫督导小组牵头，维和分队《关于进一步加强卫生防病的措施》印发部队，《措施》从12个方面规范了部队在防病防疫中的注意事项。《措施》规定，严格落实餐具消毒制度，所有人员餐具必须每两天消毒一次；严格落实食品检验检疫制度，发现问题及时解决；严禁人员私自在外购买羊、鱼、啤酒、香蕉、菠萝、甘蔗等食物和水果，防止病从口入；在疫情期间，减少与外军及当地民众接触，严禁人员在外就餐。加强水质检验和生活饮用水的消毒，严禁人员喝生水、喝来源不明没有安全保障的水；要加强卫生防病教育，每月进行一次卫生常识教育；部队官兵必须坚持饭前便后洗手，外出归队人员必须清洗双手；要

中国赴刚果（金）维和工兵分队制定了严格的防范埃博拉疫情方案预案，要求每名官兵熟练掌握。图为维和官兵每天按要求对手部进行清洁。

2014年9月10日，维和工兵分队的军医为官兵测量体温，这已经成为一项制度，每天都要组织，确保检测每名官兵的体温变化。

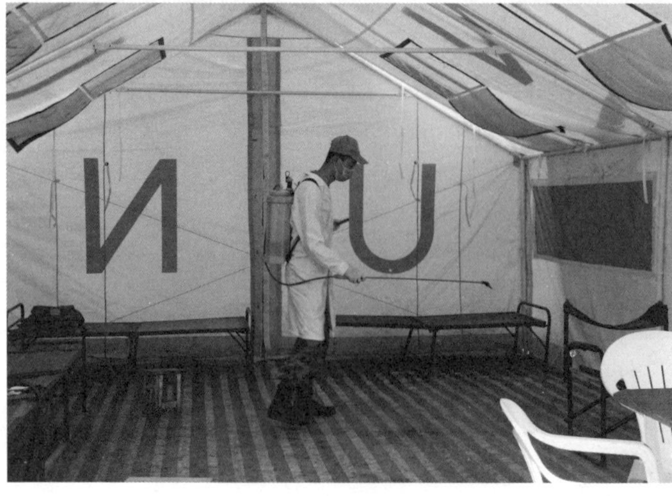

维和工兵分队一名战士对营区进行消毒，不留任何死角。

加强个人防蚊，严格落实好睡觉挂蚊帐、点蚊香、关纱窗和晚饭后穿长袖的制度，落实好服用预防疟疾药物的规定；要严格组织好体能训练，确保人员、时间、效果落实。加强营区环境的消杀灭工作，每天由卫生员对环境进行两次以上的消杀；要加强病号的报告、检查、治疗，发现可疑病例要及时报告、隔离、治疗、确诊和后送。

突发疫情直面考验

埃博拉疫情的突然爆发彻底打破了维和官兵平静的生活。

过去分队每周都要组织官兵参观友军、外出购物，可在埃博拉疫情的大背景下，官兵们原本单调的生活变得更加拘谨。8月17日，分队取消了外出参观计划，所有人员在疫情未解除前不得外出，确有工作需要的要在做好自身防护的前提下才能离开营区，分队全力进入抗击埃博拉疫情的斗争之中。没有怨言，官兵们清楚地知道“隔离是为了健康的生活，因为他们离家万里背后还有父母妻儿”。

为切断传染源，部队指挥部决定在工兵和医疗两个营区分别设立洗消点，对进出营门的人员车辆强制进行测量体温和洗消。营区门口增设了三个洗消区：检测区，由军医负责对所有外来人员测量体温，观察是否有病症；隔离区，检测发现体温较高，身体情况异常的人员，拒绝其进入营区，在隔离区进行观察；消毒区，由卫生员对车辆、人员进行彻底地消毒清洗，防止病毒被带入营区。即使是分队自己的车辆和人员外出执行任务回来，也必须经过严格的检测、消毒后方才可以进入营区。

分队还在饭堂门口专门设立了埃博拉疫情通报栏，定期更新西非各国埃博拉疫情数据，让官兵们在防病防疫工作中丝毫不敢懈怠。严密的防治网络，使部队防治工作步入规范有序的轨道，并取得了明显的成效。维和八个月以来，部队218名官兵无一人被病毒感染。

工兵分队施工工地无疑是防病防疫的关注重点。

“必须要确保三支分遣队的绝对安全！”指挥长张家兵下达了坚决的命令。8月22日，工兵分队召开党委会，针对三支分遣队的不同的施工任务、地理环境和民社情，专题研究各分遣队防病防疫措施。

“防疫防病，优先考虑分遣队的需求！”这是此次会议形成的共识。卡乌姆分遣队部署在布卡武市卡乌姆机场，人员复杂流量较大，而且机场还聘请了当地工人和分队官兵一起施工。平时官兵们的休息区域紧邻当地工人的作业区域，难以

2014年7月11日，维和工兵分队的军医张忠义为官兵讲解埃博拉病毒有关知识。

严格的制度是确保官兵安全的有效屏障，维和工兵分队在营区门口设置了洗手盆，并对进入营区人员进行必要消毒。

进行有效的物理隔离，外事组第一时间与联刚团民事工程处联系，协调划分中国工兵分队专用休息场地，后勤组迅速准备帐篷、警戒带、床板等物资。会议召开的当天下午，所有事项协调完毕，物资拉运至分遣队，第二天在卡乌姆机场施工点，一个高标准的隔离防护区建立了起来。

卡莱亥分遣队是在该地区暴发山洪泥石流后，根据联刚团命令执行道路疏通和桥梁修复任务的。大灾之后常有大疫，又是在埃博拉肆虐的关键时期，防疫就成了分遣队在完成工程任务时的首要目标。分队决定将最好的军医、卫生员，最充足的防疫物资配备到卡莱亥，几位指挥、副指挥轮流每天亲赴施工点，现场统筹领导防疫防病事宜，确保抗击埃博拉各项措施及时到位、落到实处。

卢马尼亚分遣队距离半岛最远，物资保障最为困难，为了确保预防埃博拉的药品器材以最快的时间运送过去，分队积极向联刚团申请、协调，坚持特事特办，定期使用直升飞机向分遣队运送物资，联刚团的相关负责人都由衷地说："中国工兵分队对分遣队的保障，力度是最大的。"

严格的防护措施，使三支分遣队的官兵能够彻底放下包袱，全力以赴地投入到完成工程任务中去，在八个月的时间里，中国工兵分队没有一名分遣队官兵面对危险有丝毫的退缩，没有因为肆虐非洲的埃博拉而影响任何一项工程任务的进度，他们用实际行动再一次在异国他乡维护了中国形象。

危难时刻党员在前

在这场没有硝烟的斗争中，维和部队广大党员干部身先士卒，在任务一线到处都有党员的身影。

李春生，维和工兵分队建筑中队中队长，此次维和任务他带领20余名官兵部署在布卡武市卡乌姆机场执行工程保障任务。卡乌姆机场是布卡武市惟一的军民混用机场，来往人员多，人员防病防疫压力大。面对日益严峻的埃博拉疫情，分队一面高质量、高标准地进行机场施工，一面积极加强自身防范。李中队长每天到达施工点后，都要逐人检查个人防护措施，检查到位后，才放心地组织施工。疫情爆发之后，他们每天的行动就变成了两点一线，早上从营区出发，抵达施工点后立即在指定区域展开工作，一天的时间里，施工、休息、吃饭全都在狭小的一块区域里，不能随意走动，不能与外军和当地人进行接触，每天要进行不少于三次的清洗杀毒，施工结束直接登车返回营区。装载机操作手门海滨说："落实了这些防护措施，和以前相比是不自由了很多，但我们知道只有这样才能真正地防护住埃博拉，确保我们的安全。""严密的措施是为了保护我们。"卡乌姆分遣队的官兵对此有清醒的认识。

龚长春是防病防疫督导小组的副组长，也是分队主抓安全管理的负责人，他每天的主要任务就是巡查营区的各个角落，及时发现和消除安全隐患。埃博拉疫情爆发后，他又多了一项任务，每天开饭前监督官兵们洗手。资料显示，普通洗涤皂和洗手液可以在很大程度上杀灭埃博拉病毒，因此饭前洗手这个习惯可以大大降低埃博拉病毒的传播几率。每天他都带领着督导人员不厌其烦地站在洗漱池前督促官兵们洗手，有时个别官兵偷个懒不去洗手，一旦被他发现，往往会被他好言相劝一番，到后来饭前洗手已然成了官兵们的生活习惯。

危急时刻，最能显现共产党人的英雄本色。“恳请分队党委，把最艰巨的任务派给我，我保证服从指挥，不怕困难，坚决完成维和任务……”这是工兵分队道桥中队压路机操作手陈慧在党员大会上的慷慨发言。得知分队即将对卢马尼亚分遣队官兵进行交接轮换，他第一时间报名参加。

卢马尼亚分遣队部署在南基伍省乌维拉地区卢马尼亚村，距离工兵分队营区300余公里，临近原始森林，自然环境恶劣，当地居民多以打猎为生，其自然环境和当地习俗与世卫组织通报的刚果（金）第一例埃博拉患者的发病机理十分相似。面对此种情形，部署在布卡武市的工兵分队133名党员全部要求前往卢马尼亚分遣队部署。

在这场抗击埃博拉疫情的斗争中，军医的责任无疑是最重的。分队军医马忠俭，是维和工兵分队为数不多的老同志，疫情爆发后他挺身而出，白衣战士赤子之心。“既然选择当了一名医生，就意味着一辈子选择了牺牲奉献。”这是老马常挂在嘴边的一句话。埃博拉疫情爆发后，工兵分队175名官兵的身体安危全部系于一身，这让老马备感压力，每天他都不知疲倦地奔走在工兵分队的各个点位，营门口的消杀灭需要他去指导，三个分遣队的安危需要他操心，官兵们的卫生意识需要他提高……老马总有忙不完的事，是责任感，是使命感，在默默地激励着他。

8月20日，一批国内配发给工兵分队的新装备被运送到半岛，负责装备运输的是尼日利亚的一家运输公司，驾驶拖车的也都是当地居民，装备从港口一路运送到布卡武，穿过三个国家，携带埃博拉病毒的可能性极高。老马不敢有丝毫的放松，严格落实检测、消毒流程，每个细节都不漏过。检查时发现一名当地驾驶员的体温接近39℃，立即向指挥长报告，指挥长当即决定，这名驾驶员不能进入营区，在对车辆进行再次消毒后，协调其他驾驶员将拖车开入营区。类似这样的情况，在疫情爆发的四个月时间里，共发生了13起，全部都得到了果断有效的处置。维和部队正是有着许多像老马这样履职尽责的好同志，才提前排除了安全隐患。

营门是进入半岛的惟一通道，这项工作也就成了保护全岛人员健康的关键，但是很多来岛的外国友人却不怎么理解。张丰旭是中国半岛的营门值班干部，自从刚果（金）的埃博拉疫情爆发以来，营门任务就又多了一项，那就是为从外界进入半岛的人员进行体温测量和病毒消杀工作。张丰旭说，有次联合国维和宪兵来半岛拜访，却在营门口拒绝下车消杀，还拿起一瓶水，以嘲笑的口吻说这是埃博拉，而后大口喝下，张丰旭也只能无奈地笑笑，继续耐心解释，最后宪兵表示："你是个执着的中国人"，而后下车配合量体温和消杀。这样的事情常有发生，而营门守卫一次次用耐心和执着打动着外国友人，把疾病的危险挡在营门外，守护着半岛的健康和谐。张丰旭说："预防埃博拉，就要切断它传入的途径，有我守卫在营门，就是给半岛竖起了一道防火墙。"

众志成城全员参与

在维和的八个月时间里，还有很多普通的官兵同样奉献在防病防疫的一线，他们同样面临着巨大的风险压力，值得称赞。

防病防疫工作最琐碎、最繁重的还是卫勤班的战士们。他们每天要背着近100斤的喷雾器对营区进行不少于三次的消杀灭，每天来来回回要走上五六公里，营区的每个角落都留下了他们辛劳的足迹。除此之外，他们还要担负营区门口外来车辆人员的洗消工作，还要随卡乌姆分遣队官兵一同上工进行卫勤保障，这还没算他们担负的日常医疗保障。卫勤班上士王金乐告诉我们，他这么多年在卫生队工作，从没有经历过这样繁重的卫勤保障任务，但能够在异国他乡用自己的工作保障官兵们的身体健康，再苦再累也是值得的。

马立航是工兵分队卡莱亥分遣队的挖掘机操作手，他在施工过程中最担心的就是黑人群众的聚众围观，因为救灾的主要场所都是在一些村庄周围，闲来没事的村民都跑到分遣队旁边观看队员们施工，有一些小孩还冲到机械车辆旁边，好奇地抚摸，还有人总是想热情地和中国军人打招呼、握手。马立航说，当地人太多，即使有巴基斯坦的护卫负责维护秩序，还是不能完全杜绝这些现象，没有办法，只有把消毒次数增加，施工中尽量不出驾驶室，减少与当地人的直接接触。卡莱亥分遣队的官兵每天都是在这样的条件下施工，承担了很大的心理压力，但他们始终相信，只要严格落实分队制定的预防措施，坚持科学防范，就一定能保证自身的安全。

李宗义是工兵分队卡乌姆分遣队的水车司机，施工过程中经常和当地工人接

维和队员点燃蚊香，以驱除蚊虫，减少传染的可能性。

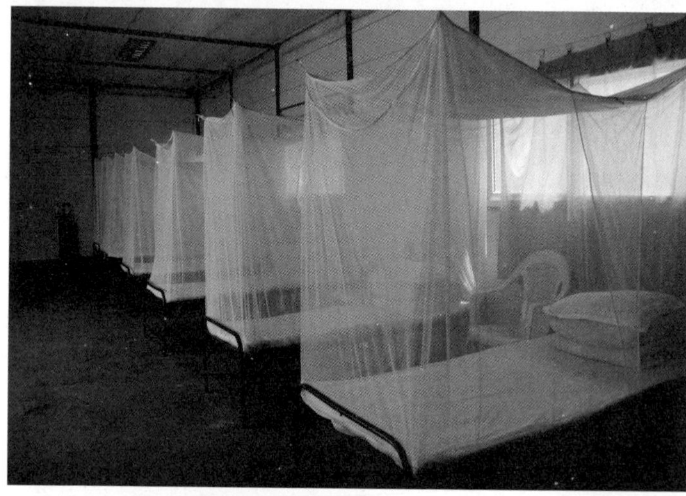

维和官兵宿舍，要求统一悬挂蚊帐，避免蚊虫叮咬。

维和工兵分队安排专门人员对营区环境进行消杀灭。

触，为防止接触传染疾病，他们在施工过程中要戴上厚实的口罩、手套，而且还要待在驾驶室内，尽量减少接触的机会。八九月份的刚果（金）平均气温可达30℃，施工时驾驶室内温度最高可达40多度，在这种严密的防范措施下，一天下来汗水经常浸湿了衣服，可官兵们毫无怨言，始终严格地执行防病防疫的制度规定。回到营区后，还要认真配合门口卫勤值班人员，测量体温，对全身进行消杀，对水车进行消杀，第一时间切断传播途径，把隐患消除在萌芽状态。分队的官兵已经把自己的工作和防病防疫牢牢结合在一起。

10月份，刚果（金）已进入雨季，暴雨每天都会不定时地倾泻而下，在雨水的滋润下，营区的杂草两三天就是一茬。下过雨后的草丛极易滋生蚊虫，而蚊虫的滋生，又容易带来乌鸦、蝙蝠等动物，这些动物又都是埃博拉疫情潜在的传播源。为切断这种传播途径，打草就成为官兵们日常中必不可少的一项工作。工兵分队的营区很大，每个班组都负责不同的地块，每天早操和体能训练结束你都可以看到官兵们打草的忙碌身影。工兵分队战士贾凡告诉我们，别看打草这件小事，这件事情干不好，半岛的蚊虫就会肆虐，官兵们的身体健康就很有可能受到伤害。正是每名官兵的默默付出，才为维和官兵创造出了一个安全卫生的生活环境，保证了官兵们的身体健康。

维和部队在外执行维和任务不免和来自各个国家的人员交流，这些身处风险一线的官兵在不失礼仪的前提下，也同样在和疫情抗争，因为他们明白对自己的健康负责，就是对分队全体官兵的健康负责。

支援中队战士高博是一名特战队员，在维和任务中主要担负护卫任务，在任务区无论是当地居民还是巴基斯坦等友军对中国维和军人都是特别的友好，见面后相当热情，拥抱、握手、邀请吃东西，但在埃博拉疫情爆发后，这些行为都存在着接触感染的隐患。所以，这让他很是头疼。如何能够既确保自身安全，又不让国际朋友感到难堪成了让他一直思考的问题，记得一次他去巴基斯坦二营执行护卫任务，当巴军兄弟又一次热情迎上来准备和他握手拥抱时，他用刚刚学习的英语说："Sorry，friend，no handshake for Ebola." 巴军兄弟愣了一下，转即大度地哈哈一笑，化解了尴尬，最坦诚最有效地解决了这个难题。

埃博拉疫情爆发后，分队严格管控人员外出，可维和工作仍要继续，部分人员还是要面临极大风险外出处理工作。马联伟是工兵分队的军需助理，他每周至少有三天时间在外协调工作，每次接触的人员来自不同的国家和地区。在埃博拉疫情肆虐的时期，多一次接触就多一道风险，谁都不愿外出执行任务，但维和工作还要继续，每次都是他将分队需要外出协调的事情统筹在一起一并处理，尽量减少分队人员外出。回来后他都要在营区门口测量体温、喷上厚厚的消毒水，进行全面的洗消后才进入营区。每次做这些事情的时候他都很认真仔细，生怕错过哪一道洗消程序，正是抱着这种负责任的心态，才保证了分队防病防疫工作的万无一失。

团结一心共同抗埃

西非埃博拉疫情的爆发，让官兵的心紧紧地聚在了一起，也将远在非洲打拼的华人同胞紧紧连在了一起。

在中国维和部队驻地布卡武市有五家中国公司近50名同胞，在疫情爆发的初期，经历过非典疫情的他们感到十分恐慌和无助。分队第一时间和当地华人建立了信息通报机制，定期向当地华人通报埃博拉疫情的最新进展。维和部队的官兵们还主动为他们进行埃博拉病毒防范的相关指导，同时也就疟疾等当地重点传染病进行了培训，医疗分队每周还派出人员对他们的厂区进行消毒，这些举动给当地中国人带来了巨大的心理支持，也让他们在这次埃博拉疫情中备感安心、放心，因为他们感到自己与祖国同在，维和部队在他们心中就是祖国，中国军队就是他们的强大后盾。

突如其来的埃博拉疫情，留给我们的思索是多方面的。维和分队官兵也在不断地反思和总结经验。完善的防控网络、严格的贯彻执行力，疫情信息的及时公布等制度机制的建立，为科学防范疫情提供了有力的保证，分队也在埃博拉疫情的防范中积累了经验总结了教训。埃博拉疫情也给维和分队广大官兵上了生动的一课，良好的个人卫生习惯养成了，卫生意识提高了；随地吐痰、乱扔垃圾的现象消失了；官兵锻炼身体、提高抵抗力免疫力的自觉性增强了，营区内消杀灭的次数增强了，也更加精细了；夜间挂蚊帐、点蚊香等个人防护措施也落实得更加严格了，能够坚持定时按照科学的方法洗手。一种精神也开始在官兵们的日常工作生活中扎根、生长，这就是——科学与理性、责任与爱心。维和官兵更加团结，他们会经常提醒自己的战友，洗手了没有，消毒了没有，各项防护措施做到位没有？因为他们深知，战友的健康就是集体的健康，就是自己的健康，抗击埃博拉，连着你我他。

第五节
中国赴刚果（金）维和医疗分队抗埃纪实

2014年11月24日，世界卫生组织（WHO）宣布，由于刚果（金）连续42天没有新增埃博拉病例，这一轮埃博拉疫情已经结束。

刚果（金）2014年8月宣布赤道省出现埃博拉疫情，这是该国第七次爆发埃博拉疫情，其间共报告71例确诊、疑似和可能感染病例，43人死亡（其中医务人员9人）。

据此前世卫组织证实的消息，在刚果（金）发现的埃博拉疫情与西非地区肆虐的埃博拉疫情毫无直接关联。这意味着刚果（金）这个埃博拉疫情的原发地防控工作远没有想象中那么乐观，即使没有输入型病例，作为原发地的刚果（金），始终处在休眠的“火山口”上，埃博拉这个“瘟神”随时可能卷土重来并将产生巨大的杀伤力，恐怖依然如影随形。

布卡武的中国二级医院

中国驻刚果（金）维和医疗分队部署在南基伍省首府布卡武市，这个地处基伍湖畔的边境城市，平均海拔1614米，人口约80万，是刚果（金）连接卢旺达、布隆迪、坦桑尼亚等东非各国重要的口岸城市，具有相对便利的水路和陆路交通条件，优越的地理位置，促进了当地边境商业贸易的发展。频繁的经济活动，快速的人口流动，也为各类流行性疾病提供了便利的传播途径。

按照联合国与我国政府签订的《谅解备忘录》，我驻刚果（金）维和医疗分队履行联合国二级医院的职能，主要承担着联刚稳定团在南基伍省全境和加丹加省部分地区的军事和民事人员、欧盟观察员和其他国际组织人员的医疗保障任务，总人数大约7000人。这对于编制数量仅有43人的中国二级医院来说，任务的繁重与艰巨是显而易见的。

事实上，早在2014年4月份，也就是贺巍带领中国第十七批赴刚果（金）维和医疗分队刚刚进驻布卡武任务区的时候，这个资深的消化内科专家就已经对院内感染控制进行了系统地规划，按照污染区、潜在污染区、清洁区和生活区等功能区划对人员的活动进行了严格限制，并依据传染病防治医院的标准实行分级管理，明确规定了各个区域人员的防护要求。

相比埃博拉而言，由于连年的战乱几乎彻底摧毁了布卡武当地的公共卫生体系，在这个属于热带雨林气候的地区，疟疾、霍乱、流脑、肝炎等传染病时常会掀起不小的波澜。

在初到布卡武营区的近两个月的时间里，贺巍曾经带领队员在完成大量伤病员收治任务之余，将大部分的时间和精力投入到研究和预防布卡武当地的各类流行性疾病中去。他们把目光投向每一个可能引发疾病的环节，曾经为了改善生活环境，清理了数吨的医疗和生活垃圾，修建起了符合环保要求的垃圾焚烧设施，将超过200平方米的杂草丛生的闲置空地开垦平整为可以种植蔬菜的园地。环境的改善消除了蚊蝇滋生的条件，大大减少了依靠虫媒传播的流行性疾病的发生。

6月1日，联刚稳定团启动了规模宏大的DDRRR计划，第一阶段的任务是将分散在基古古、姆文加、瓦伦古等多个地区的数百名反政府武装“卢旺达民主解放力量”投降人员收拢、转运到联合国设在位于瓦伦古的“难民临时安置点”。中国二级医院担负的主要任务是为负责收拢、转运的维和部队提供机动卫勤保障，为投降的反政府武装人员提供人道主义医疗救援。据不完全统计，以往刚果（金）的埃博拉疫情发生月份大部分集中在8月至12月份的下半年，2012年8月份发生的埃博拉疫情的东方省距离布卡武市仅500余公里。因为我医护人员要协同维和部队深入反政府武装占领的丛林密布山区地带收拢和转运投降人员，在中国二级医院召开的任务部署会上，对在实施卫勤保障任务中可能遇到的武装交火和突发疫情进行了研判和预测，在那时起就已经组织人员对埃博拉、霍乱、疟疾等几种疾病临床症状、鉴别诊断和基本防护等有关资料整理印发，成为执行任务的每名医护人员必备的内容。

每年的5月至10月，南基伍省从南到北陆续进入旱季。这期间，气候干旱少雨，昼夜温差较大，除了疟疾外，人们患肺炎、支气管炎、感冒等呼吸系统疾病的几率大大增加，而这些疾病引起的发烧、食欲不振、头疼和嗓子痛与埃博拉早期症状十分相似。西非埃博拉疫情随着媒体的广泛报道，恐慌情绪不仅在普通民众中弥漫开来，对联合国在刚的工作人员也带来了严重影响，时不时地挑战着人们紧绷的神经。

7月份，在中国二级医院内科诊治的近300例病人中，有大约80%的人员曾向医护人员询问有关埃博拉的防治情况，特别是那些呼吸系统疾病的患者则常常会怀疑自己已经染上了埃博拉，人群中正在谈“埃”色变。

如果从专业角度来看，这个医疗设施仅相当于野战医院（basic field hospital）的联合国中国二级医院，对付埃博拉疫情这种国际公认的医学难题，确实有些力不从心。很显然，收治接诊埃博拉这类的疾病，必须要有专门的发热门诊、独立且相对封闭的隔离病房、设置合理的医疗通道、为临床治疗提供快速准确的医学实验报告，现实却是简易板房构建起的病房设施、有限的重症监护条件，基本的医学实验室检查设备，在埃博拉这个强劲的对手面前，这里的一切似乎都是微不足道的。值得庆幸的是，严格的内控制度，充足的思想准备和强大的心理素质使得我维和医务人员在这个紧要关头并没有产生较大恐慌情绪，尽管在铺天盖地的新闻资讯中可以随处找到医护人员在救治过程中感染埃博拉的消息。

必须在战略上藐视敌人，战术上重视敌人。越是在艰难困苦的境地，越需要保持冷静理性的心态，这是训练有素的军事人员应当具备的品质。一套科学的、行之有效的防护预案，与隔离效果绝佳的防护用品同样重要。

埃博拉阴影下的大项工作

从执行遣返“卢旺达民主解放力量（FDLR）”的DDRRR计划的卫勤保障开始，贺巍感觉到随着刚果（金）和平建设进程的发展，中国二级医院的保障模式由原来的“开门等病人”已经开始向“出门保健康”转变，以前守在营区内等着病人来就医的工作节奏正被走进雨林、深入一线的伴随保障或机动保障所取代，保障任务正日益多样化、复杂化，充满了各种变数。

10月中旬，南基伍省东部的卡莱河地区发生严重山体滑坡泥石流地质灾害，造成100余人死亡、500余人受伤，受灾民众达700余户。灾情发生后，中国二级医院立即启动重大自然灾害应急救援机制，一方面筹备向灾区捐赠的药品，一方面组派医疗队深入灾区提供人道主义医疗救援，通过南基伍旅的协调，刘鹏飞等四人携带药品器材乘乌拉圭江河连提供的冲锋舟向灾区进发。

根据多次在国内参加抢险救灾的经验，贺巍认为，大灾之后要严防大疫，更何况是在蚊虫肆虐、疾病横生的动乱地区，防疫是医疗救援不容忽视的重要环节。刘鹏飞等人临出发前，贺巍千叮咛万嘱咐地要求他们第一位的是做好自身防护，第二位的是医疗救援，在强调做好自身防护的时候还特别提出了“身体是革命的本钱”。此次救援行动除了带够了足量的治疗外伤、消化系统疾病、呼吸系统疾病的药品外，还带了大量的隔离防护的物资和防疫消杀的药品。在当地向导的带领下，几天下来他们几乎走遍了所有受灾的居民聚集区，一边开展医疗服务，一边向灾民介绍流行性疾病的预防知识，一边还向居民教授了如何利用消毒片净化饮用水取水点。事后，据南基伍旅派往卡莱河地区的军事观察员（Military Observer）报告显示，泥石流灾害发生后的数周内卡莱河地区没有发生流行性疾病，中国二级医院的人道主义医疗援助取得了显著的成效。

从卡莱河地区回撤以后，还没来得及松口气，南基伍旅作战部门发来E-mail通知，联刚稳定团将于11月上旬启动遣返“卢旺达民主解放力量”的DDRRR计划第二阶段的任务，即将联合国在瓦伦古地区“难民临时安置点”350余名投降人员及家属输送到卡乌姆机场，然后在卡乌姆机场乘国际社会提供的运输机空运到东方省的基桑加尼地区。中国二级医院的主要任务是在从瓦伦古到卡乌姆输送途中为任务部队和投降人员提供医疗保障。

刚结束一场战斗，很快又投入到下一场战斗的准备中。这支反政府武装一直活跃在刚果（金）、卢旺达、布隆迪和乌干达等国的边境地区，长期从事着反抗政府的暴力活动，过着颠沛流离的生活，接触过形形色色的丛林部落的各种族群，很多人都有着结核病、艾滋病等基础性疾病，在埃博拉疫情的阴影笼罩下，一切皆有可能，要把各种复杂情况都设想到预案中。

输送工作展开前，中国二级医院派人员为担负输送护卫任务的埃及安全分队军官和士兵就进行了埃博拉疫情有关防护知识的培训，与此同时，他们还组织人员深入瓦伦古的难民安置点对正在发热或一周内有过发热病史的人员抽取血样标本进行医学实验室检查，找出发热的原因，并适当调整输送车辆配置，用专门的车辆运输有过发热病史的人员。在为期一周的输送工作任务完成时，中国二级医院医务人员利用野战救护车先后为18名发烧患者全程进行医学观察，提供了较高级别的医疗护送。

整个11月份，中国二级医院传染科病房收治无埃博拉接触史的发热患者40余例，其中疟疾21例，流行性感冒15例，肺炎3例，肺结核1例。这里的维和官兵还在同病魔坚持不懈地战斗着。

“人类的历史即其疾病的历史。”瑞典病理学家福尔克·汉申（Folke Henshchen）曾经这样说过。就在中国二级医院执行DDRRR计划医疗保障前夕，兰州军区为刚果（金）维和部队筹措的抗击埃博拉的物资从国内空运至布隆迪的布琼布拉国际机场，在中国驻布隆迪大使馆协调下，抗埃物资顺利通关，并途经卢旺达运往中国二级医院，与上报的需求计划一样，三个大类，31个项目，2957件（套），这批医疗物资除了用于保障我驻刚维和部队人员外，还将为联合国在当地的军事、民事人员，以及华人和中资企业防范埃博拉疫情发挥重要作用。

2014年11月24日，世界卫生组织（WHO）宣布，由于刚果（金）连续42天没有新增埃博拉病例，该国这一轮埃博拉疫情已经结束。

虽然在此次疫情中，我维和部队官兵与埃博拉疫情擦肩而过，但是中国二级医院的官兵在疫情到来时表现临危不惧、科学应对、众志成城、勇挑重担的精神赢得了国际社会的广泛认可，采取的积极有效的防范措施为我军在执行多样军事任务中应对重大疫情积累了宝贵的经验。

第六节
中国赴马里维和警卫分队抗埃纪实

黄沙滚滚烈日炎，军旗猎猎歌嘹亮。2014年9月22日，伴着庄严的中国人民解放军军歌，中国赴马里维和部队轮换交接仪式在位于加奥地区的中国维和部队营区内，圆满落下帷幕。这标志着第二批赴马里维和部队的中国军人在火热的西非大地奏响了新的和平序曲。

我们的维和勇士们将要面对的不仅仅是战乱的国度，炎热的气候，10月23日首例埃博拉病例现身马里，他们又开始了与病魔的周旋……

“明知山有虎，偏向虎山行”，透析原理，从容出征。中国赴马里维和警卫分队主体抽组单位是一支历史厚重、战功卓著的红军部队。2014年6月，当组建第二批赴马里维和警卫分队的命令传来，这支红军团队的官兵无不跃跃欲试。

肩负维和使命，奔赴战火硝烟，是每名共和国军人的无上荣誉。

“战士就该上战场，穿上军装就时刻准备着……”短短三天1000余份请战书纷至沓来。

“6月26日，是让我十分难忘的日子，赴西非马里维和志愿书，当写完最后一笔时，全身充满力量……”有着16年兵龄的四级军士长佟海明在日记中兴奋地写到。

然而，8月9日，官兵火热的心却被一条冰冷的消息深深刺痛：“非洲多国肆虐数月的埃博拉病毒已造成至少932人死亡，1700多人被感染……”

面对从未听过的埃博拉疫情，官兵们心里不免有些紧张、彷徨，他们深知，军人效命沙场是使命所系，但是如果因病丧命实在有些冤枉。

8月11日，上级下发了《埃博拉出血热防控知识提纲》，并作出指示，埃博拉病毒引起的埃博拉出血热疫情在非洲地区，尤其是西非四国（几内亚、利比里亚、塞拉利昂、尼日利亚，其中马里与几内亚接壤）流行，已造成近千人死亡，形势严峻。鉴于我维和人员即将赴马里执行维和任务，为进一步做好埃博拉出血热防控工作，普及广大官兵科普常识，各分队务必尽快组织集中学习，避免不必要的恐慌。

“只有让官兵了解埃博拉，才能消除顾虑，才能更有效地开展预防工作。”维和警卫分队分队长车长生的话语掷地有声。

维和警卫分队迅速行动，结合国家卫计委颁布的《埃博拉出血热防控方案》和上级下发的《埃博拉出血热防控知识问答》等资料，展开了为期一周的集中宣传教育。

“埃博拉出血热是一种致死率极高的病症，但只要严密防护还是可以预防的……”应邀来队开展讲座的沈阳军区联勤部“疾病预防与控制中心健康教育室”的许志伟主任，深入官兵中间细致耐心地讲解致病原理，分析传染途径，列举防护手段，更是给官兵吃了一颗定心丸。

“防护器材一定要提前准备充分。”临行前许志伟主任还不忘反复叮咛。随后，维和警卫分队专门划拨经费，购进了防护服、防护手套、消毒液、口罩等八类200余件（套）防护器材、消毒药剂。

经过充分准备，官兵的心态得到平复，对马里维和征程充满了信心。临行前，他们自信地说道：“明知山有虎，偏向虎山行，马里我来了。”

“搏击浪花里，宁逸踏沙丘”，处变不惊，有效应对。“我们一定发扬优良传统，紧密团结凝聚，战胜艰难危苦，不断开拓进取，为中国蓝盔在马里的维和历程，续写更加绚丽的篇章，为解放军部队继续增添新的辉煌！”9月22日，随着分队长车长生铿锵有力的讲话结束，第二批赴马里维和警卫分队的官兵正式开始了他们的维和征程。

面对陌生的面孔，陌生的地域，陌生的规则，远离亲人来到非洲大地，这一切对维和警卫分队的官兵来说都是新的开始，新的挑战。

惟一值得庆幸的是，初到任务区的官兵们发现，马里还未发现埃博拉疫情，而部队驻扎的加奥地区是热带沙漠气候，也许因为干燥和炎热，这里最初被定义为埃博拉病毒的不易生存、传播的地域，这让维和警卫分队所有人长长地松了一口气。

“没有病例不代表没有威胁，邻国几内亚的疫情不容忽视，埃博拉疫情信息必须持续关注。”随队军医刘学却没有因此而放松警惕，他始终紧盯着西非埃博拉疫情的发展变化，并利用每周的教育日，把最新的信息讲解给官兵：“近期，西非埃博拉疫情扩散有加快趋势，已有疑似病例5000多例，死亡2600多人，马里南部邻国几内亚是最严重的疫区之一……”

西非埃博拉疫情蔓延愈演愈烈，官兵们的心也随之越收越紧。

2014年10月23日，中国驻马里使馆传来通报，马里西部城市卡伊确诊1例输入性埃博拉病例。

24日，10时20分，联马团一份红色紧急通知传达至维和警卫分队，再次详细通报了马里首例埃博拉病例的情况，并要求在最近60天内去过几内亚、塞拉利昂和利比里亚或在以上地区中转的联合国人员，在48小时内联系最近的联马团医疗机构，接受必要的建议和医疗检查。

埃博拉疫情虽是首次进入马里，但联马团人员流动频繁，维和警卫分队执行的又是营门警卫任务，每日检查过往车辆近300台次，过往人员近千人次，加之缺乏专业检测设备，维和部队整体防疫工作面临严峻挑战。

不仅如此，28日，世界卫生组织确认有111人曾与马里首例埃博拉患者有过接触，但截至消息发布，仍有至少40人未能找到，这无疑让本就紧张的气氛再次雪上加霜。

突发疫情就是命令，反应速度就是生命，24日中午，维和警卫分队立即召开会议通报马里境内发现首例埃博拉病例，并从加强宣传教育、严控内外交往、抓实应急演练三个方面，研究部署埃博拉疫情防控措施。

“要详细制定防控预案，强化基本知识普及，尽量减少对外接触，同时，抓好引导疏导，避免过度恐慌……”维和警卫分队面对严峻的形势，迅速做出了反应。

10月25日、30日，先后两次与医疗分队一同修订完善了《马里维和部队埃博拉出血热防控应急处置预案》，从应急力量构成、日常接诊制度、隔离防控手段、信息共享机制、医疗援助途径、教育疏导方式等六个方面，进行明确细致规定，并已组织多轮针对性防疫演练。

10月30日，展开了新一轮埃博拉常识的学习，将最新的《西非三国中国公民埃博拉出血热感染防护建议》、《埃博拉防控知识问答》等资料下发至每个中队，制定计划逐项学习。

讲授常识、学习方案、组织演练……一道道命令，一项项措施，迅速在维和警卫分队传达、落实，防护的手段多了，官兵的心也就稳了。

然而，接下来几天组织的防控知识考核中，170名官兵能全部合格的不足50%。这让维和警卫分队的领导们揪心不已。

“埃博拉防控知识不是只靠简单灌输就能理解掌握的，需要让它通俗易懂，朗朗上口才能让官兵真正熟练掌握。”随队军医刘学说到做到，短短三天时间他就编

2014年10月30日，中国赴马里警卫分队组织埃博拉防控知识讲座。

2014年11月3日，维和警卫分队组成学习小组，采用问答等多种形式学习埃博拉防控常识。

维和警卫分队制定了严格的来访人员接待制度，严防病毒传入营区。

写完成了《维和分队防控埃博拉出血热三字经》。

“埃博拉，病毒王，传播快，易死亡，病理明，应当先，人际间，碰触传，分泌物，排泄物，污染物，皆传染，潜伏期，二十一……”现在随处能听见官兵反复背诵这首三字经。通俗的内容、明快的节奏让埃博拉防控知识深入人心、融入日常、进入言行。

“刑天舞干戚，猛志固常在”，科学预防，悉心坚守。首例埃博拉病例25日死亡，之后的十余天里形势似乎有所好转，官兵们紧张的心情刚刚有所平复，新的疫情就再次发生……

10月底，一名几内亚阿訇（伊斯兰清真寺住持）因肾衰竭症状被送至马里首都巴马科的巴斯德诊所治疗，27日死亡后确诊为埃博拉病例，随后其家人坚持在巴马科一所清真寺举行洗礼仪式。

11月10日，巴马科附近帕拉的1名疑似埃博拉患者死亡，该男子家庭曾接待过前往巴马科治疗的阿訇。

11日、12日，治疗过阿訇的巴马科市巴斯德诊所里，1名医生、1名男护士先后确诊感染埃博拉病毒，目前男护士死亡，马里政府及联马团已封控了诊所及清真寺。

11日，巴马科南部与几内亚接壤的扬福利拉县报告隔离1名疑似病例。

12日，一名为阿訇清理遗体的妇女出现埃博拉症状并死于巴马科一所大学医院……

接二连三的疫情通报，一下把所有人的心提到了嗓子眼儿，特别是当了解到死亡病例接触者中还有23名联马团军人，更是让所有维和官兵立刻紧张了起来。

中国第二批赴马里维和部队三支分队也及时下达指令，所有中国维和部队取消握手等礼节，日常以打招呼、敬礼、对拳等方式表达问候。

警卫分队也迅速制定四条措施：一要及时宣传教育；二要严格人员管控；三要保持联防联控；四要突出卫勤保障。

措施定下了，然而落实起来却不那么容易。

执行荷兰工兵营地警卫任务的三中队班长翟东升给记者讲述了一个关于“拥抱”的故事。

2014年10月26日下午5时40分，和往常一样，警卫三中队即将与荷兰工兵进行哨位交接。

上等兵王明是今天荷兰工兵营地的最后一班哨兵，原本例行公事的交接，并没有让王明有多紧张，然而，前来交接的荷兰士兵一上来就是热情的拥抱，让当时没有丝毫准备的王明一阵紧张、心悸。

维和队员在上岗执勤时加强自身防护。

维和队员在哨位上加强防护。

警卫分队为中国维和二级医院提供警卫，队员按照要求统一佩戴防护口罩。

"回到营区，我就冲进淋浴间冲洗了20分钟……"王明事后依旧心有余悸，"对于外国朋友我们没有任何丝毫轻视排斥的意思，保持一定的距离只是为了预防埃博拉传播，也是为了保证我们每个人的生命安全。"

在维和官兵执勤过程中，类似情况时有发生，为此警卫分队明确规定，所有重点部位哨兵以及涉及领取给养、外出排污、外事交流的人员必须穿戴必要防护器材，接触过程中人员之间距离必须保持在两米以上，并取消拥抱、握手等礼节。

于是，口罩、手套、洗手液成了所有执勤人员的必需品。

"埃博拉，一个恐怖的名字，原本以为离我们很遥远，但是现在也许就在我们身边。"联马团东战区司令部南门的哨兵王洋给记者讲述了这样一件小事。

2014年11月12日，正当即将换岗之际，对讲机里传来中队长的声音："据最新埃博拉疫情通报，马里首都巴马科已确诊8例，死亡5例，希望同志们做好预防，站岗执勤时要特别注意防护。"

接到通报，王洋和战友们不敢大意，迅速穿戴好个人防护器材，才匆匆来到哨位。

"你好！"南门的马里当地翻译阿法热情地和他们打着招呼，可随即他就剧烈地咳嗽起来，这一切让三名维和哨兵骤然紧张。原来，阿法刚刚从疫情严重的马里首都巴马科归来。

哨兵迅速找来体温计交给了阿法。

体温38℃！

"119，119，A01报告，南门翻译出现发热症状，请指示。"

"注意防护，军医马上就到。"

军医迅速到位，对翻译阿法往返巴马科的时间及其经过做了详细的调查，并在对他展开治疗的同时，采取了消杀、隔离措施。

幸运的是阿法最后被确诊为普通感冒，一天后，他的病情就得到了有效的缓解，并且平稳地度过了隔离期。

"在此之后，东战区司令部无论是维和军人，还是他们的工作人员在生活中和工作中都加强了个人的防护。"王洋每次说起这件事都还记忆犹新。

高度警惕，严密防护，维和警卫官兵的专业素养、负责精神，也赢得了联马团友军的一致好评。

12月4日，联马团司令卡佐拉少将离任前最后一次视察中国维和部队营区时由衷地称赞道："我们把东战区司令部的防卫任务交给中国维和部队，很放心！"

"海内存知己，天涯若比邻"，联防联控，化险为夷。儿行千里母担忧，远在非洲马里维和的部队并没有被祖国忘记。

当祖国得知马里出现埃博拉疫情后，国务院副总理亲自指示外交部：通过驻马里使馆，尽可能为中国维和部队提供帮助，确保我维和官兵身体健康。国防部维和事务办公室、沈阳军区维和事务办公室的领导也迅速来电来函，了解情况，询问需求。

29日，中国驻马里使馆连夜与维和部队沟通联系，亲切询问维和部队防疫中存在的困难需求。

“务必保持与国内上级机关、大使馆、联马团等方面的沟通联系，完善本级疫情收集研判机制，切实畅通疫情信息获取渠道，对疑似病例坚持‘零报告’制度，以医疗分队为主强化防控埃博拉疫情防控预案演练，确保遇有情况及时应对。”维和部队专题研究会上，工兵、警卫、医疗三支分队的领导们达成了共识。

至此，三支中国维和分队在埃博拉防控战役中，形成了合力，同步调，共进退，也让中国维和部队在马里的维和征程，一路平安，一路凯歌。

面对战火硝烟，应对疾病威胁，维和使命需要勇气，更需要忠诚，这是远在万里之外的马里执行维和任务的官兵们无法回避的考验。

闲暇时间里，维和官兵最爱唱电视纪录片《中国红·和平蓝》的主题曲：“中国红和平蓝，责任使命一肩担，年轻的中国军人，青春在红海上扬帆，妈妈的叮咛记在心上，祖国的嘱托重如山，为了世界的和平安宁，我们把苦涩嚼得甘甜……”

第五章
中国赴利比里亚维和警察防暴队抗击埃博拉纪实

第三支赴利比里亚维和警察防暴队出征。

中国第二支赴利比里亚维和警察防暴队严把营门防疫关口，对营区和外出执行勤务的车辆进行严格消毒。

第一节
中国第二支赴利比里亚维和警察防暴队抗击埃博拉纪实

2014年6月27日，中国第二支赴利比里亚维和警察防暴队进驻任务区，正值利比里亚埃博拉疫情持续蔓延之时。

“10，10，6号哨位报告:距离机场执勤点远端哨位约100米处，有几名身穿防护服的工作人员正在掩埋尸体。”机场执勤点的驻勤哨位向指挥中心报告。2014年8月20日凌晨，防暴队驻地格林维尔市出现第一例埃博拉确诊死亡病例，尸体就掩埋在距离防暴队的执勤哨位的不足100米的地方，死亡像一颗定时炸弹，随时都可能在身边炸响，整个营区充斥着莫名的紧张气氛。

疫情就在身边，疫情就是命令。防暴队临时党总支当日连夜召开扩大会议，应对工作领导小组组长、防暴队政委赵东方宣布:“立即启动二级防控响应，全面抗击埃博拉！”格林维尔拉响了埃博拉疫情警报，一场没有硝烟的战役在西非战场悄然打响。

埃博拉病毒最有效的防控措施就是实行封闭管理，避免与外界接触。“重点哨位一律配备执法记录仪全程录音录像，增加枪支弹药携带数量，拉设警戒带保持距离，上哨执勤一律佩戴医用手套、口罩和护目镜；封闭营区南、北门，实行惟一营门出入制度；严格控制一切非必要外出活动，确须外出时，一律严格审批程序；每日开展1次防护垃圾焚烧、3次营区消杀、每周不少于2次日常巡诊；建立防疫值班室、发热隔离室和车辆洗消池，增加病房数量，医务人员随时准备实行分组办公。”营区安全防护和管控消杀等级逐一提升。

病毒肆虐的时期，防暴队坚持每日开展各类活动，跑圈、跳绳、俯卧撑、仰卧起坐……队员们想尽办法多运动，以提升自身免疫力。坚持每周组织文体活动不间断，广泛开展乒乓球、篮球、足球、观影等集体活动，依托现有设施和局域网络，开展线上线下活动，最大限度丰富业余文化生活，活跃内部氛围。

随队心理咨询师每天都会关注队员的心理状况，发现问题苗头和思想隐患及时介入，和队员们聊聊天，讲讲趣事，引导战友们敞开心扉，最大限度地消除恐慌情绪。期间，防暴队严格落实战斗队员每周不少于6.5小时、非战斗队员不少于3.5小时战勤技能训练、每月1次全队应急拉动演练，并启动了全员额、全时段、全岗位军事业务技能大比武活动，11个战斗小队、5个业务组、47名队员被评为标兵小队和标兵，官兵的身体素质不降反增。

2014年9月13日，中国赴利比里亚医疗专家组搭乘联合国航班赶赴格林维尔，实地指导中国第二支驻利比里亚维和警察防暴队埃博拉防控工作，并为防暴队进行埃博拉防疫知识专题授课。专家组由三位专家组成，包括两名临床专家和一名公共卫生专家，具有丰富的传染疾病防治和疫情应对经验，多次参加包括抗击SARS、甲流和汶川地震疫情等突发公共卫生事件。

医疗专家组对防暴队在营区内外均设立隔离室和诊疗室，疫情升级后医护人员分成两班、互不接触、分头工作的做法给予高度评价，称赞："中国维和警察防暴队的防疫工作已经达到非常专业的水准，体现了对生命的高度敬畏，对科学的高度尊重，对防疫的高度重视，令人放心，值得在联合国系统乃至利比里亚全国推广！"

埃博拉疫情恶化，各类巡逻任务频率不降反升、密度不减反增，防暴队在认真研究联合国行动指南和相关规则的基础上，通过持续、积极努力，经请示联利团防暴办认可，协调军事观察员上请同意，主导促成了联合巡逻中各部门统一防护装备、以车巡方式为主的新勤务形式，并在实践中不断完善，在磨合协调中推动联利团其他机构和层面严格有效落实。

2014年12月7日，防暴队首次与在利比里亚执行抗击埃博拉任务的美军联合行动，完成了联合国埃博拉应急响应特派团官员视察格林维尔埃博拉防治中心的安全护卫和直升机起降点的勘察任务。

在长达3小时的勤务中，全体队员冒着40多度的高温，发扬连续作战精神，时刻保持战斗状态，与美军士兵密切协作，既展现了中国维和警察防暴队专业素质和行动能力，又展示了自身良好形象，赢得了特派团及美军指挥员的高度评价。

"在任务区的318次任务中，我们先后到达117个诊所、26个埃博拉疫情暴发村镇，直接接触的埃博拉病例多达38人，每一天的执勤都面临埃博拉现实考验，

2014年7月24日，中国第二支赴利比里亚维和警察防暴队圆满完成首次空步联合武装巡逻任务。图为：为当地居民讲解埃博拉病毒预防知识。

2014年12月4日，中国第二支赴利比里亚维和警察防暴队武装护卫联和国驻利比里亚埃博拉应急响应特派团官员视察埃博拉治疗中心。

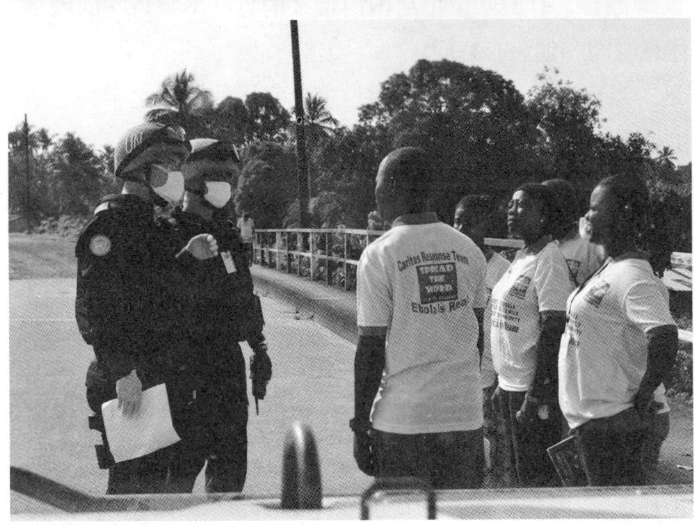

2014年12月10日，中国第二支赴利比里亚维和警察防暴队队员向当地慈善组织成员讲述当地疫情情况。

每一次勤务都有可能会与埃博拉正面遭遇，可以说时刻与死神周旋。”中国第二支赴利比里亚维和警察防暴队队长王东升介绍。

作为驻守在锡诺州的惟一一支成建制队伍，防暴队除了执行联合巡逻勤务外，还承担着联利团分部及机场、油库的定点驻守任务，首当其冲地受到了疫情的威胁。维和期间，经常发生巡逻车队途经埃博拉高发区的情况，偶尔出现与拉运埃博拉尸体车辆擦肩而过的事情，现在想起来仍心有余悸。2014年10月9日，防暴队指挥中心接到联合国埃博拉应急响应特派团驻格林维尔负责人通报称，布特镇发现5名埃博拉疑似病例。而布特镇正是防暴队执行外巡任务小队返程必经之地。指挥中心迅速与外巡小队取得联系，“外巡小队，外巡小队，我是指挥中心，刚接到通报，布特镇发现5名埃博拉疑似病例，要求你队在返程途中穿戴防护服，途径布特镇时不准下车，不做停留，快速通过，快速通过。”还有一次，当战斗二分队四小队执行赴外巡逻任务时，途经埃博拉高发地区布特镇，队员陈道飞突然发起了高烧，他的体温高达41度，不停地呕吐，还出现意识不清的症状。为确保绝对安全，万无一失，防暴队按照最高级别对待这一情况，医护人员迅速启动埃博拉疫情三级响应方案，实行分组办公，穿戴防护服、防疫手套，将队员陈道飞及一同执勤队员全部隔离观察，并对陈道飞进行诊治。他连续3天处于高烧状态，持续的高烧让他整个人都快虚脱了，难受得他连一口水都咽不下去，痛苦地双手捂着肚子，不停地翻滚，豆大的汗珠顺着脸往下淌，但他却没有喊一声疼，也不叫一声苦。队员们都为他捏了一把汗，在未排除埃博拉可能的情况下，谁都不敢揣测结果如何，大家也都在为自己的兄弟祈祷祝福。直到第4天，经诊断，他得的是疟疾，大家终于可以松口气了。接下来的日子里，空闲时候，大家都过来陪他。有的队员打水为他洗脚擦身，有的队员把从国内带来的自己不舍得吃的糖拿给他吃，有的队员放弃休息时间和他谈心解闷。

随着疫情的不断蔓延，当地医院常陷入与埃博拉患者家属的矛盾之中，对防暴队来说，这无疑是雪上加霜。

利比里亚有土葬的习俗，当感染病毒的亲人去世后，亲属要为死者进行更衣、清洗、下葬。然而，这样极易导致埃博拉病毒传播，政府规定要将死者尸体妥善处置，部分家属不理解，“抢尸”的情况时有发生。接到医院的报告后，当地政府和防暴队第一时间要掌握情况并介入，随时准备应付局势。

疫情之下，防疫物资短缺、防疫压力大。但是，中国维和防暴队积极响应国家援非外交战略，利用联合巡逻及独立巡逻多种渠道，积极深入社区、村庄，向当地民众发放宣传画册，普及防疫知识，指导他们科学防疫。

辛苦不白下，汗水不白流，中国警察的真诚感化了当地群众，消除了他们对

2014年10月31日，中国第二支赴利比里亚维和警察防暴队联合当地警察开展应急处突演练。

2014年8月29日，中国第二支赴利比里亚维和警察防暴队队员向当地儿童宣传埃博拉病毒防控知识。

2014年10月28日，维和防暴队队员深入埃博拉病毒疫区了解疫情，图为随队医生和当地儿童竖起大拇指。

疫病的恐惧心理，老百姓不再拒绝防疫，不再消积等待，开始主动参与防疫，共同抗击埃博拉。当地老百姓开始讲卫生了，知道吃饭洗手了，知道勤洗衣服勤洗澡了。期间，宣讲防疫知识200多次，义务防疫消杀150余次，共接诊服务患者1163人次，处置危重急诊患者205人次，巡诊2000余人次。我们的善举善意和无私付出，让黄皮肤和黑皮肤成为了“一家人”，在当地，老百姓只要见到了中国人，就会伸出大拇指说“Chinese，good!”

在长期的防疫制度实验与坚持中，防暴队结合多次的外巡任务积累的防疫经验，提炼形成《预防埃博拉工作守则》，与联利团格林维尔分部、驻地医院、政府等部门共享，提升了任务区整体防控水平。

只要有时间，防暴队的队员就会带上自己平时舍不得吃的零食，到孤儿院看望那些埃博拉孤儿。在大家的倡议下，防暴队累计为孤儿院捐款2万余元，并将一批图书和学习用品捐赠给当地学校。联利团格林维尔分部代理主管-希拉得知消息后，感动不已，主动提出要参加捐赠活动。孩子们看着堆得像小山一样的礼物，高兴地围拢过来，跳起欢快的民族舞蹈，向我们表达谢意。嘴里还不停地用拗口的汉语喊着：“你好，中国，谢谢！”

维和防暴队在巡逻中了解到，在驻地锡诺州隔离点治愈的5名埃博拉患者，因其衣物、被褥等生活用品在治疗期间被销毁而不能及时回家；当地医疗工作者及警员与民众接触频繁，但缺乏必要的防疫装备，不能充分履行职责。身处疫区的中国维和防暴队，对驻地民众的遭遇感同身受，队员们自觉发起捐款捐物行动，希望尽己所能帮助驻地政府及民众抗击埃博拉。有的队员捐出了刚刚领到的全部联合国津贴，有的队员捐出了自己崭新的衣物，有的队员捐出了自己从国内带过来、平时都不舍得吃的食品……在不到2小时的时间里，防暴队就收到了队员捐款近两万元，衣物及食品一批。为保证专款专用，防暴队还及时利用捐款紧急采买了一批医用防护服、防护手套和口罩等防疫物资。

2014年11月25日，中国第二支驻利比里亚维和警察防暴队举行仪式，向锡诺州政府、州警察局捐赠了抗击埃博拉专项资金及口罩、手套等防疫物资，全力支援驻地抗击埃博拉。

锡诺州州长托马斯在接受捐赠时指出：“在锡诺州抗击埃博拉疫情的关键时刻，我们不仅得到了来自中国政府的援助，也得到了中国防暴队的支持。你们的捐赠非常及时，我代表锡诺州政府和人民对中国防暴队的捐赠表示诚挚的感谢，我保证将你们捐助的资金和物资用在最需要的地方。你们是上帝赐予锡诺州的礼物，就像天上的太阳，给锡诺州人民带来阳光和希望，感谢中国防暴队一直以来在抗击埃博拉行动中所作的突出贡献，感谢你们为维护锡诺州安全与稳定做出的

2014年10月26日，中国第二支赴利比里亚维和警察防暴队王东升队长向锡诺州警察局迈克尔副局长捐赠防疫物资。

2015年1月21日，联利团副秘书长特别代表安东尼奥为防暴队政委赵东方佩戴和平荣誉勋章。

积极努力，感谢中国政府派出优秀的队伍，你们是中国人民的骄傲。”锡诺州警察局局长沃克在接受捐赠时强调：“中国防暴队不仅在行动上、技能上给予利比里亚国家警察最大的支持，在抗击埃博拉疫情中，也为我们提供了及时的帮助，目前我们的警员缺乏必要的防护装备，安全没有保障，行动能力也受到限制。今天的捐赠，解决了警察局当前的难题，我们将利用好这些装备，为当地医疗官开展埃博拉防疫工作提供更好的安全保障。”

2015年1月21日，联合国利比里亚特派团（联利团）举行仪式，代表联合国向中国第二支驻利比里亚维和警察防暴队140名队员颁发嘉奖令，表彰中国维和警察在埃博拉严峻形势下为利比里亚和平事业所作的突出贡献。

嘉奖令由联合国主管维和事务的副秘书长苏和签署。嘉奖令指出，“联合国非常感谢中国第二支驻利维和警察防暴队全体队员在应对异常严峻和空前的埃博拉疫情形势时，所表现出的勇气和信心。执行维和任务期间，队员们高效履职，完成了一系列任务，在疫情严重威胁下依旧致力于维护利比里亚和平稳定。中国防暴队的优异表现集中体现了联合国的价值所在和光荣传统，我代表联合国对你们的表现予以嘉奖，并对你们出众的勇气和献身精神表示真挚的敬意和感谢！”

联利团警察总监辛茨在致辞中指出，中国防暴队进驻任务区以来，落实联利团指令坚决，专业高效地完成了埃博拉疫情下的各项维和勤务，不仅确保了自身安全，而且积极主动作为，为利比里亚国家警察开展警务技能培训，为驻地抗击埃博拉捐赠了物资，为联利团提供了一系列具有参考价值的各类勤务、行动、管理、保障等规范建议和标准指南，赢得了联利团和驻地民众的广泛赞誉，堪称利比里亚任务区的一面旗帜，得到了联合国总部的高度认可和通令嘉奖，为联利团赢得了荣誉，也为中国政府和人民赢得了荣誉。

在利比里亚的8个多月里，在疫情肆虐、维和勤务增加5倍的情况下，维和防暴队全员运筹帷幄，从容应对，共出动警力3.6万人次，车辆5000余台次，行程5万余公里，动用枪支2.7万支次、弹药63万发次，安全高效完成了埃博拉疫情下联利团分部、机场、油库等7个定点哨位全天候6144小时驻守任务，圆满完成了要人警卫、安全护卫、联合巡逻、空中侦查、安保巡逻等勤务177次。任务轮换前，锡诺州警察局长沃克向中国防暴队表示感谢：“通过你们的长期巡逻、武力展示，锡诺州发案率下降了30%，治安状况达到战乱后安全形势的最好水平，利比里亚的老百姓感谢你们！”

第二节
后埃博拉时期的疫情攻坚战
——中国第三支驻利比里亚维和警察防暴队抗埃纪实

题记：当一场不期而至的风暴袭击了家园，我听到你们用生命践约的巨响。

——苏格拉底

践约，在“非洲死神”之地

2015年3月11日凌晨4点35分，蒙罗维亚机场，伴随着中国南航包机的平稳降落，中国第三支驻利比里亚维和警察防暴队140名队员在夜色中抵达任务区。此时，疫情笼罩的利比里亚，如同黎明前的黑暗。

被称为“非洲死神”的埃博拉病毒，2014年在非洲再次大规模爆发。这一次，利比里亚成为疫情的重灾区，短短数月，4800多个生命被无情地夺走。而与此同时，中国第三支赴利比里亚维和警察防暴队应联合国请求，为和平使命践约而来。

进入2015年后，利比里亚因埃博拉疫情死亡人数明显下降，但与死神的拉锯战始终在持续。

3月20日，中国第三支赴利比里亚维和警察防暴队进驻利比里亚的第10天，利比里亚卫生与社会福利部门通报，利比里亚再次确诊一例埃博拉患者，七天后该患者死亡。

5月9日，连续42天未发现确诊病例后，利比里亚宣布埃博拉疫情结束。

6月28日，法新社报道，利比里亚一名17岁少年死于埃博拉病毒。

6月29日，利比里亚卫生部门通报，该国马吉比州和蒙特塞拉多州确诊6名埃博拉病例。

6月30日，利比里亚卫生部长伯尼丝·丹宣布，该国出现一例埃博拉死亡病例。

7月1日，利比里亚卫生部门宣布，该国新增2名埃博拉确诊病例。

7月7日，利比里亚医疗主管弗朗西斯通报，该国再次发现2名埃博拉确诊病例。

死亡的恐惧如影随形，危险从未远离，中国防暴队驻守疫区面临严峻考验。

较量，一场没有硝烟的战争

运筹帷幄方能决胜千里，抗击埃博拉的战斗早在第三支赴利比里亚维和警察防暴队出征前已经打响。

出国执行任务前，维和防暴队根据医疗专家意见，配齐配强5名专职医生和8名卫生员，采购了相关防护用具、消杀药品。邀请多名全军热带病防治专家到中国维和警察培训中心开展了埃博拉防控专题讲座和系统培训。组织全体队员认真学习热带病知识，消除队员对埃博拉病毒的恐惧感，增强队员抗击埃博拉的信心，掌握了防控基本知识。

3月21日，针对抵达任务期初期利比里亚埃博拉疫情出现反复、面临现实威胁增强的情况，中国第三支驻利比里亚维和警察防暴队邀请联利团应对埃博拉加强专家组组长、国家传染病预防控制专家委员会专家、全军感染病诊疗中心主任孙永涛教授，中国第十七批驻利比里亚维和医疗分队李德炳分队长等医疗专家到驻地格林威尔指导埃博拉防控工作，从埃博拉病毒病的历史、流行病学、疫情现状和特点、面临挑战、疾病潜伏期、临床症状及诊断、治疗和处理等方面，为维和防暴队骨干和医护人员进行全面讲解指导，切实增强了埃博拉防疫能力。

零接触是降低感染埃博拉几率的有效办法，但防暴队的中心工作是遂行维和勤务，与当地群众接触不可避免。尤其是进入“后埃博拉时期”后，随着利比里亚各类政治经济活动逐渐恢复，人员流动渐趋频繁，治安案件、矛盾纠纷、群体性事件不断增多，民众骚乱甚至暴力活动苗头渐趋增长，勤务量成倍增加，埃博拉防控难度空前增大。

如何在完成好繁重勤务的同时做好埃博拉防疫工作成为摆在防暴队临时党总支面前的一个难题。在临时党总支会议上，防暴队李培森政委坚定有力地提出了“正确认识，严密措施，科学防控，确保安全，坚决做到零感染”的工作思路。

队员向当地民众宣传防范埃博拉知识。

结合任务区形势，防暴队周密制定了埃博拉疫情防控预案，将卫生防疫工作与防暴队日常生活紧密结合，与遂行勤务紧密结合，明确人员职责分工，细化疫情前防护、疫情中处置、疫情后消杀等工作流程，全面提升防暴队卫生埃博拉防疫工作能力。

——要求外出执勤人员必须配戴防护用具，携带消杀药品，加强自我防护。

——对于当地人握手、触拳等礼节性接触，采取“不主动、不拒绝”的原则进行，确需与当地群众交流时，保持适当距离，坚决避免其他身体接触。

——出勤车辆入营前完成洗消程序；出勤队员入营前完成鞋底消毒、洗手、紫外线消杀执勤装备、洗浴、洗衣等防疫程序，72小时内每天连续早、中、晚三次测量体温。

——利用发烟机、喷雾器等消杀用具每日对近20000平方米的营区尤其是岗哨、污水井、垃圾车等重点部位进行3次全面消杀，定期清理营区垃圾与环境卫生，坚决不留任何隐患与死角。

这是一场没有硝烟的战争，每一天都在进行。

镌刻，共克时艰的中利友谊

唤醒利比里亚民众防控意识，让当地民众全部参与到防控埃博拉的战争中，才是确保这场疫情阻击战胜利的根本。

在埃博拉这场旷日持久的浩劫面前，中国第三支驻利比里亚维和警察防暴队在确保自身安全的同时，紧紧的与利比里亚人民站在了一起。

明知山有虎，偏向虎山行。针对抵达任务区后利比里亚出现埃博拉确诊病例的情况，防暴队每个小队都成立了埃博拉防控宣传小组，制作了2000余份埃博拉防控知识宣传册，在巡逻过程中向群众发放或张贴在检查站醒目位置。自抵达任务区遂行任务以来，防暴队已先后出动警力2万余人次，开展埃博拉防控宣传2100余次，受到当地群众的广泛赞誉。

在赴巴黎营开展联合巡逻勤务期间，居民加斯特恩.穆亚动情地说：“感谢你们所做的一切，相信在你们的帮助下，我们一定会战胜埃博拉，利比里亚的明天一定会有更大的发展，谢谢你们！”

5月28日，在与格林维尔驻地中小学开展交流活动期间，中国第三支驻利比里亚维和警察防暴队向五个中小学捐赠了部分埃博拉防疫消杀药品，并为1200余名学生普及了埃博拉防控知识，受到学校师生一致好评。

5月29日举办的联合国人员日活动是利比里亚锡诺州在埃博拉疫情于5月9日

宣布解除后第一个大型活动，期间，锡诺州州长托马斯对防暴队作出高度评价，称赞中国防暴队为抗击埃博拉做出了巨大努力，为锡诺州的和平稳定做出了积极贡献。

7月27日，利比里亚第168个独立日庆典活动期间，约翰逊-瑟利夫总统与中国防暴队张广保队长亲切交谈，表示，“中国维和警察防暴队与困难中的利比里亚民众站在一起，为利比里亚和平稳定做出了重要贡献，我代表利比里亚政府和民众衷心感谢你们”。

8月9日，中国外交部王毅部长在访问利比里亚期间，亲切接见中国第三支驻利比里亚维和防暴队代表，表示：“面对肆虐的埃博拉疫情，你们在艰苦的环境中选择了坚守，选择了担当，在帮助利比里亚抗击埃博拉过程中贡献了宝贵力量，不愧是中华民族的优秀儿女，不愧是外交战线上的优秀集体，不愧是让党和人民放心的人民子弟。”

侧记

一场没有硝烟的生命阻击

我叫闫海生，是第二支赴利比里亚维和警察防暴队后勤官。2015年4月1日，当宣布21天集中医学观察结束，看到日夜思念的亲人站在眼前的那一瞬间，曾经

中国第二支赴利比里亚维和警察防暴队离开祖国远赴西非执行维和任务。

2014年7月4日，中国第二支赴利比里亚维和警察防暴队正在组织维和官兵学习埃博拉病毒的预防知识和方法。

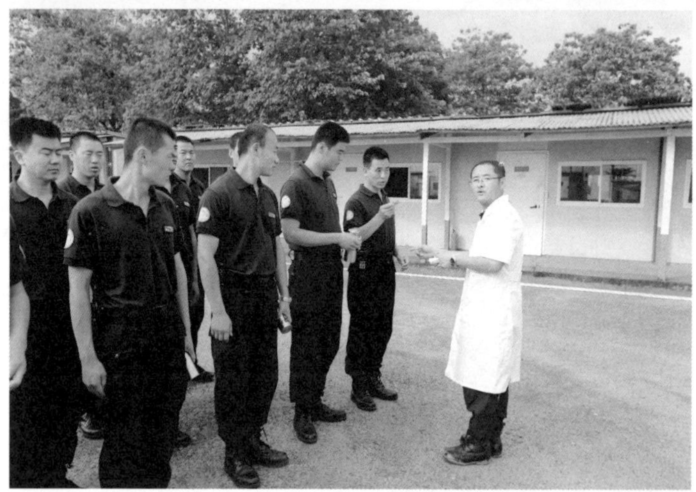

2014年7月6日，中国第二支赴利比里亚维和警察防暴队随队军医向维和官兵讲解防疫注意事项并配发药品。

中国第二支赴利比里亚维和警察防暴队举行升旗仪式。

2014年9月26日，防暴队全体医护人员在一级医院前合影。

无数次出现在梦乡里最温馨的词语，“合家团圆”终于实现了，紧握着微微颤抖的双手，大跨步的奔过去紧紧拥抱着妻子和孩子，在周围人群的欢呼声中和无数相机的咔嚓声中我泪眼朦胧，恍若隔世。

2014 年 6 月，我从 3000 多名官兵中经过层层遴选和严格培训，肩扛使命、豪情万丈的飞往陌生的利比里亚。当我还沉浸在迈出国门的那种兴奋中时，却丝毫没有预料到，一场比恐怖袭击和暴乱事件更加可怕的灾难正悄无声息地向我们袭来。

刚到营区,就听到广播里介绍埃博拉病毒史无前例的大爆发。仅仅过了 1 个月，8 月 8 日，世界卫生组织发表紧急声明，宣布埃博拉疫情为国际突发公共卫生事件。利比里亚成为疫情最严重的地区之一，整个国家防疫战线接连收缩、崩溃，15 个州相继沦陷，成为高危区、重灾区。100 例、500 例，1000 例、5000 例……每日的埃博拉确诊病例数、死亡病例数呈现爆炸式的增长，凶猛的病毒像野火一样在西非大地上肆虐蔓延。

面对突如其来的灾难，防暴队立即进入紧急状态，第一时间组建了埃博拉防控组，严格实施消毒防护、体温检测、医学排查等紧急措施，千方百计将埃博拉病毒阻挡在营门之外。8 月 20 日，防暴队驻地出现首例埃博拉死亡病例，尸体就掩埋在距离机场执勤警戒哨位不足 100 米的地方，死亡像一颗不定时的炸弹，随时都可能在我们的身边炸响，整个营区充斥着一股如临大敌的紧张气氛。

8 月 25 日，一个石破天惊的消息打破了防暴队营区黎明前的宁静，战斗队员陈道飞突然呈现身体发热、昏迷等异常状况，被战友紧急送到防暴队一级医院。一测体温，42 度，处于半昏迷状态的陈道飞一听，蹭的一下蹦了起来，流着眼泪强行把医生推出了诊疗室，边推边喊，“你们赶紧走，离我远点。”因为他知道，首例埃博拉死亡病例掩埋时正是他在执勤，结合自己的症状，他怀疑自己可能感染了埃博拉病毒。

埃博拉是一种比非典(SARS)还要凶猛的病毒，患者死亡率高达 90%，被称为“死神病毒”。如果自己确定被感染，必须立即隔离，否则那些天天与自己并肩战斗、时时与自己同吃同住的战友们将难以幸免。为了战友们的安全，他在第一时间做出了最为恰当最为正确的抉择。

陈道飞把自己反锁在了诊疗室，外边的医生和护士心急如焚，大家拼命的拍打着门窗，大声劝说：“不要害怕，不要紧张，再大的困难大家一起来面对”。可是，逐渐陷入昏迷的陈道飞却听不见了战友的呼喊，高烧已经让他失去了意识，重重的摔倒在了地上。大家迅速撬开了门窗，穿着防护服的医生张佳音不顾一切的冲进了屋里，作为医生，他绝不能让战友倒在病魔的脚下，那怕用自己的生命换取战友的生命也在所不惜。

墙上的钟表滴答滴答地响着。实验室里，医护人员紧张地做着对比实验；实验室外，战友们焦急地等待，期盼着结果。

陷入昏迷的陈道飞在冰火两重天的夹击下说起了叨叨的胡话。他是家中独子，已经快 30 岁的他被父母多次催婚。儿子要去维和，60 多岁的老父亲一声不吭地蹲在地上抽烟，母亲边给他收拾东西边掉眼泪。陈道飞一脸惭愧的说："爸、妈，维和是我的梦想，请你们放心，回来后我马上成家，好好孝敬你们！"说完，他拎起背包，狠下心来，头也不回的走出家门，他怕自己一回头再也忍不住夺眶欲出的泪水，再也离不开白发苍苍、老泪纵横的父母，再也走不出那片生他养他的热土。

第二天上午，高烧又反复发作，陈道飞时而清醒时而昏迷，病痛的折磨几乎让他失去了治疗的信心，他心里做了最坏的打算，乘清醒时偷偷的在手机里写下了这么一段话："爸、妈，要是我回不去，原谅儿子的不孝，没能伺候你们终老是我最大的遗憾。不过，我以能成为你们的儿子而骄傲，以能戍边卫国而自豪，以能出征海外履行维和使命而光荣。请你们不要悲伤，如果有来生，我还想做你们的儿子，我还想入伍从军，我还想踏上维和的征程……"

医疗组的同志一遍又一遍做着化验，第三天傍晚，终于在显微镜下看到了疟原虫的裂质体。这一发现让大家欣喜若狂，这足以证明陈道飞只是感染了恶性疟疾，排除了感染埃博拉病毒的可能性。这下有救了，真的有救了，张佳音高兴地向诊疗室飞奔而去，将这个好消息告诉了陈道飞和所有队员，整个营地沸腾了，笼罩在防暴队上空的乌云顿时烟消云散，迎来了阳光明媚的晴天。

在防暴队最艰难的时候，我们收到了来自祖国的牵挂和温暖。中国公安部紧急增援驻利比里亚维和警察防暴队 9679 件埃博拉防疫物资，当物资运抵的那一刻，我们看到的是各国维和人员的羡慕，看到的是祖国的强大，看到的是官兵的自豪。

随着埃博拉疫情井喷式的爆发，10 月 13 日，世界卫生组织警告全球：埃博拉病毒的蔓延威胁到了社会的"根本生存"，并可能导致出现"垮掉的国家"。我们防暴队就像带着镣铐在刀尖上跳舞的舞者，疫情如同悬浮在我们头顶的一把利剑，你不知道他什么时候落下来，死亡一直就在我们身边。

受连年战乱影响，当地医疗卫生基础薄弱，资源严重缺乏，民众卫生常识更是贫乏。而最让人震惊的是，我们驻地格林威尔市医院仅有 1 名取得资格的医生。

9月5日，一群当地居民抬着一名高烧雇员送到了防暴队营区门口请求帮助。哨兵迅速将这个紧急情况报告指挥中心。救还是不救？防暴队进退两难，这可是关乎全体队员生死存亡的艰难抉择。不救，中国防暴队在当地群众中的威信将一落千丈；如果救，一个处理不当，140 名队员的生命安全难以保证。危急时刻，医疗组组长许建平挺身而出，语气坚定地说："我是医疗组组长，给我一个隔离单间，让我试试看！"望着他远去的身影，战友们不禁为他捏了一把汗。

将病人送进医疗室，关上大门的那一刹那，许建平似乎已经忘记了昨天晚上答应万里之遥的妻子和儿子平安归来的承诺。

室内灯火通明，许建平就像往常一样，轻轻地抚摸着自己的医疗箱，平静的穿上防护服，戴上手套、口罩，给病人开始检查身体。"病人高热 41℃，血压 65/39，循环衰竭，立即给予抗休克治疗。"这与感染埃博拉病毒初始症状几乎没有区别，但许建平没有丝毫停顿，而是有条不紊地给患者配液、扎针、抽血、送检……然而检验结果却让所有人喜忧参半，排除了病人感染埃博拉病毒的可能，只是感染了传染性强的恶性疟疾，就在大家感到安慰和庆幸时，检验单上的另一组数字却让大家瞬间从天堂掉进了地狱，病人是一名艾滋病病毒携带者。顿时，一股恐怖的阴影又一次笼罩了整个诊疗室。任何一个诊疗环节出现纰漏，都可能造成不可想象的后果。但许建平没有时间考虑安全不安全、危险不危险，一心想着赶快给病人解除病痛。

随着埃博拉疫情的不断恶化，防暴队在防疫物资短缺、防疫压力大的情况下，我们依然伸出援手，竭尽所能为当地政府捐赠抗击埃博拉病毒的用品。锡诺州州长托马斯先生感动地说："今天你们的捐赠，用实际行动践行了中利友谊，这更加坚定了我们战胜埃博拉疫情的决心，我代表锡诺州政府和民众感谢你们。"

在那段生与死的考验岁月中，我目睹了 3 位联合国成员身患埃博拉死亡，我曾与他们朝夕相处，亲密无间。能够平安归来，真正感受到生命的可贵和美好。

各位领导，同志们，在那场没有硝烟的战争中，我们以力挽狂澜之势，战疫魔、斗恶疾，以血肉之躯铺就了生命长城；我们披荆斩棘，舍生死，树形象，以赤诚之心践行了铮铮誓言。我们把维和当作使命，用无畏和热忱为中国维和警察赢得了尊重和荣誉。我始终坚信，当有一天再次唱起"年轻的心，闪亮出征，走千里走万里，祖国为我壮行……"这首歌时，我还会义无反顾、风雨无阻的听从召唤，踏上征程，请祖国再次为我们壮行！

附录一

埃博拉究竟离我们有多远[①]

埃博拉被称为“当今世界上最致命的病毒性出血热”，致死率高达60%—70%。尽管中国输入性风险较低，但传染病防控没有国界，埃博拉究竟离我们有多远？针对公众关心的问题，记者采访了有关专家，解疑释惑，以期消除公众认识

2014年8月12日下午，由中国科协主办的“科学家与媒体面对面”第46期活动邀请中国疾控中心病毒病所副所长董小平研究员、李德新研究员以及向妮娟博士向公众解读埃博拉病毒。三位专家对埃博拉病毒的总建议是：需警惕，莫恐慌。

---

① 原文摘自2014年11月21日《人民日报》。

误区，避免不必要的恐慌。

埃博拉病毒致死率虽高，但并不是传染性最强的病毒，其传染性为中等，不及SARS、流感等呼吸道传播疾病。

埃博拉病毒被称为“非洲死神”，它是一种严重致命性病毒，致死率极高，生物安全等级四级。艾滋病为三级，SARS为三级，级数越高，防护越严格。1976年，埃博拉病毒首次在非洲发现，而2014年此次疫情出现的病例和死亡数字，远远超过了过去埃博拉流行疫情的总和。

在目前西非国家的爆发疫情中，大部分病例是由人传人导致的。健康人通过破损的皮肤或黏膜直接接触埃博拉病毒感染者的血液、分泌物（如粪便、尿液、唾液、精液）而感染，或通过破损皮肤或黏膜接触被患者体液污染的物品如衣物、床单、用过的针头而感染。

中国疾控中心副研究员向妮娟说，埃博拉病毒主要的传播来源是感染了病毒的动物和病人。到目前为止，埃博拉病毒主要是通过直接接触方式导致人与人的传播。

北京地坛医院感染性疾病中心主任医师蒋荣猛正在塞拉利昂担任培训工作。他说，还没有证据证明埃博拉病毒可以通过空气传播，埃博拉病毒并不是传染性最强的病毒，传染性中等，不及SARS、流感等呼吸道传播疾病。

向妮娟介绍，有限的证据证明，在实验条件下，一些实验动物有可能通过气溶胶传播，但没有任何人间病例发病感染的证据。至少截至目前，没有通过空气传播然后导致人类感染发病。

蒋荣猛指出，疫情爆发以来收集的流行病学数据显示，埃博拉病毒传播方式与已知的通过空气传播的病毒传播方式和通过空气传播的细菌的传播方式不同。

北京地坛医院感染中心医师韩冰认为，尽管病毒会发生变异，但是变异后其传播方式不发生改变。目前尚无证据证明埃博拉病毒有空气传播变异的情况。

网上有传言说，埃博拉致死率高，是因为其为“不死”病毒。韩冰介绍，埃博拉病毒很脆弱，紫外线很容易就可以杀死它。加热、高温和消毒剂（如肥皂水和高浓度酒精）也可以使之灭活。在阴凉潮湿的环境中，体液培养的埃博拉病毒最长也只能存活几天。由此可见，埃博拉病毒不是“不死”，而是“易死”。他认为，作为接触传播的疾病，避免和病人的直接接触，做好手卫生非常重要。

针对美国、西班牙护士感染埃博拉病毒的事件，中国疾控中心流行病学首席专家曾光研究员分析，这不能排除甚至要高度警惕经空气、飞沫传播等可能性。对于新发或卷土重来的烈性传染病，要善于发现新的敏感点，不要忽略防范任何难以排除的传播途径。公共卫生的原则是：不怕一万，就怕万一。

传染病“治得不如传得快”，下功夫“治”是扬汤止沸，控制“传”才是釜底抽薪

到目前为止，埃博拉出血热没有有效的治疗药物。但是，这并不等于说，医生在临床上对于埃博拉患者束手无策、根本就没法治。美国和西班牙染病护士康复出院就是明证。

韩冰说，埃博拉是可治的。虽然暂无特异性抗病毒药物，但是已有一些试验性药物取得一定疗效。而支持治疗，如适当补液、维持水、电解质和酸碱平衡，对提高存活率尤为重要。由于呕吐、腹泻，病人脱水现象严重，即使口服补液也能起到良好的作用。

向妮娟说，临床医生能够采取的治疗方法主要是对症和支持治疗。病人出现发热时就用退烧药；病人出现感染时要控制感染；病人出现休克就采用对抗休克的办法；水电解质失衡时就用保持水电解质能够平衡的辅助药物。总的来讲，没有特效的治疗药物，只有这些支持或者对症的疗法。

自非洲发现埃博拉出血热至今已经38年，但全球范围内仍然没有被批准使用的有效疫苗或者治疗药物。世界卫生组织公布的消息称，不会很快就有疫苗或者药物上市。

在曾光看来，把希望全部寄托在药物和疫苗上是不现实的，远水不解近渴。他认为，当前注意力要集中在如何防控上。最为关键的是，靠治疗为主去应对埃博拉病流行，肯定不靠谱，还得靠科学防控。传染病“治得不如传得快”，下功夫“治”是扬汤止沸，控制“传”才是釜底抽薪。

埃博拉出血热和2003年非典有一定的相似性。向妮娟建议：一是隔离传染源，把病人严格进行隔离治疗；二是追踪管理密接者；三是医务人员做好现场防护。应对埃博拉，防控非典经验值得借鉴。

韩冰说，只要早期发现病人，早期隔离传染源，便可减少传播。在治疗病人时，做好个人防护，可避免感染。同时，通过密切接触者的追踪调查，可进一步减少传播发生。因此，埃博拉是可防、可控的。

中国属于距离西非较为遥远的国家，输入性风险较低。我国传染病防控能力足以保证埃博拉不会出现爆发流行。

埃博拉“走出非洲”，疫情的发展超乎人们的想象，埃博拉会不会在国内大面积扩散？

世界卫生组织埃博拉出血疫情传播的风险评估显示，中国属于距离西非较为遥远的国家，输入性风险较低。

蒋荣猛说，埃博拉病毒之所以在非洲大规模流行，主要是因为当地糟糕的医

疗卫生条件、近乎为零的防控体系，还有当地人的宗教信仰，对尸体的处理等。因此，埃博拉病毒在我国不可能大规模流行。

截至目前，我国境内无埃博拉出血热病例报告，无我国公民境外感染报告。专家研判认为，西非埃博拉出血热疫情难以在短期内扑灭，疫情发展已对我国公共卫生安全构成威胁，疫情输入风险进一步加大。

中国疾控中心病毒病预防控制所研究员李德新介绍，埃博拉出血热主要是通过接触传播，与通过呼吸道传播相比，更容易控制。我国口岸已经加强排查监测，一旦有埃博拉出血热病例输入，疾病预防控制体系有足够的能力及时发现并有效应对。

李德新表示，虽然我国没有埃博拉病毒毒株，但是相关科研对活病毒的依赖越来越少。目前世界上已有的关于埃博拉的检测技术，我国都已储备。中国疾控中心实验室24小时值班，并能在3～5个小时内完成埃博拉病毒实验室检测。

防控埃博拉，我国的策略是"守门"加"出击"。2014年11月14日，由217名人员组成的新一批中国援非抗疫队伍出发。至此，我国向西非疫区国家提供了总价值7.5亿元的紧急现汇、粮食和防控物资等，累计1000人次医卫人员援非抗疫。"这是新中国成立以来在卫生领域规模最大的一次援外行动。"国家卫生计生委宣传司司长毛群安说，传染病防控没有国界，应尽快有效地控制西非疫情，防止扩散蔓延。

从接受国际援助到提供国际援助，现在是中国公共卫生的转折点。中国疾控中心副主任、中国援塞抗击埃博拉疫情公共卫生师资培训队队长梁晓峰说，从等着疫情进来，到主动深入疫区；从发生后再应对，到提前做好防控准备。关口前移、联防联控是这次埃博拉疫情防控的新特点。有了应对SARS和禽流感等传染性疾病的经验和教训，我国应对疫情更主动。

李德新强调，公众对埃博拉要高度警惕，但不必紧张。我国传染病防控能力足以保证埃博拉不会出现爆发式流行。

附录二

埃博拉出血热防控疫情

截至2015年2月1日，西非三国（几内亚、利比里亚、塞拉利昂）共报告埃博拉出血热病例22460例，确诊13810例，死亡8966人，本周新增403例（塞222例，利123例，几58例），其中确诊病例124例（塞80例，利4例，几30例），死亡171人。三国报告确诊病例数均出现2015年以来首次回升。无新增疫情国家。详见附表1和附图1–2。

附表1　全球埃博拉出血热疫情进展情况

国家	累计病例数（截至2月1日）			本周新报告病例数（1月26日–2月1日）			疫情开始时间	疫情终止时间
	报告病例	确诊病例	死亡病例	报告病例	确诊病例	死亡病例		
几内亚	2975	2608	1944	58	39	34	2013.12	
利比里亚	8745	3143	3746	123	5	60	2014.3	
塞拉利昂	10740	8059	3276	222	80	77	2014.5	
尼日利亚	20	19	8	0	0	0	2014.7.20	2014.10.19
塞内加尔	1	1	0	0	0	0	2014.8.29	2014.10.17
西班牙	1	1	0	0	0	0	2014.10.6	2014.12.2
美国	4	4	1	0	0	0	2014.7.23	2014.12.22
英国	8	7	6	0	0	0	2014.12.29	
马里	1	1	0	0	0	0	2014.10.23	2015.1.18
合计	22495	13843	8981	403	124	171		

附表2 埃博拉出血热应对第二阶段关键指标

（改编自WHO 2015年2月4日通报）

指标	目标	几内亚			利比里亚			塞拉利昂		
		1.18	1.25	2.1	1.18	1.25	2.1	1.18	1.25	2.1
发病与死亡										
确诊病例数	0	20	30	39	8	4	5	117	65	80
确诊死亡数	0	16	21	19	4	4	2	83	54	76
社区发生的确诊死亡数	0	3	8	8	NA	NA	0	35	16	12
接触者追踪										
确诊病例来源于登记接触者的比例	100%	53%	30%	54%	88%	50%	100%	NA	21%	NA
隔离										
从发病到隔离的时间间隔	<2天	4.2	3.9	3.5	4.1	3.2	2.8	3.2	3.3	3
治疗能力										
住院病例的病死率	<40%	60%	57%	55%	58%	50%	59%	60%	56%	61%
感染预防与控制（IPC）										
符合最低IPC标准的卫生设施比例	100%	33%			NA	NA	NA	75%		
新感染卫生工作者数	0	2	0	2	0	2	0	2	3	NA
安全丧葬										
报告的非安全丧葬数	0	15	29	35	NA	3	0	NA	NA	11
社会动员										
发生至少一次安全事件或拒绝合作的地区数	0	14	13	10	2	2	0	4	4	3

编辑后记

2014年初，西非埃博拉疫情扑面而来，病毒肆虐，无药可治固然可怕，但更令人担心的是该病毒还极有可能漂洋过海，蔓延至世界其他国家和地区。8月，在党中央的英明果断决策下，中国全面启动了中国援非抗击埃博拉疫情的旷世义举。中国政府和人民，以高度的使命感、责任感，迎难而上，勇敢肩负起了一个负责任大国的国际责任。

本次中国援非抗埃援助行动，是我国综合国力的一次全面演练。参与部门涵盖了中国外交、卫生、交通、通讯和后勤保障等多个部门和行业，尤其是首次在和平时期，以成建制的方式将中国人民解放军派驻其他国家执行海外任务，实现了我军历史上新的突破。

也正因为如此，本书的编辑工作也注定成为一项跨部门、跨行业、跨国家、跨越时空的复杂工程。本书在编辑过程中得到了中国驻外使馆、国家卫生计生委、中国人民解放军总后勤部、中国人民解放军总参谋部等部委和军事领导机关及其所属17家单位的大力支持，他们在百忙之中，抽出时间和精力为我们提供了宝贵的稿件和素材，并不断为此更新和保持内容的同步，为本书的付梓做出了不懈的努力，我们在此深表感谢。在本书半年多的撰写过程中，中国人民解放军第302医院的黄显斌政治协理员和总后第三军医大学政治部宣传处张远军副处长，作为随队记者，不论是在国内还是在国外，以翔实的材料和珍贵的照片，为本书提供了直观的现场素材，在此特表鸣谢。

在全球化时代，中国的援非抗击埃博拉行动，远远超出了国际主义援助义举的范畴，在中非人员和物资双向大量流动的当代，此次援非行动为中国人民筑起了生命健康的坚实屏障，它是我国卫生防疫工作的一次端口前移的重大战略举措，它为中国人民抗击埃博拉疫情争取了时间、积累了经验。

我们在此再次向奋战在援非抗疫第一线的白衣战士和勇士们致以崇高的敬意！谨以此书，记录下他们的光辉事迹，并通过我们对本书内容的共享，了解和普及恶性传染病防控知识，增强全社会的防疫信心和勇气，以此来铭记他们的壮举，回馈他们的无私奉献。

编　者

二〇一五年十一月